激情世界

残雪 著

人民文学出版社

图书在版编目（CIP）数据

激情世界/残雪著. —北京：人民文学出版社，2022
ISBN 978-7-02-017506-2

Ⅰ.①激… Ⅱ.①残… Ⅲ.①长篇小说—中国—当代 Ⅳ.①I247.5

中国版本图书馆 CIP 数据核字(2022)第 176363 号

责任编辑	刘　稚　　王昌改
责任校对	王　璐
责任印制	张　娜

出版发行	人民文学出版社
社　　址	北京市朝内大街 166 号
邮政编码	100705
印　　刷	北京盛通印刷股份有限公司
经　　销	全国新华书店等
字　　数	332 千字
开　　本	850 毫米×1168 毫米　1/32
印　　张	17.375
印　　数	1—15000
版　　次	2022 年 11 月北京第 1 版
印　　次	2022 年 11 月第 1 次印刷
书　　号	978-7-02-017506-2
定　　价	78.00 元

如有印装质量问题，请与本社图书销售中心调换。电话:010-65233595

目 录

第 一 部
小桑和她的朋友们及父母

1

第 二 部
寒马和费,仪叔和小麻,寒马和晓越

215

第 三 部
黑石和雀子,雀子和李海

443

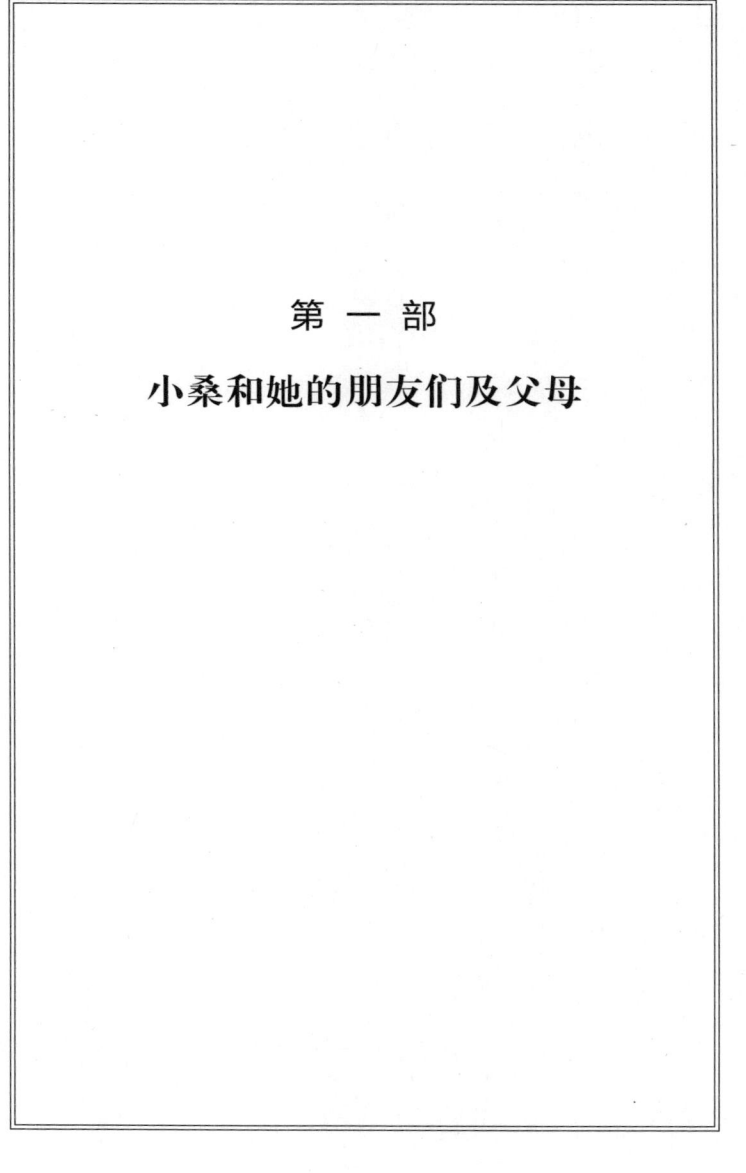

第 一 部

小桑和她的朋友们及父母

小桑坐在书桌旁写日志。她支着下巴胡思乱想了一会儿,自言自语道:"我回到那个时候,就会有很多种另外的选择。""那会是一些什么样的选择呢?"她心里的一个声音问道。"不知道。但在那个时候,它们在强烈地涌动,要显示出来。"她说出了声。她眨了眨眼,就在刚才,她分明看见了"那个时候"里面的一些景物,比如一只玉石鞋拔,一株丰满的垂柳。"我坐在那里,同逝去的亲人对话。在我的视野的远处是小河转弯的地方,一只翠鸟向我这边飞来,可是它在一刹那间就消失了。"她的声音在房间里震响。然后她低下头,在笔记本上写下了"玉石鞋拔"四个字。这是她的选择吗?她没有回到"那个时候",所以她不知道。她仅知道,有一些强烈的画面。阅读真是个好活计,某些书对她来说百读不厌。

日志写完了,小桑站起来在房里踱步。她觉得,她是为了回到"那个时候"才读小说的。也许于冥冥之中,她选择过很多次了吧。一切都是那么强烈,她怎么可能不选择呢?这时她的脸上出现了微笑——当时自己是那么年轻。现在她变老一点了吗?也许是,也许不是。她抬起头,看见了书架上那本灰白色封面的书,这本书在这两三年里头是她的伴侣。书里的内容是如此的朴素,就像……就像她自己在那里面生活一样。那里面写到了一位清洁工,好像在她那个时候城市还没有清扫车辆,她每天天亮之前用长长的竹扫帚在柏油路上清扫,她裹着一条花头巾,看不清她的脸部。扫帚发出"沙、沙、沙……"的响声。小桑每次读到这里都将自己想象成她。被太阳晒热后又在长长的夜里冷却了的柏油路,扫帚与地面间柔和的接触……小桑叹道:"多么传神啊!"她将那本可爱的书拿下来,随便翻到中间部分的一页。这一页是描写一名狂热的小轿车司机的。"小轿车腾空了,然后猛地落在厚厚的野草上,滑出一段距离……司机突然松弛下来,倒在方向盘上。"似乎是,那司机在荒原上睡着了。小桑最喜欢这情节——在星空下的荒原,一个人平静地进入了另一个世界,神不知鬼不觉……啊!尽管已经是很熟悉的情节,她还是每次都微微地激动,每次都那么投入。她不知道别的读者会不会这样,但她就是这样。

　　窗子外面有个小女孩在跳绳,那一晃一晃的绳子让书中的描写更生动了。小桑感到,她身边的氛围让她着迷。有时候,她还喜欢在大街上读书呢,尤其是等汽车的时候。小桑固执地认为,如果作者不能让一本书的内容与她的日常生活交织,她就没必要读那本书了。在火车上读小说是她最爱做的事。车开得不快,走走停停的,卧铺车厢里的各色人等都在大声聊天,或聚在一块打牌,到处是嘈杂的噪声。小桑一般总是半躺在铺上读小说。一只耳朵倾听小说外的声音,另一只倾听小说内的声音。这种时候小桑的身体便会感到无比的惬意。除了车上的两顿饭时间,她可以一整天沉浸在这种"半心半意"的阅读中。"多么美!"她隔一会儿就在心里对自己说一句。可惜坐火车外出的机会并不多,所以大部分时间小桑还是在家里阅读。在家里读书也不错,当然没有在卧铺车厢里那么享受。想到最近的一次出差坐火车的情景,小桑又微笑了一下。她将手中的书翻到了末尾部分。

这本书的结尾是最好的,仍然令人激动,但慢慢归于平稳的境界,就像一粒油石在空中划了个弧形,落入幽深的湖中一样。唉,可惜那种幸福感一下就过去了。再读一遍吧。能写出让人有幸福感的书,那作者多么了不起!她又读了一遍。她的眼睛看着窗外,那小女孩还在跳绳,绳子一晃一晃的。她又记起了在雨天里坐火车的情景:手捧一本好书。没有比那更伤感更怀旧的了。她在卧铺上眼含泪水——那却是幸福的泪。那本书!她在阅读的历程中一年又一年地走过来,她的伴侣也在变化——数目变小了,但有四五本书,她始终对它们忠诚。

"小桑,小桑!"女友小麻闯了进来,"我是特意来告诉你的,因为你是我们大家的老师。我读到了一本最最精彩的小说,书名是《××××-××》。我昨天读了一个通宵,现在头脑还在发晕。世上怎么会有这么美的小说?"

"那本书,我也读过,是在十五年前。"小桑脸上浮起微笑,陷入回忆之中,"真是一本好书,写得那么温柔,那么有品位……我记得我是在学校里的操场上读的,远处有人在踢足球,我隔一会儿便抬起头,球员们的身影在我眼前模糊地闪过。那时我真是年轻。现在你也同这本书相遇了,祝贺你。"

"哈哈,我还担心我的眼光不准呢。既然你也有同感,说明我的品位还可以啊。我们的读书会里还有其他人向你推荐过这本书吗?"她眼巴巴地看着小桑。

"没有,只有你一个人。"

小麻兴奋地拍起手来,嚷嚷道:"我要升级了!我要升级了!"

她喊叫着奔出去了,大概是急着去重温那本书。

小麻比小桑小五六岁。小桑轻轻地念叨了一句:"青春啊。"她真切地感到自己正在变老,不过这变化让她振奋而不是伤感。小麻读的那种书,如今她已经不再读了。那么,她成了高级读者了吗?应该是吧,要不小麻也不会这么急于来要她证实了。此刻她正在设想小麻读书的环境——她是在书房里读了一个通宵,还是在卧室里的床上?抑或是在她楼下的那盏路灯下面?小桑感到路灯下是最适合读那本书的地方:四周静悄悄的,有皮毛发亮的黑猫在院子里潜行,门口那株大杏树上的杏子在灯光中闪亮。读到了一本最美的书,便急煎煎地跑来告诉朋友,这冲动该有多大?她比她的朋友老练,她的激情并不是这种风风火火的,而是像油石落入碧水中的那种。她懂得这种风风火火。多么令人怀念的情景啊。

那天夜里,小桑在她喜欢的那本书中的城市里游荡了好长时间。有一个影子,但又并不是影子,因为它的形象有表情,它为她领路。她和它穿过了许许多多路边的露天摊位,终于来到了郊区,那里有一口深井。

"我现在读到哪里了?"她的声音在空中突然震响,她吓了一跳。

那影子立刻从井沿跳下去了,姿势非常潇洒。她慢慢地凑近井沿往下面看,下面一团漆黑。她心里的那个声音在说:"你读到这里了。"

于是小桑愉快地进入了梦乡。

"小桑,小桑!"小麻边喊边追赶小桑。

她是从马路对面过来的,现在她同小桑一块步行一段路去上班。她俩在同一个大商场做收银员。

"我总觉得那本小说会给我带来好运。"小麻傻乎乎地说。

"没错。"小桑赞赏地点头,"书籍融入生活。这本身就是好运。"

"我越来越聪明了。"

"没错。"小桑笑起来,为女友感到由衷的高兴。

"下班后,咱俩一块去咖啡馆吧。"

"好啊。"

小桑感到小麻还有好多话要对她说。莫非她在恋爱?

那是"情趣"咖啡馆,大堂里用天鹅绒窗帘将所有的光线都挡住,给人一种深夜的感觉。坐在那里不仅觉得凉爽,还有点寒意。小麻酷爱这种氛围。

咖啡来了,热的。她俩慢慢地喝,心神不定地看着那支蜡烛。

"你瞧,火苗笔直,这里一丝风都没有,我倒希望……"小麻说。

小桑感到这位女友正在进入小说的情节。她希望什么?她还年轻,她什么都能希望。她读小说,当然是因为满怀希望。小桑心里有什么东西变得柔软了。

"小麻,你其实——"小桑本想说她其实已经如心所愿,但她说出来的却是,"我们是幸运者,我和你。"

"啊!"小麻激动得喘气了,她做了一个含糊的手势,"我们第一次相遇的地点,你还记得吗?是在×××。"

"不,不是你说的那个地方。是在《海霞》这本小说的第三章。那情景啊,我至今历历在目。你看着书,我看着你。我心里想,你是我的青春。"

她们对服务生说,不要蛋糕,再来一杯热咖啡。服务生离开时,豹子悄无声息地出现了。它将前爪放到桌面上,垂着头。这里的豹子怎么这样温柔?

"吻我。"小麻轻声地对它说。

它象征性地吻了她一下,并没有接触她的脸颊。

"这里能让我回到那些情景中,但又很不一样。"小麻苦恼地说。

小桑能感到女友的苦恼,她转过脸去微笑着。让青春苦恼,这正是那本书的威力啊。她现在爱上了谁?

小麻好像听见了小桑心里的声音,她指着豹子说:"还能是谁,就是它啊。"

"哎呀,小麻小麻……"

"嘘,小声点。我要升级了,就在此刻,你听见了吗?"

这时那只豹子消失了,是突然消失的,化为了真空。

为什么自己听不见小麻里面的声音?小桑有点遗憾。她想,也许小麻才是更好的读者?她虽年轻,她虽咋咋呼呼,她虽比自己读小说读得少……啊啊。

两人走出咖啡馆时已是半夜。居民区里的房子都熄灯了,但是路边的酒吧里依然有不少人。暖风吹在小麻脸上时,她突然伤感起来。她紧紧挽住小桑的手臂。

这时两人都看见了豹子。豹子蹲在远处的围墙上面,身后是亮闪闪的天空。深夜的天空怎么这么亮?两人都觉得太不可思议。然后小桑一下子就明白了:这就是那本书里的天空啊。

"再见,小麻。"

"明天见,小桑。"

又到了休息日,小桑订购的那本书还没到,她从图书馆借了一本。她在工作日的空余时间里已经翻阅了一些段落,她打算星期六夜里大干一场。一想到即将到来的享受,她工作起来都特别有劲头了。读小说就是解谜,那些谜无一例外都是生活之谜。还有什么比这更能吸引她的事吗？没有。

小桑出乎意料地提前开始了阅读。那本书放在桌上，不断地向她释放出看不见的波，她实在忍不住了，于是破坏了自己研习外语的计划。

很快她就知道了，这不是一本可以轻松地读完的小说。甚至可以说，这是一本深奥的小说。这些人物充满了渴望，总是念念不忘地想着相似的事。他们对相互间的谈话心领神会，所有的话语中都有一种过分的激情在流淌。小桑边读边想，也许一般读者不以为然，可她立刻产生了熟悉感。她是多么酷爱这种天马行空的风格啊。她捧着书坐到窗前，看见院子里满地槐花，一对她不认识的情侣坐在石椅上说话，声音嗡嗡嗡嗡地传到她耳中。她收回目光，继续慢慢读，心里升起一波一波的浪潮。她读完了最美的那一段。虽然还有点模糊，虽然没有十足的把握，但她在心里确定了：美。这样的意境要配以龙井香茶。于是她去厨房烧水。

茶泡好了，放在桌上，可是另外一种渴却袭来了。她赶快回到书里。这是什么？这个有点熟悉的背影，这肩膀，好像以前在哪本书里见到过？不，没见过，一次也没有。她慢慢地将这一段读完，好像没有什么印象。于是又回过头去再读了一遍。现在她开始喝茶了。真是好茶，她的思维立刻活跃起来了，她认出了那个背影。不是在哪本书中，正好就是在"那个时候"的背景中。那是一位成熟女性的背影，也许有些年纪了，不过不能确定。小桑无端地觉得，这样的女性,应该到处出现。但她却是第一次同她在一本书里相遇,而且她从未转过身来。认出背影之后,小桑对这本书有些把握了。她又一次竭力回到"那个时候"的意境中:那是郊外的秋天,空中刮着有点干燥的凉风,那些背影就出现在大理石墓的旁边。一个,两个,三个……小桑觉得自己就要叫出那个人的名字来了。后来她才忽然想起,她的名字很难发音,她根本就发不出来。天空真蓝。

"小桑,你坐在路灯下读书,不费力吗?"仪叔轻声问她。

"不费力,仪叔。我是为了享受啊。"

"明白了明白了。真是个好姑娘。"

仪叔走过去了,他那轻快的脚步声真好听。黑猫还没有来,杏树上的杏子也被人摘光了,但这些并不影响路灯下的氛围。路灯下——读小说,这是一个有意味的搭配,就像好多年以前水井与村姑的搭配一样。小桑抬起头,看见三楼的那个房间里的灯亮了。仪叔也在读书。于是她的视线落到书页上,迅速地进入了情节。这一章里头的角色总在追赶,他双脚生风,但他的目标总在变形……小桑有点紧张地伴随着他,想要看清前方的那个东西。

突然,仪叔在上面说话了:"小桑,担心着凉啊。"

他扔下了一条羊毛披巾。深蓝色,可能是他自己用的。可爱的老头。

小桑裹好披巾,在书中乘胜前进。她一边读一边想,仪叔也在读小说,是另外一本。读小说的人们心心相印……

后来小桑有点累了，就闭目休息两分钟。

她记起两三天前，她还在仪叔的书房里和他讨论过小说。那间书房不大，但是书籍一直堆到了天花板上。"真正用得上的书不过五六本。"仪叔说。小桑懂得他的意思。当他说"用得上"时，指的是时常回顾、时常查阅的那几本小说。就小桑所知，仪叔所钟爱的小说里头有三本古典小说，两本现代小说。这几本书他每一本都买了两三个版本，整齐地放在宽大的书桌的一角。休息完了，小桑的思路又回到了书中。

不知坐了多久，小桑听见这栋楼的下夜班的工人们回来了。起先他们的谈话声在围墙那里响起，然后他们就进了院门。他们一进院门就将声音压低了，大约是因为看见了她在读书。他们从她面前走过，进楼里去了。这时小桑正读到大危机那一章。生活危机与情感危机。她感觉到自己的膝头在微微抖动。刚才工人们进来的时候，是否觉察到了她的书里面的危机？他们多么谨慎！小桑的生活中也发生过几次危机，像这本书里的人一样，那时她是痛苦的，不过那痛苦有一种梦一般的性质。她常觉得自己熬不过去了，可是后来的事实证明：无论什么样的痛苦都是可以熬过去的。她喜欢这种类型的小说，因为读到结尾处，无一例外地会让她有幸福感从心灵的深处升起。

小桑在读完大危机这一章后就打住了。她抬起头，看见仪叔的书房里的灯已经灭了，那窗口像消失了一般。她想，毕竟仪叔不能像她这样精力充沛了。好多年以前，她记得他可以一动不动地坐一天一夜,不停地读下去。那时,他成了她的老师。后来他就慢慢地引导小桑,将她带进了出神入化的境界。要是没有仪叔,她的读书进度肯定会慢很多。同路人是多么重要啊,尤其是阅读这种事业。大危机里面的主角,不论心里多么痛苦都在阅读——这是不是一种以毒攻毒的策略?仪叔说过,人是很难真正绝望的。那个时候,她还不能真正理解他的话,那时她读的书也不够多。

黑猫凑拢来了,它的皮毛像缎子一样,小桑一边抚摸它一边想起书中的对话:

"爹爹,您到哪里去?"

"就在那边不远。我很快会回来。"

"快点回来,我怕。"

黑猫待了一会儿就稳重地离开了。它要巡逻,保护这块地方的氛围。小桑对它充满了感激。书中那孩子的恐惧会消除吗?小桑记得,那种恐惧是无药可治的。他必须等待,等待自己变成另一个人。已经是后半夜了,一些窗口传出老年人的鼾声,徐徐的鼾声震动着空气,仿佛在说:"真舒服啊,真舒服……"小桑将书本翻到最后几页,匆匆地扫了几眼,忽然改变了主意。她确定了这本书不会让她失望。现在她要去黎明前的梦里重温它,甚至是自己主动去同那几位同胞"邂逅"。

她搬起椅子上楼梯时,赫然看见一个人站在楼梯上。

"是我,小桑。我一觉睡醒,看见你还在奋战,就担心你要感冒,想下来劝你。"

原来是仪叔。

他们互道再见。他住三楼,她住四楼。

小桑并没有梦见她书中的角色。可是阅读的夜晚是多么令她满足啊。她舒服地翻了几次身,睡得很沉、很沉。

第二天醒来时,她回忆不起夜间的事了。她问自己:"是谁在说我'奋战'?"

她看见了桌上的小说。这本书的战役,她拿下了一部分,一些朦胧之处变得清晰了。没关系,还有一个下午呢,一定会有收获的。

她仔细地做好早餐,给自己的身体增添热量。

吃完早餐,她又吃了两个漂亮的枕果,然后坐在摇椅上眯缝着眼轻轻地笑。她想起了昨夜的守卫者,那只黑猫。它应是知道书里的内容的,因为它参与了阅读。可不要小看了这类动物,尤其是黑猫和花豹。

"大家都要向小桑学习,学她的修养和热情。"店长在班前短会上宣布。

小麻带头用力鼓掌。小桑心里热乎乎的。店长表扬她多年里头从未出过错。可是这工作这么简单,当然不会出错啊。这同一个人的修养有关系吗?

小桑平静地坐在收银台后工作。她愿意为这些顾客服务。一来因为在周末享受过了,有个好心情;二来这些顾客信任她,来这里买东西,其结果就是她的奖金会增加,她又可以买更多好书了。她想到这事,居然嘻嘻地笑起来。她的目光扫向对面的小麻,看见她正手忙脚乱地收钱,找钱给顾客。小麻时有出错,当然并不是因为她修养不高,而是因为她的生活习惯就是那样,粗粗拉拉的。这也没什么不好。

一上午很快就过去了,又到了吃饭的时候。

"桑姐能告诉我上周读的什么书吗?"寒马问小桑。

"《××××》。"小桑一边吃一边说。这个女孩对小桑亦步亦趋,小桑买什么书她就买什么书。小桑很欣赏她。她觉得这位同事有男性的气质,是家中的顶梁柱。小桑从未见她有过消沉的时候。

"这本书读起来挺费劲的,我还没能完全进入。"

"啊?桑姐读起来还费劲,那我就差得太远了。但我还是想试试。"

"当然,寒马,你一定要试试。"小桑认真地说。

在这个商场喜欢读书的女孩子很多,也有几个男孩,几年前,他们自然而然地形成了一个读书会。每个星期三,他们在会议室里聚会。他们大家推小桑为导师。

那天晚上,在闪烁的烛光中,男孩继激动地站起来说:"我推桑姐。读书想上档次,跟着桑姐走不会错。"

"对啊!!!"二十来个年轻人异口同声地说。

小桑的脸在发烧,她觉得自己的反应类似进入了一篇小说。

小桑下班后坐上了公交车。她还在想着寒马读书的事。她会如何样进入这本有点晦涩的小说呢?她觉得这个女孩潜力很大，说不定会从一条意想不到的通道进入。两年前就发生过一次这种事。当时寒马刚来店里不久，她红着脸向她讲述两人都读过的一本小说。她的讲述让小桑大吃一惊，因为女孩读小说的历史很短，居然有种特别老道的、一般人想都想不到的韵味从她的看似散乱的话语中透出来。从那时开始小桑就注意她了。小桑后来了解到，女孩仅上了初中，是换了好几个工作才到她们店里来的。她的工作是导购，她特别喜欢这个工作。"我们店很好，我喜欢我们店里的氛围。"她这样告诉小桑时，脸上的表情舒展，全身显得无比放松。

没过多久，小桑就开始鼓励寒马学习写作了。

"不，我干不了。"她使劲摇头，仿佛被吓着了。

小桑没有坚持自己的意见，但她预测，说不定哪一天，这个女孩就会开始动笔了。为什么不？不是就连老年人都在追求激情与幸福吗？

想着这些往事，小桑就到家了。

小桑住的这栋楼是老式六层楼，没有电梯。这栋楼前的院子里有好几棵大垂柳，还有几棵槐树，树型都很好看。每次进院子，小桑总用目光搜寻那只黑猫，有时它在，有时它不在。它是院里所有人的猫。小桑一直觉得她这个院子是天然的读书场所，要知道这里住着仪叔这样的读书人啊。

工作日里，小桑是在商场的食堂里吃饭。她回来后就不吃零食了，只喝茶。烧完水泡好一杯龙井茶，她的目光又落到了书架上的那本书上。那里面有未完成的战役。可是在工作日,小桑不愿将自己弄得很疲倦。喝完茶,她就想起了仪叔。

她坐在仪叔小小的书房里时,刚才那种心神不定的情绪就消失了。

"所有的词句都在眼前鬼鬼祟祟地溜过,它们背后的结构却没有显出来。"

小桑口里在抱怨,心里却在想,同仪叔谈论这本神秘的小说真是太合适了。

"当你感到后面有结构时,就成功了一半。"

仪叔的声音很好听。每次他一开口,小桑就感到自己特别能进入那些晦暗不明的小说意境里。但一离开这书房,那种氛围又稀薄了。今天,小桑希望仪叔谈点别的,最好是关于他的个人生活。

"你问我从前在北海的生活?那是个小渔村,很荒凉,海边有一片沙滩是白色的,叫银滩。每天工作之余我就读书,不然没别的事可干。开始那一年我很不安心,因为年轻嘛。后来就渐渐喜欢上了北海。对,就是喜欢它的那种荒凉。那地方的人们特别纯朴。"仪叔觉得自己已经介绍完了。

就是他的这几句简简单单的话,令小桑的思绪跳跃起来了。她感到这种讲述与她那本小说里的调子很相似。她站起身来告辞,说现在得马上回去读一会儿书。

"好的,好!小桑会有收获的。"仪叔意味深长地点头。

小桑一回到家就立刻打开那本书。几乎是一目十行,她读到了她在寻找的东西。她一边读一边点头,叹道:"真神奇,真神奇……"就像是,一旦她意识到自己想要什么,她就会读到什么。这种情况发生过很多次了。

读完那一段,又重温了一遍,她就合上了书本。她打算慢慢消化,再说明天还得早起去上班呢。

小桑躺在床上细想那段情节,发现了一些通道,一些有意思的联结,越想越兴奋。后来她很快控制住自己,在幸福的包围中睡着了。

"有时候,入境是一件偶然的事。"小桑一边等公交车一边想,"比如昨天夜里仪叔对从前一段生活的回忆,通过他的缓慢的语速传达出一股情绪,这情绪进入我的世界,一下子冲开了我里面的一张门,门背后是许多叽叽喳喳的声音在黑暗里起伏。"

车来了,小桑跟随大家上车。今天没有位子,她就抓住座椅上方的铁环站在那里。她对面是一位脸部轮廓分明的中年男子,他对小桑笑了一下,小桑也对他笑了一下。

"在仪叔无意中的带动之下,我就在那本小说中入境了。这说明了什么?说明这世上有一些人,总在想着、做着同样的事,为同样的意境激动着。这样看来,入境又并不完全是偶然的……比如说寒马……"小桑想。

车到站了,小桑走了一小段路,忽然记起车上碰见的男子很像她的大学时的一位同学。"正是他!该死。"她拍了拍自己的脑袋。一进店里她就振作起来了。

当她坐在收银台后时,那张轮廓分明的脸又出现在她面前了。

"黑石!这些年你到哪里去了?"小桑紧张地问他。

"我一直在城里。"他平静地说,递给小桑一张门票。

某个书吧在搞一场集体讨论,黑石邀她一块参加。小桑点点头同意了。于是黑石转身去看那些货架上的商品了。

小桑开始忙起来,因为店里的顾客很多。

忙了一整天,她差点将黑石忘记了。一伸手摸到皮包里的那张门票才记起来。在学校里,黑石总是最不起眼的那位男生,现在也仍然如此。不过小桑很早就注意到他的肩膀很宽。小桑吃了饭,洗了澡,换了休闲服。走出店门没几步,就听见黑石在叫她。

"我们坐出租车去?"小桑问他。

"不,走路去吧,没多远。"他说。

原来没多远!她怎么没听说过这个书吧?

他俩悠悠闲闲地在那些小巷子里拐来拐去时,天就黑了,路灯亮起来了。

"这些小巷子很有趣味。'鸽子'书吧还没到吗?"小桑问黑石。

"快了。你对这地方什么感觉?"

"像是我去过的一个外省的古旧书店一条街。这里真好。瞧,这边这个书店里顾客还不少。"小桑说。

这时黑石告诉她说,书吧就在这个最大的古旧书店的后面。

那些线装书书架当中有一条狭窄的通道,他俩走出通道便看见了一间宽敞的茶室,茶室里仅坐了四个人,一盏很小的灯从天花板上吊下来。

"来了来了。"一个热情的声音说。

小桑注意到说话者还很年轻,大概不到二十五岁,是一位姑娘。坐在她旁边的是三位男子,年龄可能都是三十多岁。姑娘在为大家沏茶。

"我们今天讨论哪本书?"小桑问道。

"随便聊聊。我叫雀子。"姑娘代表大家回答说,"我们听说桑姐在读《××××》?"

"是啊,我还没读完呢。"小桑吓了一跳,"你们是怎么知道的?"

"读书界的事情嘛,这里消息最灵通。"那位方脸的男子说,"我们都在读那本书,有好长时间了。我们都想听您的感想呢。"

黑石在小桑旁边小声地怂恿她"大胆阐述"。他说这可是个难得的机会。

小桑深思了一会儿,开口说:"我觉得,这是一本高尚的书。那里面所有的情节描述都不确定,都似是而非,正是因为词语的后面有种强烈的意图。最近几年我喜欢上了这种类型的作品。在这里面,语言正在拓展它的另一种功能……那并不是不能理解的神秘,不,不是。我觉得那是一股罕见的力量。"

说到后面小桑渐渐地兴奋起来,稍微提高了嗓门,因为她也没料到自己能讲出这一番话。就好像自己里面有个自动发音装置一样。

"你们瞧,桑姐刚开始阅读这本书,就已经入境了。真是老手啊。说到我,我却是半年后才慢慢入境的,在那之前我总在脑海里回顾书中的情节,就像回顾一位情人的身影一样。"说话的是费。

接下去小桑就听见大家都在窃窃私语。她将脸转向黑石,她看见黑石的眼睛在一闪一闪地发光。这是那本书产生的效应吗?

"小桑,你后来还去过湖中心的假山吗?"是黑石在阴影中说话,但他的声音仿佛是从远处飘来。

小桑说她当然去过,她正要提起这件事,没想到被黑石抢了先。但那本小说同湖心的假山是什么关系?她有点微微的焦虑,因为感到自己陷在那本书的氛围中了。她此刻解释不了这氛围,或许要等以后。在混乱的情绪中,她看到雀子清秀的脸庞向她凑近,然后又远去……她说了些什么?小桑似乎没听懂,但她心里对雀子充满了感激——多么奇妙的沟通,这是这类书的特点。

"我同您以前见过面,桑姐。"她最后肯定地说。

"我敢肯定,就是在图书馆。"小桑也立刻想起来了。

她俩兴奋地握住对方的手,紧紧地握了半分钟之久。在图书馆的过道里,她俩擦身而过,相识却在半年之后。

"我崇敬我们的桑姐。"

"我嘛,应该早些来参加你们的小组。"小桑惋惜地说。

"现在正好,水到渠成。您的发言让我受益!这里每个人都有独特的视角,合起来就将那本书又带到了我们当中。来这里之前,我在家中,许多声音在墙壁里吱吱乱叫,我心存惶恐。可是一旦在书吧坐下,见到书友,我脑海里就有了一些模糊的图案。"

雀子对于小桑的到来感到额外兴奋,尤其喜欢她的发言。她说自己也很想像她这样讲述自己的思想,但显然还没修炼到这个份上。

"我用力讲出一些胡言乱语罢了。可见这个书吧的确容易激发灵感啊。"小桑说。

直到这时,小桑才真正明白了自己说的是什么。她沉浸在幸福之中。

她俩说话时,黑石那钻石一般的目光始终在暗处闪烁。小桑隐约地听见他时不时发出含糊的叹息。莫非他爱上了这位雀子小姐?小桑又记起黑石的这次邀请,她觉得这里面的信息很丰富。她同这位大学同学住在同一城市,却多年不见面,现在第一次正式见面,居然在一间书吧里。那么,黑石究竟是否了解她的情况?如果了解,他又是通过什么途径获取信息的?还有,她就在蒙城上班,怎么从来也不知道附近有一条古旧书店小巷,也不知道这个隐蔽的书吧?就在她走神之际,坐在旁边的黑石同学开口了。

"小桑,您感觉我们的书吧怎么样?"他悄声问她。

"太棒了!我就像回家一样。这里有新生力量……"

小桑说。

"不瞒您说,这些年我成了读书狂。我很早就认识了费和李海,那时我正处在人生的低谷,费带领我进入了小说的世界……我们建立了这个书吧。这是种特殊的生活,您感到了吗?因为有这种生活,白天的世俗生活变得有意思起来了。"黑石说。

"我当然感到了。黑石啊,谢谢您,我们会要长期交往下去了。"

"桑姐,"雀子拉拉小桑的手说,"您可得重点关照我啊。"

"其实是你在关照我,给我注入灵感。"小桑回应雀子说。

一直很少说话的脸形粗犷的男子站起来说:"欢迎小桑女士加入我们的书吧!我叫李海,因为不够努力,至今仍是初级会员。"

雀子听了他的话就咻咻地笑,朝着小桑压低了声音说:"这个人啊,他用一名侦探的精神读书,是一位少见的读者。"

此刻小桑感到自己的心底有小火在升腾。她突然就悟到了,这就是她进入《××××》这本书的途中的氛围啊。她的思绪一下子延伸到很远,她想到三十年后,在这同一个地方,和这几位同仁坐在这里,那时她是否还会像此刻这样燃烧?"我多么幸运。"她对自己说。百感交集之中,她又想到了仪叔。却原来她的这些朋友都在这本书里。那么,她同黑石在公交车上邂逅也是顺理成章的了啊。她的情绪一下子变得无比明朗,阅读时始终笼罩着描述的那团雾散去了,一些通道在书中的字里行间显示出来。当然,这还有待自己去努力攻读。

回去的时候只有她和黑石同路,那几位一下子都消失了,他们走的是另一条路。小桑有点迷惑地想,为什么雀子不同黑石一块走?真是人心叵测啊。不过她自己同黑石同学一块走也很愉快。小巷两边的那些古旧书店仍是通明透亮,可以看见里面人头攒动。黑石告诉小桑说,有几家书店是通宵营业。小桑就问,是什么人深更半夜还泡在古旧书店里呢?黑石回答说是那些海员。

"一连好多天在茫茫的水上漂流,他们要享受亲人的拥抱。"

"黑石同学现在说话真深奥。不过我爱听。"小桑微微嘲弄地说,"现在告诉我吧,那天您是怎么找到我的?"

"我一直离您不远,但您的视野有盲区。您从来没有到过古旧书店一条街。"

"您说得对,我真不像话。"

"是我自己从前太自卑了。直到有一天,我决心像小桑那样读书……谢谢您。"

"是我应该谢谢您,让我度过这样的一个夜晚。这是无价之宝。"

他俩在公交车站分手,相互从对方脸上看到了同一件事。坐在车上,小桑的心里开始翻腾。她觉得晚间的事有点匪夷所思的味道。那陌生的古旧书店一条街,那书店后面的书吧里的同仁,究竟是怎么回事?忽然一下,她有了这么多从未谋面的朋友,而以她的个性,她并不是那种喜欢广交朋友的人。但她觉察到了,这几个人绝不是一般的朋友,他们被某种难言的氛围缭绕着。黑石同学,你变得多么神秘了啊。

当她躺下睡觉时,便开始想象那些海员了。她也感到小书店的氛围适合他们。她记起她进店时看见一个人蹲在地上读一本线装古书,后来她出店时,看见那个人还是蹲在地上。想想看,那得有多大的定力?小桑的单身生活有点被黑石同学打乱了。她不爱他,她爱他身上笼罩的那种氛围,说不清道不明……为什么他不同雀子小姐恋爱呢?他们多么般配!小桑想到这里就笑起来,意识到自己在瞎操心。不管怎样,这是她生活中的一个不平凡的夜晚,她心里感激黑石。这么多年都过去了,他还惦记着老同学,这很了不起。

小桑感到,最近她个人的生活就是以《××××》这部长篇小说为中心了。这是否正常呢?她刚提出问题马上就觉得这个问题没有意义。读到让自己魂牵梦萦的小说,不正是自己长期以来所追求的吗?但这本书却是那种不肯放过任何对它感兴趣的读者的书。每隔一个星期,小桑就感到自己的阅读感受又翻新了。真是一本奇书。她心里盼望黑石再来邀她去书吧,可黑石一个多月不见踪影了。商场里的读书会也很不错,但比起那个书吧来,水平还是要低一点儿。小桑想,也许她自己的水平让黑石失望了?也许那一天书友们夸她的那些话是一种客气?他们已经对这本书研究很长时间了,必定有不少同她自己完全不同的见解,当时他们有所保留,可能是担心她不习惯他们圈内的人的表达方式。这件事令小桑刚刚燃烧起来的激情熄灭了。她在迷惑中继续读这本书,又有了不少新的灵感。当然迷惑并没有消失。有时候在阅读中她会产生一种感觉,就好像这本书也在读她一样。它会直率地问她:"向左还是向右?"小桑回答说向左。于是在她眼前就展开了她渴望的那种风景,就好像她在写这本书一样。虽然新朋友没有继续给小桑带来激情,但某种程度的空虚和失望让她加深了对小说文本的理解。她这样觉得。她为此感激他们。

黄昏的时候,小桑和仪叔站在大槐树底下谈话。

"如果一本书让你读了又读,总没个完,这意味着什么?"小桑问。

"应该是意味着你在飞速成长吧。"仪叔笑眯眯地回答。

"可是我总想确定下来,有个最终的东西。"

"你已经在那里了。"仪叔肯定地说。

"谢谢您,仪叔。我很快乐。"

"这就对了啊。你又去了'鸽子'书吧吗?"

"啊,仪叔也知道那个书吧?那真是个了不起的书吧!我还没去呢,他们没来叫我,可能把我忘了。"

"那里有我的一个小朋友。你不要等他们来叫你,应该自己去,对吗?"

"对,对!您提醒了我,我现在明白了。"小桑兴奋地跳了一个高,"那么,仪叔的小朋友是谁呢?"

"就是黑石啊。"

"啊?怎么从未听您提起过他?"

"因为你也没问我嘛。他是我从前的女朋友的儿子……"仪叔深情地说,"单亲家庭的小孩,有时有些小问题,他妈妈让他来找我的。"

"我明白了。谁能不爱仪叔?哪怕像我这样父母双全的。仪叔,您的魅力无人能抵挡。要不是您,我现在还没能在阅读世界入门呢。"

"小桑,你在用角色的口气说话了。这是哪本书?"

"住在您的楼上,我就等于住在小说中了——每天如此。"

两人一边开玩笑一边上楼,各回各的家。

小桑给自己泡了一杯茶压惊。仪叔带给她的震动太大了,她心里有点乱。

世上竟有这种凑巧的事!难道她读的这些小说在慢慢地改变她周围的环境?多年前,是仪叔带领她进入了这一类特殊的小说世界;现在,不知不觉,也不知从哪一天开始的,他又让自己前情人的儿子闯进了她的生活。唉,仪叔啊仪叔!小桑不知道要如何样看待她的导师,她的感受太复杂了。她脑海里有一个疑问:仪叔与黑石应该是常见面的,为什么她从来也没碰见过一次？难道他俩在城里的一个什么地方密会？想着这些事,黑石的面貌也变得模糊了。他似乎不再是从前她认识的那位男同学,而是变成了一位神秘莫测古怪的人。小桑以前也经历过这种事:一位熟悉的朋友忽然就变得陌生了。现在再遇到这种事,尤其又有仪叔牵扯在内,小桑觉得自己应当好好考虑如何对待了。仪叔怂恿她再去书吧,应该是出于对她的深切关怀……但更深的含义会是什么？不管怎样,小桑愿意去那里,她要自己去弄清这件事的含义。她决定,再见到黑石时,一定要仔细地观察他,从他那里去发现仪叔的另一面。当她想着生活中的怪事时,正在读的这本书的情节也不时闪现在脑海中。那是一些同现实不相干的情节,但好像又总有些联系。

休息日,小桑一睁眼就想起了黑石。她打算傍晚独自去"鸽子"书吧。起床后,她吃完早点就开始打扫家里的卫生,打扫完了卫生就洗澡洗头。她决心以崭新的面貌出现在书吧,她要大胆地发表自己的意见,哪怕没有把握也要尽量多说。

为了给晚上的事做准备,她又坐下来读《××××》这本小说了。当她读书时,外面天空里划过一道闪电,雷声滚滚而来。她看一看窗外,又看一看手里的书。她太喜欢这种读书的氛围了,她心中不断迸发着灵感。

傍晚之前那雨几乎一直没停,是大雨。雨声中,小桑的思维在不停地跳跃。她看见城市,看见甬道,看见人群中的巨大洞穴。最后,她坐电梯升上了四十五层楼的顶楼平台。看见上面的天穹,她在心里不断高呼:"多么高,多么高!"

吃完晚饭后雨停了,她心中的激情也平息下来了。她对自己的状态判断了几分钟后,确定自己可以去"鸽子"书吧发言了。

"小桑,你要主动出击了吗?"仪叔从大门外进来时问她。

"您说得对。"小桑哈哈一笑。

去书吧的路上遇到一些障碍,因为她找不到原来的路了。为什么呢?难道是黑石同学使了什么手段,让她丧失了方向感?她心里开始暗暗着急,因为马上要天黑了,天一黑,找路更麻烦。她问了好几个人,他们都摇头,说附近没有古旧书店一条街。一位老太太甚至说,那种书店应该在沿河一带的麻石街上。不知她是出于什么理由要这样认为。"反正附近没有那种书店,我在这里生活四十年了,没见过。"她说。

小桑心中的沮丧没法形容,但她还是坚持辨认和打探。现在她走过的这些小巷有的熟悉有的陌生,但都不是上次同黑石一起走过的。不过也许当时她同黑石经过它们时她没有仔细观察。天已经黑了,幸亏每条小巷都有街灯。书吧的朋友们不会等她,大概没人知道她会闯去,可是她已经迟到了!

"阿姨,您找谁?"一位七八岁的女孩问她。

"啊,小朋友,我找'鸽子'书吧,你知道吗?"

"那是我舅舅的书吧。您走错了。您沿这条街一直走,往左拐就到了。"

小桑走出了好远,那女孩还站在原地向她高呼:"往左拐,往左……请注意那张凯旋门!"

小桑想,这真是个贴心的女孩!

她走到了小巷的尽头,顺路往左拐了。左边这条路更窄,只能并排走两个人。两边的矮屋黑压压地挤过来,隔那么远有一根木桩,上面挂着老式路灯。小桑对自己说:"这不是古旧书店一条街,她为什么骗我?这是什么凯旋门啊,简直就是鬼门关……"她走了十分钟都没看到一个人,她没想到城里还有这样的地方。

小桑刚要退回到主巷去时,一张木门吱呀一声开了,探出一张扁平的少妇的脸。

"这位女士是来开会的吗?从这里进来吧。"

小桑心里乐开了花,快步朝那张门走去。

进了屋,她又见到了同样的摆设:桌子上方一盏小电灯,桌上摆着茶壶和茶杯。那五位朋友一齐将期待的目光扫向小桑。

"我们在等您呢。"他们异口同声地说。

"原来你们知道我要来!可是你们换了地方啊。"小桑压抑着自己的兴奋。

"桑姐,您还是找到了嘛。"雀子小姐一边给小桑倒茶一边说,"我刚才对他们说,读过《××××》这本书的读者,一定能找到我们。"

四位男士都会意地笑了起来。

"雀子说得对！"小桑激动起来，"是那本书激励我找到这里来的。朋友们，没有比你们更懂我的心思的人了。今天白天下了一场大雨……再好不过的读书的天气，那时我就知道了，我们必定会重逢。书里面写到了这件事……不，当时我并不那么确信，直到刚才雀子提起，我才一下子确信了……"

接下去小桑又说了些书里和书外的事，五位朋友都静静地听她说，用目光鼓励她。她感觉到黑石和雀子已挪到了她身旁，他们的举动令她对自己更有信心了。

"那位可爱的小女孩是谁？"小桑停下来问。

"就是这个书吧老板的外甥女嘛。"四位男士一齐回答。

"那么，你们听得懂我刚才的胡言乱语吗？我好像不是在说对这本书的感想，我好像离题很远了。真对不起……"小桑有点慌乱。

"桑姐，您说得太好了。"雀子边说边热情地握住小桑的一只手。

"对呀，小桑的发言真精彩！"费也附和着雀子。

那盏小灯忽然黑了，但很快又亮了。小桑感到雀子的手在鼓励自己。

"朋友们，我刚才说到哪里了？"小桑茫然地询问大家。

"您说到您家的院子里出现了不知名的动物。"坐在对面的李海提示她。

李海说话时欠起身,好像要凑到小桑面前同她握手似的,这令小桑很感动。

"我听说有人用侦探般的毅力钻研了这本不平凡的书,我特别佩服这个人!……"

她又说了好一会儿,她觉得自己放开了思路,差不多把要说的全说出来了。

那几双眼睛全都在严肃地看着她,尤其是黑石的眼睛,像钻石一样……为什么同学了那么多年,从未注意到他这双眼睛的与众不同之处?可能因为那时她同他的接触都发生在白天里吧。小桑感慨不已地结束了她的发言。

房里一片沉默。小桑环顾周围,发现雀子已经不见了。男士们都亲切地看着她,似乎每个人都欲言又止。

"我很想听听李海先生对这本伟大的小说的看法。"小桑直率地说。

李海立刻忸怩起来,即使他身处阴影中,小桑也感觉得到他脸红了。

"是这样,我、我把我的书放在阳光里,我盯着那、那些句子,希、希望幕后的那个角色会自己走出来……小桑女士,我说不好。我喜欢听您说。"

"不,李海,您说得太好了。那个角色是谁?是什么样的?我想,这是我们都想知道的。李海,您说出了我们想说的。"

"费,您怎样读这本书?"小桑又问。

"我已经说过,有相当长一段时间了,这本书成了我的情人——当然,TA 的性别不明,有时是男性,有时是女性。我,在现实中还没有真正的情人,现在却有了一位秘密情人。一想到 TA 我就会面带微笑。自从同 TA 结缘,我们就再也没分开过。我是家电维修工,有时有抢修的紧急任务。任务完成后回到家时,总感到焦虑不安。于是我拿出书来放在桌上,心情渐渐地平静下来。这本书讲的是什么?我并不去考虑这个问题,我想的是另外的事。比如,某年某月,如果我遇到了像书中描述的某个场景,那会是多么幸福!这就是这本书对于我的魔力。"

"真是一本有魔力的书啊……"方脸小伙子像做梦似的发出呻吟。

这时小桑感到旁边的黑石正在挪动椅子向她靠拢一点。他要对她说什么?

他什么也没说。

"黑石,我有点明白了,是因为这本书您才来找我的,对吗?"小桑自己开口了。

"也可以说,您一直就在书中,我注定了某个时候会去找您。"黑石轻声说。

"您太恭维我了,我会被冲昏头脑的。"小桑耳语般地回应他。

"为什么呢?难道我们不如书中的角色那么好?"

"不,不是这个意思。仪叔,还有您,都比我好。当然我自己也不错。"

他俩对视了几秒钟,一齐哈哈大笑。其余的人也面露笑容。

小桑感到今晚的奇遇抵达了快乐的巅峰。她变得有点语无伦次,她反复地说着这个句式:"要是没有《××××》这本书……"她还感到大家都在附和她,不断地说:"是啊,是啊……"

回家时,又发生了上次的那一幕,三位男士突然消失了,只有小桑和黑石站在门口。小桑问:"雀子呢?雀子呢?"黑石告诉她说,雀子家里有瘫痪的母亲要照顾,所以提前回家了。小桑听了心里产生的震动很大。

出了门,小桑发现先前的窄巷又变成了古旧书店一条街。走了一会儿,她突然看见一家古旧书店里有一个侧影很像费。她连忙拉着黑石进去了。

果然是费,他站在书架前翻看一本书。

"这么晚了您还不回家?"小桑问他。

"嘿嘿,意犹未尽啊。"他说。

"这是费一个人的节日,我们就不要打扰他了吧。"黑石对小桑说。

小桑一边往外走一边回头,她发现书店里有不少顾客捧着书,像五彩的热带鱼一样缓缓地游动——他们不约而同地都穿上了彩色衣服吗?

两人走出古旧书店一条街之后,居然来到了一条没有路灯的巷子,只有路两边的房屋的窗子里射出微弱的灯光。

"小桑,您近视,拉住我的手吧。"黑石说。

"好的好的,"小桑欣然回答,"刚才那个店里的顾客也都是海员吗？"

"大部分都是吧。那里的氛围多么热烈啊。我一直想做一名海员，远洋的那种。可是妈妈不同意。"

"您同您母亲住在一块吗？"小桑忍不住问了。

"不，我住在公司的宿舍里。我妈妈是很独立的女性。"

小桑在心里说："独立女性？为什么不同意儿子去大海上？"

他俩在黑暗中走了长长的一段路，他们又谈论了那本书。黑石的见解让小桑很吃惊，她觉得这位老同学比自己深刻多了。小桑心里对他充满了感激。感激之余，小桑又问他为什么这么长时间不同她联系。

"我觉得上一次去'鸽子'书吧，是我绑架了小桑。"他平静地说。

小桑想对他说，恰好相反，不是什么绑架，而是帮助她开拓了一方新的生活天地。因为结识了这些朋友，现在干任何事都劲头十足！比如……但她没有说这些话，她在沉默中看见眼前的这条路变得渐渐开阔——他们到了公交站，黑石向她挥手告别。"他是一位少有的、善于替别人着想的男子。"她终于说出了声，"而且这样的人特别适合于读这类小说。"

一回到家小桑就拿出那本书来，翻到她最喜欢的章节，又匆匆地将它们一一浏览了一遍。她不是用自己的目光读它们，而是一会儿用黑石的目光，一会儿又用费的目光。并且在这两个人的目光后面,还有个第三者——仪叔。那么,黑石同学究竟为什么在这个时候来找她?这件事同仪叔又有什么关系?

　　小桑入睡了,但又没有完全睡着。她在乡村小路上走了很远很远,仍然不感到累。周围的一切都在闪闪发光,没有任何阴影。这是她所居住的城市的郊外吗?好像是。她记得起先她是知道自己要去哪里的,后来就不再关心目的地的事了,只是一个劲地走。这时她忽然想到书友费所说的关于情人的事。她也成了这本奇书的情人了吗?她这种亢奋的情绪的确类似于恋爱。小桑是经历过好多次爱情的,直到近两年,她才逐渐地平静下来,将激情完全转向了读小说。她的野心是让自己达到仪叔的层次,然后不停努力,在对书籍的享受中度过年华。这一次,她自己也没料到一本小说的魔力会有这么大,居然让她的日常生活的节奏都改变了。她用力呼吸了一口新鲜空气,对自己说:"'鸽子'书吧的朋友们个个都像海员!"她想象他们出海归来的形象,仿佛闻到他们的衣服上都有海盐的气味,尤其是雀子的衣服。雀子是多么了不起的年轻女性,她要照顾瘫痪的母亲……她又一次觉得黑石应该同雀子好,但看来没有这回事。前方的田埂上出现了一个人的侧影,那人有点像她店里的女孩寒马。啊,果然是她!"寒马,寒马!"她喊道,但发不出声音。后来她就坠入了黑暗——黑暗里有幸福。

　　那女子是一位风韵犹存的美人,仪叔正同她站在那棵柿子树下说话。小桑经过他们时仪叔朝她点了点头。回到家,小桑的心在怦怦地跳。这位女子好像从未来过,莫非是黑石的妈妈,仪叔从前的那位女友?她同仪叔太般配了。小桑忍不住走到窗口,两人已经不见了。这位女子也读过那本书吗?她会不会同亲爱的仪叔谈论那本书?小桑有一点醋意,但更多的是好奇心。想着这件事,她又把那本书拿出来,翻到最近反复读过的一章,用那位美人的眼光浏览了一遍。奇怪,她好像有了一些新的感悟。这些感悟似乎都同仪叔有关。她所熟悉的仪叔,忽然就变得陌生了,而且深不可测。

她又有很长时间没见到黑石了。她没能大胆地闯到"鸽子"书吧去。不知为什么,她觉得自己如果像上次那样再去找古旧书店一条街的话,就会真正地迷路,白跑一趟。为什么黑石在同她分手时不与她约好?当然他有他的道理,但小桑至今也想不出他有什么道理。

"仪叔,那是您的女友吗?"小桑问。

"不,是前女友。她是黑石的妈妈。"仪叔平静地回答。

"她可是个美人。"

"你看清楚了吗?"

"看清了。年轻时一定更美。"

"你说得没错。"

他们一块上楼时小桑唠叨着:"真可惜啊。"

"可惜什么,小桑在胡思乱想。"

小桑回家后还感叹了一阵世事沧桑。她还在心里猜测:黑石的性情会不会像他妈妈?这位美人的外表看上去真温柔。她一边读那本书一边想:仪叔今夜会睡不着觉吗?十点半时她忍不住下楼了,她朝那窗口望去,灯亮着,他还在读书。但过了一会儿灯就黑了,他像往常一样睡觉去了。仪叔太正常了,不像她自己。这时大门那里进来了一个人,居然是黑石!

"您是来找仪叔的吧?"小桑问他。

"不,我是来找您的。"

"找我?哈,奇怪。"

"看来您不欢迎啊。"

"不对,欢迎欢迎。"

"我们在这树底下坐一会儿吧。"他提议。

于是老同学之间有了一次敞开心扉的谈话。

黑石很爱他的妈妈,可是他并不赞成她的生活态度,当然他也不会去干涉她。他妈妈具有一种很容易走极端的个性。在黑石很小的时候,黑石的爸爸就离开他们母子俩出走了,不久同另外一位女人结婚了。但是黑石的妈妈一直对前夫不能忘怀。多少年过去了,爸爸那边的家庭看上去很平静,也很幸福,但黑石的妈妈仍对他的爸爸不死心,有时还以黑石为借口去找他。当然她碰了钉子。事后便长吁短叹,甚至还询问少年黑石:"我是在哪里丢失了你的爸爸?"两年多前她还吞服了过量的安眠药,因为她觉得黑石已不再需要她了,青年时代的男朋友仪叔也对她不感兴趣了,一时想不开就要离开这个世界。被抢救过来之后,她深深地后悔自己的举动,觉得对不起儿子和仪叔。而这两位男人,也以更温柔、更细致的态度待她。现在她看上去是重新燃起了生活的欲望。

"您认为,仪叔还爱您母亲吗?"小桑问。

"我问过仪叔,仪叔回答说还爱,不过是一种家庭成员间的爱。要知道人是会改变的,并不是大家都像我妈妈。其实经过吃安眠药的事件后,我妈妈又恢复了对仪叔的爱,可惜仪叔又不再爱她了。唉。"

"您父亲——他很英俊吧?"

"对。属于那种走在路上行人都要回头看的类型。所以我妈妈当初抛弃了仪叔,立刻嫁给了他。他们两人在一起疯狂相爱了一年多,后来就有了矛盾。我的外貌一点都不像我的父母,我小时候人们说我是捡来的小孩。您瞧,像我这样不起眼的反倒平安无事。"

当小桑听见黑石这样自嘲时,忽然觉得自己很心疼这位老同学。

他们谈话时,院里的那只黑猫又来了,围着他俩绕来绕去的,好像特别兴奋。小桑的脑海中出现一些句子,她想:"就连猫也……"

"黑石,我真佩服您。"她终于说了出来。

"为了什么呢?"他茫然地看了她一眼。

"您正在慢慢地成为另外一位仪叔。要知道仪叔是我的偶像啊。"

"谢谢您,小桑。可是您把我拔高太多了,我哪能同仪叔相比!"

他说着就站起来告辞。小桑问他下次他俩在哪里见面,他就说:"还是古旧书店一条街。多走走就熟悉了。"

黑石离开之后,小桑反复地琢磨他说的那句话:"……多走走就熟悉了。"

她感到这句话的底蕴像一个黑洞,她又感到却原来自己身边就有这样一些人,过着同自己完全不一样的生活,一种连自己在想象中都会觉得无比困难的生活。就说仪叔吧,她一直自认为很能懂得他,可现在她获得的信息却表明,她只懂得他身上某些表面的东西。想到这里小桑自嘲地笑了。当然啦,像仪叔这样饱经风霜的人,她怎么能轻易看透他?大概这就是《××××》这本书的魅力所在吧。看不透,却又吸引着人去深入,并且每一步深入都有令人欣喜的收获。当初仪叔引领她进入的这个小说世界,正是他自己的内心!小桑因为这个发现而激动起来了。那么她自己,会不会像黑石一样也变得越来越像仪叔?这正是她所向往的啊。一个自己已经不再爱恋的前情人,需要他的搭救。而他,既要搭救她,又不要让她误会,还要令她鼓起生活的勇气。处理这种关系的难度太大了,小桑想一想都头晕。可仪叔却看上去镇定自若,给人一棵大树的感觉。还有这个鬼鬼祟祟的黑石,仪叔年轻的时候会不会是他这个样子?小桑的目光又停留在那本书上。

似乎是,书中所有的角色都在为一桩共同的事激动着,操心着。读者能感觉到那种浓烈的氛围,但要一把抓住并证实又不可能。那就像一个无形的圈套,小桑自愿入套。她记起当初,仪叔将这本书推荐给她时,漫不经心地对她说:"这书适合你,可以读很长时间。反正你现在有空闲。"小桑习惯了仪叔说话的派头,他总是话中有话。小桑拿到书后就隐约地感到了,她所面对的不是一本小说,而是一些事件,这些事件将要陆续来到她的个人生活里。书中的这一章写到一个一次又一次遭对方失约的情人,那情人坐在附近的一张石凳上,小桑感到了他的美……忽然有人敲她的房门,原来是小麻。小桑大吃一惊。

"小桑,我是到你这里来睡觉的。我一直同男朋友在外面游荡,刚把他打发走。我不想同他浪费时间了,可我的身体又不听我的。你说我怎么办?"

"我不知道!"小桑对着卫生间的门大喊。

小麻正在里面洗澡。已是深更半夜。

小麻洗完澡出来,看见小桑已经入睡了——她今天实在累坏了。

小桑独自顺利地找到了"鸽子"书吧。书吧在市政会议室后面的一间空房子里。她来得太早了,只有雀子一个人在那里忙着生炉子烧茶。小桑连忙过去帮忙。

"雀子,你妈妈好些了吗?"

"挺好的,她快要站起来了。是黑石告诉您的吗?"

"是啊。我问你一个问题,你先答应我别生气好吗?"

"当然不,无论什么问题。"

"为什么你不和黑石好?你俩太合适了。"

"谢谢小桑姐。我说出来您会吃一惊:我们已经恋爱过了,在我二十岁那年。"

"什么意思?"

"意思就是,我们已经分手四年了。但我们仍是好朋友。"

"原来这样。我真是瞎操心。"小桑笑起来了。

虽然只有短短的几句话,但小桑注意到了雀子的大眼睛里突然闪出的光芒。看来这位书友是认真爱过黑石的。

"后来我又爱上了别人,同样分手了。这至少证明了我同黑石不合适。可我发誓,他是我所见过的男人当中最好的。现在我没有爱人,小桑姐,在这个书吧里,我最爱的就是您了:您一来我就盯上了您,您一讲话我就热血沸腾。我自己也不知道为什么。我要像您一样读书……我回到家里,把您的发言复述给妈妈听,妈妈大大地夸奖您!我妈妈也是个书迷,很懂人情的。"

小桑听着她说话,轻轻地叹气,心里却感到一阵一阵的暖流的冲击。

这时另外四位男士也进来了,黑石最后进来。当他照例坐在小桑身旁时,小桑感激地看了他一眼。她听见费在说,他想谈一点对《××××》这本书的新的感想。他的话音一落,小桑就感到有种情绪扑面而来,整个地笼罩了她,但她暂时还不能确定那究竟是什么情绪。费并没有立刻开始谈感想,而是在同李海说悄悄话。

"小桑姐,您发言吧,发言吧,我最爱听您发言。"雀子恳求小桑。

"可是我在等费发言呢。"

"不要等他。如果我们等他,他就会说不出话。他喜欢出其不意。可是您啊,您任何时候都能让我情绪奋起。"

"雀子,你的观察真细致。"小桑赞赏地说。

于是小桑就发言了。她谈了这段时间自己的生活被《××××》这本书所改变的情况。她说得很含糊,可是越含糊就越想分辨出某种意图。她感到所有的人都在定睛看着她,于是激动起来,稍微提高了声音。她记得最后她说的几句话:"……由于这本书,我的听觉变得敏锐了。短短的三个月里面,我已经听到了很多以前听不到的声音。当我静下来时,它们就在它们一直所在的地方汇成一股一股的声浪。世上竟有这种书——不直接给你信息,却来刺激你的听觉。"

她说完了,她在心里问自己:我在说什么?

这时雀子挨近了她,握住她的手。她抬起头,看见黑石在向她微笑。黑石总是显得胸有成竹,简直要赶上仪叔了。

就在大家都看着小桑时,费的声音响起来了。雀子向小桑做了个鬼脸。

"我的这位情人最近变脸了,她一刻也不放松对我的追逼。我很早就认识她了——远在小桑见到她之前,可是到头来我对她的美的感受远远地落在小桑的后面。不过这不要紧,重要的是,我现在上路了。刚才我在同李海一块揣测书中情节包含的一种倾向,我们俩都感到已经有了一些眉目,尤其是关于那位饲养员出现的时段。我的感受会不会突然就更上一层楼?上次我得到这种惊喜已经是一年前了。我太懒,我感到有种重要的情绪总在蛰伏着……"他说不下去了。

小桑觉得费似乎有点悲观。但李海不这样看。

"你们总说我是个侦探,其实真正的侦探是费哥。"他慢吞吞地说。

小桑转向黑石,轻声问他:"为什么您不发言?"

"我在等。"黑石也轻声说,"可能是在等合适的词和句子?看来今晚等不到了。我真羡慕您,小桑。我有表达障碍。"

当黑石这样说话时,小桑就仿佛看见了少年时代的他,那个不起眼的形象现在让她的心里一紧。她想,一直以来,她对人的判断是多么表面啊。他和仪叔,她身边的这两位男人,她对他们有多深的认识?可他们才是《××××》这本书的背景啊。还有雀子,虽然钟情于自己,又比自己年轻了这么多,可小桑还是看不透这个女孩……

"小桑姐有种超人的能力,"雀子开口了,"就是随时都能爆发,只要她想,她就能说出书中的境界。我常想,为什么我做不到?我磨磨蹭蹭,结果就被排除在外了。昨天我发誓说,我要长驱直入,可到了现场,我又磨蹭起来。"

小桑注意到,雀子发言之际,黑石微微地点头,似乎在说:"是啊,是啊。"

"也不完全是磨蹭吧,"方脸的名叫岩的男子说,"我感觉到您是一位遇事喜欢深思熟虑的女孩,您的爆发会特别持久。至于我,我将这本书当生活指南来读,我认为我们的日常生活太需要这样一本指南了。你们有同感吗?"

大家都笑起来,都表示有同感。小桑也觉得深有同感,继而觉得岩的文学修养非同一般。现在小桑沉浸在幸福中了,一下子遇到这么多志同道合的人,这可是她一生中又一次好运从天而降啊。第一次当然是遇见仪叔。她看见雀子在对她笑,她俩突然不约而同地跳起来拥抱了一下。她又看见黑石在望着她笑,她当然不敢贸然拥抱这位老同学,于是矜持地坐下来了。

"我真喜欢您的性情。"黑石对她说。

小桑先是一愣,不过马上觉得自己领悟了他的话,就回复他说:"我也喜欢您的性情。您总能让我这样的愣头青对事多留心。"

"看来我们开始相互欣赏了?"黑石脸上乐开了花。

"大概不是从今天开始的吧。"

回家时出了点意外,黑石的母亲在外面摔倒了,他急匆匆地先走了。

现在小桑已经熟悉了认路的方法,像是突然就悟出来了一样。她独自一个人心情放松地走在这条以前没来过的小巷里,巷子里有路灯,但几乎每户人家都将房门敞开,像是在迎接客人一样。真是一个很特别的小巷。有一位小女孩从一间屋子里跑出来了,正朝她跑来。啊,居然是上次去书吧聚会时在路上见过的女孩。

"我们的书吧搬到这里来了吗?"小桑问小女孩。

"我们的书吧本来就是在这里嘛。您刚才不是来过了吗?"女孩瞪大了眼睛,吃惊地看着小桑。

小桑居然脸红了。她连声说对不起。

"为了什么呢?"小女孩不解地问。

"为了我刚才说的傻话。"

"哈哈哈哈!"小女孩高兴地笑着。想了想又说:"让我陪您走一走。"

她紧紧地握住小桑的手,神情严肃地同她一块走。小桑感到小女孩的手在出汗,就问她是不是心里很激动。

"我总是这样的。我舅舅说我是书吧的灵魂。"她像大人一样说话。

"你舅舅说得太对了。你真了不起。"小桑由衷地说。

"我要将世界上的童话书全部读完。那要很久吗?"

"对,需要很久很久。你真幸福。"

"您也幸福吗?"

"我也幸福。"

她们走完这条街时,小女孩就向小桑告别了。

小桑只觉得思绪万千。她在街口回过头来看,看见整条巷子通明透亮,像是在与她进行无声的对话。她突然焦虑起来,因为想起了黑石的妈妈摔倒的事。她加快了脚步,打算回去后询问仪叔。现在仪叔一定得到消息了。经过今天晚上书吧的聚会,小桑觉得黑石已经就像她的家人一样了。对,就是家人,像她父母兄弟一样。

"黑石的妈妈还好,没伤到骨头。"仪叔告诉她。"今晚的讨论热烈吗?"仪叔问。

"太棒了,仪叔!我学到了那么多……"她的声音突然哽咽了,"我爱您,仪叔。您为我做了那么多。"

"我也爱你,小桑。你快回去休息吧,我知道这种讨论是很累的。"

小桑在黑暗中躺了好久,还在想黑石的妈妈的事。"她真是有福气啊。"小桑叹道。她想如果自己是她,就要一直活下去,活到儿子结婚,活到孙儿长大。还有这位不可测度的仪叔,她记得仪叔告诉过她他当年离开北海的原因是因为不成功的恋爱。谁能不爱仪叔?当然,仪叔不可能一开始就是今天这个样子,一定是经历了很多磨难之后才变成这个样子的。那么他现在是什么样子?他的头上有光晕,小桑觉得。还有,黑石的妈妈应该是在他离开北海之后遇见的吧?那时这位美女的视野里有盲区,所以看不见仪叔的美。多少年之后,她自己吃尽了苦头,才回过头来发现了先前的情人的美。可是仪叔又不再爱她了。小桑在床上折腾了很久,天快亮了才睡着。

小桑和小麻相约下班后去"情趣"咖啡馆。小桑记起她已经很久没同小麻去过这个咖啡馆了,因为这段时间她的注意力转移到"鸽子"书吧那边去了。

"小桑,你可不要轻易放开这个人啊。你一放开,我马上追过去!"

小麻在打趣小桑,她认为黑石是小桑的新男友。

"瞎说,瞎说,我和他只是朋友。他是我的老同学。"

"真的吗?这么说我还有希望?"

"我可以给你介绍他。"

"不,你留着他吧。我认识他,这个人很不一般。我隐隐地感到,说不定哪一天小桑就喜欢他了。至于他那方面,从他看你的眼神也知道……"

"小麻,你在编故事了。你什么时候见过我同他在一块?"

"就在古旧书店一条街嘛。你没注意到我,因为你神情恍惚。"

小麻很得意,但小桑吃了一惊。怎么会发生这种事?她从小麻身边走过都没看见她?小桑用力回忆古旧书店一条街当时的情景,但收效甚微,那个记忆实在太模糊了,她真正记住的只有关于黑石的神秘之处。这时她被服务生吓了一跳。

"欢迎光临。"咖啡馆大男孩的声音突然在黑暗中响起。

现在只有桌上仅有的一支蜡烛在亮着了,周围变得黑洞洞的,也不知大堂里有没有顾客。她俩都穿上了薄毛衣,还是感到了凉意。两大杯热咖啡来了,真过瘾啊。有动物在小桑的小腿那里蹭来蹭去的,小麻说那是豹子。

"我也开始翻阅你在读的这本小说了。我暂时进不去,只能说是翻阅。那次在古旧书店一条街看到你和黑石陶醉的神情,我就下决心一定要读它。"

"说说看吧,你和你那位进展如何?"小桑朝小麻凑近一点说道。

"没有进展,不过也没分手。他不是我想追求的那种人。"

"你已经确定了要找什么样的人吗?"

"也没有确定。不过如果他像黑石……"小麻哧哧地暗笑。

"我真的愿意将黑石介绍给你——"

"不、不,别介绍,等一等嘛。你怎么会对自己这么有把握的?啊?"

小桑沉默了,她变得有点心不在焉起来。她觉得她对自己并没有把握,但她没有爱上黑石这一点是确定的。即使小麻如此挑逗,她的心也没有怦怦地跳。但黑石,只要一接触他,就会感到他是那种让人印象很深的人。

"我总觉得你是那种即使没有男友,也有办法过得很好的人。"小麻说。

"是啊。只要想到下班后有一本书在那里静静地等待我,我就会振奋。"

这时豹子又上桌了,它伸出前掌一掌就将蜡烛打灭了。然后它就离开了。

她们两人的思绪此刻都进入了隧道。她们在想关于那本书的事。也可能只是沉浸在那种微妙的意境中,却什么都没想。

也不知过了多久,小桑忽然听见小麻在轻轻地叫她。

"小桑,小桑,你在哪里?"

"我在乡下,这里有农田,我在田埂上走,心情渐渐开朗。"

小桑刚一说完,服务生就点亮了蜡烛。两人同时看见从大门外拥进来的年轻人,他们正热烈地交谈着。

"我们回家吧。"小桑说。

外面是深蓝色的夜空,月亮比往常要大。

"小麻,你在想什么?"

"我在想,小桑,你这一生,从来没有错过什么人吗?"

"当然有的。不过那并不是坏事。你觉得呢?"小桑说。

"嗯,也许吧。"

"再说,我已经这个年纪,很难错过什么人了。"

"你有点悲观。"

"我不太清楚是不是悲观,也可能我还在等?"

"我宁愿相信你还在等。"

同小麻分手后,小桑还不想回家。不知为什么,今晚她有点惆怅。平时她很少去酒吧,可是她今晚不知不觉地就进去了。她要了一杯红酒。

喝完红酒后,她感到自己的身体舒畅了好多。她问自己,难道她在压抑自己?不,没有,她清醒地回答。她的生活很丰富,也不缺少激情,只是这两年没有男朋友罢了。她在全神贯注地读小说,想要让自己的水平更上一层楼。有一件事有点奇怪,这就是自从她开始阅读《××××》这本书以来,她似乎觉得有一个谜在自己的周围形成了。她现在还不知道这是小说的魔力呢,还是她的现实生活中真有一个谜。

"第一次来吗?"一位高个子男人凑过来问她。他喝的是白酒。

"不是。谢谢,可是我不能再喝了。"

"我的家乡在长白山,我不愿回去,我只想在城市里思念她。"

"这可能是因为回到了她那里就会不认识她了?"小桑说话时扬了扬眉毛。

"是啊。"男子说完这一句就头一垂,伏在吧台上睡着了。

小桑连忙起身离开。

走到家门口就看见仪叔在大门外向她招手。

"小桑,正好我今天睡得晚,就出来等等你。玩得很开心吧。"

"很开心。喝了咖啡又喝了红酒。好久没这么放任过了。"

两人一块上楼时小桑问仪叔最近见到黑石没有。仪叔说见到了,他俩一块去了海员俱乐部,还同一位海员交谈了很久呢。

"黑石总是向往着大海。"小桑若有所思地说。

"你说得太对了。"仪叔回应她。

小桑躺在床上时想,有的人是想去海上冒险,有的人却可能是去体验思乡的氛围,黑石应是属于后者吧。他对于家乡拥有什么样的深情?从一般意义上来说,他的童年并不快乐,可他却长成了现在这个样子。他现在是什么样子?小桑想不清,但她禁不住有些自叹不如。不知为什么,她觉得黑石和仪叔的身影渐渐进入了她读的这本书,当然不是作为角色,而是作为那些模糊的背景人物——比如黑石成了面目模糊的小贩,仪叔成了水上救护员。想到这里,小桑咯咯地笑了出来。这本书里常发生这种事:一种模糊的背景里突然蹦出一个人物来。小桑知道,阅读者必须有耐心,必须善于等待。一切终将水落石出。如果一名读者到最后都没产生水落石出的感觉,那他就不适合这类书。这类书又是哪类书?就是她、仪叔、"鸽子"书吧的书友们都酷爱的那类书嘛。以前她以为她这个水平的读者很少,只除了比她水平更高的仪叔。后来黑石来了,将她带进了"鸽子"书吧,她这才发现城市里还有这样一个迷人的世界。这个小世界还似乎牵涉很广,这里面的每一个人都似乎能带出无穷无尽的"事件"。所以小桑不觉得是在"鸽子"书吧讨论《××××》这本书,而觉得是在讨论大家的日常生活。可这不正是她所追求的境界吗?她和仪叔一直在寻找同生活融为一体的那种小说。"融为一体!"她在黑暗里说出了声。她只身走入了黑乎乎的小巷,小巷里一盏灯都没有,矮屋里传出缓慢的念书声。

"我们要不要顺着树林边沿走?您听到鼓点声了吗?"

"您瞧,这是我几天前撒种的那块土。它们已经发芽了。"

"出其不意是什么意思?就是当你刻意忘却某件事……"

"对啦,在城市里,到处都有人在播种。"

小桑边走边倾听,她想,多么精彩的对话啊!并且多么接近日常生活啊!那些夜晚,当她坐在院子里的路灯下读书时,她的耳边不就时常响起同这类似的对话吗?当然说话的往往是那些下夜班的工人们。渐渐地,读书的声音就低下去了,听不清了。然而他们的语气还能分辨,那语气似乎在呵护着小桑入梦。

寒马居然出现在"鸽子"书吧了。不过她不是小桑介绍去的,她是跟随费到来的。小桑见到她和费坐在桌边交谈,一下子恍然大悟——难怪在不久前,费和寒马都来到了她的同读书有关的梦里!费说过他将小说当情人,而寒马,是属于将来要写小说的那种年轻人。说不定她已经在偷偷地尝试了呢。小桑一进书吧,寒马就坐起来了,她紧紧地挨着小桑,令小桑感到她那青春的身体的活力。

"我同费是在海员俱乐部认识的。"寒马大方地说,"真没想到,我和他都不是海员,却对海上的生活感兴趣。同费接触之后,我真的很想动笔写小说了。我要写我和他都喜欢的那种,我知道这并不容易……他对小说的痴迷感染了我,我想变成他爱上的那种……桑姐,您觉得这是不是很疯狂?"

"不,我一点也不觉得这是疯狂。你们是天生的同路人。"

"哈,这世上有这么多巧遇!"

"也可能不是巧遇——"

小桑想起了她的梦,但她不想说下去了,因为没必要了。费的目光在她们的对面闪烁,他已变得那么热情又那么坦率。整个晚上,他俩都在眉来眼去。

小桑刚一进书吧就发现黑石不在,她有点失望。雀子告诉小桑,黑石陪他妈妈去海上了,要一星期后回来。"他特意要我们大家别忘了告诉小桑。"雀子做了个鬼脸。

小桑这才发现雀子和"侦探"李海坐在一起,两人似乎有说不完的悄悄话,也不管谁正在发言了。看来"鸽子"书吧先前的格局正在变化。

现在是寒马在发言。

"《××××》这本书对我来说像是催化剂。时间一天一天地过去,我感到我里面有很多东西在变化,好像我不再是自己了一样。一方面,我钦佩作者的才华,与此同时我想,倘若如他那样养成一种眼光,我自己是不是也可以试一试?和大家比起来,我读书不算太多。我是后知后觉。直到最近我才明白,好小说就是教人如何行动的啊。现在啊,只要一拿起这本书,我脑海里就会浮出一些模糊的图案。就像有个人站在我旁边催促:'你快点成熟起来啊!'"

"我就是那个催促寒马的人啊!"费叫了起来。

"寒马,你快动手吧,我们都等着读你的书呢!"李海和雀子也叫道。

寒马满脸通红地坐了下来,费紧紧地搂着她。小桑想,他俩的表情就像在大海上漂流一样。两人都是大海的痴迷者……

"我同意寒马的意见。最近我的生活变化很大,就是这本美丽的小说引起的啊。我像寒马一样,也在行动……可是我不清楚,那到底是什么样的行动?就像山还是那座山,但又完全不同了。唉。"小桑说。

她觉得自己突然有点伤感,可为了什么呢?

"最好的小说是会造就一些行动者的。"一直沉默的岩突然说。

"那么你,也在行动?"小桑问他。

"我觉得是这样,比如做家务的时候。"岩回应道。

不知为什么,小桑觉得岩的回应特别感人。"真是一位了不起的小伙子!"她在心里叹道,并目不转睛地看了他十秒钟,直到岩不好意思地低下了头。

小桑还觉得,在座的每一个人都钻进了《××××》这部小说,包括她自己。此刻大家都在想着如何发挥小说的能量,因为这个任务已经归到他们身上了。她突然记起黑石不在这里。真遗憾!小桑想象着自己向商场的年轻人介绍这本书的情景。她已经有些计划了。她又想,如果将黑石带到商场的读书会去,小麻等人会多么兴奋啊。下次与黑石见面时,她就要向他提议这件事。小桑望向对面,看到寒马和费亲密的样子,她居然有点心跳的感觉。奇怪,又不是自己在恋爱,干吗心跳?是不是在同一本小说的氛围里,就连恋爱也可以传染了?啊,因为寒马的意外的到来,今晚大家讨论的热情升上了高峰!

"尽管我没有真正的计划,"小桑继续说,"尽管一切都是不清楚的,可我还是要行动——就像书中的那座雕像一样,于夜深人静时移动。"

她说完后,大家都向她投来赞赏的目光。这让她确信,她应该说出这些话。大部分时候,只要是谈小说,小桑就没有明确的思路。尽管如此,她却在心底有冲动,这莫名的冲动迫使她说出一些话……经历了这几次"鸽子"书吧的聚会,她感到这些书友都喜欢听她谈感想。

"就在刚才,我和李海决定一块采取行动了!"雀子兴奋地说。

小桑将羡慕的目光转向那两个人。

大家都站了起来准备回家。本来岩说自己愿意送一送小桑,但是小桑拒绝了。于是岩钻进了一家古旧书店。像上次一样,小桑又是一个人行走在小巷里。现在小巷变回了她第一次去"鸽子"书吧时同黑石一块行走的小巷,这令她感慨万千——转眼又是几个月过去了,她的这位老同学已经渡过生活中的难关了吗?她是多么希望自己能帮他一把啊。可是她又想,黑石是属于那种很少需要人帮助的人,说不定他还想来帮助她呢。对了,他肯定那样想过,要不他怎么会来邀她去书吧？他们多年没见面了,虽然他一直对她关注,也可能就是作为老同学的关注吧。还有仪叔,仪叔在黑石面前是如何介绍她的？想着这些美好的往事,一股一股的暖流便从她心头流过。她虽然独身,但一点也不感到孤单！她有了这么多珍贵的朋友,只要她还在读书,她就离不开他们。一切都像是发生在冥冥之中,但这一切里面又似乎有种巧妙的策划,一种绝不短暂的策划,它指向命运的远方……"这到底是怎么回事？"小桑不知不觉地说出了声。她立刻环顾左右,还好,小巷里没有行人,只有书店的柔和的灯光洒向路面。

时间还早(大概是因为有人在恋爱,所以聚会散得早些),小桑忍不住拐进了一家别致的植物知识书店。店员让她坐在圆凳上选书。关于植物方面的书品种很多,让小桑大开眼界。

"这是西双版纳热带植物园的介绍。"店员递给她一本厚厚的书,"我想您一定会喜欢,黑石先生也买了一本呢。"

"黑石先生常来你们书店吗？"

"是啊。我看见过他和您一块从这里走过去呢。"

小桑被那两棵狐尾椰吸引住了,她买下了这本摄影集。她听到一对情侣在前面的书架旁谈论书中的植物,于是突然醒悟:这里的氛围太适合恋人们了,她得马上离开。店员还想为她介绍另一本书,她微笑着,摆摆手走了出去。

出了小巷,一个疑问不由自主地跳进她的脑海:黑石是同谁一块去这家书店的？小桑拍了拍自己的脑袋,说:"多管闲事。"

在车上,回忆起寒马和费在一块时的情景,小桑的心情无比舒畅。那就像小说里面的那个梦想在现实中实现了一样。这时她听见坐在后面的男乘客说:"他俩自动地走到一块去了。那并不是约会。"女的则回应他说:"这种概率还是很大的啊,比如我们从前在郊区劳动时。"

小桑回到了家,她看见仪叔家的灯还亮着,于是便感到心安。

她在日志上写道:"寒马来书吧。黑石同妈妈去了海上。一次热情的发言。买了有关西双版纳热带植物园的影集。"写完后她又看了这几个句子几眼,感到它们熠熠生辉。她仍不知道自己离她要解的谜是远还是近。

这时她看见门边有张折叠的小纸条,是谁塞进来的?

"我最近在猛攻文学,我觉得这样才能对自己有把握。　　小麻"

哈,小麻来过了。这位姑娘在读书方面快要上路了。小桑一贯认为能在读书方面上路的人,都会有较好的生活。她身边不是有这些活的例子吗?但并不是每个人都能上路的,这取决于个人的气质,也取决于某些契机。小桑决定帮她一把。

小桑躺在黑暗里想着这些给她带来快乐的事,久久不能入睡。明天她又要上班了,她喜欢上班。这份工作时间不长,有点儿紧张,这对她的生活是一种很好的调节。而且一天接触到各式各样的人,对于她也是种训练。再过几天她就三十五岁了,日子过得真快!对于自己在变老这事她一点都不伤感。她不是每天都在进步吗?最近简直称得上突飞猛进。哪里有时间去伤感?

小桑白天忙商场的工作,晚上休息,休息时看一会儿《××××》这本书,在书中的氛围里入眠。一个星期的平静生活一眨眼就过去了。其间她也在院子里看见仪叔几次,每次她都想从他脸上看出某个疑问的答案,但仪叔从未给她机会。他实在是太高深了。小桑不由得暗想,自己的功力还不到啊。

休息日又来了,小桑又要通宵夜战了。她喝完茶,吹干了头发,就夹着那本书下楼了。这回她拿了一张舒适的软椅,因为她读到最能给她带来享受的部分了。

时间还不到九点,陆陆续续有些邻居从楼里出去,都是年轻人,大概是去酒吧的。小桑记起上次她去酒吧的事,那时她有点伤感。可她现在已经不伤感了,人的情绪真奇妙。这些年轻人,个个都很快乐的样子,大概是因为渴望生活吧。

她坐在软椅上,就着路灯开始读书了。这一章写到了一些模糊的情景,一位女导游带着几位游客进入了国家公园。他们走了很长的路,个个疲惫不堪,但导游小蛮坚持说,他们就快到达石林了,到了石林,疲劳就会消失。小蛮每次将这句话说一遍,那几位游客的眼里就会闪现出光亮。当然他们要坚持啊,如果一辈子里头能看一次石林,那会是莫大的幸福啊。小蛮的介绍古怪离奇,将石林说得神乎其神,可为什么就是走不到呢?这个国家公园到底有多大?后来这一行人遇见了当地原住民,这位山民指着他身后,说石林就在那里。于是那几双眼睛又亮起来了。他们没找到石林,但疲劳的确在一点一点地消失,他们越来越有精神了。小蛮看着他们爬山的步伐,心中暗自欣喜……这一章的标题是《创造》。小桑回忆起自己在"鸽子"书吧聚会中的发言,觉得自己同这些游客的经历很相似。原来这就是创造啊。小桑也暗自欣喜。

黑猫又过来了,在她的裤腿上蹭来蹭去。小桑想,黑猫也在创造啊。这样的夜晚,正是创造之夜啊。地球上的生灵们都在进行创造呢。小桑为自己享受到了书中的内容而激动,她要将这一章再读一遍,还要将她的感想告诉仪叔。瞧,仪叔的书房里的灯光正亮着呢,他一定在读一本更为高深的书吧。寒马说过,最好的小说教人行动,那么她小桑,是不是该开始行动了?还是她一直在行动,但自己并不自觉?有时候,不那么自觉的行动也算是行动吧。

当小桑读第二遍时,一些模糊的细节就显出了轮廓。却原来它们都指向同一种境界。机械厂那几位上中班的工人们回来了,小桑耳边响着他们的低语:"嘘,小声点,小桑在读书。""她白天工作辛苦,一休息就在读书……""从这边绕一下,不要离她太近。"他们悄悄地进了楼。黑猫追了他们几步,又回来了。它惦记小桑要给它的小鱼干。小桑下意识地将手伸进衣袋,摸到了小鱼干。黑猫温柔地伸长了脖子去够她的手掌。此时小桑读到的句子是:"那人从山谷里爬了上来,朝游客们挥手。"倾听着猫儿咀嚼小鱼干的好听的声音,她在心里说:"多么醉人的夜晚!"她很想此刻就去同仪叔谈论一下这一章,但还是忍住了。她要独立思考,独自感受。

夜深了,仪叔书房里的灯也黑了。小桑记起她星期一要出差去惠城。两个多小时的航程,她又可以在飞机上读书了。那会是令她神往的情境。今天下班刚回家,她就将这件事告诉了仪叔,仪叔也为她高兴。他还拿出一个小本,记下了她的航班,还有她住宿的旅馆。他的举动令小桑感动。

小桑刚刚站起来,仪叔就从楼里出来了。

"哈哈,原来您还没睡啊。"

"天气太好了,我想到附近走一走。"

"我陪您一块走吧。我今晚战绩辉煌。"

"也好。"

小桑将书放在椅子上,满心喜悦地同仪叔走出大门。

"黑石同他妈妈从海上回来后,我还没见过他呢。"小桑说。

"我一直在想,我们三个人应该聚一次会。去公园划船怎么样?后山那个公园路远一点,里面人很少。"

"好!我太想去了。"

"我来约黑石吧。他最近太辛苦。小桑一定知道吧,他考虑事情细致入微。"

"嗯。我也看出来了。也许他是受仪叔的影响。"

"不对,我可比不上黑石。我常受他的影响呢。"仪叔笑起来。

他俩经过酒吧时,一位男子从里面出来,他亲热地同仪叔招呼。小桑看清了那人的脸,是个年轻人。

"我从来不知道仪叔也去酒吧。"她说。

"年轻时有时会去,老了之后就去得少了。上次去是一年多之前。我在酒吧里遇见了这位小年。我们比较谈得来。"

"我特别想看您喝酒的样子。"

"可惜现在已经晚了,要不然我倒可以让你见识一下。"

"黑石的妈妈怎样了?"

"应该说调整得比较好了。在黑石的影响下,她也开始读小说了。"

"黑石真棒!要是哪位姑娘嫁给他,一定会幸福。"

"我也觉得他最应该成家。小桑有合适的人帮他介绍吗?"

"暂时还没有。本来想介绍一位,她很漂亮,但她坚决不接受我的介绍。"

"为什么呢?黑石这样的青年,不是可以经常遇到的啊。"

"不知道为什么。"小桑愤愤地说。

两人都沉默了。各想各的心事,也可以说他们什么都没想,只是享受着相伴而行的愉快。对于小桑来说,仪叔是她最愿意相伴的人,既是长辈又是最好的朋友,比她的父母更为知心的人。她同他在一块永远不会厌烦,只有说不完的知心话,和对未来的憧憬。他一直激励着小桑上进。他们快走到护城河了,仪叔说他们该回家了。于是两人掉转头往回走。

"仪叔,我想问您一件事,您答应我不生气我才说。"小桑开口了。

"我当然不生气,因为是小桑在问我。"

"一年多之前您去酒吧,您为什么去酒吧?您与那位小年谈论一些什么?"

"啊——是这样的,那时我有些私人的事令我不太愉快,就想去酒吧放松一下,可是在那里我遇见了小年。当时他已喝高了,不过还没全醉。他抓住我的衣袖不停地诉说,说自己不想活了。那天夜里我和小年在一块待了很长时间。分手时,我的私人事务给我带来的不愉快已经大大减轻了。我没喝成酒,却让自己恢复了正常。"

小桑觉得仪叔的这些话信息量很大,可是她又不便询问他。于是她沉默了。她暗想,却原来仪叔也会有战胜不了忧郁情绪的时候啊,那一定是一种非常沉重的忧郁吧。一直到他俩开始上楼了,小桑才说:"仪叔啊,我时常幻想自己能为您分忧解愁呢。"

"谢谢你,小桑。可是我基本上没有什么忧愁啊。"

他俩在三楼互道了晚安。

小桑在日志上写道:"去酒吧消愁解闷!那时发生过什么事?"

仪叔的事对小桑震动太大了,她一点睡意都没有,她一直在猜测……也许同那位内心复杂的美女有关?但小桑本能地感到应该不是这件事。上次她碰见他俩时,仪叔的态度是很坦然的。那么他还有什么烦恼?他提前退了休,过着潇洒的晚年生活,沉迷于阅读。据小桑了解,受他影响的年轻人至少有七八个,他们全都由衷地敬佩他。尤其是如亲生儿子一般的黑石,应是他的最大安慰。还有黑石的妈妈,现在死心塌地地重又爱上了他。小桑自言自语道:"如果有一天我能解开仪叔生活中的谜,我就会具有像李海那样一双侦探的眼睛了。不,不能。这正是我的短处。"

她拿出那本书,翻到晚间读过的地方,有两句对话跳了出来:

"我们找它们的时候,它们也在找我们。"

"风里面有它们的气味,它们从未离开过我们。"

她喜欢这两句对话,却不知道为什么。也许为了仪叔吐露出来的那个谜?仪叔的心思太深藏不露了,她小桑当然不是他的对手。再有两个小时天就要亮了,她还是睡觉吧。她数着数字,数了好久,终于入睡了。可是她睡得很不安,老听到自己在说话。因为忘了拉窗帘,她于蒙眬中看见一团白光,那光晕很温暖,给予她某种自信。她觉得自己就要弄清某件熟悉的事了,那么亲切,那么一目了然……"您好,久违了啊,我为什么一直没有认出您?"她听见自己叹了一口气。

　　小桑实现了在飞机上读书的愿望。店长奖励她,让她坐商务舱。商务舱比起经济舱来座位宽多了!她一上飞机就打开了那本书,生怕浪费了时间。她的座位靠窗,她一边看着那些云山雾海,一边沉入小说的境界。隔一会儿她就在心里发出呼喊:"多么享受啊!"在高空,似乎就连仪叔这样的谜中之谜的解开都有了希望,但小桑还是不敢下任何结论。小说中写到一位单身妈妈和一位中年飞行员的爱情,曲曲折折的,最后是单身妈妈选择了放弃。她的放弃一点都不悲痛伤感,她像获得了自由的鸟儿一样去寻找新的目标——也许是某种爱好,也许是提升自身能力的修炼,也许竟是等待新一轮的爱情来到……莫非仪叔也在等?谁是他的对象?莫非他打不定主意要不要娶黑石的妈妈?小桑认真地考虑了一下,觉得他不应该娶黑石的妈妈。可是如果黑石的妈妈知道了仪叔另有对象,她会多么失望啊!

　　两个小时的航程过去了,小桑还没过足瘾呢。店长委托她来惠城订购绣品,她是去看样品的。她坐出租车到了泰山旅馆。旅馆是中高档的,楼层特别高,她订的房间在三十五楼。她之所以将房间订在高层,是为了能在城市的上空读书。

　　小桑梳洗了一番,拿着她的小包下楼去找地方吃饭。她听说惠城的餐饮业很不错,想去尝试一下地方菜。

　　她来到了餐饮一条街。这条麻石街很宽,两旁全是餐馆。

她进了一家本地菜馆,点了酸菜鱼和腌鸭子。她一下子胃口大开,吃得额头上流汗了。服务生劝她喝一点本地酒,说可以消除旅途疲劳。那酒度数不高,但不知为什么,小桑喝了几口就有了醉意。她听见女服务生指着窗外的高楼对她说:"瞧,那就是您的房间,那么高……我真没想到您会住得那么高。这个旅馆的名字就是'高'的意思啊,是'H'对不对?如果突然停电,您的爱人怎么爬得上去?"

小桑眼神迷离,看着那怪物般的高楼,发现这楼的形状像一个三脚架,站立在闹市中心。那些窗户居然都是黑黑的,难道里面没有房客?她低声说道:"不要担心,我没有爱人。"

"没有爱人?"服务生兴奋地拍了一下手,"父母总有的吧?"

"有的。他们同弟弟一家住在一起。"

"哈,您有福气啊,一个人潇潇洒洒的,想去哪里就去哪里!"

服务生离开后,小桑忍不住又喝了两大口酒——她突然很想体验仪叔在酒吧的境界。她伸着脖子仔细辨认那栋楼里自己的房间。可是徒劳,那些窗户成了黑乎乎的一片。难道真的停电了吗?小桑想起了远方的父母和弟弟。平时她很少想到他们,但此刻,因为这种奇怪的酒,她一下子就看见了他们每个人的脸,他们都弯着腰在家中的地板上摸索……小桑伏在桌上哭起来了。

"桑小姐!桑小姐!"那服务生摇着她说,"有人给您来电话了。"

她被服务生拉着去接电话。她拿起话筒,居然是小麻!

"小桑——"小麻阴阳怪气地拖长了声音,"我进入到那本书当中去了。"

"你怎么知道我在这里?!"小桑颤抖着,手中话筒差点掉到了地上。

"没有不透风的墙啊。我刚下班。"

"见鬼,你就不能告诉我吗?"

"我是从情敌那里找到你的行踪的。"

"情敌?"小桑完全清醒过来了,"谁?总不会是黑石吧?别开玩笑!"

电话的那头爆发出狂笑。小麻说了一句:"你万万想不到!"就挂上了电话。

小桑付了账,慢慢地回旅馆。暖风吹着她的脸颊,她感到思路额外清晰。她想,谁会知道她的行踪?店长知道她来惠城,但并不知道具体的航班和旅馆。莫非是仪叔?小桑的脑袋一下子大了。仪叔的确问她要过停留的旅馆地址,还记录在小本子上面了。也许小麻对这附近的几条街十分熟悉……可是将仪叔说成她的"情敌",这是指的什么?从表面上看,似乎小麻在开玩笑,说自己爱小桑,而她又认为仪叔也爱小桑,所以是她的情敌。小麻在胡说八道!怎么可以这样去说一位老人?尽管确定了小麻是在开玩笑,小桑还是有点神情恍惚。仪叔会爱上小桑吗?不,不可能。小桑从未想过这个奇怪的问题,因为从多年前她与仪叔相识时（那时他还不太老）起，她与他的关系就定位了，他是她最挚爱的一位叔叔，比父母还要亲近的人，甚至可说是灵魂伴侣。她就住在他的楼上，多么幸运。爱？她的确爱仪叔，仪叔也爱她（一想到这点小桑就激动），可并不是小麻理解的那种爱。她记起自己带小麻去过仪叔的书房几次，每次她都规规矩矩地坐在椅子上一动不动，也不知道她是在发呆还是在沉思。仪叔也喜欢小麻，对她说小麻"天赋不低"。那么，有没有可能是小麻自己看上了仪叔，所以小桑一离开，她就去找他了，还借口是要同小桑通电话？唉唉，不要想这些乱七八糟的事了吧。看来喝酒影响判断啊。

旅馆黑乎乎的，外面站了一排人，果然停电了啊。她上不了楼了。

"请问您是桑女士吗？"一位青年男子走上前来问她。

"是啊。请问您——"

"我是您的书友费的朋友。我在这里的公司工作。费让我带您去这里的'海盗'电影院看电影。您瞧，旅馆的电一时来不了，我们还不如现在离开为好。"

"好。太感谢您了。我们这就走吧。"

令小桑意外的是，其他地方全是亮堂堂的，只有这栋高楼停电。小桑问这位姓宁的男子，为什么只有旅馆停电？宁告诉小桑说，泰山旅馆就是这样的，大概是为了锻炼客人们的意志吧。小桑听了很纳闷，可又不好老问。

他俩在亮堂堂的大街上走了不久，"海盗"电影院就到了。他们要看的电影是由一部日本推理小说改编的，那部小说很合小桑的心意,她不由得心里充满了对费的感激。

电影非常好,比小说更紧张。小桑从头到尾沉浸在那些情节中,将先前的烦恼完全抛开了。看完电影出来,小桑问宁怎么找到自己的,宁说这是个秘密。然后他一挥手,说:"您瞧,来电了!"旅馆确实来电了。

小桑回到她的房间,坐下来喝了一杯茶。她走到窗前去看夜景。这个城市的夜景很美。奇怪的是,她往窗前一站,那些霓虹灯和亮堂堂的窗户就相继朝她涌过来,一直涌到离她五六米远的地方才停住。每一大片灯光的里面都是黑乎乎的巨型建筑的影子,这些影子似乎在威胁她。小桑在慌乱中后退,一直退到了床边,坐了下来。过了好一会儿,她才慢慢地走过去,拉上了窗帘。她想,她来到了一个陌生的城市,可是在她的城市,被她撇在身后的那些事物也跟随她来了,就像这些灯光里的影子建筑一样。这究竟是好事还是坏事?啊,不要管它们,还是读书吧。

她拿出那本书,躺在床上开始读起来。而她本来是计划坐在窗前,在城市的夜景中读书的。现在,并没有看窗外,她也感到那些建筑物在对她虎视眈眈。她又觉得,那都是她心里面的东西,是一些她从未真正解开过的谜……

此刻她在读的这一章正好也是关于一次旅行的。是一位中年人去旅行,这个人将他的旅行称之为"一生中最长的一次旅行"。他来到了城墙上面,往下一看,看见了护城河。他心里产生了一种预感,觉得这条河是他越不过去的障碍。他连忙从城墙上下来了。回到城里,他在街边的露天餐厅吃饭。有一个面孔很熟的人凑近他仔细地打量了他,然后问道:"这是您一生中最长的旅行吗?下一站去哪里?"

"我不知道。我还没决定呢。这可是一件大事。"他回答说。

那人郑重地点了点头,似乎表示赞同,然后离开了。

小桑读到这里时,产生了一种恍然大悟的感觉。却原来她一直在围绕一个中心来来回回地走,却从来没有进入那个中心。在那家餐馆喝酒后,她稍微接近了那个中心,当时她心里害怕,所以哭了。她真是没出息啊。她听见自己在说:"最长的一次旅行要开始了。"她被自己的声音迷住了一会儿,又继续往下读。

读着读着,她变得迷迷糊糊了,也许她是太累了吧。不过她还是睡不着。今天发生的一切是多么离奇,又多么令她激动啊。那么,到底发生了什么呢?她努力想回忆,可一点都记不起来了。她觉得那应该是一件好事,她可以等着瞧。

小桑出差回来了。她在店里吃中饭时,小麻悠悠晃晃地走向了她。

"你是从仪叔那里要的我的地址吧?"小桑问。

"对。我骗他说我有急事要找你……其实我是想证实一下,看看仪叔到底有没有小桑的地址。唉,他果然有。"小麻垂下了头。

"小麻,你爱上了仪叔?"小桑压低了声音说。

小麻怔怔地看着她。过了一会儿,才耳语般地说:"小桑,你把他让给我吧。你有那么多人喜欢,就把这一位让给我吧。"

小桑恼怒地看着这位朋友加同事,清晰地,一个字一个字地说:"小麻,你误会了。仪叔是我最好的朋友,可并不是你所设想的那种关系。"

"那么,我还有机会?却原来你不爱仪叔!老天爷,我要晕过去了!"

"我不会再对你说什么了。你好自为之吧。"

小桑一个人走出餐厅,没有回头看小麻一眼。她感到气急败坏。

那天晚上,小桑没有打开那本小说,却躺到床上去了。但她翻来覆去地睡不着,老在想仪叔和小麻的关系。她从心底认为这是一件非常好的事,她只是不习惯小麻用这种俗气的方式来告诉她。亲爱的仪叔,终于有人喜欢他了,而且这个人是她的密友!多么美好!小麻真是不一般!也许她从第一次见到仪叔就喜欢上了他。仪叔不动声色,但女孩们应该特别喜欢这一点。她自己没想到这上面去,是因为她同他太熟稔了,从一开始就是那种父女一般的、亲切的关系。她没有小麻那种巨大的好奇心……想到这里,她不再在心里责怪小麻了。但隐隐约约地,她还是感到有一点失落。为什么呢?因为多年里头,仪叔没有爱上自己,却在这个时候爱上了自己的女友?但是仪叔真的爱小麻吗?应该有这种可能,他不是将自己的地址告诉她了吗?不过告诉地址就说明他对她有那种感情吗?小麻不是骗他说有急事要找小桑吗?小桑想象这两位在一块时有可能发生的情景,想得入了迷。她觉得自己确实不像小麻那么能吸引异性。但如果小麻只是一厢情愿呢?那样的话,小桑觉得自己也许能帮她的忙。毕竟,如果一位女孩狂热地爱他,仪叔应该不会毫不动心。"我没有爱人。"小桑记起自己在餐馆里对服务生说过这话。在回忆中,这话显得有点凄凉。不过人在回忆时总是神经过敏的。

中午在店里吃饭时,小桑装作气鼓鼓的样子坐在那里。这时小麻又涎着脸凑到她面前来了。她胆怯地望着小桑,过了好一会儿,才小声说:"小桑,对不起,我知道他是你最看重的人。你就当我胡说八道吧,不要放在心上,好吗,小桑?你答应我吧。"

小桑扑哧一笑,说:"你这个鬼东西!你要是说黑石,我不会生气。可仪叔是能乱说的吗?"

"我该死,小桑!我的确爱仪叔,昨夜我又梦到他了。"

"你这么疯,他不被你弄晕了才怪!"

"好小桑,你教我一手吧,我该如何样追求仪叔?"

"如何追求?我怎么知道?啊?你爱读书,这不是现成的借口吗?"

"我明白了!我明白了……"

小麻跳起来走出了餐厅,她兴奋得不知所以。小桑看着她的背影在心里想,看样子仪叔还没有爱上她,但他很可能抵挡不住小麻的猛烈攻势。

"寒马,最近同费的恋情进展如何?"小桑开玩笑似的问。

"我快结婚了,小桑姐。"寒马说,"因为他,我提前开始练习写小说了。这不就是结婚的最大理由吗?您什么时候结婚?"

"我?可是我还没有爱人呢。"小桑脸都有点红了。

"怎么没有啊,大家都看出来了。哈哈,小桑姐……"

"看出了什么?不要乱说啊。"小桑有点不高兴。

"对不起,对不起,小桑姐!我因为自己要结婚了,就以为您也要结婚了。看来我是神经过敏了。您可别生气,您是我最亲爱的姐姐。"

回家的路上小桑一直在想,今天有两个人向她道过歉了。难道她真的有那么古板吗?还是她同大家看问题的方式都不同?她们俩,一个以为她爱仪叔,一个以为她爱黑石。可事实是,没有这回事。她也没有看出这两个人爱自己。旁人却似乎看出来了。这究竟是怎么回事?坐在公交车上,她的脑袋里乱哄哄的,简直要爆炸了。不过她还是希望小麻能追到仪叔,那也许是仪叔一生中的幸福。这位纯洁的女孩是一团火……

公交车在等红绿灯时,她突然发现黑石在人行道上走。

"黑石!黑石——"她叫道。

黑石对她做了个手势,让她在前面那一站下车。

小桑的精神一下子振奋起来了,连她自己也感到惊奇。

"黑石,我好久没见到您了,倒还真有些想念您呢。"小桑调侃地说道。

"我也想念小桑啊。刚才我正在想,哪天要请小桑去'情趣'咖啡馆喝咖啡。忽然您就出现了。真是奇怪。哈!"

小桑看着他喜出望外的样子,心里不免有一点点疑惑。不过她很快打消了疑惑。

咖啡馆里这个时候没有别人,只有他们两位顾客。黑石同服务生耳语了一阵,店堂里那些灯就亮起来了。他俩选了一张靠窗的桌子,可以看见街上的行人。

"黑石,这是'情趣'咖啡馆,您将它变成普通咖啡店了。"小桑笑着说。

"我是不是太守旧?我觉得,也许您喜欢这样。"

黑石说话时看着小桑的眼睛,小桑感到心里充满了欢乐。

"您的妈妈,现在好吗?"

"好,好!谢谢您。其实啊,我感激我妈妈,她让我懂得了爱情……"

"黑石,您是最棒的!"小桑朝他竖起大拇指。

"您真这样认为吗,小桑?"黑石眼里闪过一丝忧郁。

"我说的是心里话,黑石。像我这种人同您没法比。我这次一个人出差到惠城,一个人坐在那里喝了点酒,突然觉得自己很差劲,就哭起来了。唉,黑石,您瞧,我在向您说这种事,真不像话。"小桑一说完就对自己的兴奋觉得诧异了。

他们的咖啡来了,一人一大杯。小桑觉得这次的咖啡比以前的都要好,简直令人销魂!她都说不出话来了,一个劲地喝着咖啡。

"这个老板是我妈妈的同事。"黑石微笑着说,"听到您刚才说的事,我很吃惊。我总觉得像小桑这样的女孩,恐怕只有仪叔能同她心灵相通吧。我的段位还太低。不过我喜欢听您说话,您太不一般了。我俩虽然是同学,这些年里头您已经远远地走在我的前面,我赶也赶不上。"

黑石说话时,小桑看着他,心里想,黑石成长为一位能体会别人的心思的男子汉了,所以他说他要感激他的妈妈。是他妈妈无意中给他创造了这样一个环境……

"您什么时候同仪叔相识的啊?"小桑问。

"大概二十年前吧。"

"哈,比我还早八年!这难道是巧合?我和黑石,在不同的时间同一位我们最敬爱的长辈相识——"

"可是我并不将仪叔完全看成长辈。您也一样,对吧?"

小桑仔细想了想,回答说:"有的时候,确实如此。可是这有什么关系呢,他是我最亲爱的人。"

"当然没有关系。"黑石说这句话时显得有一点点不自然。

"您很少去仪叔家——我一次都没碰见您,为什么呢?"小桑终于问了这个问题。

"我不知道。好像是顺理成章一样,我和仪叔一直在这个咖啡馆见面。不过我们是坐在柜台后面的房间里。有一次我还在那里看见了您和您的朋友呢。"

"啊,你们真神秘啊。我有一种感觉,好像这世界一下子变得非常非常复杂了。有点接近我们正在读的那本书了。"小桑瞪大了双眼。

"我们读书,是因为我们想读我们自己啊。小桑,我觉得,您的感觉比我好多了,那么敏锐,那么有层次……"

"不对不对!"小桑打断他,"感觉好的那个人应该是您!同您比起来,我就是个粗人。多亏了仪叔容忍我,我才没有继续粗陋下去。刚才我不是告诉您我喝了酒哭泣的事吗?当时我就是感到自己太粗糙了,太幼稚了。"

黑石的眼睛一下子闪出一种明亮的光,就像小桑在"鸽子"书吧里见过的一样。小桑心头一热,兴奋起来了。

"您刚才说,我们想读我们自己,您说得真好!自从我遇到您以来,自从我们在'鸽子'书吧里讨论这本伟大的书以来,自从我们发现我们俩都是仪叔亲爱的人以来……我说到哪里了?我是不是有点语无伦次?啊?"

"小桑,我太喜欢听您说话了。"黑石由衷地叹道。

"其实啊,并不是我说得有多么好,是您生着非同凡响的耳朵,您将我表达不出来的那些话都听进去了。"

"让我们相互吹捧吧。"黑石高兴地说。

小桑的目光扫过店堂,她想找那只豹。黑石告诉她说,那只豹从来不在灯光下出现。小桑听了迷惑地眨眼。

"我觉得它几乎快要进化成人类了。"黑石小声说,"它就像我们,对吧?有时候,店堂里没点灯时,它在黑地里走,我听见它在哭。"

"黑石,我有很多事要问您。"

"问吧问吧。"

"我现在不问,留着以后问,来日方长。我们以后要更多地见面,您同意吗?"

"我也想这样。可是我又觉得,见面多了您就会对我感到厌烦了。毕竟,我没有仪叔那份修养。我们同学时,您从来没注意过我……"

"可那时您也没注意我呀。那时我们都是小孩子,谁也不关注。"

"并不是那样。我还是很关注您的。"

"咦?"

"我说的是实话。"

小桑回家时天已经黑了。华灯初上,她觉得城市在此刻特别美。黑石一直将她送到离家几步远的地方。她邀黑石去仪叔家,可黑石拒绝了,说还要回公司加会儿班。他还说他今天和小桑谈了这么多话,这让他快乐极了。黑石说完就转身赶公交车去了。

除了满足感,小桑心底还隐隐地有种激动。原来黑石也盼着同她见面。可他为什么那么拘谨,那么放不开?难道她和他之间有障碍,导致他们不能密切交往?此刻她忽然记起了小麻所说的关于黑石的话。她当时说黑石用爱慕的眼光看小桑。这个小麻情商特别高,不过她的话不能全信……黑石总是若即若离,但每一次小桑同他在一块都感到特别舒适,甚至有——激情。他真是一位难得的朋友啊。是不是男女朋友又有什么要紧?小麻太喜欢大惊小怪了。

她抬头看了一眼楼上,哈,仪叔已经睡了。小桑不由得想,仪叔要是听到了她和黑石的谈话就好了,他们俩是那样地爱他,崇敬他!这种关系应该在世上是不多见的。小桑又想,也许黑石同仪叔的关系比她同仪叔的关系更深、更亲密,毕竟,黑石的妈妈是仪叔过去的情人啊。这样一想,她就隐隐约约地对黑石有一丝嫉妒,她又为自己的这种嫉妒感到好笑。经过仪叔的门前时,她突然做出一个动作,这就是将耳朵贴到那张门上。她好像听见房里有人在踱步,于是连忙将身体闪开了。她一边上楼一边捂着嘴笑,自言自语道:"疯了,真是疯了。"

她一进自家房门就倒在床上笑了个够。为了什么?当然是为了她生活中这两位了不起的、喜爱她的男子啊。她已经不是年轻姑娘了,可是却有两位情趣很好的男子毫不含糊地喜爱她。他们对她的评价常超出了她的期望。这是多么令人鼓舞的事啊!这说明她还不那么糟糕……就在昨天,她给爸爸妈妈和她弟弟打了电话,他们都爱她,想念她。是啊,一个人,如果他全身心地投入文学,那么再怎么糟糕也不会到了没救的地步吧。她生活中不是有这么多的支撑吗?就说这位黑石老同学吧,目前虽然他还没有爱上自己,但也不是完全没有这个可能。而她自己,也许有一天就对他超出了喜爱的界限,发展出另一种感情……想到这里,小桑在自己腿上掐了一把,说出了声:"我不是在做白日梦吧?"

小桑在入梦前被两位男子对她的情感包围着,感到无比惬意。《××××》这本书里的一句话在黑暗中响了起来:"我知道您总是在那里的——在我常去的小树林边上。可您为什么不过来呢?您一次也没有……有什么东西拦住了您。"

现在,小桑终于对自己满意了。她决定继续探索——在书中,也在生活中。这些美丽的谜,她愿为它们耗尽她的青春。本来她快入梦了,忽然又想起了小麻对仪叔的爱。多么可爱的女孩,仪叔要是能爱她该有多好。这事会如何发展?她心里为女友捏了一把汗。想到这里,她终于累了,于是坠入了梦乡。

小桑拿到了年度最高奖金。店长祝贺她,还对大家说:"小桑从不让人失望。会读书的人就会工作!"

在店里吃晚饭时,小麻立刻就跑到她身边来了。

"小桑得到这么多钱,必须请客。"她说。

小桑想请她去吃海鲜,但小麻说宁愿还是去"情趣"咖啡馆。于是小桑明白了,女友有很多心里话要向她诉说,并且要立刻倾诉。

仍然是漆黑的、清凉的环境。小桑没将黑石请她来这里的事告诉小麻,她担心小麻知道了又会乱闹。她俩刚一坐下,花豹就来了。它站立着,将两条前腿放在桌上,准备倾听闺蜜们的心声。

"小麻,最近收获一定很大吧?"

"嗯,收获是不小,可都是学业上的。我拜访了仪叔两次,都是去请教读小说的诀窍。仪叔谈得真好,他是个热情奔放的人。我不是指那种外露的热情奔放——我不会形容。"

小麻说话时,小桑感到她比从前沉稳了好多,而且她的直觉很准确。她说"可都是学业上的",难道仪叔还没有任何表示?小桑熟悉小麻的性情,既然她去了仪叔家两次,她一定将自己对他的爱慕传达给他了。小桑不知道要对女友说些什么,既不知道如何给她出主意,也不知道要不要鼓励她。对于仪叔这样的人,好像这些都不适合。可是小麻也不要她出主意或鼓励她,她似乎一下子变成了另外一个人了。她邀小桑来这里,就只是为了沉浸在同仪叔有关的氛围之中。她压低了声音谈论小说,也谈论她对仪叔的印象。

"那么你考虑过今后的发展没有呢?"小桑说,有意省略了"你们"两个字。

"没有。我不考虑那种事。我爱这位叔叔。"

"小麻,我觉得你真是一夜之间就成熟起来了啊!"小桑惊叹道。

"因为有你和仪叔这样的教练嘛!虽然他还没有爱上我,但我在他身旁有种幸福感。这是我同以前那些男友在一起时从未有过的。"

这时那只花豹将脖子紧贴桌面,发出奇怪的声音。小桑记起了黑石说过的话。难道它在哭？当真的爱情降临时，人就会哭吗？她在惠城的饭店里哭过一次，那一次，是因为什么？

"小桑，我要像你就好了。"小麻说，一边抚摸着花豹。

"像我有什么好？没人爱我，我也没爱上什么人。我倒是羡慕你。"

"当我坐在仪叔书房里时——那真是个天堂般的地方——我有种奇怪的感觉，那就是如果我是小桑，仪叔就会爱上我了。你别生气，我只是告诉你我的直觉。"

"你是个通灵的女孩……"

小桑说了这一句就说不下去了。她有点冲动，不光是为小麻惹人喜爱的性格。她想，当她从这咖啡馆回到家时，如果再遇到仪叔，她会不会有什么异样？唉，小麻小麻，你是什么样的精灵啊。她在惠城接到小麻电话的情景历历在目。

"其实啊，我对仪叔的爱里有一部分也是对小桑的爱。我听过你们的对话，从心里向往那种境界。好多年里头，我一直糊里糊涂地生活。"

"我也是糊里糊涂。"小桑说，"不过我最近已经下决心要改变。小麻，我不能给你建议，我知道你也不需要了。让我们认真地生活吧。"

"哈哈，你这么严肃，几乎成了小说里的人物了。"

"我们本来就生活在小说里嘛。"

同小麻告别后往家里走时，小桑的心情渐渐明朗了。

"我当然可以坦然面对!"她在心里大声对自己说道。突然,在惠城时的那种不明的忧郁烟消云散了。她觉得这一次,是小麻启发了她。小麻比她更善于深入人的情感。不过仍然,她不认为仪叔对她的感情里有爱情的成分。就在早一晌,他还建议她和黑石同他一块去幽静的公园里划船,畅谈文学呢。

仪叔的窗户黑洞洞的,他已经休息了,他不经常熬夜,因为觉得自己不再年轻了。小桑想,几乎她生活中的所有亮色都是仪叔带给她的啊,尤其是最近,她经历了这么多激动人心的事情,每一件都与仪叔相关。

读到这本书的后半部,小桑感到有一些线索已经显露出来了。但是她又觉得自己还是有点力不从心,不知道如何准确地将那些线索同她的情感联系起来。她觉得自己正在渐渐地挨近一种也许是惊心动魄的境界。多么好啊。认真地生活就会有幸福……难道不是吗?到目前为止,她不是还在按部就班地发展自己吗?

"边姨,您的眼睛真美。"

"我一直想看见那个东西,现在终于——你说的是真的吗?"

"当然是真的。您的眼睛里已经有了您想看见的。"

这是书里的对话,小桑觉得这也是她的日常生活,虽然她还不能一一厘清,可是越深入进去,对她的诱惑越大。她希望自己有一天变得像边姨一样。后来她就带着这种渴望睡着了。经历了情感震撼的她睡得格外安宁。

自从那次同黑石喝过咖啡之后,小桑又有三个多星期没有见到他了。她向仪叔询问过,得知仪叔在这期间同他见过面。于是小桑有些气馁。仪叔觉察到了她的情绪,连忙告诉她,说黑石问起过她。

"他说忙完这一阵就来找你。"

"可我并没有要他来找我呀。我只是关心一下他。"小桑说。

"是他自己要来找你,不是我要他找你。"仪叔笑着说道。

小桑对自己的失态有些懊恼。自己明明惦记这个朋友,为什么不能大方地说出来呢?她的懊恼没有持续多久,黑石当天晚上就来了。他又像上次一样来得很晚,当时小桑都打算要睡觉了——她明天下午要加班,不能通宵读书了。

"小桑,小桑!"他对着小桑的窗口喊。

小桑感到非常诧异——黑石怎么变成这样了?她答应着他,飞快地跑下了楼,站在了黑石面前。她觉得应该用自己的坦率对待他的坦率。

"黑石,您穿着工作服显得很英俊。"

"谢谢您,小桑。我刚加班去了。我本来是要回宿舍,突然就走到您这里来了。我们在这长椅上坐下来吧。"

"怎么想起来看我了?"小桑笑着问他。

"我没有太打扰您吧?毕竟这么晚了。"

"哈,就算您半夜跑来也——我们不是一般的朋友嘛。"

"您这样想我太高兴了!我妈妈最近开始练习乒乓球了,她本来就打得好。"

"黑石,我感到,您妈妈现在大概比较幸福了。她有您,还有仪叔。一般人很难有这种运气呢。她现在退休了,你们一块去了海上,多么美好!"

黑猫又过来了,小桑想起来忘了带小鱼干。

"那天在'情趣'咖啡馆,我听见花豹哭泣了。"

"那么,是您的朋友爱上了什么人?"

"您也这样想啊。我不知道。您觉得我们的仪叔,如果有一位很好的女孩爱上了他,他会动心吗?"小桑试探地说。

"当然会。但那必须是一位在各方面都很不平常的女孩。我这样想。作为男人,情感又那么丰富,不可能不动心。不过仪叔啊,他的自制力超出一般人。"

"您这样说,令我很困惑。我们谈别的吧。您在海上,想起了陆地上的事吗?"

"我想的,全是陆地上的事呢。我还想起了您,我想象您在'鸽子'书吧发言的样子。我对自己说,我没去参加,错过了小桑激情奔放的发言,真可惜。"

"谢谢您。那天我在书吧,也有好几次想起了您。后来我在书店里,那位店员也提到您。于是我买了您买的那本书。好像黑石无处不在。为什么?"

"说明您对我印象深嘛。真好,我从心里欢喜。"黑石小声说。

"要不是仪叔已经睡了,我就要把他叫下来,我们一块去喝酒。"

"我也很想。不过我是不是该走了。您明天加班,祝您睡个好觉。"

她把他送到路口,看着他走出好远,又回过头来向她招手。小桑猛地一惊,问自己:"这是不是爱?"好像不是,可她又觉得很接近了。当然,也有可能是她自己神经过敏。不管怎样,黑石已经是她生活中非常重要的人了。

小桑回到家里,想起一件事。黑石同她第一次见面去书吧之前的好久,其实已经从仪叔那里了解了她的近况。他将她看得太高,所以多年里头一直没来找她(他说过在学校就关注她)。那么仪叔,是怎样在他面前说到她的?为什么黑石直到今年才突然来找自己了?这同仪叔有关吗?唉,这些事就像小说一般恍惚迷离,她不想再做无谓的猜测了。总之,这次黑石来看她,还在楼下大声叫她,这令她感到异常温暖。已经有很长时间,她没被一位青年男子这样大声呼叫了,就像她是他的爱人一样。尽管很高兴,小桑在高兴之余又隐隐地有些不满:为什么黑石不能经常来看她或同她在什么地方见面?有什么事阻碍他吗?当他们面对面时,他不是很激动吗?那并不像是装出来的啊。

小桑入睡前又将黑石说仪叔的那句话琢磨了好一会儿。超出常人的"自制力"!小麻喜欢的不正是这一点吗?

她有没有希望?她给他带去了春天的活力。后来她做了一个梦,梦见小麻和仪叔成了夫妻。他俩站在院子里,笑嘻嘻的,小桑从窗口看见了他俩,心中无比激动。可激动中又有点怅然若失,只是那么一点点……

"小桑,你今天要加班啊。"仪叔问她。

"对。可您是怎么知道的?"

"小麻告诉我的嘛。小麻和我见面时总要向我报告你的情况。"

"仪叔,我觉得她爱上您了。"小桑突然这样说。

"咦?"仪叔盯了小桑一眼。

小桑突然脸红了。她很后悔自己说出了那句话。为什么后悔?她不知道。

小桑说她要去买点东西,就抢在仪叔前面匆匆地出了院子。一路上她心里很乱,她想,自己又不是个媒婆,为什么要扰乱小麻同仪叔的纯洁的关系?这事用不着她来操心啊,哪怕她是小麻的闺蜜也不应该插进去啊。可她一时冲动就犯下了错。仪叔今后会如何看她?她匆匆地在超市买了一包洗碗布又往回赶。回到院子里,竟发现仪叔还坐在长椅上。

"小桑,我从图书馆借了这本书,我觉得你可以将《×××》和这本书交替看。这也是一本精彩的书。"

仪叔将手中的书递给她。小桑不好意思地笑了。她如释重负。仪叔到底是仪叔啊,她是不可能得罪他的。她还太嫩。

"我很高兴看到那本书正伴随着小桑成长。"

"有仪叔时刻在身边,我还能不成长吗?"

他俩相互打趣着上楼,各回各的家。

小桑翻开仪叔给她的书,第一句话写的是:"他终于从外面回来了。"小桑拿书的手微微地颤抖着。她为什么激动?

那天下午,小桑在店里加完班正要回家,寒马来找她了。寒马请小桑去酒吧喝一杯,小桑欣然同意了。

她们喝的是红酒,两人都喝得很慢、很克制。

"寒马哪天同费结婚?"

"我正在犹豫呢。"

"怎么回事?又不想结了吗?"小桑吃了一惊,"你俩就像天生的一对!"

"您说得没错。可是这里不止一对,有两对……费是个天生的情种,他还有一位爱人,是从前的奶妈的女儿,一位音乐教师。"

寒马说话时眼睛一直望着前面的某一点。小桑问她:"费怎么选择?同你结婚还是同她?"

"他说同我。他还说他同她断不了关系,因为从小一块长大的,她又离婚了。"

"你呢,你心底里想不想结婚?"

"想,想极了。我爱费,最主要的是他能激发我的灵感。我已离不开他了。我想,我还是同他结婚吧,说不定我能处理好三个人的关系,要试一试。"

"寒马,你说得太对了,要试一试。我一点都不为你担心,你有处理这种问题的魄力,你勇敢又冷静,要不我怎么会认为你有写小说的潜质?"小桑激动地说。

"小桑姐,我爱您,只有您能理解我。您祝贺我吧,干杯!"

"毕竟那位女孩是费的历史,"寒马想了想又说,"费没有同她结婚,是因为那时他还拿不准。她一气之下就嫁人了。有点轻率,对吧。可能我更适合费吧。"

"既然相互爱得很深,就结了再说。"

"谁更适合谁是很难说的,要经得起时间的考验。"

"你要是想得太多,就结不成婚了。"

"嗯。小桑姐,您好像是我的主心骨。"

在她俩的右边,一位男孩伏在吧台上哭。小桑向寒马耳语道:"一定是失恋。真正的爱是多么难遇啊。"寒马也向小桑耳语道:"我已经决定了。"

"来,为了未来的新娘和小说家——"小桑举起了酒杯。

过了几秒钟,那位哭泣的男孩站起来了,他摇摇晃晃地走向两位女士,大声地对他们说道:"爱情是毒药!"

小桑也站起来,夺下他手里的酒杯,对他说:"你错了,毒害你的是你的自卑心!"

男孩一愣,瞪眼看了小桑一会儿,结结巴巴地说:"谢谢,谢——姐姐!"

他转向柜台那边结账去了。

"我爱您,小桑姐。"寒马喃喃地说,"我真幸运,和您成了朋友。"

小桑却在心里想,寒马能有一见钟情的奇遇,是因为青春的热力啊。而我,是不是已经有点老了。她羡慕这位年轻的姑娘,尤其羡慕她能不顾一切地投入自己的情感,这是一种崭新的风度。

"好好准备一下。"小桑说。

寒马噙着泪,用力地点头。她们在酒吧门口分手。

小桑在心里大声对自己说:"我一点都不为她伤感!这位美丽的女孩奔向她的幸福去了,真有魄力啊。"她觉得也许一闪念之间,幸福就会从人的手指间溜掉。黑石的妈妈不是失去了仪叔吗?不过她现在以这种方式回到仪叔身边了,仍然很不错。仪叔,他是不会令任何喜欢他的人失望的。当然也包括小麻。小麻最近的变化令小桑大大地放心了。接着小桑的思路又转到黑石身上,她带着温情想起这位最要好的朋友。她也想起了热情直率的雀子姑娘。她不知不觉地将自己与这位黑石的前情人相比较。她对自己说:"我已经过了青春期,黑石还会对我感兴趣吗?如果会,那又是为了什么?"也许什么都不为,只为多年前梦里的一回首……想到这里,小桑猛地一惊,觉得很不对头。不,她可不想自作多情,像回到了少女时代似的。不过是学生时代注意过她罢了,那不算什么,不应放大那种少年的情怀。

小桑回到家时还不算太晚,她又打开仪叔让她读的这本书。多么奇怪啊,这本书一开始就写到了这位少年的情怀。他既有热情(更多的时候是温情),又有担当,处处让小桑想到现实中的黑石……小桑被开头这一章的描述吓了一跳。怎么回事?难道是她走火入魔了?还是仪叔在施魔法?她放下书,走到窗口朝外看,看见院子里静悄悄的,并没有什么异样。可是她的房门那里有一阵骚动。

原来是黑猫!小桑给它鱼干,它一边吃一边发出呜呜的声音,很满足的样子。小桑松了一口气:猫儿没哭,说明这房间里没爱情。她抚摸着黑猫,嘻嘻地笑了起来。"啊,啊……"她说。

黑猫一吃完就毫不客气地向外走——它还有工作要干。

小桑合上书本,陷入深思。那么,仪叔是否也感到了书里的男孩同黑石的个性有些接近,所以他才急于向她推荐这本书?仪叔应该是在黑石的童年时代就同他见过面了,可黑石自己却说是二十年前,真神秘啊。不知为什么,小桑眼前出现了仪叔与少年黑石在田埂上奔跑的画面,而她眼里忽然有了泪。她深深地感到,他俩的关系比一般父子更亲密……

忽然,小桑听到黑猫在下面哭,是那种求爱的哭,天哪。

她捂着耳朵去卫生间洗澡,洗完澡出来,窗外已恢复了寂静。黑猫的意外的拜访令小桑吃惊,这可是第一次,而且它正在恋爱。

小桑躺在床上,久久不能入睡。有什么氛围正在慢慢地向她聚拢。什么氛围?雾一般的,很温暖的。小的时候,在父母的爱护之下体验过。

第二天在店里,小桑又看见寒马了。寒马容光焕发,非常漂亮。那些顾客都对这位导购小姐评价很高。小桑不由得想,我们店真是藏龙卧虎之地啊。

还有一件破天荒的好事:小桑下班时,黑石居然来接她了,他要和她一块去书吧。小桑很兴奋,在同事们面前又有一点不好意思。她看见小麻比她自己还要兴奋,一直在对她挤眉弄眼。

这一次,小桑又感到自己进入了她第一次去"鸽子"书吧的那条巷子。时间还早,夕阳射进小巷里,一切都是那么温馨怀旧。

"我去买一本西双版纳植物园的画册送给仪叔。"小桑说。

"那家书店不在这条巷子啊。"黑石遗憾地说。

"太奇怪了!好像我每次走的都不是同一条小巷。黑石,这是我自己的问题吗?"

"这说明您进入了小说。我很幸运,在这种时候同您在一起。"

"那么黑石,您敢同我接吻吗?"小桑问。

"不敢。因为您,爱上的并不是我啊。"

"不是您?那会是谁?昨晚那只猫来了我房里,它后来哭了。会是谁?"

"我不知道啊。"

他俩对视了几秒钟,一齐笑起来。接着他俩就看见了费和寒马,寒马紧紧地搂着费的腰。

"哪天办喜事?"小桑问。

"我们决定不办。直接搬到一块。"寒马说。

"祝贺你们,"黑石说,"我真羡慕你们啊。"

"黑石大哥,您得抓紧您自己的事了啊。真爱一眨眼就溜掉了。"

寒马说这话时轻轻地皱了一下眉,似乎在为黑石担忧。

两对人一块走进了书吧。雀子正在给每个人倒茶,李海在帮她的忙。小桑在心里想,雀子是不是已经同李海好上了?这时她又发现桌旁还有一位新人,是一位样子有点滑稽的年轻姑娘。姑娘对小桑说:"您叫我阳吧,大家都这样叫。前几次聚会我没来,我到山区考察去了。我也是费和李海的老朋友。"

小桑微笑着点头,心里暖洋洋的。她想,书吧里还会产生一对新情侣吗?难道一切都是巧合?黑石现在坐到她对面去了。小桑看向他,发现他有点神不守舍的样子。小桑竭力回忆学生时代的黑石,可是除了他那对很宽的肩膀,其他的细节全是模模糊糊的。这就难怪他从来不认为自己同小桑的关系有进一步发展的可能。今天晚上,他显得特别年轻,甚至比在座的几位男士都要年轻,完全不像她第一次见到他时那副中年人的派头。小桑又回忆起刚才在路上她对黑石的那个提议,不由得微微地红了一下脸。她觉得黑石也在想她想的这件事。所以他才坐到对面去了嘛,怕别人误会啊。但黑石仍在发呆,他还没有加入讨论。

"黑石,你上次谈到的挣破生活中的网状物的活动,现在有结论了吗?"

是费在问黑石。小桑想,费注意到了黑石的失态没有呢?

"嗯,我一直在想这个问题,"黑石镇定下来,说,"不光想,我还身体力行地做了些事……答案就在书里面,我正在慢慢地接近它。"

"也在黑石兄的生活中吧。"费说,同时就用锐利的目光看了他一眼。

"当然,当然,谁能逃得过费的圈子!"黑石笑着说。

"打什么哑谜啊,太不厚道了!"小桑假装不满地叫起来。

"对不起对不起,小桑。我曾同费讨论了这本书的第三十六章。我将那里面的氛围称之为看不见的网状物,一种黑暗又强大的事物。但其实,那种东西又是很温情的……啊,我不知道要如何形容。那是不是网?我需不需要挣破它?我还不能确定,大概还不到时候吧。我不像小桑那样善于传达情绪,我很迟钝。"

小桑眨着眼,对黑石的发言似懂非懂。奇怪的是,她也有过这种体验,比如那次在惠城,她也碰到了那种黑暗又温情的网,后来她哭了。她也是至今都没有挣破那种网。这就是说,有一件同样的事,在她和黑石的生活里发生了。

"我的生活里也有黑暗之网的问题,"小桑说,"我也像黑石一样不清楚那到底是什么。它常常会逼近……那种时候我会产生复杂的情绪,会对自己不满。前些日子,我在读到那一章时,突然感到,也许那是一种类似于爱情的事物?一种我还不能确定,但已默默地存在了的情感?它悄悄地从暗处袭击我,扰乱我的思路,却又不给出一条出路。啊,在那种时候,人是多么憋闷啊。你想证实,却得不到回应,所有的回应全都似是而非,黑夜却已经降临了。"

小桑说完了。但她感到自己还没说完,可又想不出什么更好的话来说。黑石看着她,一动不动,好像要从她的话里吸收什么东西一样。

"您在想什么啊?黑石!"小桑大声问他。

"我?我什么也没想。"

所有的人都大笑起来。黑石的脸上仍是那副沉醉的表情。

"啊,太好了。"黑石叹道。

"什么?"小桑逼问他。

"我在说我自己。这部小说太伟大了。小桑的阅读也很伟大。那是我竭力想达到,但还差很远的境界。我常想,这本书为什么有这么多读者?现在我有点明白了。我们坐在这里,围绕着一件事……如小桑说的,黑夜已降临,所以我们坐在这里。那网,是在我们心里。"

黑石一说完,李海就拍起手来。

"两位,你们说得太好了!我相信你们说的是最隐秘、最深的体验。本人是做侦探工作的,对这种事最感兴趣。我得回家去好好琢磨。"

李海一坐下来,雀子就在他脸上吻了一下。小桑瞪大了眼睛,在心里对自己说:"又一对!"她感到有点燥热。她又感到那位名叫阳的姑娘正在暗暗地观察自己,于是努力镇定下来。

回家时有一个新的情况发生了。小桑一直是与黑石同行的,今晚她也希望同他一块走。可是不知为什么,今晚除了费和寒马单独走,其他人都来加入小桑和黑石了。他们嘻嘻哈哈地从两边挽住小桑,这就将她同黑石隔开了。

小桑像在梦中一样迈动脚步,沉浸在集体的温暖之中。她听见黑石在前面用很大的声音说话,像喝醉了一样。雀子挽着李海,在同黑石一问一答。

"黑石,不久前你去了大海,大海回答了你心底的问题吗?"雀子问。

"应该是回答了,不过是用海的方式回答的,广泛又模糊,所以我没听懂。"

"我和李海都羡慕你。"雀子又说。

"羡慕我什么?我并不值得羡慕啊。"

"羡慕你的好运气啊,你这不知足的家伙!"

"你们都冤枉我了。"

这些话,走在后面的小桑全听到了,但猜不透话里的意思。她在心里说:"他们不像是说我……不,还是有几分像。"不过黑石本人是最令小桑捉摸不透的。他做出一副一切都与自己无关的样子。也有可能他们在说黑石同另一位女孩的事。

"小桑姐,"阳对小桑说,"您今天的发言触动了我。您总是像这样思考最复杂的事情吗?多么迷人啊。现在是黑夜,可我并不悲观,为什么?"

"黑夜让我们的内心更为活跃。"小桑听见自己在说,她的声音快要被黑石的笑声淹没了。他为什么如此亢奋?

这时在小桑左边挽着她的男孩岩说话了:"小桑姐从来不悲观,这正是我们喜欢您的原因。您来到书吧后,我们个个都在摩拳擦掌,急于提升自己。黑石做了件大好事,没有把您藏起来。"

"可是我第一次来书吧时,同黑石也才刚刚见面。我们大学毕业后就没再见过面。"

"看起来一点都不像啊。我一直认为你们是情侣,现在也这样认为。"

"唉,我无话可说了。不过我又非常高兴。"小桑叹了一口气,"现在我的情绪又接近第三十六章了。你们这些朋友围绕着我,所以我高兴。"

小桑心里想,自己到底在说什么?是辩解,还是交流?还是在挨近那张网?啊,令人又怕又爱的网啊,一旦挨近它,一种类似的情感就被唤醒了。那不是伤感,一点也不是,当然也有一点点,但更积极,更强烈……

今天晚上这条小巷显得特别长,但是大家终于走到街口分岔处了。那几个人一哄而散,还是由黑石送小桑上公交车。

"黑石,您现在喜欢您每天的日常生活吗?"小桑迫不及待地问。

"喜欢。我觉得自己比过去的几年更有激情,老像在盼什么事发生似的。当然也可能什么都不会发生。不过期待的状态也很美,对吧?"

"刚才您的笑声真响,是因为期待吧?我很少见到您这么敞开自己。仪叔想要我们三个人去公园里划船,您去吗?"

"真想去啊。可最近老加班,凑不出一整天时间。"

她的车来了,她上去坐好。车开出很长一段路后,她朝后面望,看见黑石还站在原地。他究竟在想什么?

小桑入睡前又感觉到了网。她猛地一惊醒,披了一件外衣往楼下跑。

院子里,仪叔正从外面进来。

"这么晚了,小桑还没睡啊。"仪叔说。

"您也没睡。这是个不眠之夜?"

"我在河边散步回来,碰见了黑石。他也在散步。结果我们一块散步了。你们的讨论会一定很成功吧,我很少看见小伙子这么激动。黑石内向、谨慎,考虑事情很周全,完全不像他妈妈。因为他太亢奋了,于是我又同他去喝了一小杯压惊。我老感到他有点儿压抑自己,也不知是什么原因。"

他俩说着话就上了楼。

再次入睡时,小桑心里就升起了一股暖意。她仿佛觉得是他们三个人在一块散步。仪叔走在中间,她和黑石从两边挽着他。渐渐地,就走到河边去了。

寒马终于同费搬到一块住了。他俩在城郊租了一个幽静的小院,每天各坐各的公交车去上班。他俩的蜜月只休息了一个星期。那一个星期里,寒马每天下午和晚上都在小楼上奋笔疾书。费则在院子里搞园艺。费要在院子的围墙边种一圈红玫瑰,让寒马出来散步时赏心悦目,灵感大发。他实在太爱寒马了,他觉得她清爽、大气、灵动,还沸腾着活力。"我在培养作家。"他半开玩笑地说。他俩的生活极为简洁,家里收拾得很干净,两人经常去附近的小店吃面。

寒马对她和费的爱情非常投入。但寒马并不是在情感方面没有阅历的小姑娘,这一点小桑也看出来了,所以不为她担心。寒马甚至预感到如果过了热恋期,费的情感就有可能起变化,变得不像现在这样专一。寒马认为自己决不会后悔。自从那一天在海员俱乐部与费相遇之后,费的深情的眼光就印在了她的心底,她感到自己在劫难逃。她不想,也认为不应考虑这段情缘能持续多久,她要抓紧生活,不然她要做的事就来不及了。在小桑的鼓励之下,寒马暗暗产生了写作的念头,而费,正是那位极力促进这事的爱人。多么凑巧啊,寒马时常幸福得要晕过去了一样。老天怎么给了她这样好的机遇?要知道这位爱人可不是一般的人,他是一位段位颇高的读者,连小桑姐都佩服他呢。寒马写一会儿,读一会儿,又忍不住到窗口去看费。在寒马眼里,费浑身上下都吸引她,连他额头上的汗水都那么可爱。她真想拿了毛巾跑下去为他擦汗。可是不行,她得抓紧时间。寒马于是叹了口气,坐下来继续她的冥想与阅读。

去上班的前一天上午,费走进了寒马的书房,坐了下来。寒马感到他心里有事。

"费,你说吧,没关系。"寒马爽快地说。

费说,悦,也就是那位奶妈的女儿,为他们准备了结婚礼物,她想让费一个人去取礼物。费不知寒马会不会同意。

"为什么不同意?一点不同意的理由都没有。悦比我先认识你。"

费听了寒马的话有点惊讶,感激地望着她。

"吃过饭你就去吧。我记得你好久都没同悦见面了。"

费离开家后,寒马回到了书房。一开始,她有点心神不定,她在房里反复踱步。后来,她终于强迫自己安静下来,坐在书桌旁,翻开了《××××》这本书,找到了她想读的那一章,并开始记笔记。

寒马既然很久以来就做好了准备,她就不会轻易地屈服。她从小就是非常倔强的。这一章写的是关于一位男子放弃爱情的事。寒马竭力去想象那种情境。寒马对自己说:"放弃?那不就像死亡体验一样吗?"她觉得自己体会到了一些,又觉得自己终究不能完全体验到。一段情感的死去是什么情形?寒马想到这里,终于忍不住了。

她给小桑打了电话,约她下午去"情趣"咖啡馆。她稍微打扮了一下就出发了。

"寒马,我真想念你啊。"小桑由衷地说。

她俩坐在大堂的黑暗中。不久前她们也坐在这儿,往事历历在目。

小桑握住寒马的手,她觉得寒马在轻微地发抖。小桑在心里感叹:寒马从来是一往无前的啊。

"一切都很美,很顺利。我都有点不敢相信这是真的。"寒马慢慢地说。

大杯的热咖啡来了。两人一声不响,喝着。过了好一会儿,小桑再次握住寒马的手时,那手心已经发热了。"寒马啊寒马。"小桑在心里嘀咕。

"我从来未像现在这样爱得这么深。小桑姐,您一定也有过这种时候吧?"

"有过,但已经过去了。现在还没有,但我期待着。"小桑镇定地回答。

一会儿花豹就来了。花豹在她们腿间擦来擦去,呜呜地哭,两位女士都有点慌张。不过它没待多久就走开了。

"我坐在楼上的书房里,他在院子里忙碌,情感的律动是那么合拍……我多么希望一直那样坐下去啊。可是不行,人得生存。除了爱情,我还有更大的梦想。费,正好成了帮助我实现梦想的那个人。"

她的声音提高了。小桑想,她亢奋起来了。

寒马大声说话时,就感到所有的阴霾全消失了。她谈到这段时间她对文学的感想,她的越来越坚定的追求。"不从事小说写作,我会活不下去。"她这样宣称。小桑心里的石头落了地,她为这位年轻的朋友高兴,她相信她能跨越一切障碍。

"寒马,你这么快就已经上路了!"小桑也提高了嗓门。

"多么奇怪,我先爱上了文学,然后就爱上了费!好像两个是一个?"

"一点也不奇怪,寒马。文学是什么?就是爱。所以你就爱了。"

"我深深地感激费,他真是一位高手……"

"寒马,我为你高兴!我向你推荐的那本新书,你读了吗?还是仪叔推荐给我的呢。真是一本好书啊。"

"我正在读呢。最近我感到我里面有种东西正在成形,我已经写了一点,我还要写下去。我必须写下去。"

"要死死地抓住它,要不顾一切。"小桑的眼里忽然闪出火焰。

"我一定,小桑姐。我准备好了。"

分手时,小桑紧紧地握住寒马的手,她感到寒马的手已经变得滚烫了,而她的脸上仍然有些苍白。小桑想象得出这位姑娘所经历的巨大的心灵震荡,她的沉着的反应也令小桑从心里钦佩她。她目送友人走向那辆公交车,看着她稳稳地跨上去。"我在这个年纪时,可比她差远了啊。"小桑在心里说。

小桑觉得寒马是她所有的朋友里面最有才能的。她想要暗暗地保护女孩的才能,可是她又看到,女孩根本不需要她来保护,她自己能保护自己。"她身上有一种稀有的品质,她在事业上成功的可能性很大。"不知为什么,当小桑在心里说出这句话时,鼻子有点发酸。"我太伤感了,所以天生是当读者的料。"她又说。她预测,慢慢地,这位女孩会变得不可战胜。

小桑刚一迈开脚步打算慢慢地走到公园里去,就听见黑石在叫她。

"小桑,再来喝一杯吧。这回不喝咖啡,喝您喜欢的龙井茶。"

"啊,您怎么又在这里!"

"您忘了,这是我妈妈的同事开的店。"

"那么,您又偷看我和寒马了吗?"

"我看不见,那么黑,你们出来我才看见。这是在这里第二次看见您和朋友在一块。我也很喜欢寒马。那天您告诉我说寒马热爱她在店里的工作,我就对她肃然起敬了。她同费真是美好的一对啊。当然,闪亮耀眼的爱总会有浓重的阴影。"

"黑石真是犀利。"

"我觉得寒马不会有问题。"

"您的感觉总是那么好。您同费认识很久了吗?"

"对。费待人特别真诚。但难题也在这里。"

"嗯。我想,真正爱上一个人是很苦的,要准备好承受任何打击。"

黑石没有回应小桑的感慨,他似乎在走神。小桑这时才注意到,整个大堂亮堂堂的。她想,黑石真是细心周到啊。如果他能爱上自己,恐怕不会让自己遭受打击吧。但觉察到他的走神后,小桑立刻否定了那种可能性,心里升起了对他的不满。既然请她来喝茶,却又不一心一意,肯定是有原因的。她可没闲空去猜测他那些原因。但坐在对面的黑石忽然开口了:"上回在古旧书店一条街时,您问我敢不敢吻您,您是在开玩笑吧?"

　　"我不知道。"小桑气呼呼地回答。

　　"我说了我不敢。因为我只能那样说。否则我还能怎样说呢?比如说此刻,我就是提起这件事,也是很自私的,对吧?"

　　"对。"小桑又气呼呼地说,"您不该邀我来喝茶。莫名其妙!"

　　黑石叹了口气,停顿了一会儿,又说:"我总是做些不可理喻的事。刚才我看见您和寒马站在门口,后来寒马上车了,我一时兴起,就忍不住叫您了。不过我们是最好的朋友,您不会怪罪我吧?"

　　小桑扑哧一笑,突然走过去搂住黑石,在他额头上用力吻了一下。黑石满脸通红。小桑立刻松手,回到座位上。

　　"唉,黑石黑石,您那些弯弯绕的情绪我弄不明白。既然我们是最好的朋友,也许还会是终生的朋友,为什么您不能爽快一些?"

　　"我不能爽快,是因为您那么、那么好,大家都爱您,我怎能独占您?"

"这是什么鬼话!"

"我的确是这样想的,小桑。"

"我要回家了,黑石。"

"我送您上车吧。"

"不,不要您送。"

小桑站起来快步向外走,几乎是跑到了公交站。

她晕头晕脑地回到家里后,不住地问自己:"发生了什么?发生了什么?"

到卫生间冲了一个澡后,小桑想,什么都没发生。她觉得自己也许是有点着急了,担心自己会很快老去,所以刚才会有那种鲁莽的举动。她并不喜欢自己有那种举动,那不太符合她的个性。于是小桑坐了下来,在记事本上写道:"今天同H之间发生了一件很平常的事,其实那不算什么事。"写完之后,她的心慌就消失了。她从窗口望下去,看见仪叔正在喂黑猫,于是想到,黑猫是吃着她和仪叔给它的小鱼干长大的。她心里一下子变得暖洋洋的,也不生黑石的气了,反倒觉得自己有些莫名其妙。

"仪叔!"小桑叫道。

"小桑有事吗?"

"我这就下来。"

她立刻飞跑下去,又激动起来。

"仪叔,刚才黑石请我喝茶了。但是他显得怪里怪气。您同他们母子俩都认识很久了,从来不觉得他古怪吗?"小桑边说边想,她终于下决心说出来了。

"他是我见过的最不古怪的人。也许只是考虑周全,对某件事难以决断。"

"嗯。您说得有点像。谢谢您,仪叔。我再好好想想能怎么理解他。"

小桑没有同仪叔多谈,就一个人回楼上去了。她接了一个寒马打来的电话,心底里禁不住升起对这位姑娘的欣赏。今天大起大落的情绪变化使她有点疲倦了,她就躺下来了。她躺在房里思考。最不古怪的人如果遇到复杂的情况也会显得古怪,那么黑石,遇到的是什么样的复杂的局面?什么事令他总是犹豫不决?是他所说过的那种"网"吗?既引诱他又排斥他的看不见的网?小桑想不出答案,就去想仪叔新介绍的那本书。那本书中的角色们每一位初看之下都是很简单的,但越往下读就越复杂,差不多每一位都有复杂的情感史,所以他们的举动也显得古怪。却原来,仪叔是借这本书告诉她一些最普遍的道理。她又想,如果自己不是这么急躁,不是这么咋咋呼呼,或许这位好朋友黑石有一天会向她敞开心扉?他毕竟是仪叔的"历史悠久"的朋友,所以也间接是自己的老朋友。她不是还做了三人同行的美梦吗?三人同行,多么好!两位都是她最爱、最欣赏的……她打定主意,以后要用耐心和理解来对待黑石,不要生他的气——想想看,他对她的帮助多么大。再想想他对费的那种深层理解,简直让她小桑望尘莫及。她完全没有理由生他的气,古怪的是她自己。

寒马从咖啡馆回到她的小家,就上楼去继续她的阅读。一开始,她边读边记笔记,如醉如痴。不知过了多久,天已经黑了,她才想起下楼去那家竹楼面馆吃面。走进竹楼,就闻到了浓浓的烟火味,那夫妻正在炒菜。

"寒姑娘,今天怎么只有您一个人啊?"女人问道。

"我丈夫有点事进城去了。"寒马用早就准备好的话回答她说。

寒马默默地吃完面,同女人道了别,又回到自己的书房。

寒马对自己说:"我爱他。这一点也不意味着他有义务时刻陪伴我。是我自己要爱他。我和他情趣相投,目标一致,这有多么难得!"

寒马说过这几句话后情绪就有点亢奋了。她拨通了小桑的电话。

"小桑姐,我正在努力做一个独立自主的人。我刚刚才体会到什么是真正的独立。"

"寒马,太好了,我一直没看错你。"

"小桑姐,我忍不住要同您分享我的体验。明天见。"

她感到心安。她坐下来,于朦胧的情绪中写下了一个片段。她想,这还不是正式的小说,但今后也许会发展成小说。然后,她到厨房去为自己和费烧茶。

将水烧开,精心地准备好茶叶,先为自己泡上一杯。费的那一杯要等他回来才泡。她坐下来慢慢地品,这茶叶真好。

一会儿电话铃响了。

"我和她要去看一场电影,看完可能回来晚一点。"费说。

"好。"寒马简短地回答。

寒马继续喝茶。她想到费为自己的付出,心怀感激地在心里说:"他从来不会作假,一切都是那么明明白白。"她觉得像费这么好,又这么意气相投的人,恐怕还是很难遇到的。他自己认为自己不适合创作,因为缺少某种决断的力量,可是他对寒马的创作那么关注,比她自己还要着急。这在一般人看来不可思议,寒马却知道他是出自内心的。她记得有位朋友问过她"什么样的伴侣最理想?"这个问题,当时她冲口而出:"两人共读一本书。"现在,她已经实现了自己的梦想。啊,那些日子,什么样的狂喜!他俩曾一连几个小时不停地讨论那本书,说着说着就一块睡着了……醒来后又继续讨论。

费回到家里已经是下半夜了。寒马听见他在喝茶,然后又去浴室洗澡。洗完澡后他进了卧室,轻轻地上床。寒马连忙紧闭双眼装睡。

"寒马,我知道你醒着。"费在黑暗中小声说。

"我在等你呢。"寒马也小声说。

寒马搂住了费,她似乎看见了费脸上若有所思的表情。

"我们明天要上班了,睡吧。"费说。

寒马搂着丈夫,终于安心地入睡了。又过了好一阵,费也睡着了。

第二天费先下班回家。他上楼到寒马的书房,一眼就看见了寒马新写下的那一段情节。多么美啊,寒马自己知道她写下的句子有多美吗?费回忆起昨天的事,对年轻的妻子充满了感激。"寒马寒马,你是什么材料做成的?你怎么会爱上了我这样一个糟糕的男人?"他在心里说。

"寒马,寒马!"他一边喊一边奔下楼去。

"你快要成功了,寒马!"

他俩在红玫瑰旁边接吻。

"我的天哪……"费喃喃地念叨。

"不,我还没有成功。"寒马冷静地说,"谢谢你,我感到自己摸到一点门路了。不过有费在我身边,我成功的希望一定很大。"

"那么,你后悔吗?"费看着她的眼睛。

"瞎说。你还不了解寒马。不过你终究会了解我的。"

寒马迎着费的目光,费惭愧地笑了笑。

两人回房里梳洗了一番,一块去竹楼面馆吃面。

在路上,寒马对费说,费娶了她是真倒霉,连饭都不能给他做,还像单身汉一样天天去外面吃。费便回答妻子说:"我们有精神食粮,这可不是每个人都有的。"

竹楼面馆的老板做的面条臊子特别好吃。男人只有一只眼睛,但显得很有精神。大家叫他老瑶,叫女人小飞。

时间已不早,顾客们都吃完回家了。两夫妻坐下来休息一会儿。

"小寒,小费,"老瑶开口说,"你俩住在这郊区,遇到过什么怪事吗?"

"没有啊。"费吃了一惊,停止了吃面。

"有一个男的和一位女士,总在这附近绕着这几栋房屋转,尤其是天黑时。有时早上也来。他们俩从不碰面。本地人说,他们相互都在找对方。两人都不太年轻了,当然也不老。大家都说他们原先应该是一对情侣。"老瑶说完后表情有点不安。

"有时我替他们着急,"小飞接下去说,"为什么两人一次都没碰面?既然是情侣,相互又在找对方,怎么会……"

费和寒马一边慢慢地吃,一边你看我,我看你,但两人都不想说话。

过了几分钟,老瑶和小飞就悄悄地退到后面房间里去了。

吃完面出来,外面刮起了小小北风,有点寒意。费紧紧地搂着寒马。

"他们好像在批评我……"费小声说。

"不太可能吧。他们不是那种管闲事的人。"寒马安慰他。

"当然不是。我也很喜欢他们。寒马,我打算明天下午请假去你们店看看。"

"欢迎啊。"

回到小屋里,舒舒服服地喝完茶,两人各自去自己的书房。寒马上楼上到半途,朝着楼下的费大声说:"费,我对我们的这种小日子真是着迷啊!"

"那就一直过下去嘛!"费也大声回应寒马。

屋外的北风渐猛,这小屋的墙很厚,坐在里头一点都感觉不到。寒马感到她今晚特别想写下一点出乎自己意料的东西。可是她坐下来之后,脑海里又空了。她发了一会儿呆,又去读小桑向她推荐的那本小说。这的确是一本奇异的小说,小桑说是她楼里的仪叔推荐给她的,这就可见那位仪叔是多么不简单的一位老师。她觉得小桑一定很幸福。想想吧,仪叔,黑石,多么不平凡的人,他们常在她身边!她读到第四章了。这一章写的是女孩父母早逝,同爷爷一块过着平静的生活。一天,爷爷说要回老家去看看,女孩要同爷爷一块去。他们坐火车来到一个地方,下了车,爷爷左看右看,说自己的记忆有误,这不是老家,是一个从未来过的小镇。女孩听爷爷这样一说,立刻变得非常激动,她提议两人去住当地的旅馆。旅馆很便宜,他俩一人住一个单间。当他们下楼去吃饭时,爷爷就打不起精神了。他的情绪越来越低迷,说自己再也回不了家乡了。但女孩从心里相信,这个地方就是爷爷的家乡。她决心帮助爷爷一点一点地认出他的故乡。在这一章的结尾,祖孙俩正朝着山脚下那些点点灯光的瓦房走去,夜幕已降临。

"家乡?"寒马自言自语道,"谁又能说得准那是一个什么样的所在? 正像我也说不准我的前方会遇到什么。"

寒马特别喜欢书中对于这两人的描述:老人执着于黑暗的记忆;女孩总是处在冒险的冲动中。但两人的行动却又是那么合拍。整个晚上,寒马都在想这一章里所发生的究竟是什么事。她没有写小说,她沉浸在别人写的小说中了。忽然,她产生了幻觉,就仿佛这部小说是自己写的一样。

"费,费!"她一边下楼一边喊,"你的家乡在哪儿?"

"在南边,靠近广东省。我不是告诉过你吗?"

"你能确定?"寒马拉住费的手问。

"我?"费翻了翻眼,说:"不,我不能确定。这问题太大。"

在黑夜的北风中,两人紧紧地搂着对方。寒马紧闭双眼,脑海里出现了那些鬼影般的瓦屋,还有点点灯光。"八年后……"她含糊地说出这几个字。

费在想什么?他想得很多。当时他同寒马同样急于结婚,因为他觉得这是他一生中再也不会有的机会了。啊,这位女孩!他不知道要怎样预测他同她未来的前景。不,他不预测,在她身边,做那种预测是可耻的。可以说,他俩昏头昏脑地就结了婚,他决心同她相守,因为别无选择。他听见了她的嘀咕,他想,也许不到八年,他们就不再在一起生活了。谁又能看见心底的那个故乡?寒马太聪明了,总有一天,她会看出自己已经不再需要他。这不又在做预测吗?真可耻。他想起了竹楼里的老瑶的故事……寒马,你等等我呀。

小桑看见小麻进了楼下的大门。她想,小麻是去仪叔家,可是一会儿她的门响了,小麻进来了。

"小桑小桑,"小麻激动地说,"为什么你们的进度那么慢?"

"什么进度?'我们'指的是谁?"小桑皱着眉头问她。

"哎呀,别装了,当然是指你和黑石。你们必须加快进度,我才会有希望。"

"别瞎扯,"小桑正色道,"这种事怎么能牵强附会?你是你,我是我,你的那件事怎么会同我有关系?再说我这边根本就没事。"

"哎呀,好小桑,可我怎么老觉得仪叔的心系在你身上?还有黑石,就是我瞎了眼也能知道他的心思!有一天,我在街上拦住他问过他……"

"等一等,你认识黑石了?"

"为什么我不能认识他?我又不会将他从你身边抢走!我问他究竟爱不爱小桑,他听了我的话,先是一脸茫然,似乎不知道我说的是什么。于是我又重复了一遍我的问题,他这才说他不想回答。这个人到底是怎么回事?"

小桑听了小麻的话冷笑一声,然后去帮她烧茶。小麻也跟她进了厨房。

"你们这两个人,难道都有病?"小麻还想追问。

"为什么说这些空穴来风的事?你同楼下那位的进展不顺利吗?"

"不能说不顺利。仪叔同我成了好朋友,我最看重的朋友。可是,可是,我和他之间是有界限的,不像你和他之间。具体是怎么回事,我说不清。"小麻垂下了头。

"见鬼,你怎么知道我同仪叔之间没有界限?你也有第六感觉了吗?唉,小麻小麻,是你在爱仪叔,干吗非要扯上我?"

"可我觉得这不只是我和他之间的事。我是不是神经出了毛病?"她苦恼地说。

"你的确有点神经过敏。"

小麻喝了一口茶后,情绪平静了一些。

"你不是说在仪叔身边感到幸福吗?为什么又急躁起来?"小桑问。

"因为……因为我想得寸进尺啊!"

小麻说了这句话就哈哈大笑。小桑却有点慌,担心朋友是不是真的神经出了毛病。

"对不起,小桑。"小麻止住了笑,"我太不像话了。我从来没遇到过像仪叔这么、这么有魅力的男人,所以我就乱套了。是我自己的问题。仪叔一如既往,任何时候都不会对我这样的年轻人不耐烦。我现在明白你为什么能同他保持这么长久的友谊了。"

"好,小麻,我为你高兴。也希望你有一天成功。"

"也许我根本就不该有'成功'这种念头,对吗?我很困惑。我一直是比较自私的。"

"谁会没有一点自私?你就困惑吧,反正仪叔是让人放心的。"

小麻感激地看了小桑一眼。小桑被她一看,居然脸红

113

了。她连忙说了个笑话："仪叔就在楼下,他要是听见我们拿他这样操练,一定会不停地打喷嚏。"

"小桑,你该有多么幸福啊。"小麻由衷地说。

"的确。工作,阅读,朋友,这三样我都拥有了最好的。但同你一样,我有时也会产生'成功'的念头,因为我也自私。刚才你为我做出了榜样。谢谢你,小麻。"

"我倒从心底希望小桑成功。瞧,我又来了,打住吧。这茶真够味。"

"是我弟弟从西湖茶庄花大价钱买的。我弟弟为了我什么都肯做。"

"你是从温柔之乡走出来的,所以你性格温柔。"

"其实也并不那么温柔。有时反而毛躁又轻浮。"小桑说这话时陷入了回忆。

"我知道你在想黑石的事。我问你,你对他一点儿男女之爱都没有吗?"

"我觉得没有。再说他也不爱我。"

"他不爱你?!等一等,让我想想,这里面有问题!你从来没想过黑石对你的感情会遇到障碍?"

"什么障碍?如果他像你说的,暗恋小桑,那谁会阻止他?他是那种能被别人阻止的人吗?你别瞎猜了,根本没有的事。"

"我还是觉得这里面有问题。我也觉得没人能阻止黑石,只除了一个人,那就是他自己。他有越不过去的障碍,这是我的直觉告诉我的。"

"得了得了，你快成福尔摩斯了。"小桑一边为小麻倒茶一边说。她的手有点儿发抖。"我们别再说这些无聊的事了。"她又补充了一句。

小麻一边喝茶一边陷入了沉思。喝完那一杯她就站起来，说要回家了。

在门口分手时，小麻对小桑说："所有的事都不简单，但我们也不要把所有的事都看作无头绪的。"

她的话让小桑大吃一惊。她想，如今的小麻真得让自己对她刮目相看了。这大概是由于仪叔对她的潜移默化的影响。这位闺蜜，现在已经走到她前面去了。

小桑今晚的阅读不那么顺利。她在书中读到了人世间那种又深又长的纠缠。本来是几个人之间的简简单单的关系，随着一个又一个误解的产生，竟几乎要走入绝境了。虽然读的是小说，小桑还是有点心惊肉跳的感觉。这是因为她的思路总是被小麻说的那些隐晦的话拉过去。那种纠缠，黑石也陷进去了吗？在历史的黑暗的通道中，他遇到过一些什么？小麻的确有某种超人的才能，她说所有的事都能找到头绪，可为什么她小桑脑海中一片茫然？她们当时在谈论黑石，小麻心目中的黑石是什么样的？小桑很后悔她没有一把捉住这位闺蜜，将她心里的那些话问出个究竟来。可如果她那样干的话，不是在伤害黑石吗？她们怎能如此粗鲁地背后议论一位好友？"唉，小麻，也许是你太疯了，也许你的话并不是空穴来风。不管怎样，你弄得我看不成书了。"

小桑敲门,门立刻开了。仪叔将她让进书房。他想为她倒茶,小桑摇摇头,说她刚喝过了。她脑子里有点乱,不知道从何说起。

"小桑有什么烦心的事吗?"

"我想问您,您觉得小麻怎样?"

"她是个可爱的女孩,有些特别的才能。"

"您觉得,她能看透别人的心思吗?比如您?"

"我不知道。有可能吧。她爱文学,文学可以加强人这方面的能力。"

"同她相比,我很差劲,差远了。"

仪叔哈哈一笑,接着她的话说:"你一点也不差,你是另外一种类型的。"

"仪叔在鼓励我呢。可是我的确有点迟钝。对吧?"

"不,我觉得小桑还是属于比较敏感的那一类人。可是你究竟想说什么?"

"我想说……我想说……不,我不知道我想说什么。"

"同黑石有关?"

"好像有关,又好像完全无关……"

"小麻认为黑石爱上了小桑。这难道不是一件很好的事吗?"仪叔说。

"我看这事不那么简单。小麻未必能一眼看透黑石。黑石,他是所有人里头最难看透的。或许这并不是他的优点。"

仪叔沉默了。过了一会儿他才说:"我没想到黑石给你的印象是这样的。他的确是个热情的小伙子,人一生中很难遇到的那种人。当然我认为你也是那种人。你们,包括小麻,都很有朝气。"

"您误会了。我并不是想说黑石不好,他像您一样,是我最好的朋友。我词不达意。等一等,我刚说到什么了?我是想说,小麻这次的判断不准确。小麻的确有非凡的直觉,但到了黑石这里就失灵了……黑石对任何事都讳莫如深,能让她看透?"

"对,也许她只能看透我。"

仪叔说完这一句,两人同时笑起来。笑过后小桑又有点尴尬。

"仪叔,对不起,我今天有点语无伦次。"

"可能因为你心里有点不安吧。黑石是我看着长大的,因为他母亲,我对他特别欣赏,他有一些少有的过人之处。"仪叔说话时看着那一排书籍。

"仪叔在做媒?"

"我不过说出事实罢了。"

"那么小麻呢?"小桑挑战地说,"她为了您在我那里发了几次疯了。"

"你不觉得她对我来说太年轻?我愿意同她保持现状。"

"我该回去了。我们今晚说了这么多疯话。"

"不要担心,小桑。我这个年纪的人,一转背就忘记了,就像没说过一样。"

小桑回到家后,坐下来发了一阵呆。她有点懊悔,怎么一冲动就跑到仪叔那里说了那么多不应该说的话?她感到自己鲁莽又肤浅。这就难怪这么多年了,仪叔都没爱上她,还要将她推荐给黑石……她还觉得仪叔今后很可能爱上小麻……那么黑石呢?为什么她小桑就是感觉不到黑石对她有超出朋友的感情?他心里真的有障碍?那是什么障碍?小麻真的看出来了吗?她不愿意问小麻,因为只要她一问,小麻就会认为她爱上了黑石。而她其实并没有。

小桑就这样翻来覆去地想今天发生的事,激动着,沮丧着,还回忆起了一些往事。那时她同仪叔之间是多么亲密啊,可以说是无话不谈。自从小麻介入进来之后,小桑就同仪叔稍稍拉开了距离。因为毕竟小麻是真心爱仪叔,她不想让小麻误解她和仪叔的友谊。当然有的时候,在夜深人静时,她也感到她刻意疏远仪叔是种损失,仪叔不是还没有正式同小麻恋爱吗?可是她,作为闺蜜,应该给小麻创造机会啊。在小麻眼中,这两位男人对小桑的感情都是爱情。可世上哪有这么好的事,至少小桑自己没有觉察到他们有超出友谊的暗示。不是就连仪叔都说她比较敏感吗?如果他们有那种情意,为什么她本人感觉不到?

这样想啊想的,小桑很晚才上床。她于蒙眬中又做了同一个梦,这就是她被黑石和仪叔从两边挽着手臂,行走在河边的大道上,热烈地交谈着……

费决定在休息日同寒马一块去海员俱乐部听一位船长

做报告。寒马听了他的提议后犹豫了一下，然后同意了。本来她是想星期六在家里大干一场，将自己的写作模式确定下来。但是她想，费的提议后面有潜台词。他想去那里重温旧梦，为什么？她有点疑惑，有点隐隐的担忧。寒马想，她差不多已经闯过了三人关系里的障碍，可以坦然地面对这件事了。但她觉得费与她并不同步。他很爱她，但在她面前偶尔会显露出愧疚的情绪。而她认为他不必愧疚。她知道费对前女友依然恋恋不舍，可这正说明他是个重感情的人啊。一掉转头就将前情人忘个干干净净，那种类型并不是寒马所喜欢的。总的来说，寒马感到自己的新婚生活丰富、安宁，而又不乏刺激。长久以来，她追求的就是这种生活，现在正在实现。

　　他们来早了一点，于是就在俱乐部的小花园里散步。眼前的景物是那么亲切，但又似乎久违了一样。有一对非常年轻的情侣坐在花坛边上小声说话，使他们俩立刻想起了婚前的日子。

　　"同他们比起来，我觉得自己已经有点老了。"寒马说。

　　"我也喜欢这个老一点的寒马。在你之前，我从未遇到过你这种类型的女孩。你给我一种紧迫感，我觉得自己会落在你的后面，远远地落后。"

　　"不会的，费，你过虑了。你的情感世界那么丰富，这正是吸引我的地方。我在你身上看到了我自己的方向，就一步步地坚定起来了。我还没有完全了解你，我想，爱并不需要太多的了解吧。费，你放松下来吧，用不着紧张。你瞧我多么放松。"

人们三三两两地走过来了,费和寒马随着人流往礼堂那边走去。

台上的船长是一位退休老人,头发雪白,鼻子红红的,眼睛很大,但似乎有点睁不开。寒马没注意老人在说什么,她在想自己的小说。费紧紧地握着她的手,她能感觉到他的心跳。那位船长似乎天性特别乐观,不断地说笑话,底下的观众笑成了一片。寒马想,为什么费不笑?她的思路一下子回到了费身上。那一天,就在礼堂外面的草坪边上,费拉着她的双手,目不转睛地看着她。那个瞬间定格在寒马的记忆里,她就是在那个瞬间决定了要同费长久相守。她凑在费的耳边说:"我想去外面看看。"

寒马来到了草坪边上的那个地点。对了,就是这里,这里有块形状特殊的大石头,它是他俩的见证人。那一天,好像周围的一切都在燃烧,太阳啊,云朵啊,草地啊,远处年轻人的白衬衫和花裙子啊,乳白色的地灯啊,等等,全都在燃烧。寒马眯缝着眼,感受着大地的热力。她和费反复地接吻,似乎要通过这接吻来确定自己的决心……这是不到两个月之前的情景。

"女士,您需要深入了解海员们的情感生活吗?"

那人推着一车杂志停在寒马身旁。

寒马买了一本《海上生活纪实》。杂志里面很多图片,这是她感兴趣的。

她在小道旁的长椅上看了一会儿杂志,就看见费正朝她走来。

费的眼圈红红的,他哭过了。

"怎么回事,费?"

"啊,太感人了!老船长说到他和他妻子的事,海上的忧思,那种绝望,那种无助……寒马,我们回去吧,天气有点冷了。"他说。

寒马想,为什么费感觉天气有点冷了?她抬头望了望艳阳高照的蓝天,有点担忧费是不是要生病了。他一下子变得这么多愁善感,这是寒马没料到的。她觉得他好像变成另一个人了。不过,也许他本来就是这样的?

他们很快回到了家里。费拥抱着寒马,轻轻地说:"老船长的那些话将我的心冻成了冰块。不,我不想他的事了,我要将他的故事忘记。寒马,如果有一天你要离开,你会事先告诉我吗?"

"我没想过。怎么会离开?不可能。"

"会的。一切都是可能的。"

寒马不想追问费关于老船长的故事,她觉得自己已经猜出来了。那应该是一种至死不渝的爱情。她自己也会至死不渝吗?她不知道,也不愿多想。费很可能是在老船长的境界的对照之下有点自卑吧,其实他大可不必。人和人不一样,费的境界与老船长也不一样,很难说谁更好更高……

那天夜里,在令人心醉神迷的交合之后,两人都在黑暗中寻找对方。寒马一下子就体验到了竹楼的老瑶师傅所说的情景。

"我的妈妈,最近有男朋友了。"黑石红着脸对小桑说,"他比我大几岁,是妈妈的球友。您觉得这事怎么样?"

小桑看出黑石很激动,他应该是懂得母亲的心的儿子。

"应该会不错吧。您的母亲非常有激情,又美丽,能够吸引年轻的男子。"

"谢谢您,小桑。"

"为了什么? 就为我说了您母亲的好话?"

"也为了您对我的耐心。我说话吞吞吐吐,给人以很蠢的印象,而您一直在忍耐我。几个星期以前我同您的好友小麻熟悉起来了,她的性格同我恰好相反。"

"哦——"小桑拖长了声音说,似乎不愿谈起她的闺蜜。

"我感到她热情奔放,而且她爱仪叔。不过有时候,她也可能将自己的判断当作了事实。她对于我来说暂时还是个谜。"

"那么我呢,我对于您也是一个谜吧,黑石?"

"不,您是很清晰的,您就在那里,我只要想'小桑',小桑就出现了。但小麻不同,充满了不确定性。"

"这就是说,您对我很有把握。"小桑沮丧地转过脸看着窗外。

"不,没有把握。我又在说蠢话。我的意思是,我随时能感知到您。"

"您并不像您的妈妈那样有激情。"

"我不知道。我同我妈妈太不一样了。但您却能忍耐我这样的……我快下班时心里想,又能同小桑一起喝茶了,真好啊。"

"对,有朋友,尤其是您这样的,真值得欣喜。"小桑振奋起来。

分开一个多星期之后,这两人又在"情趣"咖啡馆会面了。在小桑眼里,身穿工作服的黑石仍然显得很帅,散发出活力,又很沉稳。小桑想,他是不是听了小麻的胡说八道的挑逗,才又回心转意,来约她的?按小麻的思路,仪叔爱的是小桑,如将小桑与黑石撮合了,仪叔就会注意她小麻了。既然小桑自己也说过不爱仪叔,她小麻也可以将这一点告诉黑石,让黑石去掉顾虑,来追求小桑嘛。唉,小麻,你是个什么怪胎!小桑在心里叹道。她抬起眼睛直视黑石,但黑石的目光依然有点迷离。"不,他不爱我。"小桑想,"他把我当作知心朋友,要向我诉说他心里的事。"

"黑石,您今天要向我诉说您的心事吗?"

"诉说?我没什么要诉说的,我生活中的一切都很好。我更愿意听小桑说话,这就是我约您的目的。"

"原来是这样。"

"我在另一本小说里读到,有个人不停地想着一件事,结果那件事就朝他的思路发展了。我觉得这种情况有个前提,就是这个人是个在生活中有目标、能把握自己的人。比如我的妈妈,她现在受仪叔的影响变得踏实了,所以她才找到了爱情。我觉得对于她来说并不算晚。但在从前,她就是再努力,事情的发展也同她的想法背道而驰。"

"真为您母亲高兴。那么黑石您,也是有目标,又能把握自己的人吧?"

"在某种程度上可以这样说吧。"黑石有点不好意思地挪开了目光。

"您这句话让我有点欣慰感。看来近朱者赤,我们都是受仪叔的影响很深,才变成了今天这个样子。您为自己的目标做了很多,对吗?"

"我是做了很多,不过大部分都是无用功。但都是我愿意做的。不做才会后悔呢。我妈妈说我有点老气。"

"您很细心,但多虑。其实啊,在生活中还是马虎点好。当然我也是一个不愿马虎的人。我不知道这是不是弱点。同小麻相比,我也很老气。今天听您说了这些,我进一步理解了您。我真的感到欣慰。那么,您一直在想的那事有进展了吗?"

"有一些,我还在途中。听您说话总能让我振奋。"

"我也一样。我喜欢听您告诉我的消息。刚刚您告诉了我您母亲的喜讯,我一直在为这事激动呢。有黑石这样的儿子她该多幸运!"

"您对我评价太高,以后会失望的。"

"我干吗要失望?我也没有对您评价多高。当我在心里想'黑石'时,黑石是清清楚楚的,既不高也不低。您瞧,花豹在白天也出来了!"

花豹擦着两人的裤腿绕桌子走了一圈后离开了。两人相视一笑,都红了脸。

"您瞧,花豹并不完全像您说的那样只属于黑夜。"小桑责备地说。

"所以我还得更仔细地琢磨它的想法。"

"琢磨吧,您会有收获的。"

当小桑说完这句话时,她注意到黑石的眼里又闪出了钻石般的光芒。那一刻,小桑感到黑石像极了他那美貌的母亲。"遗传的力量还是很大啊。"她在心里对自己说,于一瞬间想起了他母亲的那种热情。可是小桑还是不能确定黑石的热情的对象。当她再看向他时,那双眼睛已恢复了平时的样子。

"这一个月里头,您的生活中还发生过什么大事吗?"小桑问。

"可能大事还在酝酿中吧。我时不时地为自己鼓劲,也不再像过去那样对自己那么不满了。我明显地觉得,我对于我们读的这本书中的角色的理解又进了一步。下次去书吧我再讲给您听。"

"如果事情朝着与您的期望相反的方向发生了呢?"

"如果那样的话,我想我也能挺过去吧。我小时候是个乖孩子,很多事,一声不响地就挺过去了。"

小桑听了这句话鼻子有点酸,她赶紧控制了情绪。她看向窗外,这同样的行人,同样的车流,马路对面是个麦当劳快餐店。她同黑石像这样相对而坐有几次了?她但愿自己不是自作多情。可世事难料,谁又能真像黑石所说的书中人那样?

"读小说真好啊。"小桑说。

"和小桑谈论小说是我最大的享受。因为我,您知道,有时候有点跟不上,而您的观点是超前的。那种谈论,属于有勇气的人。"

"您是最好的听众,您听出了我说不出来的那些意思。我现在正在想,我和您是不是可以去海上旅行,当然我不是那个意思,我的意思是说结伴旅行,各带一本不同的书或同一本书,一路上谈论。"

"我要认真考虑您的建议。"

小桑回家好久了还平静不下来。她同黑石的朋友关系是否正面临一个转折?黑石仍是闪烁其词,但她能感到他的热情。他约自己,看来并不是为了诉说什么,他就是想看见她。可又……可又为什么呢?他并没有明确地向她示爱,所以她也不应想得太多。小桑轻轻地笑了。她想到了日本推理小说描写的多种可能性……侦破黑石的内心超出了她的能力,她应该留在原地,耐心地等待某些谜团解开。现在她对这位好友的感情有点接近爱情了,只是还差那么一点。他们双方都还没有敞开内心。她走到窗前,听见小麻在下面大声说话,就连忙闪开一点。

"我从前住的地方整夜听见火车从头顶驶过。单亲家庭真艰难,我妈妈像老母鸡一样护着我们。"

她和仪叔正在向外走。小桑羡慕地在心里说:"这就快敞开了。小麻多么有实干精神啊。仪叔您还在等什么?"她打算今后一定要同仪叔拉开一些距离,为了她的闺蜜,做点牺牲是应该的。当她想到"牺牲"时,心里还是隐隐地有点痛。在很长的时间里,仪叔都是她最亲近的人,父母都比不上。而现在,她和黑石的关系又正处在模棱两可之中……

她的电话铃响了。

"下个星期五去书吧,我在您下公交车的车站等您。别忘了。"黑石在电话里说。

"黑石您真好。谢谢您。"

他们刚分手,他又来电话了。这是不是转折的迹象?小桑心头一热,想起了黑石的妈妈的事。黑石到底像不像他妈妈?他的生活中,有过那么漫长的等待,终于等来了他母亲的幸福。她记起自己从前对他发过脾气,现在她感到很羞愧。"他才是仪叔的学生,我只不过学到了一些皮毛。"她想。

第二天中午在商场吃饭时她遇见了小麻,她悄悄地问她:"有进展了吗?"

"我不知道。我说过我不在乎了。也许,他有一点点爱我了。"

"小麻真冷静。"

小桑暗想,连小麻也变得冷静了,看来爱真可以改变一个人呢。那么将来有一天,小桑自己也会为所爱的人改变吗?她想,要等事情发生了才会知道吧。

在动笔写小说的碎片的前一天,寒马做了一个梦。那天晚上,费在单位加班。寒马看了一会儿书,感到有点儿累,她记起白天参加了植树的活动。她比平时提早上了床,一会儿就入睡了。蒙眬中听到有人在客厅里叫她。寒马摸索到床头灯开关,按了一下,没想到台灯竟然坏了。她又去摸索卧室顶灯的开关,顶灯也坏了。叫她的是个女人,寒马慢慢地听清楚了,是竹楼里的小飞。寒马一边答应着一边走到了客厅。客厅里的灯也不亮,看来是线路坏了。但是小飞也不在客厅里。她到底在哪里叫她?

"小飞,小飞!"寒马叫了两声。

"小寒——我是在同你约好的地方,我们一块走吧。"

风将小飞的声音从远处吹来。寒马觉得她离得很远,也觉得自己找不到她,就坐在客厅里的沙发上等。寒马等了一会儿,却再没听到小飞的声音。从落地窗看出去,可以看到池塘里的水发出的反光。寒马变得有点焦虑了,这在她是很少有的。她一遍又一遍地问自己:"费会不会出事?费会不会出事?"她最担心的是交通事故。不知坐了多久,她才突然记起,费夜里是在单位宿舍里休息,并不会坐夜班车回家。寒马昏头昏脑地回到卧室里,又在床上折腾了一会儿才入睡。

第二天早上,她起床后发现所有的灯都好好的,客厅的沙发上也没有落下她的披巾。她记得自己是披着披巾走出卧室的,但披巾好好地挂在衣柜里。那么,应该是一个梦。

费让她焦虑了,完全没有必要,是她自己要焦虑。也许,建立了小家庭就总会有焦虑吧。

寒马一下班就跑步去赶车。

推开院门,看见费正在院子里忙碌,她心里的那块石头才落了地。她没有将自己做梦的事告诉费。

"你睡得还好吧?"费放下锄头,吻着寒马的脸颊问。

"还好。你呢?"

"不好。宿舍房间里有两只蚊子,被骚扰得睡不着,老想起寒马。"

"那我们快去吃饭,晚上早点睡。"

"不行不行,你晚上还得写作呢,现在是关键时刻。"

寒马听了这句话眼里差点涌出了眼泪。

她一连写出了两个小说片段,不是关于爱情的,却是关于一个人在异乡努力求生的事。她在努力捕捉一种语气,努力确定笔下的句子的意图,虽然总是确定不了。现在她的确很想很想写,这种渴望只有费最清楚,所以他说是"关键时刻"。她将写下的片段又读了几遍,就下楼去费那里。他还没睡。

费扬了扬眉毛,接过寒马的笔记本。寒马觉得他仅仅往本子上扫了几眼。

"你快上路了,寒马。"他说。

"我也觉得这次有点不同。"

"不是有点,是很不同。你正在成熟。"

"费,我想问你一个问题。"

"你问吧。"

"为什么你自己不写?好久以来,我就感到疑惑,为什么你自己不写作?"

"哈哈,你以为我没尝试过?我的语言不好,远不如你,差太远了。我是培养作家的那种人,对吧?"费做了个鬼脸。

"我们睡觉去吧,费。再谈论下去,我会把你累死。"

费一上床就轻轻地打起了鼾。寒马将搂着他的手臂轻轻地抽出来。在黑暗里,她心里涌起一波又一波的热浪。她分不清那是写作的激情还是爱情。

寒马是深思熟虑的。她不会去预测同费的关系今后的发展,她也决不去打听费是如何对待他的前情人悦的。她想,即使费同悦仍然保持亲密关系,她也应认同这种关系。作为女人,她理解另一位女人的孤独。并且这位女人爱寒马的丈夫,从未改变过。这是一个死结,寒马的情绪有时会不由自主地受到影响,但她是那种有定力的人,也是不容易被打垮的人。

台风来的那天,费消失了整整一天,既没给她来电话,事先也没向她说明。寒马知道费是不愿撒谎的人,并且这种事也太难说明了。寒马还知道这种事会经常发生,自己必须强迫自己习惯。

当时她在商场,风将商场的招牌吹到了大街上,到处一片黑压压的,店员们都待在商场里面。费是昨天傍晚走的,一夜未归。一早寒马就来商场了。她到商场一小会儿,台风就刮起来了。像上回一样,那个声音又在她心里响起:"费会不会出事?费会不会出事?……"她老觉得费是在大街上走,所以内心十分紧张。

"寒马,你冷吗?我有衣服,你要不要?"店长问她。

"不冷不冷,我只不过有点紧张。我从未见过这么厉害的台风。"

"会过去的。气象台说损失比较大。"

店长拍了拍寒马的肩头,回办公室去了。

寒马坐在货架间,决心让自己的思路集中在酝酿中的小说上。小说给她的生活带来了这么多的欢乐!而且说不定还能帮助别人。如果有一个人处在她现在的情境中,她就可以通过一篇小说告诉这个人,一切都没有一般人想象的那么糟,都会有很自然的解决的办法,只要人多一点耐心和相互间的信任……

关上的店门外面有一位女人在哭泣,像是歇斯底里。寒马对自己说:"我永远也不会发作歇斯底里。"

"寒马,你星期五会去书吧吗?"小桑在问她呢。

"我一定来,同费一块来。"

"我同黑石一块来,黑石要做精彩发言!"小桑激动地说。

"小桑姐,我们书吧里的书友们,除了费,黑石哥也是我最崇拜的。"

"那么,你开始写小说了吗?"

"我正在写一个短篇小说。同费这样的人生活在一起,我必须不断地爆发,我现在没有退路了。您瞧我有多么惨。"

小桑微笑了。她想象着这一对伴侣在一块时的幸福情景。

"寒马,你真有眼力啊。"

"我也觉得我的眼力不错。他的确是赤子之心。"寒马自豪地说。

此刻,寒马将内心对于费的小小的慌乱一下子就抛到脑后去了。同费谈论文学的那些日日夜夜浮现在脑海中,至今仍令她脸红心跳……如果不是因为有他,她现在还在文学的外围徘徊。从少年时代开始读小说和诗歌,她一直都是采取将自己全身心代入的方法,如醉如痴。直到有一天遇见了费,她才发现,那些最好的小说里充满了一扇又一扇的幽暗之窗。费激起她的热情,让她去打开那些隐秘的窗户,探索窗外的陌生的天地。从那个时候起,寒马的阅读就发生了转折。

"你在想他?"小桑问。

"我总在想他,因为他同我的文学连在一起。这是不是很方便?"

"太妙了!寒马,这简直是、简直是——我不知道要如何形容了。我现在要去收拾东西了,不打扰你的冥思遐想了。"

寒马将椅子移到暗处,倾听着外面的雨声。现在,她不再感到害怕了。大自然里面有晴天,也会有台风,自古以来就是这样。刚才她又想出了小说中的一段情节,她记录在小小的笔记本里了。也许当她回到家时,费也在家里了,那时她要同他共享。

在货架的那一边,她的同事,两位很年轻的女孩子正在相互倾诉各自的情思,那低沉的声音像鸽子叫一般。寒马似听非听的,在心里感叹:多么动人!于是,她内心升起了信心。这世界不会因一场台风而减少她的美妙。

"寒马,原来您躲在这里!我一早就在店里找过您了。"

这是在对面大书店里工作的男孩晓越。他也参加了小桑的读书会。寒马见到他就有种温暖的感觉。晓越表面看上去内敛,但只要谈论起文学来就像一团火。而且他善于与人沟通,熟悉社会各种阶层的阅读倾向。自从他加入寒马他们的读书会以来,他一直在协助小桑提升他们这个小团体的阅读品位。寒马特别欣赏他与人沟通的技巧和将书本知识运用到现实中的才能。

"晓越,您来了正好!我一直在想,您还应该参加我们的'鸽子'书吧,您代表着一股新的势力,我们书吧需要您。"寒马兴奋地说,眉开眼笑。

"我当然要参加。我早就听说了您的丈夫——传奇般的人物!老实向您承认,我在他面前有点自卑,我只能算个小学生。"

"您不要谦虚了,我见识过您的高超技巧。来吧来吧。"

"我一定来。有一件事同您商量:明天晚上在我们这里,我想同大家谈谈我们的一位读者的成长经历。我谈过之后,想要您来做一些补充。您看怎样?"

"真好,我喜欢这种话题,我一定尽力而为。"

"另外我还想说点题外的话,您不要生气。寒马,我同您认识的时间很短,但我老觉得您是我的一个多年的老朋友,可以随意吐露心思的那种。您有一种极为开阔的视野,所以从不大惊小怪,但您又明白就里。真难得。"

晓越说完就告辞了。寒马看着他的背影,心里想,又多了一位好朋友。她觉得,自从她同文学结缘以来,她的朋友就多起来了。这位男孩比费小,他说费是传奇般的人物,还说他在费面前有自卑感,这就可见费在读书界的魅力……他并没有夸大。寒马回忆起她同费的初相识,点点滴滴历历在目,仍能激荡她的心灵。这位书友晓越,在人际关系方面阅历很深的青年,是特意来向她表示敬意的吗?

外面的风渐渐地小了,寒马的内心也越来越明朗。她又回想今天记下的小说的情节,心底忽然生出一股热情。她将这股热情称之为"关于费的想象"。

"寒马,去吃饭吧。你笑什么?"店长向她招手。

"台风要过去了,我们没受大的损失,所以我高兴。"

"真是个贴心的姑娘,我爱你。"

"我也爱您,店长。"

星期五下午,小桑一下班就冲进食堂买了两个花卷一边走一边吃。她想匀出时间来稍微打扮一下自己。她穿上了自己最喜欢的那套休闲服和那双好看的轻便鞋。她尽快地溜出了门,怕遇见小麻。

她坐了两站就下车了。黑石首先看见了她。

"小桑,您的衣服和鞋子真漂亮。"黑石赞赏地说。

"这就是家常便服嘛。真想去书吧听黑石发表意见,我都等不及了。黑石,您最近见过小麻没有?我想知道一下。"

"前几天见过一次,在超市。她看上去情绪很好。"

"这是个好消息。她的事可能有进展了。"

"她的事——您是指她和仪叔?"

"还能是什么事?您早就知道了。"

"我是知道一点。可是我觉得还有些方面没能确定……有些事,很难确定。"

"那是因为想那些事的人不想确定吗?"小桑探究地看了他一眼。

"也不尽然吧。可能是时候还未到。"

此时的古旧书店一条街有点热闹,每家店里都是人来人往的。小桑发现人流中夹杂着很多海员。不知为什么,这些海员令小桑有点神情恍惚起来了。黑石在她旁边说,时间还早,他要带她去见一位"船长的妻子"。

于是黑石拉着小桑走进了路边一家低矮的书店。店里的天花板也很低,所有的顾客都坐在矮板凳上翻书,看来以熟客为多。一位瘦小驼背的老妈妈朝他俩迎上来。

"黑石,这是你的未婚妻吗?"

"她叫小桑,是我最好的朋友。"黑石的声音很镇定。

小桑发现所有的书籍都是关于草药的,于是拿了一本坐下来翻阅,一边倾听着黑石同老妈妈说话。

"方妈妈,您最近又同蓝伯会面了吗?"

"最近又有一次,不过时间很短。他想起了一件事要同我交代一下。当时我们是在沙滩上,他交代完了就匆匆地回船上去了。"

"多么美妙!"

"结婚吧,黑石结了婚就会知道有多美妙了。"

"我正在考虑,方妈妈。"

走出药草书店,小桑问黑石关于方妈妈的事。黑石告诉小桑说,方妈妈的船长丈夫去世二十多年了,她仍然常常同他在某个地方见面。黑石同她相识多年,她愿意将这个秘密同黑石分享。"其实也并不是什么秘密。您不是也听见了吗?"

"那么黑石,您从心里相信这事吗?"

"我从心里相信。至于采取什么形式,那是无关紧要的吧。"

说话之间,两人已经到了书吧。里面那间房里,所有的人都到齐了,包括小桑只见过一次的那位叫阳的女孩。费正在同寒马小声地说什么事。大家都像约定了似的一齐将目光扫向刚进来的小桑和黑石。小桑走过去帮助雀子倒茶。对于众人的这种关注,小桑现在不再有那种微微的气恼了,她反而有点自豪——人的情绪变得多么快啊。即使大家都猜错了,那又有什么关系呢?重要的是抓住当下的感觉。此刻,在这半明半暗的书吧里,在众人友好的目光中,小桑感到自己的心同黑石特别能相通。

"黑石,关于那种无形之网,你在书中找到答案了吗?"费开门见山地说。

费是那种有全局眼光的人,他一下子就领悟了大家的情绪。

"书友们,我今天想要告诉大家我最近一段时间的阅读感想。也许这不能帮助到你们,但我还是渴望讲出来,也渴望在讲述中清理一下我的情绪。我已经将《××××》这本书读得很熟,现在告一段落了。前一段时间我忽然领悟到这本美丽的小说向我展示的,就是人在生活中的灵活性啊。曾经有一段时间,我比较消沉,那时我虽然也有梦想,可是我到处看见那种透明的网,它们似乎是要网住我的手脚。当我在生活中与网相遇时,我的本能的反应似乎就是避开。但这本小说却向我展示了另一种我不熟悉的行动方案。我在困惑中反复揣摩那些角色们的奇思异想的生活。我开始叩问自己:避开网状物是否真正是我想要的?它们必定会违反我的意志吗?于是,为好奇心,也为心底的热情所驱使,我以往的那些原则动摇了。我想做一个实验,这就是加入生活之网与情感之网当中去,与网合为一体去行动,在发挥自己时慢慢地观察体验。现在我正走在这条路上,并且有了很多新的体会,但我比过去有耐心了,我并不急于知道结果。大家都知道这个道理:结果并不是最重要的。既然我受到那种生活的吸引,为什么我不投入进去?要有行动,才能真正懂得自己的那颗心啊。如果你总是为生活之网所累,总是在左右闪避,你的心就会渐渐地僵硬。现在我甚至设想:有那么一天,所有的网都反过来成了我行动的动力,而不再是障碍。为什么不能这样设想呢?任何事都是可能的。我在小说中和生活中都遇到过这种事,但我以前不知道应该像这样去体验,去大胆设想。"

黑石一讲完,费就开始用力鼓掌。其他人一开始脸上表情迷惑,跟不上黑石的思路。但当他说完时,每个人都有点明白了,但又没有完全明白,所以都在细细地琢磨他的话。只有小桑是例外。她觉得黑石所说的也是她想说的。不管黑石所指的是什么,她和他的心底都有着同一种类型的渴望。所以她盯着黑石的脸,希望同他交流目光。但坐在对面的黑石似乎害羞了,他没有朝小桑这边看。

"黑石在突飞猛进!"雀子大声说。

然后她的声音又小了下去。她在同李海窃窃私语。

"黑石平时发言不多,可今天啊,对我来说真是如雷贯耳!你对《××××》这本小说的体验实在是太特别了,我开始崇拜你了,你能接受我的崇拜吗?"

说话的是阳,她走到黑石面前,紧紧地拥抱了他一下。

"我真想像小说里写的那样,同黑石哥哥来一场轰轰烈烈的恋爱!"她说。

小桑看见大家都在笑,只有黑石没有笑。他在想什么?

还沉浸在自己说过的话里面吗？小桑听见费正在发言,他说得真好,但是小桑不断地走神。她总想与黑石交流目光,黑石却又像从前某次一样,变得神情恍惚了。这个人,究竟是怎么回事？

"黑石所发现的,是这部杰出小说中的根源性的东西。"李海大声说。

"真不愧是侦探!"阳夸张地做了个手势。

然后她凑到小桑面前低声说:"桑姐,您还不想出手吗？您不出手我可要出手了啊。这位黑石哥哥,我暗恋他好久了。今晚他的发言让我的热情达到了高峰。"

"阳,你不必问我嘛。我看你还有机会。"小桑笑着回应她。

小桑话音一落就听到黑石在说话。

"其实啊,是生活推动了我的阅读的感觉。我现在变得更喜欢我所度过的每一天了。读这本书时,小桑加入了我们书吧,她的方法震撼了我。那段时间我反复地问自己:为什么我没能像她那样去阅读？为什么我一直将那些看不见的网当成障碍,而不是生活与阅读的动力？我力图让自己的思路和情绪清晰,但得到的却是乱糟糟的东西。感谢您,小桑。您站在一个更高的层次上,及时地启发了我。还有费,你总在怂恿我突围。"

小桑吃了一惊,她没想到黑石的发言来到了这样一个转折点。她觉得黑石总能出乎意料地领悟到自己的话外之音,而那些被他领悟的事,却连她自己也没意识到。如果不是被黑石领悟到,也许就永远流失掉了。想想吧,阅读该有多么奇妙!她和他联手完成的这种阅读,使得小桑的心悸动不已。却原来很多事都在不经意之间发生过了。小桑抬起眼来,看见阳正在对她做鬼脸。

"我在想,"小桑一边想一边说,"我同黑石领悟到的那种'投入生活',并不是像歌德的《浮士德》里面所描述的那种投入生活。我们说的这种同歌德说的那种,区别还是相当大的,对吧?那么多年都过去了,我们要寻找一条新路……不过我还没能想清。"

"对极了,这是全新的——既不同于罗伯特·穆齐尔,也不同于歌德。"黑石回应道。

"两位给我冲击太大了!我迫不及待地想要创作——啊!"寒马说。

小桑兴奋得脸发烧,她望向年轻的寒马,两人的目光碰出了火花。小桑的膝头在微微发颤,她想,她同黑石正在接近同一个奇迹……为什么要纠结于那些鸡毛蒜皮的小事?先前她是不是太迂腐了?如果一个人完全不动,当然就不会犯错误。当然,行动并不等于鲁莽,要审慎,也要坚定。她以前做得不好,并不等于今后就会做得很好了,不过这不重要……那么……她的思路断了。

那天晚上,讨论空前热烈。关于古典文学模式和当今时代的发展,关于现代人情感的出路,每个人都急煎煎地想说出自己的体验。于是场面有点乱,时间在悄悄地溜走。终于,"鸽子"书吧的老板来催促大家回家了。

已是深夜,古旧书店一条街上的店子不知为什么都提前关门了。年轻人热烈的谈话声在小街上响起。他们一共是四对:寒马和费,黑石和小桑,雀子和李海,还有阳和岩。小桑暗想,终于都结成对子了,有点像意外的巧合,又有点像努力的成果。走了一会儿,他们就一对一对地分开了。

"小桑,您觉得今晚怎样?"黑石问。

"我太激动了,我不知道要如何评价……黑石,我更要感谢您,因为是您将我介绍到'鸽子'书吧来的。"

"那么,您的关于去海上讨论书籍的提议没改变吧?"

"那是一个梦,长久以来的梦。您同意我的提议吗?"

"我还在考虑细节。因为这也是我的梦想。"

接下去两人都不说话了。小桑想,他俩已经拐了一个弯,怎么还在同一条巷子里行走?两人都在沉默中与那些伟大的幽灵们对话。忽然,有一家书店的门打开了一条缝,两人同时看见一些影子在耀眼的灯光下跳跃。莫非是幽灵?小桑这样想过之后就有点紧张。但看到黑石镇定自若的样子,她又松弛下来了。如果能同幽灵们一块跳舞,那才是极乐的体验啊。当小桑这样想时,他们已来到了大街上。真凑巧,夜班车来了。

"小桑,今夜您想想您的梦吧。"黑石说。

"我会的。您也——"

黑石用力点了点头。

在车上,小桑在心里对自己说:"我这不是已经出发了吗?前面就是大海。这种行动不可能在开始时预料结果。

对,预想的结果并不重要。"她接上了在书吧中断了的思路,于是又一阵兴奋。

那天夜里从书吧出来,费和寒马拐进一条黑乎乎的小巷。小巷一直通到河边,他俩要从那里搭公交车回去。一路上,寒马感到费有点垂头丧气的样子,于是试探地问他:"费,你对黑石的新观点怎么看?"

"我已经说过,他说得好极了。黑石具有一种不一般的功力,他属于身体力行的那一类,所以他才能体验得那么深……他的话令我惭愧,因为他说的那种境界我达不到,我是个随波逐流的人。"

"可是费,我喜欢你现在的样子。"

"那是因为你还没遇到困难,没有面临选择。你大概看出来了,我是个没有担当的人,这种人的坏处和好处一样多。"

"我恰好爱上了你的好处,这应该是缘分吧。当然,我也喜欢黑石的深沉。他体验到的那种境界应是我们这个时代的文学艺术所追求的境界吧。他能读到那个层次,天分还是相当高的。小桑姐也如此。费,振奋起来吧。每个人都有好处和坏处,没必要为这一点沮丧。"

前面就是那条河,闪着奇怪的白光,亮得有些扎眼。听了黑石和小桑的发言之后,寒马的情绪一直很高昂。但费的情绪却一直低落。

下了公交车之后他们还要走一段路才到家,那条路的两旁没有房屋,生长着一些灌木,听说常有野狗从灌木丛里窜出来咬人。寒马边走边前后张望,有些紧张。忽然她发现费不在身边了,怎么回事?她叫了一声,但费没有回应她。寒马加快了脚步,几乎是在跑了。她想快回家,回到家就知道是怎么回事了。也许费在开玩笑,要让她锻炼胆量。跑着跑着,居然撞着了一个人,是小飞,前面是她的竹楼呢。

"寒马快同我进竹楼。费在里面等你。"小飞说。

灯光下,费显得一下子老了十岁。

"你怎么在这里?"寒马问。

"好像有什么东西拉着我往荒地里走,我和那东西搏斗,扭打在一块。然后我突然看见了竹楼,就不顾一切地冲进来了。可见条条路通向我的爱人啊。"

费笑了起来,笑得很难看。

他俩默默地回到家,默默地相拥入梦。但寒马居然一个梦都没做。

第二天中午,费和寒马在竹楼里吃扬州炒饭。他俩刚一吃完,老瑶就过来了。老瑶在桌边坐下,说:"那一对在这里捉迷藏的年轻人,今天早上远走高飞了。我看见他们上了一辆长途汽车,两人都背了大背包,喜气洋洋的,像过节日一般。"

"他们相互找到了对方吧。谢天谢地。"费说。

"说不定是换一个地方继续找下去。"老瑶眨了眨他那只独眼。

"老瑶,说说您和小飞吧。"费央求他。

"我们从来不捉迷藏。"老瑶爽快地说,"那时我在那个破旧的小旅馆遇见了小飞,当时她已跑了三个省,还没找到合适的工作。她风尘仆仆,几乎用光了所有的钱。我有手艺,但我的人缘不好,京城的一家大餐馆将我赶出来了。可以说,我和她流落到了蒙城郊外。我们并不是同病相怜,而是心怀着共同的理想。后来我们就搭起了这座小竹楼,那时我们没日没夜地工作。"

老瑶说话之际,小飞已经悄悄地走到了他身后,满面笑容地站在那里。

"那么小费,你和小寒也在没日没夜地往前赶吧?"老瑶突然话锋一转,"有理想的人,没有时间玩捉迷藏,对吧?"

"对极了!"费和寒马异口同声地说。

"我同小飞,是志同道合的夫妻。一个人想出一个点子,另一个人马上就来'添油加醋'……我们总在想点子,要把工作做得更好。"

从竹楼里出来,费的情绪变好了。

"寒马,我俩相处得还可以吧?"他问。

"不是'还可以',是好极了。你读了我写的短篇吗?还可以吗?"

"读了,我要说,好极了。你还没写完,后面会更好!"

"你瞧,我们也是没日没夜……哪有时间捉迷藏?"寒马哈哈大笑。

"唉唉,寒马寒马……"费喃喃地说。

"我们就住在对方的心里,还用得着去找吗?"

他们各进各的书房。费感到他的时间越来越紧迫了,必须帮寒马一把,必须扩大阅读量,必须不停地写笔记……

寒马沉浸在她还不太熟悉的小说境界里,她感觉到自己是一名新手,不时会有点惶惑。但有一点是明确的,这就是有什么事物吸引着她,令她跃跃欲试,要向那里突进。这种状态并不是平时那种激动,但也不是完全不激动,而是一种努力牵引和努力悬置的运动。写完一段停下来,寒马突然明白了费说过的话。当时他说自己不适合写作,因为他的个性中有太多的随波逐流的成分,他认为寒马才是那个应该写作的人,因为寒马具有高度的自律能力,能够不断地刷新语言的所指。夜深了,费在叫她呢。

"寒马,你是开拓型的。"费激动地说。

"可能是因为爱,我才有了信心。"

"其实没有我,你照样……"

"不,不是那样。我记得很清楚。我们就像老瑶和小飞一样。"

他俩一齐朝窗外看去,看见那竹楼里依然亮着灯。

"他们也在进行饮食方面的创新实验。"费向寒马耳语道。

"费,我太幸福了。我从小就自认为我可以干成一件事,可没料到幸福来得这么快……这都是因为有了你,我俩在文学上是一个人,对吧?先前还没有你的时候,我一直在寻找你。后来找到了你,事业也开始进展了。这绝不是偶然的。我一直对自己说,我得到了最好的。"

"唉,寒马寒马……"费说不出话。

他们相拥站在客厅里,两人都听到了从蒙城市中心传过来的车轮声,有一个车队从大马路上经过。

费为寒马感到心酸。他因惭愧而说不出话。

但寒马并不认为自己可怜,她为有费这样的伴侣而自豪。此刻她的苦恼是:要怎样才能让费明白自己的感情的真实情形?为什么一般人都难以克服爱情中的"占有"情结?想到这里,寒马就在黑暗中微笑了。的确,一段时间以来,她已不再为费不时离开她而痛苦惶惑了。一切都是可以改变的,就像小说中写的一样。她,正在慢慢变成她想要成为的那个样子。

"你真的没必要……费,事情并不是你想象的那样。一开始有点难,后来我慢慢地起了变化。我以前也爱过几个人,但从未像爱你爱得这么深。你在听吗?"

"我在听呢,寒马。我每天都对自己说,世上怎么会有你这么好的女孩。而我,我是一块炭渣。我觉得我该主动离开你,可我又做不到。"

"为什么要离开?为了你自己那可笑的自尊?你可不要说是为了我。我现在最最需要、最最惦记的人就是你。你抽身离开,我不知道我还能不能写。"

郊区荒野里的风刮得那么不留情,门窗都在颤抖。艰难的沟通将爱人们弄得疲惫不堪,终于昏昏地睡去。寒马入睡前的念头是:"费不相信我对他的理解。因为很少有别的女子像我这样。"费的念头则是："她多么好,我对她伤害得多么厉害!"

夜里费做了噩梦,他喊出了声。寒马紧紧地搂着他,轻拍他的背。她听见费在幽幽地说:"是你吗,寒马?我们已经越过去了吗?""是啊,已经越过去了。"寒马回应说。她听见费发出了轻微的鼾声。但寒马一直醒着,她在想她的小说,想那些最明丽的词句。然后她又回到现实,在心里说:"即使费理解了我对他的理解,他也还是不能放过自己。因为他觉得这事他对我不公平。这是一个死结。如果有爱,哪能处处讲公平呢?"她盯着窗户上的那点月光一直想下去,"是我要爱他,离不开他。他也离不开我。如果没有我,他和悦经历了从前的挫折之后,很可能会相处得很好。在这件事上我的自私也许多一点。如果我不理解费,还去干涉他同悦的交往,那我就是真正的自私自利了。新的爱情的确产生了,但并不等于旧的爱就完全消失了啊。我知道费不是那种人,这可能也是我喜欢他的原因吧。那是十几年里头积累起来的深爱,也许我的爱不如她的深,肯定不如……"

一直到早上她都没有合眼。

小桑决定给黑石打电话谈海上旅行的事,她想,干吗忸忸怩怩?

"黑石,去海上旅行的事,您决定了吗?"

"我觉得还早了点,我得仔细筹划一下。不是因为我个人有顾虑,而是某些条件还没成熟。不过我真想马上同小桑一块去。"

"您说起话来像外交人员一样……啊,对不起。我也许把事情想得太简单了?您瞧,我读了这么多小说,还是个简单的人。"

"相信我,我的确在筹划这事。我需要等待一会儿。"

放下电话后,小桑坐在桌旁发了好久愣。虽然黑石的回应并不是泼来的一瓢冷水,但他的态度仍是不可捉摸的。难道真像小麻说的有什么障碍?小桑想,她懒得去做那些离奇的猜测了,她也可以等待。这样一想,情绪就好多了。

"小桑,你的事有进展了吗?"

是小麻,她从三楼仪叔家上来的。

"我的什么事?"小桑生硬地反问。

"你同黑石的事嘛。他装出对我和仪叔的关系不感兴趣的样子,可我知道他心里在想什么。小桑,这都是为了你啊。"

"小麻,别来那些弯弯绕好不好?我理解不了。"

"我从旁得知,他俩的关系比父子还亲!黑石好可怜。这个连环套一天不解开,他就不敢向亲爱的人表白……"

"别胡说了!"小桑大吼一声。

小麻被她吓坏了,往门边挪动脚步,然后开门,大踏步地走掉了。

"见鬼,捕风捉影……"小桑自言自语道,"会不会黑石也同她一样疯了?比父子还亲——那就是说,心心相印?"

小桑感到脑袋要爆炸了。她洗了个冷水澡,希望将这些乱七八糟的念头全冲洗掉。从卫生间里出来,她决定了永远也不询问黑石。小麻不过是猜测,如果她去询问,那就会深深地伤害仪叔——她最爱的人。让这事成为一个永久的谜吧,一个美好的谜。黑石做得对。想到小麻所暗示的这种可能性,小桑更敬重黑石了。而当她想到仪叔时,暖乎乎的热浪就从心窝里涌出——她和他的关系胜过父女!小桑在记事本上写道:"我,小桑,一个平平凡凡的女人,我该有多么幸运啊!"

写完那句话之后,小桑又想,即使小麻猜错了,即使黑石是神经过敏,她也要将自己目前的态度保持下去。这位帮助她成人、培养起她的品位的叔叔对她的这份深情,是任何人都替代不了的。她虽知道小麻并不是爱吃醋的那类女孩,也许她还是为她好,也为黑石好,可她就是不能容忍任何人在她面前这样谈论亲爱的仪叔。

又过了好一阵,小桑终于冷静下来了。再细细一想,又觉得自己不该对小麻生那么大的气。毕竟黑石从未透露过他的真实想法,也许不透露的原因同她自己是一样的。他也绝对不会向小麻透露,就是说他也要让猜想中的事成为永久之谜,以保护他最爱的人。但黑石并没有对小麻发脾气,因为他是在情感方面很有教养的人,不像她小桑这么粗陋。小桑想到这里不由得苦笑了一下:为什么她就不能改掉自己的弱点呢?这就是她同黑石的距离所在啊。两人的成长环境不同,就成了不同的人。不过也用不着过分沮丧,她同他还是有许多共同点的。至于将来的关系会怎么样,顺其自然吧。目前来说,他对于她还是很有吸引力的,尤其是他对生活的看法,让小桑深深地着迷。现在,她已经有点知道了黑石在等什么。他在等生活中的某个谜团自动地露出答案。他自己在书吧里也说了,他不再消极地等待,而是要投入生活。总之,不论黑石心中的谜是同她有关还是无关,小桑都愿意同他一块等待。他不是已答应了她的旅行的提议,并正在筹划吗?她应该相信这位挚友。

厘清了自己的情感和思路之后,小桑的情绪变好了。她走下楼,要去酒吧喝一杯为自己庆祝一下。她想,她已进入了激情的生活,然而,常常觉得走入了灰暗的死胡同,却没注意到前方是"柳暗花明又一村"。

一进酒吧,那位高个子的男子就迎上来了。

"您的爱人又出走了吗?"他问。

"您猜得不对,其实是我和他都在犹豫。"小桑高兴地说。

"哈哈,犹豫吧,犹豫吧,这才说明双方用情之深啊!"

"为什么呢?"小桑喝了一口红酒,好奇地问。

"这是我的经验。我和我的女友,恐怕要犹豫一辈子。"

"您真是一位不平常的先生。"

小桑暗想:"到了我这个年龄,激情就不再像小麻那样喷发了。它应当是黑暗底层的一条河。"

高个子男子突然向着空中唱起了山歌。那是一种奇怪的山歌:野性,酷烈,决绝。他那奔放的声音令小桑倾倒。似乎是酒吧里所有的人都将脸转向了他。

有一个人在小桑的耳边轻轻地说话,他是吧台服务生。

"这位先生,他的爱人不久前去世了。"

小桑听了心潮起伏。"美……"她喃喃低语,差点掉泪了。

往家里走的路上,小桑一直在对自己嘀咕:"不要放过生命中的那些亮点……"

小麻从小桑家里出来之后,就在心里不停地责备自己的莽撞。"真该死,真该死！我看起来是多么的自私啊！难怪仪叔不像爱小桑那样爱我！我就像一个小人,总想为自己牟利,却没顾及别人。"

她昏头昏脑地往她的出租屋走,只想大哭一场就好。

小麻已经从她妈妈家搬出来了,她租了一套很小的公寓房。她要独立自主,不受母爱的干扰。她觉得母爱虽好,但常常缚住自己的手脚。她用钥匙开了门,倒在那张精致小巧的床上,一动不动地躺了好久。"本来他已经有些喜欢我了,本来我同他的关系已经有点像抱团取暖了,可是今天竟发生了这件事！啊,我太不知天高地厚了,太自以为是了,为什么我就改不了自己的劣根性？"她又设想如果仪叔知道了她在他背后搞的这些阴谋,他会如何看待她？但不论她如何设想,她也凭直觉知道,仪叔绝不会对她发脾气,他顶多一笑置之,他把她当作小孩子一样呵护。可是这样一种相互关系，怎么可能让仪叔产生爱情？小麻想到这里时，就在心里发了一个毒誓：永远不再在小桑和黑石面前提起仪叔的所爱，如果哪一天违反了，她就要咬破自己的舌头！发过誓之后，她心里就轻松一点儿了。她坐了起来，翻开仪叔送给她的那本新书。这本书上有仪叔的题字："**愿小麻高飞！**"平时她总将这本书放在枕头下面，让它伴随自己入梦。

　　这一章是关于单恋的。小麻感到主人公像黑石，还有点像她自己。她在口里咕噜道："单恋有什么不好？大家不全都在单恋吗？这才是成年人的爱……我就要单恋，恋一辈子！这一来……"她突然羞红了脸。书中的那个人终于向自己的对象表白了，但他却吃惊地发现，对方也在单恋自己。结局并不美好，大概因为两人的性格过于相似吧。小麻想，她之所以爱仪叔，就是因为仪叔是她所不熟悉的类型，虽不熟悉，他的一举一动却又特别让她心动神摇。现在小麻否认自己从前有过任何恋爱，因为那些都不是真爱。那么现在是真爱吗？"我不知道，我正在向一位老师学习。"她对着书本说道。她又想，她不光向仪叔学，也在向小桑和黑石学习，她要使自己的情操向这两位靠拢。她不能奢望仪叔现在就爱上自己，那是不可能的。但毕竟，仪叔喜欢她，只要仪叔一直保持对她的喜欢，她就有希望。仪叔为什么喜欢她？应该是因为她对生活、对文学的敏感吸引了他吧。小麻决心继续努力，但不再像以前那样咋咋呼呼。咋咋呼呼的确惹人厌恶，是稚气未脱的低级表现。

"是我,小桑。我永远不会说那些蠢话了,你相信我吧。"她在电话里说。

"原谅我吧,我不该发脾气。有时候我有点神经过敏。"小桑在电话那头说。

"应该是你原谅小麻,你还是小麻的闺蜜,对吧?"

"当然是。永远都是。"

放下电话后,小麻眼里涌出了泪水。"多么好的朋友啊,多么高尚!"她想。她回想起今天下午,她同仪叔一块重温了《××××》这本书的最后一章。后来仪叔到厨房去做豆角蒸米饭给她尝,她也去厨房帮忙。她和他在洗菜做饭时两人的手常发生触碰,那对于她来说就像触电一样,但仪叔十分镇定又十分亲切,就像她的一位伯伯。"他确实一点也不爱我。"她想,"但他确实喜欢我。这是因为我还不够成熟,也不够好,不合他的意。所以他只是像喜欢一位侄女一样喜欢我。不过比起单纯的侄女来还多一点喜欢吧,他说过我有惊人的文学上的直觉……我必须发挥我在这方面的特长,才能够赢得他的心。"想到这里,小麻有了紧迫感,于是洗了个脸,坐下来读仪叔给她的那本书。

她一直读到深夜,然后洗了澡,又躺在床上去读,一直读到入睡。

第二天她按时起来,去商场上班。她仍然精神抖擞。"恋爱真好。"她在心里说。她对顾客更有耐心了,脑子也变得更灵活清晰了。她抬眼望向小桑,看见小桑正在有条不紊地工作,显出一种干练沉稳的风度,那种风度正是她现在想学习的,当然并不是为了她从前那个不可告人的阴谋。

吃中饭的时候,小麻怯生生地挨近小桑,小桑却朝她嫣然一笑。

"昨天给你打完电话后,我哭了。"小麻说。

"哈,你变得多愁善感起来了。你这一说,我也感动起来了,我一定要尽力帮助我的小麻。"

"仪叔说你现在去他家去得少了,为什么呢?"

"因为他给我介绍了那么多的朋友,我就是有三头六臂也忙不过来啊。"

闺蜜又恢复了往日的亲密。两人心底都为一件事感到奇怪,这就是她们并没有将心中的全部秘密抖搂给对方,为什么突然就相互理解了呢?小麻心里想,这就是那种教养和情操啊,她今后可得好好观察小桑和黑石的一举一动,他们身上有她所缺少,但又极力想追求的东西。

"小麻,你现在的样子真漂亮。"小桑意味深长地说。

"有时我想告诉所有的朋友:我恋爱了!"

两人搂在一起笑个不停。

"小桑,这些日子里,我有了一个梦想。"小麻说。

"你说说看?"

"我想努力向仪叔学习阅读,等到将来有一天,争取去青年文学讲习所教授小说的阅读。你看我有希望吗?"

"当然可以!仪叔都说你天赋高。再说,再说——"她捂着嘴笑。

"我知道你是想说我有仪叔这么高超的老师。哈,我就是运气好！我走大运，成了你的闺蜜，这才认识了仪叔。仪叔是我们大家的秘密武器。"

"嗯，嗯。"小桑郑重地点头。

小桑和黑石还没能确定去海上旅行的日子，可是她却要进行另一趟旅行了。她要回北方老家去探望父母和弟弟一家。自从上一次探亲，已经过去四年了，小桑觉得太对不起父母了。尤其是受到黑石的感染，她心里更加惭愧了。

动身前的一天，她同黑石在河边的那张木椅上坐了很久。现在他们之间的来往比以前频繁，每个星期都见面。小桑这次的探亲假是两个月，这对于两人来说都是很长的一段时间了。小桑想出了一个主意，这就是他们可以通信。她想，黑石总会在信中流露出一些信息吧，不论那信息是好的还是坏的。

"我向您说了那么多我妈妈的情况，您也说说您的父母吧。"黑石说。

"他们是很朴素、很单纯的一对。他们一直爱我。可是我现在已经这么大了，不再需要他们的呵护了，我就有些忽略他们了。您瞧我多么自私。"

"他们对小桑很放心，知道您在外乡过得很好，正在尽情地生活，他们担心自己的唠叨会打扰您。"

"也许吧，也许吧。但我确实太不像话。"

"没关系的。您现在不是正要去看他们吗？见到您，二老一定脸上笑开了花。我在念大学时就设想过小桑的家庭,我觉得您的家庭一定是充满了温情的。"

"我的父母是做地质勘探工作的,那个时候他们还没回京城呢,您就能凭空设想出我的家庭氛围,您真是个幻想家!"

"我们男孩在踢球,您坐在操场边上读书,我至今记得那个画面。"

"黑石,您教会了我最重要的事情。"

"我在想,也许等到您回来时,如果您还没变卦,我们就能去海上旅行了。"

"我觉得最可能变卦的人应该是黑石。让我们等着瞧吧。"

在河边,一艘轮渡靠岸了,那汽笛声竟使得小桑眼里盈满了泪水。"我是从什么时候起变得这么干燥了?"她在心里说。

"我去过京城好几次,我父亲的新家就在那边,我还有个可爱的妹妹。"黑石说。

"您不恨您的父亲吗?"

"小的时候有一点,后来就改变了。"

"因为后来您遇到了另一位父亲,"小桑替他说完,"他是所有的父亲当中最出色的。"

黑石没说话,只是赞赏地望着小桑。

"您瞧,人们就是这样相互支撑,携手走过来了。"小桑继续说,"我常想,学会了阅读文学,是我一生中的转折点,好像忽然一下变成了一名新人。"

"可是您在我眼中一直是新人,我才是旧人。您还记得那一天吗?那天我打算去邀您来'鸽子'书吧,可又担心您会拒绝,我紧张得腿发软,表面上还故意做出满不在乎的样子。您真好,马上就答应我了。"黑石在回忆。

"那时您一定从仪叔那里听说了关于我的很多事吧?不,我不想追问您。在那个时候,我对黑石还一无所知呢。可以说,我在明处,您在暗处。哈哈。"

"小桑真大方。我最喜欢您的这种坦然。"

"您是说我俩的性情正好相反?"

"也不尽然吧。"黑石也笑了起来。

虽然双方还没完全弄清对方的底细,但河边的这次长谈让两颗年轻的心贴近了。两人都很亢奋,虽然也很克制。

"如果我们去海上,我就要带上《××××》这本书,因为是这本伟大的书让我们相识的。书中的内容让我神魂颠倒。"小桑冲动地说。

"我也有同样的设想。我们谈论过关于网的事,现在我们进入它里面了,我们感到振奋,因为我们有一定的对自身的把握。这就是那天所谈到的我们既不同于歌德的《浮士德》,也不同于罗伯特·穆齐尔笔下的人物的观点,对吧?"

"正是这样。黑石,我已经准备好了。我们不会因为自己投入生活就变成颓废派。那样的话就辜负了仪叔的期望,也辜负了这本伟大的小说。现在,哈,我要离开蒙城,去京城了。我已经习惯了待在蒙城,每天都过得这么紧凑:工作,阅读,朋友,我一点伤感的机会都没有,我每天都在往前赶。我们已经认识——我是指重新认识——六个月了吧?多么奇怪的感觉!我们又快一同老了一岁了。"

当小桑说这些话时,她发现黑石的表情似乎有点沉痛。当然也可能是她的幻觉吧。她这样想。在远处,又一船坐轮渡的人下船了,他们走得很快,因为他们都急于去投入生活。在平时,小桑也同他们一样。可是突然,她面临一种久违了的体验,这就是去探亲度假。面对着黑石,她心里出现了一块空白。离开此地两个月,这里一定会有一些事情发生,那会是什么事呢?她突然打了个寒噤。

"我真想取消这次探亲。"她冲口而出。

"为什么取消?这对您来说是一件非常好的事情啊。您瞧,您还没动身,我已经在考虑如何给您写信了。还有仪叔,他已经习惯了天天看见小桑。您在我们的生活中特别重要。可是您的父母、您的兄弟也很重要——我们必须忍耐一段没有小桑的空虚日子。两个月很快就会过去,然后小桑就回来了。"

"您太夸张了,黑石。您说'空虚日子',可是我觉得您一定会过得很充实。"

"您在这里时,是这样。"黑石低声说道。

小桑不再逼黑石了。她不愿自己显得很软弱。不就缺席两个月吗?如果要发生什么事,就让它发生吧。她知道这里照样会有书吧聚会;仪叔和小麻的关系也许在这段时间里会发生意想不到的转折;黑石也许会遇到新的女友,或同某位女士旧情复燃……任何事都可能发生,但天塌不下来。

　　黑石看着小桑上公交车时显得有点不安,他的目光有点像小男孩。小桑一转身就坐到靠里面的座位上去了。

　　回到家中,看着已经整理好的行李,她心里变得很乱。她喝完一杯茶,强迫自己翻开《××××》这本书。书中的这个人坐在机舱里,飞机正飞越太平洋。这个人在想:"这并不是真空。"他和大地的联系照旧,一切意义仍停留在那一小块地方。小桑读到这里时就在记事本上写道:"拉开距离之后要认真地反思一下这一年的生活。"自从那一天在公交车上同黑石"邂逅"(其实根本就不是邂逅),后来他将她带往"鸽子"书吧,已经过去六个月了。这六个月里,她和他的关系曲曲折折地发展着,如今似乎已到了介乎好朋友和恋人之间的关系。进一步,也许会成为恋人;退一步,则仍是好朋友。不知为什么,因为这种模棱两可,小桑对自己不满。她一直感到主动权在黑石那方面,是他在抑制他们之间的情感进一步发展,有很多情况都证明了这一点。她有点委屈,又有点怨黑石。现在她要离开了,如果在这段时间里黑石的态度有了变化(她相信总会有变化的),情况就会慢慢地明了起来。但即使事实证明她的某种期望是一场空,小桑也相信自己不会被打垮。那只不过是显露出她和他之间本来就不合适罢了。至于仪叔认为他俩合适,那是因为仪叔是局外人,而且他深爱她和黑石。但如果黑石的态度朝好的方面转变呢?那她也得慢慢观察,不要被冲昏了头脑……她的思路又转到仪叔。自从小麻恋上仪叔之后,她去仪叔家的次数就减少了很多。仪叔待她仍然是那么亲切,或许他以为是黑石同她要好了,或是书吧的新朋友们占去了她的时间吧。可是小桑心里的失落感还是很大的,她多么想重温以前同仪叔的那种关系啊。现在既然仪叔有可能得到幸福,她小桑当然愿意做些牺牲。这也是对他以往的恩情的报答。再说小麻是么可爱的女孩,她一定会给仪叔的生活增添欢乐。

小桑躺在床上想起这些事,意识到生活中的大转折快来了。很可能她这两个月的缺席,会让某个谜团露出答案。这样看来,她的缺席是件好事,会促使很多模糊的迹象显出它们的意义。在那次书吧聚会时她和黑石关于生活之网的谈论又一次浮现于脑海中。现在她真真切切地感到了暗处的、看不见的网的牵引,她欣然接受了这种牵引。她想,虽然她对黑石的私生活并不知情,但她感到黑石此刻也正同她处于同样的境况中。应该说,是阅读使两人的心贴近,阅读也于朦胧晦涩中给他们指出了出路。

小桑又一次来到了高空中,被她的飞行器抛在后面的是蒙城,前方目的地是京城。这次旅行令她百感交集,因为不同于以往任何一次。当她翻开书本阅读时,她的心仍然留在蒙城,所以读出的全都是关于蒙城的感想。

蒙眬中看见仪叔从院子大门那里走过来,仪叔笑盈盈的,显得只有五十岁出头的样子。接着小麻也跟在他后面进来了,小麻的双颊像新鲜的苹果一样。

"小桑,我和小麻要结婚了。"仪叔对她说。

"啊,太好了,仪叔!我一直在盼这一天……"

小桑的声音哽咽了,不知为什么她很想哭。

小麻走过来拥抱她,她俩就一齐哭起来了。

"你们这是……你们这是……"仪叔站在一旁尴尬地说。

小桑哭醒了,她用手往脸上摸了摸,真的有泪。空姐过来给她送柠檬茶。

小桑红着脸喝茶,一边在心里想:"我哭出了声没有?"

她对自己刚才情绪如此亢奋感到不解。难道她已临近爱情了吗?应该还没有,一点可靠的迹象都还没显示出来啊。她的个人生活到底是一团糟还是硕果累累?她不知道,也不想做出判断。昨天她在日志上写了要认真反思,那是什么样的反思?她可不想坐在家里进行什么反思,也许她想更专心地投入到那些网里面去。也许投入就是反思?对了,黑石那天的发言是这个意思!小桑眼前一亮,有了一些新的感想。她连忙找出笔记本,记下了她的感想。她打算下回去书吧发言时拓展她这方面的思路。她嘲弄地在心里自言自语道:"已经离开了,但还像根本没离开一样。"她朝窗口下面一望,大片的平原已出现在视野里,她已进入了另一个世界。

小桑看见她的爸爸和妈妈伸着脖子在出口处张望,两人都比以前老了一点,也瘦了一点。四年已经过去了啊。

"爸!妈!"她大声叫喊。

"桑桑,桑桑……"

小桑的妈妈扑过来抱住她,爸爸则接过她手中的箱子。

小桑感到怀中的妈妈额外瘦小,于是眼眶变红了。

直到坐上班车,一家人才平静下来。小桑的妈妈不说话,只是目不转睛地看着女儿,好像怕她会突然消失一样。好久好久,妈妈才挤出一句话:"桑桑,那边还好吧?"

"还好,妈妈,各方面都好。我还打算今后接你们过去住呢。"

小桑说完就吃了一惊,她没想到自己会这样说。继而她又对自己说出的想法感到满意了。她是不是又进入到新的生活之网里面了?要勇敢些啊。

爸爸和妈妈都没有回应小桑的提议。小桑知道他们对女儿有些生疏感了。

父母家里还是老样子,旧的家具,清洁的木地板,显得很随意又舒适。这是一套两居室,小桑要住的卧室放着她的箱子。床上的被单和被子是新的,拖鞋、浴衣、毛巾、出门用的手提包全是新的。小桑想,妈妈该有多么盼着这一天啊。但两位老人在她面前好像有点拘谨,有点为什么事迟疑不决似的。

"妈妈,庆庆还没回来吗?"小桑问。

"两夫妇上班还没回。小孩在幼儿园,晚上接回来。桑桑,你洗完澡休息一下吧,我和你爸到厨房忙着去。"

"不,妈妈,我晚上才洗澡。我也上厨房去吧。"

小小的厨房挤不下三个人,爸爸就到客厅里看报纸去了。

小桑坐在矮凳上帮着择菜、剥豌豆。妈妈在做紫菀羊肉。

"庆庆一家就在楼上住。媳妇纯是非常能干的女子,家务安排得有条有理。所以我和你爸现在每天无事可干。他每天上午与老同事去茶馆喝茶,我呢,就在家里,有时绣绣花,有时帮你侄女打毛衣。我不喜欢热闹。"

小桑听出来,妈妈的语气渗出一股寂寞感。小桑想,妈妈以前也是一名书迷,一有空就读小说。有时白天没时间就晚上读,一直读到深夜。妈妈怎么变成这样了?小桑因为长期离家,也不知道妈妈是从什么时候开始变化的。她心里头有点痛,也有点慌。

"妈妈,您现在还读小说吗?"

"早就不读了,没人和我聊文学。你爸爸什么书都不读,庆庆整天忙工作,回到家里晚上也是忙工作。唉。"

小桑皱了皱眉头,不知道要说什么才好。

"桑桑,你在车上时说要接我们去你那里住,我没有回应你,因为我觉得不合适。在这里我还能帮着照顾孙女,到了你那边我能干什么呢?只会妨碍你的个人生活。一个唠唠叨叨的老婆子,家庭妇女,什么都不懂……"

"妈妈……"小桑眼里有了泪。

小桑赶紧岔开话题,问起侄女羊羊的情况。

"她很不错,做事有耐心,还能帮我穿针呢。等到下午你就可以看见她了,比你上次回家时结实多了。她马上要上小学了,性格像我,不像她爸妈,她也是个书虫,和我从前一样。"

只有说起孙女来,小桑的妈妈脸上才会出现笑容。

小桑记得自己很小的时候,家里的书很多。有两个书架并排靠墙放着,里面全是妈妈的书。还有两个矮书架,里面装着儿童读物和儿童画册。小桑爱读书的习惯就是受妈妈的影响。那时妈妈和爸爸的工作地点不固定,但那两个书架总是跟随他们一块搬入新家。其实上一次她回家时,就发现妈妈的那两个书架不见了,那地方摆着两个陈列柜,里面放着妈妈自己绣的绣片。本来她想问妈妈关于原来的书架的事,但那时她刚结束了一段恋爱,满心都是烦恼,就把书架的事忘记了。

妈妈在厨房忙碌时,小桑凝视着妈妈的背影。她仿佛看见老人在黄昏的荒地里行走,前面的道路越来越窄,天也越来越黑……"我是个罪人。"小桑想道。

中午坐下来吃饭时,爸爸的话很少,他以前就这样。他让小桑多吃肉,说小桑不够壮实。小桑同妈妈聊家常,他就闷头吃饭。直到饭吃完了,他才说:"小桑,你以前可是家里的宝贝啊。"

"爸,我知道您在心里责备我。我这次回来就是想弥补一点我的过失。"

"不对不对,我怎么会责备你?你既然不愿休息,我下午同你两人去附近的体育公园走一走好吗?"

"好的,爸,我一直盼望同您谈话呢。"

小桑说了这句话之后心里就有点不安。

休息了一会儿,喝了茶,父女俩就一块下楼了。走在熟悉的居民区,小桑有点心不在焉地回答遇见的几位老人的问候。

进了公园,在湖边的长椅上一块坐了下来,小桑的爸爸才开口说:"桑桑,你离开这几年里,你爸发生了很大的变化啊。现在我很厌世,干什么都觉得没意思。以前工作时,我还是喜欢我的工作的。退休后我就成了废物了。我天天去茶馆,就是去见老同事,想找回一点过去工作时的感觉。但是我失望了。可是家里是我更不愿待的地方,你妈一点都不理解我,我呢,也不愿向她诉苦。虽然我们还住在一起,可早就貌合神离了。前不久她向我提出分居,你看我该不该答应她?"

"爸,我不了解情况,我再问问妈妈吧。"

"退休后不知道如何打发日子,心里空虚,两人就常吵架,慢慢到了水火不相容的地步。我和她性格都不好,是不是分开了反而好些?这事我也没把握。我这两年的确很厌世了,这是不是病?"

"爸,您对以前的专业还有没有兴趣?"

"我是提前退休,好几年了,早就丢光了,不可能再发生兴趣了。再说记忆力退化,现在看一张报纸都抓不住要领。你妈过去是个贤妻良母,可现在脾气大得吓人,越来越不能容忍我……好几次我都想搬出去租房自己住。"

小桑望着愁眉苦脸的爸爸,有种心里被压得喘不过气来的感觉。她的爸爸,从前是位内心单纯的好爸爸,对于小桑的要求从来是有求必应。现在忽然就变成这样了。如果他们真的分居,她爸说不定是最先出事的那一位。

那天夜里,在爸妈家中的床上,小桑一直挣扎到快黎明了才入睡。

第二天上午小桑很晚才醒来。她听见妈妈在厨房弄出的响声,就立刻跳起来跑进卫生间洗漱,然后穿好衣服去厨房帮忙。

"爸呢?"小桑问妈妈。

"还不是又去茶馆了,他在家里待不住。"

小桑的妈妈买了一只烤鸭,现在她要做一大锅汤。

"妈,您还爱不爱我爸?"

"七老八十的人了,还谈什么爱不爱,他不惹我生气就要谢天谢地了。"

"爸经常惹您生气啊?"

"我看见他就有气,他看我也不顺眼。他现在完全变了,不是从前你那个爸爸了,成了个冷血动物。所以我提出来分居。其实他也早想搬出去了。"

"我昨天同爸谈话,感觉他的精神不对。分居有可能出事啊。"

"他呀,吵起架来可有精神呢。我倒是被他气病过几次。我琢磨再要生病我就完蛋了,所以才提出分居的。"

"妈,几年不见,您和爸之间怎么生出了这种深仇大恨的啊?"

"不知道。他可能是因为无聊吧。我呢,对他越来越不耐烦了,常恨不得要破口大骂……"妈妈说到这里就压低了声音,凑近小桑问:"我们这是不是变态?"

小桑看见妈妈满脸愁容。她的思维在飞速转动。

"妈,我爸现在还有什么他喜欢的事吗?"

"我看没有吧。他现在什么都不喜欢,所以我说他冷血。唉,分居肯定要好些,不过让你这样一说,我也怕他出事。万一出了事,我还不被人骂死?没办法啊,只好两人同归于尽吧。"

"妈,我问您一个问题:为什么您不再读小说了?那两书架的书到哪里去了?"

"读小说有什么用?现实同小说对比起来太悬殊,二者挂不上钩。是我自己将那些书卖到废品站去了。"

小桑看见妈妈说这话时面无表情,不由得很心疼她。

下午小桑的弟弟一家过来了。他们一家人似乎过得不错,看上去很健康。羊羊一来就到书架上去拿她的图画书,她缠着小桑要她讲那本《狮王的故事》。当小桑讲到凄惨的地方时,她就嘴巴一撇大哭起来。小桑立刻意识到小女孩是受过阅读训练的。于是在心里哀叹:妈妈啊妈妈。这时纯就将女儿带到父母的卧房里去了。现在只有弟弟和小桑坐在客厅里了。

"庆庆,你对爸妈两人的关系如何看?"小桑问。

"我不看好他俩的关系。前景黯淡啊。我今年送妈妈去过两次医院了。"

小桑沉默了。

"妈妈说分居,可是分居会要爸的命啊。他本来就话少,如果一个人搬出去,脑子还不坏掉?我也想帮他找点事做,可他年纪大了,又没技术,上哪去找工作?"

小桑想,却原来弟弟为家里操了这么多心!

"唉,听天由命吧。"庆庆长叹一声,目光变得呆滞了。

"庆庆,你寄我的那些茶叶,我那些朋友都特别爱喝。"小桑连忙转移了话题。

"哈哈,绿茶的茶庄只有那一家最好!"庆庆马上活跃起来,"现在茶庄老板已同我交朋友了。桑桑,家里这事,你想得出什么办法吗?你读书读得多。"

"让我慢慢想。天无绝人之路吧。"

"这些天我一直盼你回来。我知道只有桑桑遇事有主意。"庆庆佩服地说。

"你姐姐老了啊。"

"桑桑,这几年你遇到合意的人了吗?"

"怎么说呢,可能快有了吧。"

"祝贺桑桑!你快将他带回来啊。"

"可是我还没确定呢。"小桑脸上浮起微笑。

"我的感觉告诉我,这回非同以往了。"

"可能吧。但是家里现在这个样,给了我狠狠的一击啊。"

这时门那里一响,是他们的爸爸买东西回来了。他放下手里的购物袋,庆庆连忙跑过去将买回的东西归位。

"爸,你累不累?"小桑问他。

"不累。我身体还行,只是精神不太好。"

小桑想起爸爸勤劳的、老实巴交的一生,鼻子又有点发酸。

回家的第三天下午,小桑和她爸爸从公园回来,一进院子就看见妈妈等在大门口。她手里举着一封信。小桑的心怦怦地跳起来了。

"桑桑,你的信!是从蒙城来的。"妈妈激动地说。

小桑接过信,放进手袋里。她一边同爸妈上楼一边想:"妈妈为什么这么激动?大概认为是我的男朋友写信来了吧。可见她一直在为我这个大龄女着急啊。"

坐在自己的卧房,小桑拆开了黑石给她的信。黑石的字像他这个人一样讨人喜欢:既老成又大方。

"我们刚一分手我就惦记着给您写信。"他写道,"现在您一定在家里过得非常惬意吧?但愿我这封信能给您的快乐生活锦上添花。

"昨天我去了'鸽子'书吧,因为您没来,大家都不约而同地说起了您。费对您的评价尤其独特,他说您是蒙城读书界的'花王'。哈哈!他还说只有寒马的写作可以同您的阅读媲美,你们两位是文学上最勇敢的人。费是我们当中目光最敏锐的人,他一眼就看出了您的价值所在。我嘛,完全赞同我的这位好友的意见。

"实际上,我早就从仪叔那里获悉了您的文学观和鉴赏力。在我邀请您去书吧之前,有好几次我萌发了去找您的想法,但我又担心您会觉得我很乏味。就这样等了又等,直到有一天鼓起勇气去尾随您……后来的事您都知道了。我表现得很差,对吧?

"我想告诉您,当大家在聚会里称赞小桑时,我竟然像他们在称赞我自己一样高兴!当时我在心里替您谢谢大家。

"关于我俩一块去海上旅行的计划,目前我正在密切地观察我自己的内心,我要对这件事考虑成熟,完全有了把握之后才会去实行。您瞧我多么迂腐。不管怎样,小桑都是我的终生的朋友。我记得我们在一块时发生的每一件小事,也记得您给予我的所有帮助。认识小桑后,我感到自己大大提升了,变好了。

"现在是深夜,我在房间里给您写信。从蒙城到京城的信走得很快,您过一天多一点就能收到。我想象着您读这封信的样子,心里特别高兴。　　黑石"

小桑将黑石的信读了三遍,又将背面也检查了一下。

"这位黑石同学,真是滴水不漏啊。"她叹道。

然而她的情绪立刻振奋起来了:是黑石在给她写信啊,而且让她知道了她最想知道的事。真贴心啊。小桑高兴地站起来,去厨房帮妈妈的忙。

"好朋友来信了?"妈妈问。

"是啊,是最好的朋友,男的。"

"会来当我的女婿吗?"

"还不知道呢,妈,您急也没用。我早就打定主意独身了。可是如果遇到我自己最最中意的人,我也会改主意的。"

"这位小伙子,桑桑刚到家,他的信就追来了。看样子挺喜欢桑桑的。"

"喜欢有很多种,喜欢一个人也不等于爱这个人。"

"唉,我们那个时代,哪有这么多区分。喜欢了也就爱了,就一块过日子了。"

"妈妈爱过我爸吗?"

"应该是爱过的吧。喜欢他老实,喜欢他勤劳。只一点不喜欢,就是他把钱看得太重。不过那个时候有你们,矛盾不太大。退休之后,他老是没安全感,担心自己和我会生病,要花钱治。所以他把每一分钱看得很要紧,生怕我乱花。你也看到了,他在管钱,每天亲自采购。如果我哪一天买了什么东西,他认为不该买,或者价钱太贵,他就要数落我一顿,还发脾气。所以桑桑,你找爱人千万别找吝啬鬼。要找不看重金钱的男子汉。"

"我爸也不完全是吝啬吧,您不是说他没有安全感吗?"

"嗯,他有些心理问题。可能也和退休了感到孤独有关。我们家他最喜欢的是桑桑,要不等你结婚了,让他同你去住?"

"这事需要筹划。再说我现在还没有结婚的对象。您刚才说,爸最看重的是钱?这就是说,他对赚钱有兴趣。他以前在勘探队工资一直不低。让我朝这方面仔细想想。"

"桑桑遇事总想得出办法,所以你爸喜欢你啊。你回家,让我和你弟都看到希望了,要不这日子真难过。"

"我先在我们那边打听一下。另外我也要弄清我爸的意愿。"

"看来读小说还真有用啊,桑桑,你头脑这么清醒灵活,同读小说有关。"

"妈,您应该重拾书本,这样就不会同我爸吵了。"

"也许吧。我太走极端了,一冲动就把书全扔了。"

母女俩谈到这里就打住了。因为小桑的爸爸从楼下上来了。

小桑的爸爸从邮箱拿回报纸,就坐在沙发上读起来。他没读多久就感到睡意沉沉的,头一歪就在沙发上睡着了,手里的报纸也掉在地上。

"你瞧你爸,他总是这样的。"小桑的妈妈轻轻地对小桑说。

小桑去房里拿了毯子替她爸盖上,没想到他立刻就醒来了。

"真舒服啊。我随时能睡,我睡觉很轻。"他解释道。

"爸,您夜里睡得好吗?"

"谈不上好,也不算太差,一夜总要醒来几次。醒来后一时睡不着,又没事可想的话,就会变得很悲观。桑桑回来这几天,我就睡得好些了。"

"那您干脆同我回蒙城得了,有我在身边您就睡得好,也不会悲观了。"

"有这个可能吗?"爸爸瞪着眼看着小桑问道。

"我努一下力试试看。我希望有一个长久的解决办法。总得试试。"

小桑看见她爸爸的眼睛里亮了一下,很快又变得暗淡了。她知道他对生活已经完全不抱希望了。过了好一会儿,他才干巴巴地说:"有个解决办法当然好。"

小桑暂时不想让她爸抱希望,因为她知道,对于她爸这种类型的人来说,被激起了希望后又让希望破灭是最危险的。

当天夜里小桑就拨通了店长的电话。但不凑巧的是店长出差去了,是她丈夫接的电话。他告诉小桑说店长要五天后才能回来。放下电话后,小桑叹了一口气,翻开了带来的那本书。书里面浮现着仪叔的面容。在这样的夜晚,小桑特别想念仪叔。如果是仪叔遇到了这样的难题,他会如何做?小桑出神地想着一些可能性。

小桑不打算马上回黑石的信,因为家里乱糟糟的,她也不愿将这种情况告诉黑石。就让他认为自己正在享受家庭里的亲情的快乐吧。小桑苦笑了一声。她马上又提醒自己一定要振作精神来处理难题,像仪叔那样冷静。她读完了一章,从书里面读出的全是仪叔行事的风度。多么奇怪啊。

小桑睡到半夜醒来时,听到客厅里有响动。

她披上衣服摸黑来到客厅,看见她爸爸坐在沙发上。

"爸。"她唤道,挨着他坐下。

"桑桑。"她爸轻声回应。

"爸在想什么?"

"没想什么,就是高兴。"

小桑拉过她爸爸的手握着,又问他:"爸,您真的不怪我吗?"

"一点都不怪,是我自己的问题。"

"那您告诉我,您愿意改变目前的生活吗?"

"当然愿意。可如何改变? 我可不愿拖累桑桑。"

"让我们一齐来想办法吧。"

"桑桑有这份孝心老爸就心满意足了。好,才三点钟,我们都去睡个好觉吧。"

因为小桑一直没有给黑石回信,黑石又写了一封信给她寄去。

"小桑,"他写道,"我知道您回父母家后肯定很忙,所以也没有盼着您马上给我回信。而我现在并不忙,所以我就多给您写一些吧。

"我妈和她的男朋友钟要去登黄山了。他们两人精神状态很好,钟是细心的男子,一定会照顾好我妈。说不定反过来,我妈还要照顾他呢。哈! 我妈说,她不结婚,就这样同钟相处下去。她问我怎么看,我说挺好的,想结婚了再结也可以。您瞧,她老人家比我这古板人有趣多了!他俩现在形影不离,在一块有说不完的知心话,我总算见识了'情投意合'是怎么回事。有一回我们三个去喝咖啡,钟问我什么时候结婚,我告诉他我还没有正式的女朋友,他就说他已经见过我的女朋友了,还说'天下没有不透风的墙'。然后他和我妈一块笑起来。当时我挺纳闷的。过了一会儿我妈说:'不要逼小黑,水到渠成了小黑就会告诉我们的。'

"我妈其实是比较乐观的人,她同钟相好之后性格的这一面就展示出来了。我真为她感到欣慰。我知道您也很关心我妈的事,所以告诉您这些。我觉得生活在静静地朝着好的方向转化,我也比以前乐观多了。对于前途,我们不一定能看得很透,但至少目前的生活是很有意思的。您也这样觉得吗?

"现在是下午,您家所在地离我父亲家不远,那几条街道和公园里都有很多国槐。我想象小桑同父母在槐树下散步的样子,想象你们在一起那种充满了温情的氛围,这种想象的画面又同学生时代关于您的家庭的想象连起来了。这有点古怪,对不对?　　黑石"

小桑想,黑石的信如其人:非常朴素简洁,令人难忘。他是写信间接告诉我他还没有女朋友呢,还是告诉我他与我的关系还没定下来?唉,黑石,黑石。说不定还有第三种可能呢!小桑笑了起来。

小桑走进客厅,看见庆庆和羊羊来了。羊羊坐在一旁聚精会神地看一本图画书。庆庆满面笑容地对小桑说:

"妈妈说你的好朋友来信了,还说又是那同一位。"

"是同一位,不过还没到可以来我家当女婿的程度。"

"我想,谁要是爱上了我姐,是不会轻易放过的吧。"

"可惜别人不像我弟这样想。"

"我感觉这人有点谱。我姐太冷静了。找爱人嘛,差不离就可以了。"

"越不着急后果越好。一着急就坏事。"

"嗯,我姐老谋深算。你打算给他回信吗?"

"让他等一等,我现在脑海里全是爸妈的事,没有恋爱的心境。我们的爸妈无依无靠,唯一的希望就在我和你身上。你做得不错,我嘛,很差劲,现在我想弥补。今天晚上我给我们店长打电话。先别让爸知道了。"

"也许爸的救星来了,他没白疼桑桑。"

小桑洗完澡,说要早点睡,就关上了卧室的门。她在电话里同店长寒暄了一番,问了些情况,就直奔主题了。出乎她的意料,店长立刻就答应了。她说有一个守仓库值夜班的工作,工资比较高,需要夜里起来巡视。店里请过很多次人,都干不长久。一来这工作枯燥,二来他们都不愿半夜起来。如果小桑的爸能确定自己可以干得长久,马上可以过来。小桑对店长说,她这就去问她爸,等一会儿就告诉她。

"爸!爸!"小桑激动地跑到客厅里大声喊起来。

她爸正在看电视,一见女儿过来立刻关上电视机。

"有一个工作,是为我们店里守仓库,要值夜班,您干不干?"

"太好了！干！"

"您身体吃得消吗？夜里要起来一次，巡视——"

"没问题！我现在不值夜班还夜里起来呢。我身体好得很！"

小桑的妈妈也过来了，问小桑那边有没有地方住。

"当然有住的地方。等爸赚了钱，我们到蒙城买房子！"

小桑回到卧房里，拿起电话告诉店长说，她爸接受这个工作，很快就同她一块过去。店长说不急，你还在度假呢。小桑说这假我不度了，先解决我爸的问题，老人家因为没有工作可做快憋出病来了。

打完电话回到客厅，二老都眼巴巴地望着小桑。

"说定了，说定了！马上做准备，过两天就和爸回蒙城！"

"你爸要去住的房子，会不会条件很差？"妈妈不放心地问。

"我知道那房子，条件并不差。不过我们一定要买房子，将来我让你俩住我隔壁。对吧，爸？"

"嗯，对。"小桑的爸爸不好意思地点点头。

"明天给你爸去买两套新衣服，还有新鞋子。"小桑的妈妈宣布说，"到了那边不能太寒酸，要给我们桑桑撑面子。"

啊，激动！啊，松了一口气！小桑在卧房里做了几个深呼吸，随后想起了黑石。她立刻坐下来给黑石写信。她告

177

诉黑石她没给他回信的原因是因为家里发生了一些变故。现在家里的大问题已经解决了,她已经为自己和她爸爸订好了回蒙城的机票。她回去之后再给他细细地讲述家里发生的事。小桑还对黑石给她写的两封信深表感谢,说他的信里面带给了她最珍贵的信息,让她对生活有了更大的勇气。现在她能顺利地解决家庭里的大问题,也是得益于黑石对她的帮助和影响。这一趟旅行让她明白了很多事情。"我闯进了生活之网,黑石!"她用这句话来结尾。

小桑在床上翻来覆去地睡不着。关于她爸爸到了那边后会不会适应,关于他会如何与人打交道,关于老年人的营养问题,等等,在她脑海里回旋。她的思路还时不时地转向黑石。每当思路转向黑石,就有一股暖意扑面而来。到底还是最好的朋友啊,难道不是他给了她最大的支撑吗?在这一趟旅行中,她不知不觉地变得有点像黑石了,这也是她对自己满意的地方啊。

半夜里小桑起夜时,听见父母还在房里说悄悄话。他们该有多么兴奋啊。这个突然的转折让他们摆脱了噩梦,开始了对新的生活的憧憬。小桑暗下决心:将来她妈妈到了蒙城后,她一定要努力让她恢复读小说的习惯。

第二天老两口吃完早饭就上街购物去了。小桑一边收拾屋子一边感叹:这一个星期过得多么繁忙,就像一场梦!这三四年,当她一个人在蒙城逍遥快乐之时,父母家里却迎来了一场灾难,而她毫不知情……如果不是她这一次休假探亲,家里说不定就要出大事了。想一想都后怕啊。自己都快三十六岁了,读了那么多的书,怎么行事还像不谙世事的小姑娘一样?真差劲!她咬了咬嘴唇。她又想,这件事有一个收获就是,她认识到了黑石的一些特别好的气质。是因为这些气质,仪叔才说黑石这样的人不容易遇到吧。

一会儿庆庆就来了,他送了一只老母鸡过来。小桑告诉庆庆昨晚的事,庆庆听了乐得合不拢嘴。姐弟俩一边做菜一边提高了嗓门聊天,情绪空前高涨。

"这是个好兆头,看来我姐的终身大事也快定下来了。"庆庆突然话锋一转。

"瞎说,迷信!哪有这样联想的。"小桑说。

"傻瓜才会放弃我姐呢,那个人可不傻!"

"他是不傻。我还有点嫌他太聪明了,太聪明的人难相处啊。"

"可不太聪明也不傻的,你又看不上!"

"顺其自然吧。可能很快会有结果,也可能不了了之。"

"姐,你太悲观了。一星期内追两封信来,怎么会不了了之?"

"这个人啊,很难理解的。我在他面前常对自己没有把握。"

"姐想得太多。我不想那么多,你们走了后,我就一门心思等你的好消息。"

"我尽力而为吧。"

老两口到了下午才回来,买了几大包东西,他们说在外面吃了小吃。于是准备的中饭改为了晚饭。庆庆凑到小桑耳边说:"他们好几年没有一块上街了呢。"

快吃晚饭时纯和羊羊也来了。庆庆对羊羊说:"爷爷和姑姑要去南方了。你会不会想他们?"

羊羊跑过去扑到爷爷怀里,大声嚷嚷:"我不要爷爷走!"然后就哭了。

纯只好将羊羊拖到厨房里去了。

庆庆摇摇头,说:"她还不习惯别离这种事。"

小桑的爸爸眼圈也红了,一个劲地叨念:"这小孩,这小孩……"

在餐桌上,一家人的话不多,只是不停地相互劝菜。大家经历了这些天的大动荡之后,虽然现在松了一口气,但那种紧张还没有完全打消。相比之下,只有小桑一个人更放松,更有把握。因为是她带她爸回到她熟悉的蒙城去,那里有她的好朋友,没有什么解决不了的大难题。

"妈,等我爸安顿好了,您就尽快过来吧。"小桑说。

小桑的妈妈使劲点头,她一激动就说不出话来。

"我等着您去参加我们商场里的读书会呢。爸,我向同事打听过了,您可以去海员俱乐部打门球。很多老年人都在那里买了年票。"小桑又说。

"我们一家三口,以后一休假就往蒙城奔!"庆庆说这话时也含着泪。

吃完了饭,小桑的妈妈又让小桑的爸爸试穿新衣和新鞋给大家看。

"没想到我爸还这么英俊！瞧这身材，店长一定会乐开了花！"小桑说。

小桑拍起手来。老爸沉着地绕房间走了一圈。他身材高大，有点像模特。

"就是来一两个小偷，也会被我爸吓走！"庆庆添油加醋地说。他又叹了口气，接着说："真想跟你们一块去，看看我爸重新开始工作的样子。"

"别难过，你们以后有的是机会。"小桑安慰弟弟。

这时羊羊过来了，小桑抱住她亲了一下。羊羊迟疑地说："姑姑……"

"羊羊要说悄悄话给姑姑听吧。"小桑将耳朵凑向小女孩。

"等我们放假了，去南方看爷爷和您。"她用很细小的声音说。

"好！说定了，拉钩！"

小桑终于要携老爸回蒙城了。这一个多星期，他们一家人的情绪像过山车一样。现在终于快要慢慢平和一点了，但她的妈妈和弟弟这边的焦虑还没完全消失。要等到小桑爸爸传回平安无事的消息，他俩才会平静下来。

临动身的前一天夜里，小桑躺在黑暗中向着空中对黑石说了很多话。她万分感激他对于她的无形的帮助，因为正是他的影响阻止了她的性格朝恶劣的方向发展。她至今记得她和黑石在她的院子里的大树下的那次谈话，当时他告诉了她关于他的家庭的变故。他为什么要告诉她那些事？很可能是受到内心涌出的极度的孤独感的驱使吧。仪叔是懂得黑石的，但仪叔毕竟是男人，黑石不好意思在他面前尽情倾诉。那天晚上，他感到自己需要一位异性来听他的倾诉，于是他想起了小桑……但也许那并不是偶然的，而是还包含了一些别的因素？他倾诉了一会儿，觉得自己讲完了，就站起来告辞了。多么古怪啊，那时她同他才刚刚重逢不久呢。黑石说过她总在他心里，其实黑石对她来说不也是这样吗？如果黑石不来同她重逢，在蒙城这个大城市里，她和他就会各自像两叶孤舟一样在自己的领域里漂泊。促使他俩重逢的人应该是仪叔。他在仪叔那里偶然得知了老同学的情况，于是就想入非非了。但应该有什么原因阻止了他来找她。他犹豫再三，最后还是鼓起勇气来跟踪她了。这个过程大致如此，他告诉了她一部分，但远不是全部。由于他的特殊的身世给他的训练，黑石的直觉应该是非常好的。所以他对她的看法大概是从未改变过。那么他对她究竟是一种什么样的看法？除了他对她说的那些迷人的话之外，背后还有没有潜台词？是不是某些潜台词导致他对她若即若离？想到这里，小桑立刻打住，在内心责备自己说，又来了，这种猜测是没有意义，也是不应该的。黑石是她的挚友，无时无刻不在帮助和支持她，难道这还不够？他的性格对她有吸引力，是她自己被他吸引嘛。既然受他吸引了，就顺其自然嘛，干吗老掂量？他从前吸引过雀子，雀子不是仍对他赞不绝口吗？所以小桑也应该像雀子一样待他。她在此刻下决心,以后再也不对黑石耍小脾气了,她要尽可能地对他直率,不使任何心计。因为对像黑石这样的人使心计是可耻的。而且她也应该相信黑石不会对她使心计,他的一举一动都是出自他的某些原则,那些原则应该也是很好的。说到底,如果黑石是一位没有原则的人,会对她小桑有这么大的吸引力吗?

"多么好啊,"小桑又说,"我有这样两位好友,他们是我在生活中的保护神。我知道有好几个人在羡慕我:小麻啦,寒马啦,还有雀子……"她又一次沉浸在仪叔和黑石在她心中激起的温情之中。

小桑对于爸爸还是比较有把握的,因为她知道老爸深爱自己。所以对于老爸来说,最困难的时候已经过去了。

小桑就这样一会儿黑石,一会儿仪叔,一会儿她爸,一直折腾到天亮了才昏昏睡去。但很快又被她妈吵醒了。她一蹦就起来了,一点都不觉得累,反而感到精神抖擞。

在机场入口处,庆庆拉住他爸爸反复地说:"爸,您夜里出去可千万要看清路啊。要用大号手电,遇到情况立刻报警……还有,走路别太快,别去路灯坏了的街道……"

他们的爸爸一直在点头。其实他的心思都到飞机上去了,这是他第一次坐飞机,心里激动不已。小桑的妈妈望着丈夫,好像重新认出了他一样。

两人终于坐进了机舱。

"爸,您这身打扮看起来像换了一个人一样,真精神啊。"

"都是你妈挑选的:衣服,鞋,围巾,帽子。她的品位很高。"

"是啊,我妈的审美力很强,我比她差远了。"

"桑桑也不差,因为是你妈教出来的嘛。"

小桑心满意足地坐在她爸的身边,拉着她爸的大手,像小时候一样将自己的脸颊往那掌心贴去。

"我的闺女,一定要嫁个好男儿。"她爸忽然说,"要最好的。"

"我现在还没对象呢。"

"不能因为年龄大了一点就迁就起来,一定要最好的。"他爸又强调说。

"您放心,爸。桑桑如果找不到很合意的,就不结婚了,一辈子陪着老爸。"

"那也不行,一定要找。我感觉一定有人看上桑桑了。"

"哈,我爸和我弟都挺会预测的。等着瞧吧,很快就会验证的。"

空中小姐来送果汁了。小桑看见她爸像小孩一样抿了一口果汁,咂巴着嘴,不由得乐了。"我的生活同书里面的生活交织了。"她在心里说。

下了飞机,拿到了行李,父女俩一人推着一个箱子去坐机场的班车。

"小桑!"一个熟悉的声音响了起来。

是黑石在出口处招手呢,小桑立刻感到血涌到了头上。

他跑过来了,穿着上班的衣服。

"这是我的朋友黑石,这是我爸。"小桑介绍说。

小桑的爸爸笑眯眯地看着黑石。

"舒伯伯好!我来帮您推吧。"黑石接过小桑爸爸的推车。

"我没想到黑石会来接我们。"小桑说,心里又一次涌出对黑石的感激之情。

"您在信里告诉了我航班,我就来了。"

"好,好!小伙子身体好,长得也英俊……"小桑的爸爸边说边点头。

"爸……"小桑埋怨地制止她爸。

三人下了班车。他们先到"皇冠"商场放下行李。

店长过来了,故作惊讶地大声说:"小桑的爸真是个美男子啊!"

周围同事都哄笑起来,但小桑的爸爸很镇定。

然后一名同事带他们去那栋安排好了的房子。

房子有两间,后面还有个厨房。以后小桑的爸爸就在这里住,也在这里值班。小桑的爸看着床上全新的用品,十分满意。小桑让她爸先休息,过一会儿她和黑石来叫他一块外出吃饭。

黑石帮小桑提着行李,两人一块走出店门。这时小麻突然追了出来。

"小桑,黑石,我们这星期一定要聚一聚。"她说。

"好啊。"小桑点头同意,"我来通知你们哪一天吧。"

185

坐在公交车上,小桑对黑石说:"小麻在变,变得稳重了。她成长得真快。"

"我也这样觉得。她是一位非常善良的姑娘。小桑,您家里有变化吗?"

小桑简单地将家里发生的事告诉了黑石。她的叙述很平静,但黑石听了之后显得很激动。当她讲完后,黑石就说:"小桑,您处事的风度是我最欣赏的那一种。我和您都愿意像书里描写的那样行动——您从蒙城到了京城,又进入了另一个生活之网。"

"我们处在一个突飞猛进的时代。"小桑说了这句后神情就有点恍惚。

回到她的院子里,小桑下意识地看了看仪叔家的窗户。

黑石提着箱子,他俩一前一后上楼。走到仪叔家门口,小桑向黑石指了指那张门,黑石微笑着。

小桑进屋后拉开窗帘,小客厅里变得亮堂堂的。

"您家里真干净啊,桌椅上连灰尘都没有。"黑石坐了下来。

"因为我只出去了一个多星期啊。"

黑石站起来要走,小桑拉住了他,她要烧茶给他喝。

"是我弟弟寄来的好茶叶。反正我爸还在睡,不用急。"

于是黑石又坐下来。他看上去十分不安。小桑心里想:"又来了。"

喝着茶,小桑说:"黑石,您不要在意我爸说您的那些话,他们老人爱大惊小怪。"

"恰好相反,我喜欢听舒伯称赞我。我还有点得意呢。"

"真的吗？真的吗?"小桑调皮地望着他。

"当然是真的。"

"那我就要我爸以后多多夸您。"

两人都笑了起来。小桑指了指地板,黑石微笑着。他问小桑要不要邀仪叔一块去吃饭,小桑摆了摆手。

"我担心我爸会尴尬,他现在刚适应了黑石。他今天接受的新事物太多。"

"我真荣幸啊。今天应该我请客,尽地主之谊。"

"好。以后我要经常让您请客,把您吃穷。"

他俩来到值班室的屋里时,小桑的爸爸已经起来了,将新被子叠得整整齐齐的。

"我已经去澡堂里洗了澡,热水很热,真痛快！你们店长是个大好人,我想今晚就值班,可她非要让我休息两天,说我需要熟悉情况,添置日用品。"他说。

小桑笑嘻嘻地挽着她爸往街上走。黑石带父女俩去了他最喜欢的餐馆。

在餐桌旁坐好之后,小桑注意到她爸口里在嘀咕什么。

"爸,您在说什么?"

"我在说,我要是早来就好了。我早两年来,很多事都大不一样了。"

"现在来也不迟。因为您是来到桑桑身边了,所以很多事大不一样了。"

"我正是这个意思。唉,我真傻啊,唉。"

小桑一下子就领悟到了她爸话里隐藏的意思,于是脸一下子就红了。

黑石在一旁听着,微笑着。

"你们父女俩在打哑谜,我听不懂。"他连忙声明。

"我一见黑石就觉得同他很熟悉。"小桑的爸转向黑石说。

"爸,您要多夸他。黑石刚才说他最喜欢听您夸他呢。"小桑做了个鬼脸。

"我们要多见面。以后我一见黑石就要夸他,他值得我夸。"

那餐饭吃得很痛快。虽然是家常菜,但做得特别精细。小桑的爸爸夸了又夸,连带着夸黑石能干,考虑事情周全。

刚一吃完饭黑石就说他得先走了,因为要值班。

"这位小伙子同桑桑真般配。你们认识很久了吧?两年?三年?我要早来就好了,说不定我早来你们就已经结婚了。"小桑的爸爸望着黑石的背影说。

小桑微笑不语。她愿意看到她爸变得多话,她也享受着老爸的慈爱。

父女俩一块去超市买了些日用品,然后又一块去值班室。一路上碰见几个小桑的同事,都热情地招呼小桑的爸爸。小桑挽着她爸,看见他脸上的表情很满足,又很为她自豪。小桑休息了一会儿就对她爸说:"我得回我的住处给我妈详细报告情况。您晚上就在店里的食堂吃饭吧,很不错的。如果遇到什么事就给我打电话。"

"不会有什么事的。这里方便极了,百年老店,资金雄厚。大家都对我很热情。我看过仓库了,货物多得不得了,我的责任重大啊。"

小桑扑哧一笑,说:"我爸真积极,这么快就对我们店里做了个全面调查。"

小桑回到她的院子,上到三楼,敲了仪叔的门。

"小桑瘦了一点,在爸爸妈妈家里玩得很痛快吧。"仪叔笑盈盈地说。

小桑往那张围椅里一坐下去,突然感觉到了疲倦。

"一言难尽啊,仪叔。"她突然很想倾诉。

"来,先喝茶,这点心不错,吃一点。我听小麻说你和你爸一块回来了,她还说你爸在你的店里找到了保安的工作。这可是大好事。"

"是大好事。可这事的起因却是不太好的事。"

"起因就不要去管它了。现在好,就一切都会好。小桑有点像古代的女英雄了。你们这几位青年,比我们那一代人强多了。真让人欣慰!"

仪叔的话一下就让小桑打消了倾诉的念头,也战胜了疲倦。她挺直了身体,高兴地对仪叔说:"我如果在生活中有点什么进步,都是由于仪叔的影响啊。直到今天,我才慢慢地摸到了门路,知道了要如何样读书,如何样行动。"

"说到读书,我最近又找到了一本好书。你瞧,就是这一本,《×××……》。我已经读了一遍,你先拿去读吧,我另外还买了一本。"

"谢谢仪叔。我在京城时常想起您,我总问自己:如果仪叔遇到这种情况的话,他会如何处理?我将您带在身边,从来没有丢失过。"

小桑说着话目光一闪一闪的。

仪叔笑眯眯地看着她,轻轻地点头。

小桑回到自己家,洗了个澡,喝了杯牛奶,就坐在桌边给妈妈打电话。

"妈,一切都好,我爸已安顿好了,他挺能适应的,对我们店很喜欢,话也多了。"

"啊,真好啊,桑桑。我告诉你一件事,你别对你爸说。你和你爸走了后,我回到空空的家里,忍不住眼泪往下掉。我恨自己太无能,这个年纪了还要拖累桑桑,浪费你的时间和精力……唉,我就哭了一场。"

"妈,您说得太严重了,一切不都挺好的吗?什么叫浪费时间啊,难道我不应该为我爸和您做点什么?我以前对你们不管不问,现在别提多后悔了。妈,我爸这么喜欢这里,您和他很快要团聚了。他呀,说自己应该早来这里,那样就可以给我做媒了,我也就不会单身了。他变得像小孩一样了。"

"是给桑桑写信的那位吗?"小桑的妈妈激动地问。

"是啊。他叫黑石,我爸当他的面夸他,要把他夸上天去了。"

"啊——好！太好了！你爸回归正常了。他本是个热心人。还是桑桑有办法啊。等你爸上几天班适应了,我把家里安顿好就过去。我马上把这个好消息告诉庆庆。看来桑桑的终身大事也有进展了,我们会要双喜临门了。"

"好像有点进展,不过还不能确定。"

"我不催你,庆庆说要顺其自然呢。"

挂上电话后,小桑终于感到了疲倦。

她睡得很安宁,一直到上午九点才醒来。

黑石刚同小桑父女分手,第二天又来了。他给小桑爸送来一件雨衣,他说是他工作的单位发的,年年发,穿不完。南方多雨,小桑的爸爸外出巡视时用得上。

小桑的爸笑眯眯地盯着黑石看,看得他都不好意思了才问他:"你妈怎么叫你?"

"她叫我小黑,从小叫到现在。"

"那以后我就叫你小黑吧。"

"好。"

黑石刚一走,小桑就说:"小黑是他妈叫的,您叫他黑石不是挺好的吗?"

"可他喜欢我叫他小黑啊。小黑,桑桑,挺相配的。"他乐呵呵地说。

"唉,爸呀爸,真拿您没办法。"

一会儿小桑同事就来捎话,说店长中午要请他们父女吃饭。

191

"我还什么工作都没干,就这么嘉奖我,实在过意不去啊。"小桑的爸爸说。

"爸,您来店里工作,帮店长解决了大问题呢。"

"真的吗,桑桑?这么好的店长,能为她出力我真高兴。"

小桑将京城家中的信息传达给了她爸。她爸听了后好一会儿没吭声。

后来他告诉小桑说,这两天他都在后悔以前的事。像一场梦醒过来了一样,他想着自己给小桑的妈妈造成的伤害,想得睡不着觉。以后等她来了,他一定要好好待她,让她高高兴兴。

"你妈是这个家里功劳最大的,"他说,"以后我要是再发脾气,你就踢我几脚提醒我。不过现在有工作做,又忙又快乐,就不会发脾气了。"

"我爸成了个拿高薪的了。我们可以在城里买房了。"小桑鼓励他。

"我也这样想啊。到时候,那可是一大家子人。我们仨,还有那个,那个……嘿嘿,我不说了,我就盼着这一天。"

那一天,小麻将小桑和她父亲一块来店里的事告诉了仪叔。但是她没提到黑石也同父女俩在一块。她也不是有意要隐瞒,反正就那么忽略过去了。事后她感到自己做得很好。她不再是那个爱大惊小怪的女孩了,成年妇女就应该这样行事嘛。瞧瞧仪叔,一点都不吃惊,也不打听小桑的爸到他们店工作的事,这就是一种风度。她得好好学习,让自己慢慢变得有教养,能为别人着想。

在奋力读书、钻研文学的这些天里,她同仪叔的关系也有了进展。两人在一块时越来越融洽了。他们谈文学,也谈生活,谈各自的经历,话题越来越多。仪叔以前还没遇到过像小麻这种性格的女孩。他觉得这位姑娘虽然书读得不多,但在情感方面无比通透,她的断断续续的讲述如那些天籁之声,能穿透人的心灵。至于小麻,她对于同仪叔交流无比着迷,她并非投其所好,而是从心底认为仪叔的境界也是她自己的理想境界。她一直想追求这种境界,以前在小桑那里发现了一些蛛丝马迹,于是慢慢地跟着小桑走到仪叔这里来了。她在小桑没有觉察的情形之下深深地爱上了仪叔,从第一天起就下定了决心决不放弃。这位从小没有父爱的女孩无师自通地计划好了追求仪叔的步骤,因为她感到仪叔是她命中注定的那个人,只有同仪叔在一起她才能生活得好,得到她想要的那种幸福。小麻从前交往过好几位青年男子,但她对他们通通不满意,认为不是她想要的那种爱情。那时她也不清楚自己到底想要什么。直到坐在仪叔的书房里,倾听了他和小桑讨论文学,她灵魂深处的一扇窗户才被打开了。那就是她想要的!她想要像小桑一样同仪叔长谈,进入那种喜悦幸福的境界。她看到了距离,她知道自己必须付出超常的努力才能接近那种境界。这难不倒她,因为她追求的,就是她最想要的啊。不是连仪叔都认为她有这方面的天赋吗?她现在别无选择了,只能拼命发挥自己的天赋。

转折来得有点突然,发生在小桑去京城期间。

小麻和仪叔在他书房里讨论《××××》这本书的章节,讨论了三个小时,两人都有点头昏脑涨了,然而还意犹未尽。

"我们去酒吧喝一杯红酒吧。"仪叔提议,"然后再回来吃晚饭,我们可以做清蒸鲫鱼。"

"太好了!这种生活像仙境!"

仪叔和小麻走进酒吧时,小麻一眼就发现了坐在吧台边的黑石。她凑在仪叔的耳边悄悄地说:"您瞧,黑石……"

他俩慢慢地朝黑石走去。仪叔拍了拍黑石的肩膀。

"黑石也来这里放松一下自己了啊。"仪叔说。

"嗯。您和小麻也来了,太凑巧了!"黑石的目光亮了一下。

但他的面容却显得很疲倦,这在他是很少有的。

"来,一人一杯红酒。"仪叔对服务生说,"黑石也再喝一杯。"

"我不能再喝了,"黑石摆了摆手,"两杯吧。我再喝就醉了。"

黑石说他必须马上走了,因为他妈妈在家里等他呢。他还说下一次再来陪仪叔和小麻喝酒。于是他就去结账了。

黑石走了后,仪叔和小麻面面相觑,满心疑惑。其实小麻心里是有所感悟的,但是她不愿告诉仪叔。她已经发过誓,再不对好友的私事多嘴多舌了。她知道小桑去探亲还没回来,黑石的表现多半是同小桑有关。"他遇到困难了。"小麻在心里说。

仪叔和小麻一边慢慢喝一边继续他们的讨论。在美酒的刺激之下,小麻文思泉涌,精彩的议论一波接一波,连仪叔都为她的潜力震惊了。

"你应该将它们写下来,可以作为文学课的讲义。"仪叔说。

"可是仪叔,我的文笔太差了啊。"小麻很惶惑。

"文笔是可以练出来的,多写写就好了。"仪叔鼓励她。

"我现在有种要飞上天的感觉。谢谢您,仪叔。"

仪叔欣赏地看着双颊红红的小麻,神情也有一点点恍惚起来。

他俩没坐多久,仪叔就提议回家去做饭,小麻欣然同意了。

在厨房里忙碌时,仪叔突然问小麻:"小麻,你总往我家跑,你家里的人没意见吗?"

"我家就是妈妈和两个妹妹。妹妹们都有自己的事。说到我妈,她是自己吃过苦头的人,她现在想的就是希望我获得幸福。我快三十岁了,她相信我。"小麻爽快地回答说。停了一分钟,她又说:"仪叔,我不催您,我要让您自己爱上我。"

她这样一说,仪叔居然脸红了。小麻心里特别高兴,她还从来没见过仪叔脸红呢。她控制住自己,有条不紊地帮仪叔做菜。过了好一会儿,仪叔才说:"小麻,我都不敢同你说话了。"

"为什么要想来想去的呢,心里有什么就说什么吧。"

"好。"

仪叔送小麻回公寓,走到那条河边时,小麻告诉仪叔说:"我妈妈听到风声了,她没有责备我,只是要我谨慎,多观察,多考虑。"

"你妈真伟大。"仪叔说,"不过我们的关系还没到那一步,对吧?小麻需要更多的时间。不论今后如何,仪叔总会是你的最可靠的朋友。"

"您说得有道理。不过需要更多时间的不是我,是仪叔。没关系,都一样。我愿意等待。我现在忙着学习,是一生中最充实的时候呢。"

她跳上公交车,向站在路灯下的仪叔挥手。

小麻回到她的小家后,仍然心潮起伏。忽然,她想到了黑石和小桑的事。"亲爱的小桑,难道你让我的黑石哥哥伤心了吗?"她凭直觉感到,小桑离开之后,同黑石一定还有着联系……小麻心里为小桑感到焦虑。她甚至做了一个怪梦,梦里面小桑要同黑石断绝朋友关系,小麻拼命为黑石辩护。"你千万不能放弃他!"她大喊一声,把自己都吵醒了。"真奇怪,"她对自己说,"我可能是在说我不能放弃仪叔吧。我当然不会放弃。"她笑了起来,"今天是我最幸福的一天。我成长了,获得了仪叔的认可,正一步步向我的目标接近。因为我自己幸福,所以我也特别希望小桑幸福。黑石是多么爱她啊!"她折腾到下半夜才睡着。

过了三天,小桑就携她爸,还有黑石一块来店里了。小麻看到这个场景简直心花怒放!但后来她一直没能找出时间来与他们聚会,因为她忙于读书,记笔记,然后向仪叔请教……她简直忙疯了!

"小麻,你好久没回来了。你的妹妹们也总不在家里。你们大家都在恋爱。只剩我这老婆子没人爱。"小麻的妈妈有点埋怨她。

"我也不全是在恋爱,妈,我在发奋读书。我的目标是去青年文学讲习所给青年人讲授文学阅读呢。"小麻说。

"好,我支持你读书。我后悔我年轻时书读得太少了,现在我每天也在读你读的那些……我问你,他是不是学问很高?你觉得自己跟得上他吗?你们之间没有代沟吗?"

"仪叔当然学问高。他给文学杂志写的评论我读了之后血往头上涌。当然,我还不能全懂。那不是代沟,是因为我起步晚。我今后一定会跟得上他。我决心要达到小桑的水平……"

"那么,他非常爱你吗?"

"爱?不,他还没有爱上我。但我看得出他非常喜欢我。"

"没有爱?"小麻的妈妈失望地说,"难道小麻不可爱?

他想些什么?"

"哎呀,妈,不是这么回事。仪叔是有大学问的人,他不会像我过去交往的那些男孩一样,见面不久就同我缠在一起。他说了他要给我时间去考虑,一切都要慢慢来。我们会是灵魂和肉体的双重伴侣,您明白了吗?"

"原来是这样。刚才吓了我一跳,以为小麻是单相思呢。"

小麻笑起来,俊俏的脸上放出红光。

"我现在每天都像过节日一样,同时我也非常努力地学习。我将来也要做一个像小桑一样的、有学问的人。我的时间太紧了,所以没能常来看您。"

"没关系,小麻。妈妈也要努力读书。不为别的,就为将来当你同仪叔一起过日子了,我能稍微与他对得上话。"

"谢谢妈妈。不过仪叔啊,即使您不读书,他也同您对得上话。他是那么通人心,那么……将来您见了他就知道了。妈,我问您,您觉得我在这五个月里头变化大吗?"

"我觉得你变化很大。你本来就是我们家里最聪明的,现在你说起话来连我都不能马上听懂了。不过我高兴,我女儿天天在求上进,真好!你还要带动你的两个妹妹一块进步,别让她们像你妈一样稀里糊涂地嫁人。"

"好,我要拿些书回来给她们读。"

中午母女俩吃了一大碗排骨炖藕,吃得心满意足。

"小麻上小学一年级的时候的事还记得吗?"妈妈问她。

"什么事？您说说看？"

"我去接你,站在校门外等了好久。突然看见你拼命跑出来,后面一大帮小男孩追赶你。你满脸是汗,对我说,他们要打你。我牵着你,我心里在滴血啊。你小时候特别瘦,老生病。"

"妈,您再找一个伴吧,您看上去还挺年轻的。"

"我不愿意,我就想一个人清静。再说我还计划多读些书呢,这都要时间和精力。我打算住在三个女儿中的一个的隔壁。"

"妈,要是我同仪叔能成,您也搬到那栋楼里去吧。这样我们就可以一块讨论文学了。"

"好小麻,我就盼着有那一天呢。"

"有件事我忘了告诉您,仪叔说您是伟大的妈妈呢。"

"我伟大吗？啊？"小麻的妈妈茫然地问,然后就掉泪了。

"妈,您怎么哭了？他是夸您啊。"

"我知道,我知道,谢谢他。"

她的眼泪流得更多了,用去了半包纸巾。

"小麻……你走上正路了,妈心里感到幸福啊……"她抽抽噎噎地说。

"别哭了,妈,我爱您,您是世界上少有的妈妈。"

她们听到走廊上传来脚步声,是小麻的大妹妹回来了。

小麻的妈妈连忙跑去卫生间洗脸。

"胭脂,你从哪里回来？玩得痛快吗？"小麻问妹妹。

胭脂往沙发上一倒,大声埋怨道:"真无聊啊,我不知道要如何让自己痛快。"

"你不是有工作吗?工作完了尽情玩乐,还不痛快?"

"那算什么工作——带一帮小孩子,我早想辞职了。我每天盼下班,其实下了班也没什么事可干,就乱谈恋爱。姐,我听说你同一位老教师好了,恭喜你!我还是想不通,为什么找年纪那么大的?瞧你多漂亮,又年轻。"

"现在不谈我的事。你打算辞职后干什么?嫁人吗?"

"还没想好呢。我也不愿嫁人,玩玩罢了。"

"那就不准辞职!妈老了,不能再养你了。你必须自己养自己。"小麻大声呵斥她。

"好,好,姐别生气,我害怕。我不辞职,我把幼儿园的工作干到底,反正我也干不了别的……"

"我已经同妈说好了,你,胭脂,还有小红,你们两个都得自己养自己,别想再依靠妈。如果你们要辞职,就得从家里搬出去。"小麻斩钉截铁地宣布。

"我的老天爷,姐变得这么有魄力了!'知识就是力量'这句话没错。我也想要成为有知识的人,可谁来教我?唉。"

"我下次回来带一大堆书给你和小红读。你俩还可以参加我们商场里的读书会,那里全是有知识的年轻人。"

"好的,姐,我听你的,小红也会听你的。我知道我最近很堕落,这都是因为没有生活的目标啊。我和小红基础很差。"

"没有谁是天生基础好的,可以慢慢来。"

"姐,看样子你的男朋友挺有魅力的。你现在性情变了,是因为他吧?"

"我说了不谈我的事。我会尽力帮助你们两个。"小麻严肃地板着脸。

这时她们的妈妈从里面走出来了。她听到了姐妹俩的对话。

"你和小红都要听你姐姐的话,不能堕落。"她对胭脂说,"我辛辛苦苦把你们养大,现在我也要退休了,你们就是想要靠我也没得靠了。我也想退了休来学习,充实自己呢。"

"明白了,妈。我保证不辞职,还要在小麻的帮助下努力学习。"胭脂说。

姐妹俩一边一个紧挨她们的妈妈坐着,就像小时候一样。那时她们的妈妈是靠山。现在她们都是健康的大姑娘了,而妈妈却一天天老了,也比从前瘦小了。小麻和胭脂都感觉到了这一点。

小桑这两三个星期过得忙忙碌碌。她老担心她爸会不适应新的生活。事实证明她的担忧常常是多余的。她爸不仅适应这里的生活,还显得十分灵活,一下子就同周围的人熟起来,像老朋友一样了。他夜里两点起来巡视一个小时,然后回房里睡觉。这一点都难不倒他,他说自己值完勤回来一躺下就能睡着,一直睡到八点半才起来。"这个工作就是为我设计的嘛。"他说。他最喜欢的一件事就是趁着澡堂里没人时去洗澡,他说这里热水太好了,洗起来真痛快。他也喜欢站在收银台旁边看小桑工作,不过只去看了两次,怕店里的人有意见。"蒙城比京城好太多。"他将这句话对小桑说了又说。

小桑放下心来,于是又想起了黑石。

黑石和她最近像约好了似的,隔一两天就到她老爸这里来聚会。小桑暗想,她爸成了黑石的借口了,一会儿来送雨靴,一会儿又来送吃的。以前他却很少去她住的地方。是不是怕单独面对她,两人的关系就要提到日程上来?也不太像啊。因为现在,她爸明显是将黑石当自家人了,过不多久也许就会催他俩结婚了。小桑不知道这转折是怎么来的,也不想去猜测了。她甚至私下里嘀咕,结婚就结婚吧,自己不是已经看上黑石很久了吗?只是自己以前不想承认罢了。当然那个时候,是黑石首先不肯承认的,她猜不出那原因,就像她现在也猜不出他转变的原因一样。这样一想,又觉得她爸是自己的福星。她爸一来,黑石就转变态度了。现在店里所有同事都把黑石看作小桑的未婚夫了,时不时来开两句玩笑,而这种时候,黑石的表情也是很享受的样子。小桑当然也很享受。经历了家中的变化之后,她已深深地感到了,黑石是她最想结婚的对象,再没有比他更合适的了。笼罩着他的迷雾已经消失了,现在她才感到了她与他是"心心相印"的。

终于又到了"鸽子"书吧的聚会日。黑石给小桑打电话说:"老地方见。"老地方就是公交站。在电话里听起来,黑石的声音没有任何异样。

然而小桑坐在公交车上居然激动起来,还有点紧张。为什么呢?她只不过错过了一次聚会啊,她马上又回蒙城了嘛。大家应该都会很高兴的。那么她紧张的原因不是书友而是黑石?黑石还是那个黑石,只不过同她的关系比以前更亲密些了,这有什么可紧张的?他又不会把她吃了去!虽是这样想,还是放松不下来。

车到站了,黑石在向她招手。他走过来,很自然地揽住她的腰。

"我要带您走一条新路。"他凑在她耳边说。

小桑也立刻紧贴他的身体。她心里嘀咕道:"这是黑石啊。"

一会儿黑石就带她转入了一条没有路灯的小巷。小巷的一边是高墙,另一边是一长排青砖瓦房,房子的前面都栽着槐树。天还没黑,那些有点古风的房子的窗户里射出微弱的灯光,不仔细看的话还以为没开灯呢。小桑听见黑石在说,这些房子里面住的全是海员们的家人。

"啊?"小桑吃了一惊。

两人一齐放慢了脚步。他们听到那些屋子里传出鸽子的叫声,似乎每一家都养了鸽子。鸟儿的叫声那么温柔,又有点暧昧。

"前面就是方妈妈的家。"黑石小声说。

突然,黑石松开小桑,用双手捧住她的脸,他们在槐树下接吻了。

那是一个很长的吻,小桑感到自己快要晕过去了。她像要溺水的人一样紧紧地抓着黑石。天已经黑下来了,树下的那栋房子里没有灯光,也许海员还没回家吧。两人的身体都在黑暗中微微地颤抖着。

小桑慢慢地苏醒过来了,她感到黑石在吻她的脖子,他喘着气,隔一会儿唤一声:"小桑……"两人颤抖得厉害了。

小桑心里想:"我也要吻他,好久以来我就想吻他了。"

于是她解开黑石的上衣的扣子,从他的脖子一直吻到他的胸膛……

终于,他俩听到了街口的喧闹声。两人同时清醒了。

"我们去方妈妈家好吗?"黑石在说。

"好啊。"

两人向前走了几步就到了方妈妈家的门口。门是半掩着的,黑石轻轻地在门上敲了敲,说:"方妈妈,是我,黑石。"

屋里的电灯立刻亮了,方妈妈高兴地将两人让进屋里。

"黑石和小桑快结婚了吧?"方妈妈说。

"您是怎么知道的?"黑石问。

"我看出来的。还有,蓝伯昨天也告诉了我这件事。"

老妇人拿出点心要他俩坐下喝茶。

"不坐了,方妈妈,书吧的朋友在等我们呢。下次我们再来看望您。"

黑石搂着小桑走出去,没走多远,一拐弯就到了古旧书店一条街。他告诉小桑,刚才那条寂静的小巷叫"海员之家"。

"多么令人难忘的地方!那些鸽子是在报平安吧。"小桑轻声说。

"是啊。海员们回家了。我和小桑也回家了。"黑石柔声说道。

"黑石,你是说我们已经从海上旅行回来了吗?"小桑称黑石为"你"了。

"是啊,我们回家了。我那么爱你,超过任何人。这趟旅行有点漫长,但结果很好。在大海上的那些不眠之夜……"

小桑沉默了。她把黑石搂得更紧。她心里想:"我和黑石在改写历史。"

快到书吧门口时,他俩放开对方,一前一后地走了进去。

他们来晚了,大家已经进入了讨论。小桑发现有一个新面孔。男孩是她的商店对面的那家大书店的市场开发部的经理,她见过他好几次了。现在这名叫作晓越的男孩在帮助她组织商场里的读书会的活动呢。小桑高兴地向晓越点点头打招呼。

"我们在讨论第二十九章,大家都提到了关于情感的出路的问题。"费转向黑石说道,"大家都对古典文学里面那种杀出一条血路的做法厌倦了,这是不是审美疲劳?还是今天的文明有了发展?我们在接着黑石上次提出的话题继续讨论。"

"讨论的结论有了吗?"黑石不动声色地问道。

"大家都同意是一种发展。"费说。

"我觉得——"寒马开口了,"一个人只要敢于面对自己的问题,不害怕痛苦,慢慢地深入进去,问题总是可以解决的。当然,有的解决本身是巨大的痛苦……只要不违背道德,就应该是进步。最难的地方在于判断:怎样才是不违背?"

寒马说话时,小桑欣赏地望着她,一直在点头。

"第二十九章没有给出明显的答案,可是根据角色的不合时宜的行动,我们都接近了那个核心……"费突然打住了,不再说下去,他脸上的表情显得很泄气。似乎有什么忧虑压倒了他。

寒马将椅子向费靠拢,搂住他。

"我真高兴,我们有了进展了。"黑石说,"几个月前,面对这种特殊的小说我们都有点茫然,现在我们似乎是集体突围了。我、小桑和费,我们在最初阅读这部小说时都经历了困惑和痛苦,但到头来,我们都收获了成果——不论这成果是什么样的。我们都投入了,就像恋爱的人投入情感一样。"

"从这个意义上来说,阅读也和小说本身一样伟大。"小桑接过黑石的话头说,"也许暂时没有获得幸福,但我们都提升了自己。"

"这样的作品还可以使我们加强对痛苦的耐受力。"寒马小声说。

寒马说话时,费拉过她的一只手贴到自己胸口上。小桑注意到了他的这个举动,暗想道,费怎么变得这么脆弱了?

"可见,不管不顾地冲向欲望的行动很难让人得到长久的、持续的满足。"费坐直了身体继续说,"人有思想,也有激情,这两种功能往往是在行动中同时发挥的,也就是说,是拉锯的、共同构成情感机制的。现代人不能再厚此薄彼,而要在协调中向目标突进。这种处境就是黑石以前说过的'生活之网'。"

"我们在座的人当中每个人至少身处两个网。"李海忽然说。

"我看你已经寸步难行了。"雀子在他背上拍了一下。

"你应该说,我们这些先知由此获得了超强的动力。"李海翻了翻眼。

他俩一块站了起来,因为已经到了回家的时候了。

小桑凑到寒马面前小声问她:"一切都好吗?"

寒马自信地回答:"好,我总是很好的。"

一出书店的大门,黑石就把小桑拉到了一条窄巷里,他说这条巷子紧挨"海员之家"小巷。由于没有路灯,小桑看不清这条巷子的真面目。她在心里对自己说:"得了,嫁鸡随鸡,嫁狗随狗吧。"她于是紧贴黑石,好像他在推着自己走一样。

"从这条巷子去我公司的宿舍,走路只需要十几分钟。"他凑在小桑耳边说。

"你的意思是,我们今晚去你那里?"小桑问。

"嗯,你还要不要吃点什么?"

"不要。看来你策划很久了呀。"

黑石笑起来,用力在小桑的脖子上吻了一下。

小桑的全身又颤抖起来。

"你弄得我星期一没法上班了。"她说。

黑石的房间在三楼,房间里亮着灯。一进去两人就倒在那张宽大的床上。小桑闻到了刚洗过的被单的清香。"果然是策划好了的啊。"她恍恍惚惚地想道,"他这么努力地吻我,我真享受……我也想吻他……"

于是她翻过身来吻黑石,她听见他发出呻吟……

他俩度过了他们一生中最为火热的夜晚。

小桑坐公交车去上班,她看着窗外不太熟悉的街景,心里在说:"我已经是一名已婚妇女了。"这种感觉令她自豪,她在微笑。

"爸,我和黑石要结婚了。"小桑说。

"嗯,好。不算太晚,因为桑桑要找最好的,才等了这么久。"

"还是我爸理解我。"

"等我赚了钱,我们大家买房。"

"不用等您赚钱,黑石有钱,他是高级电气工程师呢。"

"咦,怎么没听你说过?"

"我也是昨天才知道的。"小桑说,"我同他重逢才六个月,现在才刚刚确定关系,以前从来没想过要问他是做什么工作的。"

"对,我也不稀罕他赚多少钱。这位女婿让我越看越爱。你妈要是知道了,不知要乐成什么模样呢!还是我们桑桑有魅力啊。"

小桑回想起在京城时她妈妈说她爸是吝啬鬼的事,不由得想笑,她在心里叹道:"还是环境和心境能改变人啊。我爸越来越可爱了。"

小桑走进她那个小家所在的院子,看见仪叔在楼下看报纸。

"仪叔,我和黑石要结婚了。"

"是吗?太好了。你们办不办婚礼?"

"不办。我暂时住在黑石那边。我们的时间都很紧。"

"嗯,好主意。你们会很幸福的,我一直这样认为。"

"仪叔,我舍不得离开您,黑石也是。但我们不会离开,我们会经常见面,对吧?我对您的爱,比对我的父母还要深……"

"我也一样。你就像我的女儿,黑石就像我的儿子。我早就盼着有这么一天,心里别提多高兴了!"

于是小桑提议两人去喝一杯,庆祝她开始新生活。

他们在吧台边坐下,服务生拿来红酒。

"在《××××》这本书的第十九章里,"仪叔抿了一口酒,说道,"那两位旅行者登上山顶,撞响了一口大钟,于是大大小小的群山里都响起了钟声。是连锁反应。"

仪叔深深地陶醉在自己的情绪之中,他又说:"今天是我最幸福的一天。我就像自己要结婚了一样感到幸福。"

他俩默默地干杯。小桑因为过于激动,找不到合适的话语。

过了一会儿,仪叔又说:"你,黑石,还有小麻,你们征服了群山。你们的能量让我震惊。最近两年我几乎是足不出户,但却看到了世界日新月异的景象。谢谢你,小桑,也代我谢谢黑石,你们给我带来那么多的惊喜。"

"仪叔,您再说下去,我就要哭起来了。我真舍不得从您那里搬走。那个院子,那些树,那只猫,还有您家的窗口,您的台灯,那是我的永久的家园啊。没有仪叔,怎么会有今天的小桑和黑石?"

小桑掏出纸巾来擦泪。

"您和小麻的事有进展了吗?"小桑眼泪巴巴的,又问。

仪叔微笑着点了点头。

于是小桑破涕为笑,说:"这个小麻,我爱她爱得不得了!可这几天我连她的影子都难捉到。一下班她就消失了,也不知她要避什么嫌疑。"

"小麻诡计多端。"仪叔说。

"她不是一般的女孩。"

两人走出酒吧时,小桑提议:"我们约定一天,四个人去郊区公园吧。"

"太好了,小桑,我也想说这件事呢。你们让我变得年轻了,我心里每天都充满了感恩。不过仪叔可不会像小桑那样哭鼻子哦。"

小桑恋恋不舍地同仪叔分手,她要去黑石的宿舍。

小桑在公交车上想,这才过了几天啊,她怎么一下班就想着往黑石那里跑?这同她从前的爱情完全不一样。真不可思议啊。

"黑石,小麻和仪叔好上了!"小桑一进房间就迫不及待地说。

"我也看出来了。"黑石回应她。

"原来黑石见过他俩啊!"小桑吃了一惊。

于是黑石将那天酒吧里发生的事告诉了她。

"因为你没回信,我情绪沮丧,就去喝酒了。没想到遇见了他俩。"

"啊,黑石黑石,原来是这样——不,我不说了。我现在更爱黑石同学了。"

"爱吧爱吧,小桑的爱,我不会嫌多。"

他们又接吻了。吻着吻着就将对方的衣服解开了。

后来小桑又告诉黑石,说仪叔感谢他们俩,因为是他们让他变得年轻了。黑石就说他这一生最大的幸运就是遇见了仪叔,他今天的幸福也是他帮助他追求得来的。小桑继续告诉黑石,说她在仪叔面前表达与黑石说的同样的感情时,禁不住哭了。十二年了啊,有多少个日日夜夜啊。

"黑石,我想起一件事了。上次在书吧,你发现费有些情况了吗?"

"他是有些情况,我猜。生活之网将他缠得更紧。费还是相当不错的,从他身上显示出一种情操。"黑石一边沉思一边说。

"他和寒马会找到出路的。即使是痛苦也总会过去。黑石,我再和你说一件事。这些天,我一下班就着急往你这里跑,我已经有一个星期没有摸书本了,心里很惶恐呢,你说说看,我会不会退化?我已经不年轻了啊。"

"你还非常年轻,不管从哪方面说。"黑石抚摸着小桑说,"我想可能是因为你有追求,也有激情的缘故吧。我们目前在读另外一本无形的书,我们很快就要回到我们原来的书本中去。说不定我们会获得一些新的动力呢。我也怀念我的书,我们明天就开始读书吧。我这里有两个卧室,都很大,我们一人占一间,各读各的,然后再到一块讨论,你看如何?"

"好主意!明天就开始。"小桑说。

到了第二天晚上,小桑坐在书桌旁,翻开仪叔新近送给她的那本书。她马上感到自己又面临熟悉的挑战了。可是她坚持了半个多小时,就忍不住叫了起来:"黑石!黑石……"

黑石跑过来问是怎么回事。

"你不在旁边,我心里有点空空落落的。我完蛋了。"

"那好,我俩共用一张书桌吧。"

"那就没法读书了。"小桑沮丧地说,"你还是回你的房里去吧。等一等,你先抱我一下。好,你走吧。"

小桑冷静下来了,重又进入书本。她对自己说:"我以前说过,如果一本书不能进入我的生活,将我的生活与它融为一体,那就不是我要找的那本书。哈,直到今天,我才体会到了这话是什么意思!"

她说完就抬起头来。她看见黑石站在门口对她笑。

"你在说什么啊,小桑。"

"我在念书里面的句子呢。"

在小桑刚读到的那一章中,京城浓雾弥漫,老式列车停在站台上,车上下来一些老年人,他们边走边说话……"多么熟悉,多么怀旧,我爱这类开头。我在调整自己,准备投入进去。"小桑想道。接下去主角就出现了,也是一位老人,他一个人最后下来,提着一个箱子走得很慢,他在四处张望,不像是等人,而像是在重新熟悉他的故乡。这位老人穿着长长的外套,戴着鸭舌帽,上唇留着两撇白胡子。小桑嘀咕道:"他有些像一位先知啊。"接下去他就消失在浓雾当中了。似乎是作者的兴趣从他身上转移开了。但小桑知道这是因为世俗的生活开始了。小桑热爱世俗生活,她是因为这个而同小说结缘的。那一年,她认识了仪叔,从此蒙城的天空大部分时候就都是亮晶晶的了……对了,应该是小桑自己坐那辆列车来到了蒙城,同车的还有仪叔,但两人那时还不认识……唉,多么美好的描述啊!小桑放下心来,她感到那些美景还没有抛弃她。当然不会抛弃,因为仪叔在那风景里啊。她慢慢入境了,就那样一直读下去,一直读下去,直到黑石来叫她了。

"啊,真过瘾啊!"她叹道。

"我也是。一想到小桑就在隔壁房里读同一本书,我的感受力就大大地增强了。我们一块洗澡吧。"

"好。"

浅色的窗帘没有完全拉上,小桑睁开眼,看见了亮晶晶的夜空。她想起了仪叔,是他将黑石带到她身边来的。现在她感到无比欣慰了,因为小麻走进了仪叔的生活。黑石在咕噜什么,似乎是,他在梦里都是兴奋的。

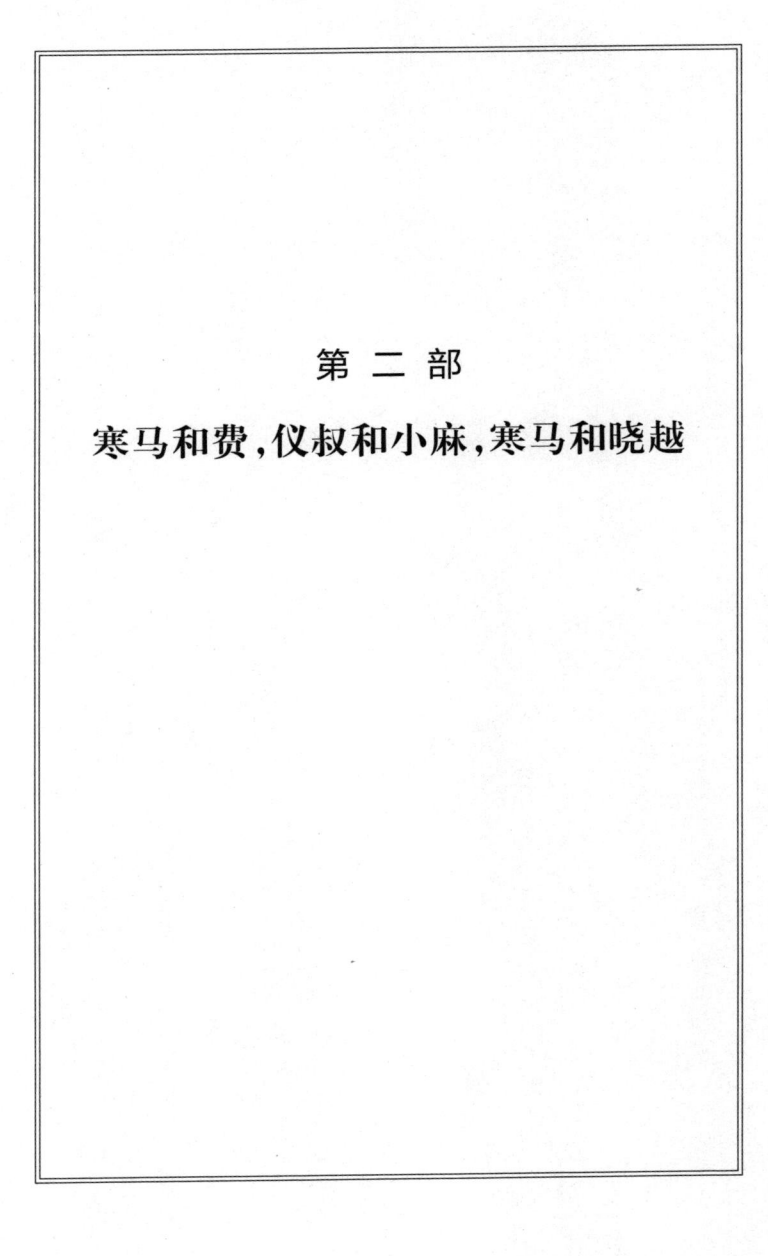

第 二 部

寒马和费,仪叔和小麻,寒马和晓越

晓越在参加书吧聚会的时候没有发言。一来他是新人,还有点不好意思;二来他特别想听书友们对这本小说的评价。他自己读这本书已经有一段时间了。他聚精会神,不漏过每个人所说的每一句话。他很快就感到了这里的每一个人都处在一个很高的读者的层次上,这个层次属于他所划分的读者群里面的最高层次。晓越刚满三十岁,但已经是一名老练的小说读者了。他的阅读面很广,好像一天大部分时间都在读书,可是只有小说是他的最爱。由于他具有超强的记忆力,所以通过倾听这场讨论会,他对于每一位书友的倾向都有了一个大致的了解。晓越参加蒙城的好几个读书会,因为他的工作就是对蒙城的读者进行摸底调查,一方面弄清他们的各种层次,分析他们的不同的需要;另一方面用一些新的观念和信息去引导他们,启发他们。小桑为首的读书会的成员就是他的文学书籍的基层读者,他就是在这个读书会见到寒马,并一见之下为她的风度所倾倒的。他认识的女孩不少,已经恋爱过两次,但寒马这种女孩实在是太特别了。当她发言时,晓越感到她就像一个洒脱自由的精灵。后来他才知道她新近结婚了,她丈夫就是他久闻大名的费。

尽管知道寒马有丈夫,而且她丈夫是他极为敬佩的人,晓越还是深深地被寒马所吸引。刮台风的那天,晓越找了个借口去接近寒马。起先他担心自己的举动过于突兀,担心寒马对他的提议要推托。可是刚刚交谈几句他就发现对方同自己一样热情。她不但马上愉快地接受他的提议,在这之后还进了一步,邀他去参加费和她的读书的小圈子。并且她那么欣赏他,说他"代表了一股新的势力"。于是晓越有点昏了头,对寒马说了一番他自己认为有点过分的话。他说完后有点害怕,所以马上告辞了。然而寒马一点都不介意他的过分,过了两天就给他打来热情的电话,邀请他参加"鸽子"书吧的聚会了。

从"鸽子"书吧出来的那一天,晓越感到自己掉进了单恋的深渊。他昏头昏脑地在小巷里走,回忆着寒马在聚会中说的那些话,脑海里全是她的形象。他对费的印象也很好,感到费满怀着一腔对文学的赤诚,是值得他敬仰的前辈。这就意味着,他会要长时期地将他心底对于寒马的激情隐藏起来,同她仅仅作为好朋友交往。他想,应该是她身上的文学天赋和她对小说的痴迷给了她那种魔力。晓越深感自己是她的同类,所以才会一下子就被她吸引过去了。对于他来说,这位女子就是美的化身。所幸的是她的工作地点离他很近,以后他仍能常常看到她的身影。他愿意远远地看她,因为一挨近她,他就会激动。

晓越白天里忙店里的工作,每天晚上他就在自己选定的那片文学天地里耕耘。他的目标是小说鉴赏的最高层次。他如醉如痴地阅读,反反复复地深思,多年里已经写下了几大本笔记。他也发表过一些文章,但他对那些文章一律不满意,他认为自己尽管在日常人际关系上老练,在文学方面却是晚熟的类型。他在等待一个全面改观的契机。他模模糊糊地感到,参加"鸽子"书吧的聚会和单恋寒马似乎同这个契机有关。"我必须迎头赶上,不然就来不及了。生命的趋势很可能就是这样的。"他对自己说。

在日常生活中,晓越很有人缘,男女老少都愿意同他交往,都认为他通人心,值得信赖。可是他的这种生活技巧在寒马这里根本用不上。寒马直截了当而又不乏热情和真诚,让他的那种习惯性的谨慎成了多余。实际上在晓越的心底,最喜欢的正是这样的人生态度。由喜欢而爱,他自然而然地对寒马产生了单相思。无论是她的外貌,她的表情,她的才能,她对文学的激情和深入的体验,还是她说话的习惯,只要这些出现在脑海里,晓越就会激动不已。但他却不能随心所欲地接近她。一个月两次的聚会成了他的节日:一次在"鸽子"书吧,一次在"皇冠"商场楼上的读书会。几乎每天早上他都会提前来到办公室,透过玻璃窗盯着马路对面的商场的大门,等待寒马在那里出现。

晓越的书店里女店员很多,她们都喜爱他,一些年纪大的常为他的婚事操心。有一位大姐曾为他介绍了三位女朋友,都是漂亮的女孩,但晓越最终都说不合适。因为老有人为他介绍,他后来就公开宣称他是独身主义者,请大家不要再为他费心了。人们不太相信他的话,到后来,为他介绍女友的人还是慢慢地少了。晓越精力充沛,生活自律。他在这些日子里每天都在疯狂地阅读和写作,与此同时,他对寒马的渴望也在一天天增强。当他思念寒马之际,那感觉就像自己身处一个不真实的世界中一样。一般那种时候总是在夜里,或者在完成了一项工作,闲下来之际。很多时候,为了忘记寒马,他就加倍努力工作。书店的同事们看在眼里,都觉得他太辛苦了。

"晓越,我侄女哪点不好?"扣子大姐问他。

"她很好,是我不好。我不适合结婚。"晓越真诚地说。

他当然也知道世界上只有一个寒马,寒马已经有了爱人,可他就是摆不脱对她的思念。当他进入那些深邃的小说世界中时,他总是想,那种场景他只能同寒马谈论,只有寒马最能理解他的感受,因为极少有人像她那么视野开阔。"鸽子"书吧的书友们确实水平很高,但只有寒马是同他最接近的。寒马说话时的眼神,她的特殊的手势,总能在他的心里掀起波澜。当他得知寒马正在写小说时,他甚至觉得自己能够进入她的小说世界,就如他在日常生活中能够进入顾客的心理境界一样。这种感觉是如此的强烈和逼真,以至于他在写读书笔记时,总是不断地在幻想中与寒马对话。近来每天晚上在结束阅读之际他都会说一句:"寒马,今天的讨论到这里吧。晚安。"

现在他自己也打算写小说了,不为发表(他认为自己的语言不适合小说的表达),就为能更加深入寒马未来的小说中去。他总在猜测寒马的小说的内容与形式,不知为什么,他认为寒马的小说一定是写一些日常发生的,却又离奇的事。那种小说会不那么好懂,但对他来说,应该是亲切的,就像寒马在贴着他的耳朵说一些悄悄话一样。因为寒马还没有打算将她的小说发表,所以晓越只能设想。这些各种各样的设想使得他的生活拥挤起来了。当然,寒马有费这样的段位很高的鉴赏家同她切磋讨论,一定进步很快。但也许有的时候,她也会需要另外一种异质的共鸣?晓越感到自己每天都在为此做准备。他想,他在为自己所爱的人读书,这本身就是很大的动力吧。所以认识寒马以来,他的阅读也有了质的飞跃,这体现在他能更容易地进入那种"异境"了。他早就看出来了,所有的一流小说都具有那种异境,但读者并不能每次都顺利地进入。他想,如果现在他像"鸽子"书吧的那些书友们一样,同寒马一块共同营造奇境,将所读的小说延伸,他同寒马的这一块土地上的景物一定会独树一帜。这种准备工作令他兴奋,有时还会给他带来自信。

"皇冠"商场读书会的小组讨论会的日子到了。晓越为这次讨论的主题准备了一番。他虚拟了一位青年阅读者G,介绍他的阅读历程。他注意到,在场的听众当中只有小桑和寒马知道他谈的是自身的体验。两位女士都用赞赏的目光鼓励他,这让他敞开了他的情感和思绪,他的讲述变得娓娓动人了。

"阅读不是一件有把握的活计,而是一场看不到尽头的跋涉。当夜晚的风吹在 G 的脸上时,他所渴望的境界正在悄悄地向他靠近。G 在心中判断着:'几天来的挣扎是否有了成效?'然而不,那种靠近其实是远去。捕捉是不可能的,他只能留在原地紧张地工作,进行他自己构想的营造。我同读者 G 相识很久了,他属于比较笨拙的类型,他以他的顽强一直在不懈地向上攀登着。上方有些什么?这种问题不在他的考虑之列,他认为他的本职工作就是紧张地辨别。每一次看见那种轮廓时,他就停留在原地了。因为他知道自己的双手的功能就是营造。好多年过去了,G 仍不能清晰地辨别自己的营造物,但较之从前,他的辨别力还是越来越强了。一路上,他留下了越来越多的营造物,它们并不明显地流露出某种倾向,只是如一些不相干的遗物一样留在他停留过的地方。它们不在他的记忆中,他的记忆里只有悬崖和夜晚的风,以及天亮后没完没了的跋涉。高寒地带的风常常是刺骨的,但 G 并不退缩,反而更加勇猛地攀登,过往的经验告诉他:严酷当中暗藏着幸福。他还记得在某个夜晚,幸福的降临是如此的突然。他所坐的那块巨石给了他感觉,他与它在瞬间结为了一体。山体在隆隆作响。虽然只是短短的一瞬。'一切都是有过的。'G 说,'就像那些遗物一样,它们在某个夜里终将发声。'

"多少年已经过去了?他不知道,因为没有参照物在周围显现。他的唯一的参照物就是他自己留下的遗物。但遗物不流露出倾向,也不指向任何事物。要在大地的变迁中经历无数个年头之后,它们才会在 G 的眼前偶尔显露峥嵘。"

这就是晓越对青年阅读者 G 的阅读历程的介绍的开场白。二十多位书友们都沉默着。他们没能完全听懂,但他们被吸引。这时寒马开口了:"文学的内核就像一粒种子一样,埋在每个人的心田里。它的生长依仗于人的那种内视的目光。那么人的内视的目光又是如何产生的?我想,它正好是来自我们的日常生活的馈赠吧。我猜想,这位晓越的朋友,一位不懈的攀登文学高峰的跋涉者,是一位最能领略我们的日常生活之美的高人。我渴望结识他,更渴望进入他的奇境。我还渴望在平凡的日子里同他一块哭泣,一块大笑,一块品尝美食,一块作为同事一起工作,一块谈论文学。我想,追求者是从这些美丽的事物当中吸取了巨大的能量和崇高的信念,所以才能日复一日地在高寒地带生存,并坚守在那种境界里进行营造。我自认为也是追求者当中的一员,晓越的描述和我的感受是重合的。"

在经历了猛烈的心跳之后,晓越的目光看向了寒马。极度的欣赏,感激,还有爱。书友们则透过晓越的身影看见了他的日常生活,他们窃窃私语,相互示意,点着头小声说:"是啊,是啊……"在他们的心目中,晓越是一位热心诚恳的书友,他不遗余力地推介文学,文学方面的造诣很高。他们中的大多数人都得到过他的帮助。他不仅是经营书籍的经理,也是书友们的贴心朋友,大家都认为他有一颗火热的心。

接下去小桑就发言了。小桑新近刚结婚,满脸都写着幸福。她一直将晓越看作挚友,同路人。他也从未令她失望过。她结合自己的阅读体会谈到了作为读者的心灵的阴面和阳面。她将晓越的朋友 G 君的体验看作阅读的阴面,而将自己的部分体验看作阅读的阳面。她自己的阳面部分的阅读是融入世俗生活,从生活中的所有小事中提炼出美的元素。她说正如寒马所总结的,最好的读者应在阴阳两面都是出类拔萃者。晓越的描述将文学的独特性发挥到了极致,用极为形象的话语勾画出了理想;寒马则将这个理想之力的根源同我们的日常肉体性生活联系起来了。这就是文学的真相,她看似遥不可及,却又同我们每个人的生活息息相关,因为她是最具普遍性的。小桑还回忆起在"鸽子"书吧讨论会上那位名叫岩的青年所说的话,当时大家在讨论理想与行动的关系。小桑问岩,他的行动是什么,岩回答说,他在做家务的时候就会有行动。当时小桑觉得他的回答拨动了她的心弦。经小桑这样一解释,大家都觉得他们已经有几分听懂了晓越和寒马的发言,就都在底下叽叽喳喳地议论起来。

那天晚上的讨论会特别活跃,但书友们都不愿做公开发言,他们觉得自己在阅读方面还不够成熟,所以更愿意私下里讨论。小桑和晓越觉得这种形式也很鼓舞人心,因为他们感到了大家都急切地想提升自己的品位,更好地理解少数先行者,争取有一天能跟上先行者的步伐。

"晓越,你的发言太精彩了!"寒马走过来同晓越握手,"你一说完,我马上想接着你的话往下说……这是怎么回事？我们并没有事先商量,却好像配合得天衣无缝？还有小桑姐的总结,同我和你的描述扣得那么紧。我们并没有时刻想这类问题,对吧？就好像、就好像我们很久以前共同决定了某件事,现在只是在付诸行动一样。"

寒马说话时一直握着晓越的手不放,直到说完才松开。她没有注意到,晓越的脸已变得苍白起来。

"寒马说得对,"小桑说,"但不是'好像',而是我们真的共同决定了对文学的追求。你还记得你刚来我们店时,我希望你学习写作的事吗？"

"我当然记得。永远也忘不了。小桑姐,你是一块磁石,吸引着我们这些文学爱好者。"

散会之后,晓越没有直接回公寓,他绕了一条道,走到了郊外的公园里。公园里这个时候看不到人影,他沿湖边向前走。他知道寒马完全是无意的,可这是他第一次同她有肢体上的接触啊！此刻的天空黑蒙蒙的,很像晓越的心境。他不知道出路在何方,有没有出路。难道这也是一种生活之网？寒马的手很有力,这是他唯一说得出的感觉,其他的感觉他都说不出,那个时刻他已丧失了感觉的能力,脑海里一片空白。然而很奇怪的是,他记得寒马说的每一句话。她的表达方式是多么迷人啊。所以她应该是小说家,而他自己不是。这不是幻觉,而是实实在在地发生过的事……这种深层的沟通在他和她之间如此的轻而易举,就像两个人随时都能合成一个一样。当然,也可能寒马和费之间也常发生类似的交流,寒马是受过训练的啊。想到费的存在,他对寒马的影响,晓越的狂乱的激情才渐渐地平静下来了。小路的前方有一个影子,像大型动物。晓越停住了脚步。

"小伙子,失恋了吗?"那人直起身来。

晓越看不清他,但感觉到那人看得清自己。

"失恋是好事,可以催人奋发。相信你大叔的经验吧。"

现在两人并肩往回走了。晓越问那人:"大叔,您那时很绝望吧?"

"没有过不去的河。相信我。"他拍了拍晓越的肩头。

走出公园大门的瞬间,晓越忽然明白了,阅读者 G 应该是他同寒马两人的合体啊。所以寒马才那么快地接上了他的思路。想到这里,晓越感到豁然开朗:能够与寒马合体创作(即使以这种特别的方式),难道不是他今生的幸福所在吗？也许他和她,就注定了没法朝朝暮暮长相守,但他的追求亦可持续下去。刚才的大叔说得对,失恋催人奋发。单相思也是同样。只要他在文学这条道路上探索下去,以后这样的机会还会经常有。当快走到公寓时,绝望已经慢慢消退了,他的脑海里充满了寒马说话时的神态,那么鲜明。他又一次想到寒马对待她在商店的工作的态度。那不就同他的态度很相似吗？也许他们像孪生兄妹,两人在各方面都非常相似？多么令人激动啊,这种巧合在人群中大概是极少的吧。对,他一定要通过不懈的钻研,成为寒马的文学生涯中离不开的同伴。

晓越慢慢沉静下来了。他本来就是在生活中沉得住气的人。

寒马的写作进展得比较顺利,她属于那种上路比较快的类型。但是她不想马上发表,因为她觉得自己还可以写得更好,她要多方尝试。当然,她暂时还不知道多方尝试是什么具体情况,在目前还只能将这定义为多写多练。所以寒马不让自己闲着,一有空就在写,就在阅读。当她这样做的时候,一些生活中的烦恼就被她抛到了脑后。

她仍然深爱着费。然而正如她预料的那样,费从家里消失的日子比以前多了一些。寒马在心里想,只要费还爱她,她就应该珍惜同他在一起的每一天。人无完人,世上的事也不可能都是完美的。既然她与他之间有过热烈的爱情,那么她今天的这种态度就既是对自己的选择的忠实,也是对费的忠实。比如小桑姐,她自己获得了圆满的爱情,但她也深深地理解寒马的选择,一直在热情地支持她。她对自己说:"我是幸运的,我能写作,我还拥有爱情。"即使费有时从家里消失,她也慢慢地在习惯。她不再慌乱了,她认为一位成熟的女人就应当像她这样行事。可以说,寒马、晓越和费这三个人里面,最为镇定的是寒马,两位男士的情绪却波动很大。寒马也想过,如果费有一天在她和悦之间选择了悦,她自己一定会悄悄地退出。那种事如果降临,会是巨大的痛苦。即使这样,她也准备承受。但是目前,最痛苦的却是费,寒马感到他还一点都没有产生要放弃她的迹象。

寒马叹道:"这就是那种刻骨铭心的爱啊。到底哪一方更为刻骨铭心?"她不知道。答案还没有显现,人只能在拉锯中受煎熬。

寒马注意到,从最近这次书吧聚会回来之后,费常常显出神不守舍的样子。她估计也许是悦的那边有了什么情况。她是不会询问他的。有时候,寒马也会憎恨自己,觉得不应装出若无其事的样子,而应开诚布公地同费谈一次话。可是她又知道,她只要谈起这件事,费就会受到伤害。他自己伤害自己已经够深了,寒马怎能再往伤口上撒盐?维持这种关系的难度超出了她当初的想象。寒马常自问:费是不是已经精疲力竭了?如果是的话,维持这种关系的意义又在哪里?人在世上,应该有追求,还应活得理直气壮。如果这两个方面都难达到,就只能算是"苟活"。当然费还不是苟活,他仍然没放弃文学研究——他自己的和寒马的,只是他脸上的笑容越来越少了。寒马在写作之余思路总是被拉到这上面来,她左思右想,想到过费和悦的关系的多种可能性……她慢慢地从费身上体会出来了,悦不是强势的女子,性格应该比较温柔,但情感上非常专一。这就是说,她从未爱过费以外的任何人。当寒马在某个深夜里想到这一点的时候,不由得倒抽一口冷气,手脚变得冰凉。莫非退出这个游戏的应该是她寒马?如果悦更强势一点,寒马这边也许反而轻松些。就是因为她的弱势和无定准(想想她的第一次婚姻吧),反而导致了费对她的无穷无尽的担忧和同情,当然还有爱。如今的这种局面,是寒马不得不反复衡量的。

　　终于有一天,寒马走进费的书房坐下来,面带微笑开口说:"费,我觉得你该选择一下。我想告诉你,无论你的选择是什么,寒马都可以承受的。寒马在你的帮助下已经变得相当强大了。为什么我就应该把好处都占全,而别人就什么都得不到?我有没有在无意中夺去了别人赖以为生的东西?"

　　费看着她,看了好一会儿,然后长叹一声开口说:"寒马,你刚才这番话忽略了一个人,这就是我啊。这件事不光是你和她之间的事,还有费啊。我爱寒马,如果舍弃你,我说不定会失去生存的兴趣了。你仔细想过这点吗?我不是一个坚强的人,只有你是,这也是为什么我这么爱你的原因。当初结婚时,我的选择就是你,今天也仍然是。我不那么专一,容易被打动,这是我的弱点。但是谈到选择,我从未改变过。"

　　"我也爱你,我从未像爱你一样爱过任何人,费。可是这里出现了痛苦,我感到了这个痛苦,我难以无动于衷啊。你会有解决的办法吗?"

　　"我暂时还不知道呢,寒马。"

　　费走近寒马,抱住她,他俩偎依着,久久地沉默,彼此听得见对方的心跳。

　　尽管寒马对于费这种得过且过的态度有一点不满,可她也想不出什么更好的办法来。原先她想的是,如果她不退出,悦就会一直处在痛苦中。现在的情况却是,如果她退出,费就会遭致命打击。她知道费没有夸大。那么,现在唯一的选择就是硬挺一段时间了。也许时间会给出转机。寒马心疼费,也理解悦,但寒马知道这事不能由她一个人决定。"现在进入了僵持阶段。"寒马在心里说。尽管个人生活遇到了这么大的困难,寒马在文学上的追求却是一帆风顺。在她的面前,新的契机不断出现,灵感接连闪现,常常到了应接不暇的地步。这是当初费帮助她推开这扇窗的时候,她没有料到的新情况。对于这桩事业,她的感受是一天比一天自信了。寒马想,因为有文学的支撑,她的痛苦比起费和悦来要小得多,而且文学给她带来了更强的独立性。但在帮助费这件事上,她感到无能为力。现在她主要是为费和悦的痛苦而痛苦,所以她对小桑说:"我总是很好的。"相对于那两位来说,她的确总是很好的,这从她每天都能写小说这一点上也可以证实。

"寒马,你就快变成一只鹰了。"费开玩笑地说。

"那意味着什么呢?"

"意味着你会飞得越来越高,越来越远,谁都不需要。"

寒马听出了费的忧虑。她在心里反驳费:"不,我需要费。但为了他,我可以做出任何选择,哪怕是最最痛苦的选择。"至于她自己会不会到达一种谁都不需要的境界,她目前预测不到,她也不想预测。不过她自己确实不同以往了,比如她再也没有产生要同小桑交流关于这类事的念头了,这不就是一种更为独立的姿态吗?从今往后,她很可能会在每件事上都信任自己的判断,她还很可能会越来越难以被打垮。这些都是文学和费给予她的好处。

她还注意到了在家中,费也在通过埋头工作来压制内心的痛苦。他已经发表了好几篇新锐的文学评论。而以往,他并不注重在报刊上发表作品,他最重视的事就是主持书吧的聚会,只有在聚会上他的文学激情才会释放。大家都公认他在这方面的魅力无人能比。寒马鼓励费更多地发表作品,她说:"先知就应该多劳。"但费说,他对那些发表的东西一点都不满意,可又写不出更好的。

寒马最近沉浸在一组短篇系列中,她感到自己的灵感正在朝一个较明确的方向聚焦。她想,也许关键的冲刺时刻到来了?

然而正在这个关头,费一连离开了三天,这是以往从未有过的。

费回来的那天是周末,寒马正坐在客厅里喝茶。

他的样子看上去老了好几岁,双颊陷下去了。他接过寒马递给他的茶杯站在那里喝,他的模样令寒马担忧。喝完茶,不说一句话,他就去洗澡了。

他们一块去竹楼吃饭。寒马问费:"费,我有可能帮你吗?"

"不,不需要。我会处理好的。也许只是时间问题。"

两人坐下来要了兰州拉面和烧饼。

"小寒,费,喜事临门:我们的竹楼要扩建了!"老瑶说。

"恭喜恭喜!真是把日子过得日新月异啊!"寒马回

应道。

"今天我觉得费哥好像有心事?"老瑶又说,"吃完这大碗拉面,出点汗,什么烦恼都抛到脑后去了。生活嘛,越简单越好!"

"老瑶说出了真理。"费由衷地点头称赞。

费暗想,自己为什么就没学会简单地生活?不但没学会,还越来越复杂,那张网缠得他那么紧,他像要窒息了一样……

回到家里,费长叹一声,对寒马说:"寒马,我对你太不公平了,我算个什么人啊!"

他摇着自己的脑袋,满脸都是绝望。

"费,你不要这样说。当初你并没欺骗我,我是成年人,是我自己选择同你在一起的。既然选择了,当然就会有今天的麻烦。你不要老是自责,让我们勇敢地面对,清醒地衡量一下,找出最好的方案来……也许像你说的,目前没有最好的解决,一切都应该交给时间。那就让我们再多一些耐心吧。车到山前必有路。"

寒马说了这番话之后,脑子里也很乱,但她隐隐约约地预感到了什么。她知道她预感到的是她所最不愿意的。再看看费的反应,她第一次觉察到了他和她的关系也许会是没有前途的。她凭着自己心里面的那个声音决定了,要坚毅地陪伴费到最后。

"寒马说得对,寒马什么全明白。我的自责一点用都没有,还显得矫情。相信我,这事很快会过去的。"

"虽然我不认为这事会很快过去,但我相信你,一贯相信你,费。"

他俩拥抱了一下,各回各的书房。

后来寒马发现那天晚上费什么都没写,也什么都没读。她知道事情正在变得复杂化。她暗下决心,要珍惜同费在一块的每一天。

晓越这段时间以来发奋读书,将自己的所有业余时间都用来攻读文学。

周末下午他读书读累了,就到人工湖边上去散步。这里一般游人很少,是晓越整理自己情绪的首选之地。上次他从小桑的读书会出来后,就是在这里遇见了那位给他的心情带来转变的大叔。

当他在湖边的小路上慢行时,忽然听到女人的哭声从下面传来。从这条路到下面的湖面有一个斜坡,晓越朝下面一看,看到一男一女坐在湖边,两人搂抱着。那位男士的侧影似乎很眼熟,于是他不由自主地又走了两步。但他立刻回转身,朝他来的路往回走了。他看清了,男人是费,但女人不是寒马。晓越脸红心跳,一个劲地朝公园大门走,很快走出了公园。他感到自己背上已湿透了。他百感交集。啊,寒马,这究竟是怎么回事?快到家时,晓越清醒过来了。他所看到的,是一个禁区,他没有资格来评判这种事,他是一个外人。寒马是成熟的、格调很高的女性,甚至比他晓越更有主见。所以他偶然发现的这件事与他自己无关。

尽管认为与自己无关,但这事还是影响到他对寒马的看法了。是费在欺骗寒马吗?晓越觉得这种可能性很小。一方面,费在蒙城读书界的口碑很好,是一位将青春献给了文学的导师;另一方面,寒马可不是头脑单纯、容易受骗的女孩。晓越思来想去的,总摆不脱下午看到的景象。那位女士哭得极为伤心绝望,就仿佛是她的灵魂在呼救一样。而那个时刻,寒马在另一个地方。晓越的脑海里突然闪出一个念头:莫非寒马和费是君子协定?"天哪,多么可怕。"晓越喃喃地说,他感到这三个人之间有了解不开的死结,也许会以悲剧来结束。如果那样的话,不就违反了他们正在讨论的新文学的宗旨了吗?联想到寒马的独立性、决断力和善解人意的个性,晓越又觉得出事的可能性应该也很小。那么,善解人意的寒马,又怎么会让自己的婚姻里出现这样一幕?晓越百思不得其解。夜幕降临之际,寒马的生动的形象在他脑海里发生了变化,到底变化在哪里他也说不清,只觉得她成了一位内心复杂的妇人,而他自己,在她面前则显得单纯和不谙世事。由于工作的关系,晓越接触过那么多的女性,其中不少人还同他有深交,但像寒马这样的,却超出了他的经验。毫无疑问,她的内涵比他要深。或许这正是她吸引他的主要原因?他无论如何想不出,这种三个人的婚姻是如何维持的。在那晚的书吧聚会上,寒马不是提到过"对痛苦的耐受力"吗?她指的应该就是这种事。唉,寒马,寒马,你的个性该有多么强大啊。现在既然有了他人的痛苦,寒马会如何样看待这痛苦?她的出路又在哪里?

晓越在房间里踱步到了深夜,仍然在想寒马的事。奇怪的是,下午的发现一点也没有令他对寒马的信任发生改变,反而寒马的困境变成了他自己的困境一般。他像构思一篇小说似的,努力替寒马设想脱困的方法。当然到头来他的方案都不成熟,也不可能见效。同他几乎是同龄人的寒马,内心的世界却不与他处在一个层次上,晓越感到自己必须尽最大的努力去进入那个世界。

一连好多天,晓越都在办公室里额外仔细地观察对面的寒马。他看见她步态轻盈地进入商店的大门,然后消失在里面。她是那么有朝气,那么沉稳,根本不像痛苦缠身的人。晓越暗想,也许寒马有一种分身术,能够随时将痛苦撇开,只进入她想进入的境界。也许正是她所从事的写作,抵抗着痛苦对内心的侵蚀。这也是书吧讨论中谈到的那种网啊,她是如何样化痛苦为动力的?这真是一种惊人的魄力!在生活中,晓越喜欢那些强有力的女性。寒马的强是内心深处的强,表面却不太看得出来。晓越觉得她处处能把握自己,很少伤感,却充满热情,充满生活的动力。

"晓越,我侄女是真喜欢你呢。"扣子大姐说。

她打断了晓越的沉思。

"她那么漂亮,一定会有好运气的,您不要为她着急。"

"也许吧,也许吧。"扣子大姐讪讪地走开了。

晓越短暂地回忆了一下同女孩见面的情况,发现自己已经不能清楚地记起她的样子了。他的脑海里,大概只容得下一个人的倩影。

他并不认为寒马卷入了三角爱情自己就有了机会,从一开始他就比较悲观,认为寒马看上他的可能性是很小的。寒马那么耀眼,即使没有费,也会有别的人去追求她。她越是对他热情,越是证明她心里完全没有他。可是晓越自己要爱她,这是改不了的。湖边秘密的发现不过是加深了这种无望的爱而已。

经历了湖边的那一幕之后,晓越发现自己对于《××××》这本小说的理解又深入了一层。他感到人心是个无底的深渊,对它的挖掘是无止境的。"这就难怪她要这样说话了。"晓越盯着书自言自语道。书中的主角"她"谈吐很不一般,有时一句话有三个意思,晓越绞尽脑汁琢磨来琢磨去的,越琢磨越被吸引,就像那个"她"是寒马一样。后来他甚至想,如果没有湖边的事发生,也许他对寒马的爱就会一直停留在十分浅薄的层次上。他的三十年人生并没有给过他这种体验。他写下了一些感想,打算在参加"鸽子"书吧的聚会时将这些感想曲里拐弯地表达出来。当他想到"曲里拐弯"这个词时,就自嘲地笑了起来。他向寒马道了"晚安",然后就准备睡觉了。

熄了灯一躺下,寒马就出现在他脑海中。她一个人坐在人工湖边,穿着黑色长裙。晓越感到女人的思绪已经飞得很远很远了,他根本追不上。她应该是坐在那里构思小说?更可能的是,她什么都没想,她要写的那种小说不是想出来的,只能靠词语自己涌出来。晓越自己写不了那种小说,但他能琢磨出那是什么样的。他想叫她一声,又怕打扰了她,就只能远远地看着她。当他在想象中这样望着她时,他就觉得自己不可能再爱上别的女孩了。寒马已经不是女孩,她是经历了情感狱的妇人,她若开口,或许一句话就有三个意思,甚至更多。晓越爱她,只爱她一个。

寒马决定休假日去蒙山的山顶宾馆住两天,将她的一篇短篇小说修改好。费很赞成她的这个决定。其实看起来,那篇小说已是非常完美了,但寒马不这样认为,她说,她还能写得更好。也许这一篇要大刀阔斧地删节,也许要重写。费相信她的直觉,怀着信赖对她说,奇迹会要出现了。

那天傍晚,告别了费,寒马搭乘的公交车往远郊开去。寒马坐在窗前看着郊区的风景,回想不久前,她同费满怀信心地在此地建立起两人的家庭的情景。不知为什么,她感到当时的情景就好像发生在很久以前一样。这么短的时间里,她对生活的很多方面的看法就完全改变了。当然也可能不是什么改变,而是以前并未形成完整的看法吧。一路上,城市的风景越来越少,乡村的单纯景色在夜幕中让她产生了莫测的惶惑。"本来就会是这样,一切都会这样发生,因为对方也是一个活生生的人啊。"她对自己说。她有种预感,从今往后,将要发生的一切都会是莫测的了。

蒙山并不高,海拔一千多米,那条盘旋的山路边有路灯。车里面的十来位乘客都是去宾馆度假的。路很窄,汽车有时从峭壁上经过,摇摇晃晃的,寒马心中的惶惑越来越浓了。她闭上眼,执着于一个念头:我要写小说。

"为达目的,我女儿死也不怕!"后排的女人突然说。

"这一来,对方就妥协了吧?"坐在她旁边的男人问道。

"妥协?不可能。可是车子已经刹不住了。"

寒马一睁眼,看见车窗外那些黑乎乎的东西正向她猛砸过来,她用双手抱头躲避。这时高速奔驰的汽车发出一声尖叫,寒马被摔出了座位,跌倒在过道里。她满面羞愧地扶着座椅站起来,那十来位乘客都先于她下去了。

"女士,您的包滚到驾驶室这边来了。"司机将小包递给她。

宾馆的大门那里黑乎乎的一片,但仔细看,就能看见一盏橘色的小灯。

寒马走进前台,想要登记。但一位和蔼的老头走过来对她说,不用登记,她的房间是在二楼,二〇三号。老人的声音嘶哑,寒马记住了他的模样。

寒马进了房间,才发现自己的内衣全湿透了——多么惊险的夜间行程。

她连忙洗澡,洗完澡吹干头发,然后坐下来喝茶。喝完一杯茶,才感到自己渐渐平静下来了。车上发生的一幕意味着生活本身的粗野吗?她脑海里出现了这个问题。虽然天气并不冷,她还是打开了电暖器。这是因为她在写作的时候身上就会发冷。寒马正要在桌前坐下来时,有人轻轻敲门了。

是前台的老大爷。

"姑娘,您是来找人的吧?来这山顶的人全是来找人的。"

"嗯。可是我还没决定要去找谁呢。"寒马说。

"是忘了吗?你同我一块去一个地方就会想起来的。"老人肯定地说。

寒马跟着老大爷走出宾馆,沿一条小路绕山走。月光很好,眼前的景色很美。寒马想,也许我正在走进小说里面去。不一会儿寒马眼前就出现了一栋白色的两层楼房。老人说寒马会在楼里找到她要找的人。

"这是什么地方?"寒马问。

"这是'死亡屋',一位富有的商人捐赠的。里面的病人都是患绝症的,他们在这里得到了照顾。这楼房对外的名称是'白楼'。"

白楼名气很大,上这里来帮忙的志愿者源源不断。您想进去看看吗?"

"当然,谢谢您。"

"我们去二楼吧,那里有一位大嫂只有一个星期的期限了。"

二楼的那间房间里没有开灯,病人安静地半躺在床上,盖着白色的被子。

老大爷的手电光在地上划了两下,唤了一声"荠嫂",床头灯立刻亮了。

"欢迎欢迎,"荠嫂说,"请坐在这边的沙发上。"

荠嫂是六十多岁的孤寡老人,身上干干净净,头发梳得整整齐齐。

"护士刚刚给了吗啡,所以我现在很舒服。这位女士是刚从下面上来的吧,我听见车子上山的声音了,这个方向周边的任何响动都听得见。"

"我叫寒马。能和您见面真好。我喜欢你们这里的氛围。"

"寒马,这个名字真好听。您是搞写作的吗?"

"荠嫂,您是怎么猜出来的呢?"

"我没有猜。我想,这样一位美丽的女郎在这么美的晚上来见我,她是搞写作的,写小说。这就是我的思路。这些日子,我常这样想事情。"

"荠嫂是寓言家。不光我这样看,护士小颜也这样看。"老大爷说,"寒马,我忘了告诉您了,我姓高。"

"寒马是写小说的,瞧她的天庭多么饱满!"荠嫂高兴地说,"我得了病之后,看了不少小说。我觉得这些小说家都是我的朋友。他们让我产生勇气,所以好久以来我就不害怕了。您瞧,这个柜子里全是小说,我有一个长远的读书计划。寒马,我今晚是第一次同一位小说家会面。您告诉我,读小说是不是应该有长远计划?"

"您说得对极了!我也正是这样的,我读书遵循长远规划……啊,荠嫂,我觉得您不光可以读,您还可以尝试开始写。读和写总是连在一起的。不过今天时间已不早了,我明天再来看您吧。"

寒马和高爷爷走到外面。

"多么美丽的心灵!我怕她太激动,所以赶紧出来了。"寒马说,"高爷爷,我感到白楼是福地,里面住着永生人。"

"寒马这样说我太高兴了,因为我也是这样想的。这里面的病人,只要他们还能行动,就总是在帮助别人。刚才这位荠嫂,每天下午都去给一位老大爷念书,因为老大爷眼睛看不见。有时候,荠嫂念着书就痛昏过去了。"

寒马看了一眼天上的明月,悄悄地抹去眼里的泪水。

"我一见您,就觉得您像我的孙女。您写什么类型的小说?"高爷爷问。

"我写关于寻求幸福的小说。"寒马深情地说。

"那您来这里是来对了地方。"

寒马上楼了,高爷爷还望着她的背影嘀咕:"多么可爱的姑娘!"

她走进房间,看见她的笔记本旁边有一页信纸,上面写着:"姑娘,让我们共勉。   您的同车人"寒马想道,却原来这些客人都是来白楼探望病人的啊,可能白楼里的病人都对外面的人习惯了,都像荠嫂一样随时敞开心灵吧。那白楼真是个宁静的梦,城里人往这里来,可能都是想体验这里的传奇般的生活吧。

夜深了,外面有猫头鹰在叫。可是那叫声一点都不瘆人,反而有点像深情的召唤。寒马叹道:"真是块福地啊。"她决定明天去探望更多病人。

因为没拉窗帘,她看见外面有一些亮晶晶的飞虫在空中游动,它们形成一些图案。寒马简直看呆了。"这一个是谁?又一个?天哪!"她不由得说出了声。她后悔自己没有早点来这里。飞虫的表演持续了好一会儿,这期间猫头鹰隔一会儿叫一声。当四周恢复了寂静时,寒马的眼睛已经睁不开了。

第二天寒马下楼去吃早餐时,看见餐厅里坐的那些客人全是她的同车人。她一一向他们点头招呼。她心里想,是谁给了她那张纸条?也许是他们全体?一直到她吃完,也没人提这件事。寒马吃完时,发现他们都走了,只除了一位女士。这位女士有点像在车上坐在她后排的那位。她好像在等寒马。

"您也是去白楼吗?"寒马问她。

"对。我女儿在那里。我女儿不是病人,她爱的人患了绝症。他是一位年长的内科医生,我女儿小的时候,他治好了她的严重的哮喘病。现在医生快走到头了,我女儿要送他上路。我姓万。我听说您叫寒马,这名字好。"

"万姨,我想问您,您女儿感到幸福吗?"寒马问。

"当然当然,这是她一生中最幸福的时刻。送心爱的人上路,这还用说吗?您等会儿就会见到。医生的自制力非常强,他俩是令人羡慕的一对。"

医生的房间在一楼。她俩推门进去时,女儿正在给年迈的医生喂流汁,就像喂一个婴儿一样。后来女儿转过身来,寒马吃了一惊:这位女孩美得像画中的人儿一样。

"您好,"女儿大方地说,"这是我的爱人禹医生。"

老医生望着寒马,俏皮地眨了眨一只眼。

"您是未来的大作家?"医生问。

"只不过是未来的小作家罢了。"寒马回答。

"那也一样。我最崇敬的就是作家。我生病之前常常读小说读到深夜。"

禹医生说要握一下寒马的手。女儿在一旁捂着嘴笑。

医生的手瘦骨嶙峋,但寒马立刻感到了他体内跃动的生命力。

"您是我最崇敬的人。"她情不自禁地说。

"瞧,人人都喜欢您。"女儿说着就在他脸上吻了一下。

医生满足地笑着。万姨拿出她给医生的礼物,寒马又吃了一惊。礼物是一本书,书名是《×××××》!寒马一看那熟悉的封面就知道了。

医生感激地收下书,对寒马说:"一天里面,我会有四个小时没有痛苦。我打算用这些时间来读这本书,争取将它读完。我听说过你们的'鸽子'书吧,说不定将来我还可以同您讨论这本书呢。我盼望那一天。"

"一定会有那一天的。"女儿连忙说。寒马也连连点头。

告别了美女和医生,万姨和寒马一块来到楼下大厅里。

"在二楼的东边,"万姨告诉寒马,"有一位患白血病的男孩,二十九岁,他每天的缓解时间只有两个多小时,他利用这段时间钻研哲学。"

寒马连忙拒绝了去看望男孩,她觉得占用他的时间是犯罪。

她也不再去看望荞嫂了。她对万姨说,她得马上回旅馆去写作。

"一定是灵感涌出来了吧,这种地方到处是灵感。"万姨高兴地说。

医生的形象带给寒马的刺激太大了,她既亢奋,又有点眩晕的感觉。于是她快步走回宾馆,坐在桌旁,拿出笔记本,记下了关于白楼的奇遇。

"我还不够努力……"她想道,"白楼既是福地也是战场。"

"一言难尽。"寒马对费说,"那些病人比我们更像文学工作者。我受到了很深的刺激,我里面有什么东西正在翻转。"

"寒马,你的讲述让我震惊了。我不能堕落,我如果堕落,就彻底辜负了你,我的生命就完全失去意义了。我要抵抗。"费望着天花板说。

"好样的,费。"

他俩各看各的书,各写各的文章。寒马暗想,费开始用力挣扎了,她自己也要用力,也要抵抗,决不再无谓地伤感。

从白楼访问回来之后,寒马感到她的写作的确又上了一个档次。现在她能够更加用力地挤压内部的某种东西了,这种挤压出的产品是一些出乎意料的词语和离奇的情节。她在心里暗暗叫好:"这就是我要的,这就对了!要像莽嫂和禹医生,还有未曾晤面的男孩那样永生……他们是真正的先行者。"

过了两天,寒马将整理好的文稿拿给费看。

费读完后对她说:"寒马,我无话可说了。我对你的爱已到了极致,但又伴随了深深的恐惧。你在挤压自己的同时也挤压着我。对于一贯随波逐流的费来说,不抵抗就是死,对吧?我将很快会现原形,显出我到底是个什么东西。"

寒马沉默着。费的表白让她有种感觉,那就是有什么东西在头顶聚集,终将坠落,一切要做的都得赶紧做,不光为自己,也为费。一定要让费坚强起来,这是她的义务。

"寒马就是那只鹰。现在我看清了。"费边说边吻着她的头发。

星期六的中午,吃过中饭之后,费告诉寒马说,他要去同十多年的密友黑石聚一聚。自从黑石结婚后,他还没找到机会单独同他谈过话呢。

看着费走出去的背影,寒马想,在这个关口,对于费来说,黑石是最合适的谈话对象。正如从前小桑是她的最合适的谈话对象一样。

费坐公交车来到郊区公园。几乎是同时,黑石也来了。

费带着黑石又走到了那个很大的人工湖边。前不久,他同悦在这湖边进行了一场痛苦的谈话。

"我想厘清一下,我想找到一个伤害最小的解决办法,现在看来这几乎不可能。"

黑石看到了费脸上的无比绝望的表情。他沉默着。

"我错误地估计了她。原先我以为,我选择了寒马,同寒马建立了家庭,她就会离开我,去寻找自己的幸福。黑石,我问你,你认为在这件事上,我是不是也错误地估计了我自己?"

费的这些话既像是对黑石说的,也像是在自己同自己讨论。黑石深深地理解这位密友,于是开口说道:"谈不上错误吧。有时候,要过好长时间人的本性才会显露出来,不论自己或对方。当我们做估计之际,一切都是不清楚的。这是我的体验。我想问你,费,你现在有没有后悔?"

"不,不后悔。尽管有这种绝望,这种种伤害。"

"看来你不需要别人的建议,这是件好事。今天我同你在这湖边散步,我心里想,我的这位好友,他正在成熟起来。这就是希望吧。虽然前途莫测。"

黑石心中的阴霾消散了,他相信费,相信他能挺住。只要能挺住,事情总会有个解决的。从前也有过两次,这位朋友陷入绝望的境地,但黑石觉察到这一次,费自身起了某种变化,这也许是得益于寒马对他的影响吧。当然,他们近期的阅读也会对费有潜移默化的影响。

"黑石,我总在谈我的事。我还没有好好地祝贺你呢。说到小桑,我们大家都那么爱她……黑石,你抓住了幸福。当时连我都为你捏了一把汗,担心你失手。你当然不会。你俩是绝配。后来全体书友都松了一口气。"

"谢谢你,费。寒马,还有书友们,你们就是我生活的意义啊。昨天小桑肯定地对我说,费的困难是暂时的困难。她的直觉一贯很准。我想,她的意思是说一切都会在不远的将来得到解决。这一次见到你,我觉得你比过去有魄力了。我在心里说,费,加油!"

他俩就这样说啊说的,绕着那个大湖走了一个圈,又走了一个圈。

回家的路上费又坐上了公交车。他坐在那里回想这次同黑石的会面。他在心里叹道:"这次同黑石的会面真及时啊!"黑石给了他巨大的鼓励,而且是在关键时刻。尽管前途还不明朗,可他觉得自己已经克服了惶恐。黑石已经暗示了他,在这个三角关系中,他首先要弄清的是自己的意志。如果他连自己都把握不了,又怎么去弄清别人的情况。这就意味着,他从此就要竭尽全力去改变自己的随波逐流的性格了。要自己站得稳,才有可能在困境中帮助别人。

他回到家时饿坏了,寒马已经帮他将他爱吃的扬州炒饭拿回了家。

"有知心朋友是我的一大幸运,寒马。"他边吃边说,"现在,经过你和黑石的开导,费生平第一次有了较大的把握。这也说明我们的婚姻是成功的,对吧?"

"当然是成功的。不论对于你还是对于我。"寒马肯定地点头。

两人没说出来的潜台词都是:不论今后怎样。

"今天下午你在读书吗?"费问。

"我在写。我得加紧。"寒马说。

"我也要加紧了。刚才我在车上一直在说一句话:不想辜负寒马,就得坚强。"

他们俩都已经打定主意要坚强面对任何可能发生的情况了。费仍然痛苦,但与过去相比,他已经沉稳了很多。现在有一件事在他心中是明确了,那就是他不能将全部生命花费在个人的情感纠缠上,那太自私了,会引起他对自己的憎恶。只有在钻研文学之际,他才会对自己感到满意。至于个人的私事,就任其自然发展吧,待出现了问题再去做出判断。这也是黑石对他的期望。

第二天晚上两人一块去竹楼吃饭。竹楼已经扩建好了,有了一个敞亮的大厅。菜单上挂出的饮食品种也增加了不少。小飞他们请了两个帮工。寒马发现来这里就餐的客人多了一倍还不止。

寒马刚一跨进大厅的门,小飞就将她拉到一旁,悄悄地说:"小寒,我发现你俩的精神状态不太好。可能你们遇到什么问题了。你们可千万不要沮丧啊。人人都会遇到困难的,但都会熬过来。你看我和老瑶……"

"谢谢小飞姐。"寒马感激地说,"的确有些问题,可我们会熬过去的。要像你和老瑶这样挺直腰杆。你们总在鼓励我们,同你们做邻居真好。"

寒马回到费身边坐下来,费问她小飞同她说什么。

"她说我俩气色不好,要我们振作精神,熬过困难时期。"寒马说。

"这夫妻俩是我终生的榜样。"费说,"刚才我正在想,我的运气太好了,总是遇到一些好人,总是别人来帮助我,所以我就养成了惰性,不愿努力了。"

"可是你也帮助了别人啊,比如我,比如'鸽子'书吧的书友们。"

"我做得并不好。因为自私,我浪费了很多宝贵时光。你远比我好,生活在你身边,我感到被一股正气包围着。以前,我就是那种一事无成的类型。"

"可我的感觉不是那样。如果没有你的引导,我不可能在文学上这么快就上路。不过现在我俩都意识到了时间的紧迫,这是件大好事。费,我要你答应我,无论在什么情况下都不放弃文学。"寒马看着费的眼睛说。

"我发誓:无论在什么情况下都不放弃文学。"费一个字一个字地说。

他们边吃边谈话,这顿饭吃得比较久。当他俩站起来时,顾客们都差不多走光了。他俩刚走出大门老瑶就追上来了。

"小费,小寒,我送你们几步路。刚才我听小飞说,你们遇到困难了。我不问你们那是什么困难,我只想告诉你们,我是有过惨痛经历的人,我的经验是,不要丧失对人心的信任。生活不完全是它表面看上去的那种样子,它会变化,你们也会随这变化不断成长。啊,我得回去干活了。"

"谢谢亲爱的老瑶!"费和寒马一齐说道。

他俩来到了那一段灌木丛当中的小路,前不久费在这里迷过路,所以每次经过时寒马都有点担心。但今天,费主动地谈起那一次的迷路。

"那一次其实是我将内心的真实的混乱状况暴露出来了。我没有担当,做人无定准,所以将自己弄得无路可走了。我想,我今后会有一些变化吧。"

"费,你能心平气和地谈论了,就说明你已经在变化。我听了真高兴。"

"嗯,有道理。"

寒马暗想,费现在这么努力,他周围又有这么好的邻居和朋友,现在不用过分担心他了。他一定会挣扎脱困。她虽舍不得放弃他,但不论发生了什么情况,她都要支持他。

一连好多天,在两人各自的书房里,灯亮到深夜。两人都在透支自己的体力,用这个办法来换取内心的平衡。

"我就像在同死神赛跑,"寒马说,"你也是,费。"

"我的研究终于有了进展了。我想建立起一种特殊的鉴赏传达机制,让书友们自己来从多方面完善。我现在真正体验到了,我的确是在同死神赛跑。以前的那个费不存在了,现在的这个费前途莫测,因为不努力就是死。寒马,是你帮助我懂得了我自己,你是老天给我的最珍贵的礼物。"

"你也是,费。我们彼此感恩,也感谢老天。"

晓越写了一个发言提纲,他重新看了看,又将它撕掉了。他要谈的是对《××××》这本书第三十一章的感受,但是他总找不到合适的切入点。后来夜深了,他躺在黑暗中继续想他的发言。他在对自己不满的情绪中茫然地在大街上走,似乎是,他又走到了那湖边,看见穿黑色裙衫的寒马坐在那里。

"我的发言应该怎样开头呢,寒马?"他走上去问她。

寒马站起来面向他,她的脸在月光中有点模糊,她向他伸出双手。

晓越握住她的手,两人都不说话。然而她的身影渐渐融化,很快消失了。

一些句子来到晓越的脑海里,但他不知道它们是什么意思。然而它们给他带来了饱满的感觉,他接近了他要言说的意境。

第二天傍晚,晓越来到"鸽子"书吧时,只有雀子比他先来,她正在用电炉子烧水。晓越连忙帮着洗茶杯。一会儿大家都到齐了,都是一对一对的。晓越想坐在离灯光最远的角上,但雀子不容分说地将他拉到中间坐下。

"晓越哥,你今天必须发言,我们都想听你讲。"她说。

在晓越的对面,寒马和费都在看着他,晓越一接触到他俩的目光脸就红了。为掩饰自己,他就开始说了,他的语速有点快,他自己不知为什么。

"第三十一章写到了爱情。但我从书中的描述中领略到的是写作的渴望与激情。对,处处都像是我自己的写作冲动,虽然我并不善于写真正的小说。几个月前我就读了这一章,现在每读一次仍然是这种冲动。我想到我爱的人,或者说是我虚构的爱人,我在脑海中不断构思关于她的情节,设想那些爱的场面。那种渴望,除了写作,用其他的方法是很难平息下去的。这就是小说的魔力啊。这个机制是一个圈子:我想爱这个现实中或虚构中的人,我在书中读到了她,为追求她,我就开始了写作,写作又让我对她的爱生长起来……这种激情的生活,我想,应属于每个愿意写作的人——无论在纸上写,还是在脑海中写。我听书友告诉我说,费将这本书当作情人,我同他的感受很一致。我特别关注恋爱的那些描述,那同写作的渴望,也就是作者的渴望,应该是一种情人的关系吧。所以我觉得人人都应该写作,尤其是喜欢文学的人。爱不是虚构,而是灵肉两方的高度一致,写作者将现实中发生的爱情或与爱情类似的情感转移到了他们的书写之中,而我们读者又以文本为依据在做同样的事情。所以我想,每一位读者其实也是写作者,虽然有的人一辈子都没动笔或者发表作品,但只要他很好地从他本人的爱进入了作者的爱,他就在通过作者写作,并且最好的小说都是既写心灵也写肉体的,因为读者也需要两方面的满足。"

晓越一说完就想离开,但雀子不让他离开。"有天大的事也不许走!"她说。

"晓越的精彩发言深化了我所说的将小说当情人的话题,"费说,"确实如他所说的,面对这类当代一流小说,一位读者如果缺少爱的能力,不能发动机体的功能的话,是很难进入的。同晓越相比,我自愧弗如,我总是浅尝辄止。也许我在生活中也习惯了如此吧,晓越的一番剖析令我产生了反思。"

晓越紧张地坐在那里,双膝在颤抖,他不敢望向对面的两个人。他听见寒马在轻声对费说:"你今后会做得更好。"

"这一章里描写的爱情真迷人,"小桑说,"全身心地投入,爱到极致,爱到眩晕。读小说和写小说都应该这样吧,晓越说得太好了。而且他在这里强调了肉体的渴望,这一点也是我最欣赏的。在生活中如果没有发生与小说中同质的爱,一位读者就很难体验得那么深,甚至没有体验。机体的功能支持着精神的功能,二者都不能缺少。这样的小说要求它的读者有创建的潜质。是创建,而不是单纯的理解。这是改变人的世界观的小说。读这类小说,应该是没有任何捷径可走的,除了同晓越一样,将整个身体投入进去,再投入。"

李海同雀子在耳语,似乎是,雀子催促他发言,而他犹豫不决。后来他干咳了两声,将室内用目光扫了一圈,压低了声音问大家:"你们听见有人在房间里哭泣了吗?"

大家都望着他,不知道他指的是什么。

"那是一种浓烈的爱情,"他提高了嗓门,"到了一开口就想哭的程度。我是文学的门外汉,我没有很深的体验。但在刚才,我听到了隐忍的哭泣声。啊,我真想用一个仪器来测一下这声音的内在的强度!这本书的魅力在于,只要你敢于以自己的方式进入,你就会不由自主地加入作者的自由舞台。今晚是谁在哭?"

晓越在心里回应李海:"是我啊,因为太爱,所以哭泣。谢谢李海。"

"多么美好的夜晚!它让我又回想起了从前那些书吧的夜晚。"黑石说,"我们怀着要投入我们的爱的心思来到这里,然后我们又收获了爱。"

"是——啊!!"李海和雀子,还有岩和阳异口同声地、夸张地附和道。

但黑石一点都不因他们的打趣而发窘,他继续说:"生活中总有人哭泣,因为爱;因为渴求而不得;因为失去;因为消失……所有这一切都那么美。让我们像晓越一样勇敢地投入情感吧。投入过了才不会后悔,即使是哭泣中也藏着幸福啊。"

"黑石大哥,谢谢您!"晓越真诚地说。

"我也要谢谢晓越呢——在小桑的读书会里,不少书迷对您亦步亦趋,掰着手指计算您还有多少天与他们再见。"黑石说。

那天晚上,趁着大家都在热烈地议论之时,晓越装作要上厕所溜了出去。他知道他们是一对一对的,只有他一个人落单,所以最好提前走。这是他第二次参加"鸽子"书吧的聚会,他走在幽暗的古旧书店一条街,心里充满了激情和幸福。对,就是黑石说的那种幸福。

晓越刚刚走出小巷就有人叫他。是他的前女友虹,他俩分手快两年了。

"我看着像晓越,原来真是你。你好像过得挺滋润啊。"她说。

"还行吧。每天都挺忙的。这不,晚上参加读书聚会。你呢?"

"我?我不忙。除了工作我也读点书,都是专业方面的。"

晓越想,虹和他在一个城市,分手后居然一次都没碰见!

"你现在结婚了吧?"虹说。

"没有,连女朋友都没有。好像这方面有障碍了。"他开玩笑地说。

"那我问你,晓越,我们有没有可能复合?"虹认真地说。

"没有可能。我们分手这两年里,我的变化太大了,你想都想不到。"

"我明白了,晓越。祝你好运!"

她穿过马路,走到另外一条路上去了。晓越看着她那轻盈的身影,心里想,她还同从前一样漂亮,甚至更漂亮了,可为什么自己见了她毫不动心呢?

晓越刚想放松一下,去酒吧里喝一杯,可马上又心里一紧,觉得不能放松。于是他加快脚步回到了公寓。

收拾了一下房子,洗完澡,他就坐下来翻开那本书,再读第三十一章。他一边读一边回想晚上的讨论会,在笔记本里写下自己的感想。他觉得自己的发言不算太差,基本上传达了他的情绪,但反应比他料想的还要好。这个书吧真是个奇迹,最初是费和黑石,还有李海创造了这个奇迹,当时是什么样的一种情况?看来他谈到的问题对于书吧的朋友们来说也是熟悉的老话题,不过是那种可以无限深入的话题,所以大家才会有感受。他最想听的是寒马的观点,可惜她没有发言,大概她作为创作者不愿提前透露她的思路。

他又用寒马的眼光将第三十一章读了一遍,叹道:"这样的描述真是太妙了!"他似乎于字里行间感到了寒马的心跳。现在他有点满足了,于是躺下了。

黎明时分,他在梦里反复询问:"去'鸽子'书吧怎么走?"后来他就醒了。

寒马和费走出古旧书店一条街之后,就沿着那条熟悉的街道往河边走,他们要到河边去坐夜间班车,他们一路上谈论晓越。

"这位小伙子具有很大的能量,"费激动地说,"我不光是指他在吸取知识方面,还有他的惊人的执着,那是一种格调。他真是很特别。寒马总是独具慧眼。幸亏你将他引荐到了书吧。"

"晓越确实出类拔萃。"寒马高兴地说,"我同他只不过打过几次交道,可是只要一谈文学,我们就彼此感到对方是'知情人'。他的确是将文学作为情人在追求。他非常深刻,同他谈话的人都受到启发。"

"我感觉到他在生活中也是非常自律的。"

"应该是。他周围的人都认为他诚实可靠,乐于助人。他的书店正在我们店的对面。有一天他来找我谈读书会的事,他对文学的那种热情给了我很深的印象。后来他在读书会上发言,那真是一次不一般的发言……我感到,那是一种完全没有功利因素的对文学的爱。"寒马沉浸在回忆之中。

"我们的周围聚集着最优秀的朋友,连我这样的人也无法堕落……"费说。

费也在沉思。

这时他们的车来了。在车上坐好后,有一件怪事发生了。

当时他们的车正经过河底隧道,费和寒马都在默默地沉思。忽然,周围成了一片漆黑,而车子还在行驶。费伸手往旁边一摸,寒马不在身边。

"寒马!寒马!"他站起来焦急地唤道。

没有人答应他,他感到自己孤零零的。他又大声喊司机,可还是没人答应。

车子似乎开得较快,他觉得必须紧紧抓住座椅上方的扶手。他张开双臂往那些座位上扫来扫去的,却没有触到一个人。

"寒马!寒马……"他感到脸上汗如雨下了。

正在这个时候,车猛地刹住了,费被抛到座位上坐下了。

车里面的灯全亮了,费看见寒马在他旁边。

"我坐车去蒙山宾馆时,"寒马说,"也经历了你刚才遇到的这种事。"

他们下车后,费感到有点虚弱,寒马就紧紧地挽着他向前走。

"刚才的那一幕有点像演习。"费说。

"我们都会习惯这种演习的,费。我预感到你会越来越坚强。最近你已经在慢慢地变化。"寒马镇定地说道。

他们回到了熟悉的家中。费坐在客厅里的沙发上,用目光打量每一件家具和用具,看来看去的就流泪了。

"费!费……"寒马唤道。

她拥抱着他,一下子就体会到了他的悲伤的深度。她起身拿了毛巾,为他擦去眼泪。然后她转过脸,因为她自己也有种心碎的绝望,然而还强忍着泪水。过了好一会儿,寒马才听到费在说:"寒马,我有点害怕。"

寒马知道费怕什么,就安慰他说:"这也是可以习惯的。我对你有信心。"

那天夜里他俩一直搂着对方。寒马中途醒来时听见费在对她说:"不要松手,寒马,一松手就全完了。"

他俩刚一转入那条黑暗的小巷,小桑就迫不及待地问黑石:"你觉得,费和寒马分手的可能性有多大?"

"好像是越来越大了吧,唉,世事无常啊。我知道你喜欢寒马,我也喜欢她。问题是悦一辈子只爱过费一个人,现在她已经三十八岁了,没有孩子,也没有正式的丈夫。她提出来要一个她同费的孩子,她不要名分……可怜的女人。"

"悦是什么样的女子? 她漂亮吗?"小桑竭力想象着。

"她非常漂亮。虽然性格有点软弱。我觉得她会是一个好母亲。可是孩子生下来如果没有父亲,那就有点悲惨了。"黑石边说边小心地搂着小桑,让她走在路当中。

"是啊。如果有了孩子,费不会让小孩没有父亲的。我们也快有孩子了,我们多么幸运,说不定是一个像黑石一样的男孩……我们怎样才能帮助费和寒马呢? 寒马决定结婚时同我谈过话,那时她对她的婚姻抱着多么大的希望!"

"寒马不会需要帮助,她既勇敢又有决断力。让人心忧的是费。他更爱寒马,可他又不能伤害悦。这么多年了,他特别能体会到悦的悲哀,他是个善感的人。"

"那么你觉得他会不会让悦生孩子?"

"有可能吧。费心肠软,同情弱小……小桑,你觉得费可爱吗?"

"可爱。虽然他和你不是同一种类型的。也许他属于晚熟型。"

"小桑的洞察真犀利。"

"生孩子应该是非常美好的一件事。我希望我们的孩子像你,男孩。"

"可我想象中的是女孩,像小桑。"

"瞧,又开始相互吹捧了。"

"上次同费谈话,我感到费也在变,他在奋力挣扎,奋力剖析自己。这在他来说是从来没有过的。寒马改变了他。"

"寒马,寒马……"小桑沉浸在回忆中。她的心在为好友颤抖。

当他俩快走到公司宿舍时,前方的天空中有一颗彗星划出一个很大的弧形,然后消失了。

"常常,爱情就是自找痛苦。"黑石说。

"可我们还是一心要卷入爱,就像我们渴望阅读和写作一样。区别只在于,爱的结果不能预测,阅读和写作则必定带来幸福。是因为这,人类才发明了文学吧。"小桑说。

那一天,晓越在书店食堂吃过中饭后,就回办公室休息。

他刚一推开办公室的门就大吃一惊,因为寒马坐在自己坐的那把椅子上。寒马向他微笑点头。

"晓越,我下午调休,就想趁您午休来同您聊一聊。您此刻没有公务要处理吧?"她站了起来。

"没有,寒马,没有……您坐下吧,我给您倒茶。"晓越慌乱地说。

他给她倒了茶,又拉过一把椅子坐在她对面。然后他镇定下来了。

"您这里书真多啊,我真佩服您,您是全才,具有惊人的记忆力和感受力。像我这种只会写小说的人特别需要您的帮助。"

"具有我这种才能的人多的是,寒马,只有您才是稀有的呢。老实说,如果您不来,我也会去找您。我有好多问题想问您,但此刻全忘了。以后再问吧。"

"晓越,您在书吧的发言,给我的感觉就好像是您在帮助我写作一样。那么中肯,那么贴切。我那天没有发言,但我在心里想,我一定要找机会单独告诉您。不知为什么,您的两次发言——我是说,当您说话时,我觉得像是我自己在同您共写小说似的。那种感觉真的是太好了:有人将我自己一直想说但又说不出来的、同写作有关的那些事开了个头,清楚地说出来了。您等一下,我知道您正要对我说,费也经常说这种话的。没错,费同您一样敏锐,但还是和您不同。您有一股冲劲,也有韧性,所以您能不停地深入。您深入到了原始地带,现在还很少有人去到那里。您是那种不动声色,却有号召力的人。费夸奖我将您引荐到了我们的书吧。您的两次发言,对我是莫大的激励!我要说,您长驱直入,对,就是长驱直入。"

寒马说话之际,晓越要费很大劲才能抑制住自己的颤抖。

"寒马,您喝茶吧,这是我从福建带回的茶叶。今天真值得庆祝。"

"这茶叶不同一般,可以将人醉倒,对吧?"

晓越微笑着点头。他太激动了,简直说不出话来。

寒马对茶叶赞不绝口,又说:"我以后没事就来喝茶,您多准备些茶叶吧。您让人心中敞亮,给人以勇气——就像是命运将您安排在我的附近一样。"

寒马喝完茶就站起来要走了,说怕影响晓越的工作。

晓越将她送到公交车站。车开走了,他还站在那里不动。

"晓越,是女朋友吗?"扣子大姐突然出现了。

"不是,是读书会的书友。"

"风度真好。我知道晓越喜欢的类型了。"

"人家是有丈夫的。"晓越恼怒地说。

"对不起啊,我不会再说了。"

整个下午,一直到晚上,晓越的脑海里都是乱哄哄的,像放电影一样闪动着许多镜头:寒马微笑;寒马说话;寒马喝茶;寒马站起来看着他……他自己说的那两三句话也萦绕在脑际。他想,他于昏乱中该没有说什么蠢话吧?好像没有。

生活中的这个转折太令他感到意外了。他得感谢文学,因为这种相通只有在文学中可以做到。他真有点欣喜若狂了。因为太激动,根本就没法阅读,晓越决定给自己放一晚假。他知道自己对寒马并没有产生异性的那种吸引力,她之所以为自己的发言激动,完全来自文学上的沟通,两次都是。"啊,文学真好啊。"他想。在这个方面,她和他的气质特别相投,就像在文学矿井的深处一同挖掘的两位密友一样。就这样想啊想的,他怀着激动的心情去了酒吧。

他坐在那里慢慢喝,看那位少女唱歌。他有段时间没有来这里了,这位歌手是新面孔,声音柔美,样子有点像他的前女友虹。一开始晓越没有注意听她唱,他一直沉浸在关于寒马的想象中。后来他突然省悟过来,她唱的是《绝壁上的歌声》。很久以前,晓越在藏区听过这首歌。歌里说的是青春与死神的对峙。晓越没想到这首民歌还可以唱得这么柔美,这么接近窃窃私语。听着听着,他差点要掉泪了。晓越想,他不能放纵自己的情欲,必须马上刹车。他站起来结了账,离开了这个地方。

城市的夜空是多么美啊。蒙城的高建筑不多,各种房屋和设施将明净的夜空画出许多花边。生活在这么美丽的大地上,人怎能不为这个世界做点什么?这应该是寒马那一番话里的潜台词啊。她说要常来找他,那就意味着要常来了解他又做了哪些新的努力吧。他期待着他们之间更多的交往,为了不让她失望,他将一直不懈地努力下去。什么是少女歌声中的死神?晓越感到自己第一次明白了那首歌中的情感。

他回到公寓,他又读了一个小时书,写了十几分钟笔记。此时已经过了子夜,他心怀满足,立刻就入睡了。

晓越来到办公室时,阳光已经洒在地板上,充满希望的一天又开始了。他一边给桌椅掸灰一边盯着寒马走进对面的商店,喜悦在胸中升起。

小麻每隔一天就去仪叔家一次。院子里的那些居民都认识她了。老年人都和蔼地同她打招呼。那些年轻人则不打招呼,因为他们怕小麻会发窘。小麻觉得好笑,心里想:

"我根本就不会发窘。"她觉得她同仪叔恋爱这事再自然不过了。正因为这样,她才会在以前认为仪叔和小桑在恋爱啊。到了周末假日,她就会在仪叔家待上整个白天,晚上才回公寓去。

由于小麻的努力钻研,她对小说的感受力越来越强了。她和仪叔在书房里长时间地讨论来,讨论去,一点都不感觉疲倦。小麻的雄心是要在几年内读完全世界所有的一流小说,并写下详细的笔记,仪叔当然全力支持她。他不但同她讨论,还仔细阅读她的笔记,帮助她扩大思路,发挥奇思异想。

有一天,两人一块在厨房做饭时,小麻忍不住就说了出来:"仪叔,我这样跑来跑去的很耽误时间,您看我是不是干脆搬到您这里来算了,既节约又有效率。您这里房子大,我们一人住一间卧室嘛。"

虽然小麻是用开玩笑的口气说的,仪叔听了却半天没作声。

小麻有点紧张,不知道自己是不是说错了话。

饭做好了,两人一边吃一边继续他们的讨论。

小麻委屈地看着仪叔,不敢再重复她的提议了。

一直到了仪叔送小麻回家,走出了院子,仪叔才对小麻说,他希望小麻自己考验自己,半年之后再来议这事。

"要不你做我的女友?"仪叔试探地问,"我过年后就满六十岁了,你同我结婚太亏了啊。"

"做您的女友的话,我老妈会被我气坏,我不干!老妈那一辈人同我们不一样,要照顾她。我从来没问过您,现在我问一句:'您到底爱不爱我?'"

"爱不爱小麻?这还用问吗?当然爱,爱了很长一段时间了。对今后的生活做出的所有计划中都有小麻,每天想的也是小麻。"

"那就结婚嘛。如果您硬要坚持,我就再等半年。"

"好,等半年吧。争取在这半年里努力一下,尽快达到你的目标。"

"唉,仪叔仪叔,您怎么事事都只想着我,您自己也是一位活人啊。"

"我自己?我没关系的,我老了……"

"那我们接吻吧。"小麻说着就抱住仪叔。

仪叔偏开脸,说不能接吻,要等半年之后。小麻愤愤地上了公交车。

小麻回到公寓,回想起刚才的一幕,不由得哈哈大笑,笑得眼泪直流。

她更爱仪叔了,爱到骨子里头。她觉得她要是失去了仪叔,生活的意义就也消失了。既然如此爱他,再等半年又有什么关系?仪叔总有仪叔的道理。她虽觉得自己不需要什么考验,但利用这段时间一心一意读书也不错。毕竟她起步晚,同小桑她们相比还有很大差距。这样一想她又高兴起来了。一高兴又打电话给仪叔。

"仪叔,别生小麻的气,我爱您。"

"我没生气嘛。我也爱你,小麻。"

"您不让我吻您,我就吻这本书了,这上面有您的签字。"

"嗯,小麻的学习进度真快,所以每天都会有高兴的事。那些新发现啦,新体验啦……半年一眨眼就过去了。"

"我真想现在飞进您的书房。不过我要写笔记了,再见。"

她坐下来。进入了新一轮的冲刺。

到了周末放假,她买了一大堆沉甸甸的食材,提着去仪叔家。

"太多了,太多了,小麻。你怎么提得动的。"仪叔一边将食材放进冰箱一边说。

"当然提得动,我可不是什么娇小姐。"

小麻掏出笔记本坐下,两人相视一笑。

讨论完毕之后,小麻说:"我现在每时每刻都感到特别自豪,因为我成了仪叔的学生了。"

"小麻很快会超过我的。不过我也在向小麻学习,我也想进步。你们大家,你、小桑、黑石、费,你们都在促使我进步。"

"您以后不要担心我吃亏不吃亏的事了。真实情况是,小麻没有仪叔就活不好,不想活,就会堕落。"

"现在不是早已渡过了危机吗?所以再等一段时间也没关系。"

"我听您的。现在我妈,还有两个妹妹,都被我带动起来了,而我是从您这里获得能量的。您瞧您的魅力有多大！"

"并不是我一个人有那么大的魅力,还有小桑、黑石他们对你的影响,最主要的,是你自己对理想的追求。你将我也带动起来了嘛。"

小麻没留下吃饭,她要去看望她妈妈了。

她走到外面,感觉到这个蒙城到处都在闪闪发光。

"妈,我和仪叔基本上决定了,过半年就结婚。"小麻一进门就说。

"为什么还要等半年啊,你已经不小了。"小麻的妈妈说。

"他怕我会后悔,他老认为自己太老了,还说我同他结婚吃亏了。仪叔一点都不考虑自己,只考虑我的利益。"

"真是个好人啊。同有些人正好相反。等半年就等半年吧,这事得听他的。要是听我的,我巴不得你马上结婚。"

"胭脂和小红还好吧?"

"好,好！去参加了你们商场里的读书会,回来后两个人都很激动。现在每天下班后就看书写笔记,大不相同了。小麻,你看她俩学不学得出来?"

"当然学得出来,两个人都很有灵气。"

"我们大家要转运了。妈这辈子可以放心了,总算熬出了头。仪叔虽说年纪大些,但靠得住,身体也不错。你跟着他要学到不少东西……"

"妈,我没想这些,我就是一见他就爱上了,我就是喜欢他这种。"

"小麻的眼光不会错,你从小聪明。以前我担心你找不到好对象,担心得夜里睡不好。一般来说,从小缺父爱的小孩总会有缺陷,可你的性格一点缺陷都没有,属于能成事的一类。现在我可以退居二线了,每天除了做点饭就是读书。我这心里别提多舒坦了。"

"妈,我正偷偷打听房子呢。我们一结婚,你就搬到我们那栋楼去吧。别老给她俩做饭了,让她们自己学着做。您自己做了自己吃,享享清福,又可以同我们讨论文学。"

"还是小麻最懂得心疼老妈啊。"

小麻在妈妈家吃完饭,马上就回公寓开始读书。她现在生怕浪费了一丁点时间。所以她也没顾得上与小桑他们见面了。她告诉小桑说,她现在忙疯了,什么都全顾不上了。小桑在电话那头大笑,表示理解。

费在公司里值班等电话。整个上午都没有报修的电话。快到中午时,来了一个电话,却是悦打来的。

"我害怕,费,"她小声说,"你不能过来吃饭吗?"

"出什么事了吗?"费担心地问。

"没有,就是害怕,也不知为什么。"

"你等着,我马上过来。"

他骑自行车赶到了悦所在的教师宿舍。

悦没有课,她做了好几个菜,都是费爱吃的。她脸上的表情显得很麻木。

费心里想,大事不好了。一股悲伤从他心里涌上来。

"我们吃饭吧。"悦说,佯装笑颜。

费坐在那里慢慢地吃,味同嚼蜡。后来他干脆放下筷子,将一只手搭在悦的肩头,看着她的眼睛说:"悦,你将你心里在想的事告诉我吧。"

"我们学校有一个支援边疆的名额,我想去申请。我留在这里,不能生孩子,也不打算再嫁人,生命对于我好像已经没有意义了。"

她抬眼看着费,她的眼发干,大概眼泪已流光了。

"我想帮助那些藏民的小孩。"

"不要去。"费说,"你自己的情况很不好。我感觉你这一去凶多吉少。你的精神状况不适合去西藏。"

"那,你说我怎么办?我在这里已经不能待下去了。"

她低下了头,她在等宣判。

"你等我一个星期,我来想办法,好吗?"费说。

悦眼神空洞地看着前方。

"你答应我。"费又说。

"好,我答应你先不申请。"她机械地说。

费知道悦已经不相信自己了。他的心在抽搐,他想大哭。可他是男人,这里一位女人面临危险了,他怎能不救她?

"你耐心等我的决定。在我给你打电话之前不要有任何行动,好吗?"

"好的。"

"你别害怕,相信我,我随时会来到你身边。"

"好。"

晚上费回到了家里。寒马从楼上下来了。他俩接吻。寒马说:"费今天有心事。"

实际上,当悦说出自己要离开的打算时,看出了她的前途的凶险的费在心的深处已经做出了决定。只是他自己还不知道。

那天夜里,费睡不着,寒马也睡不着。

到了早上,费还是没将悦的事告诉寒马。

寒马看着满眼血丝的费,对他说:"费,我感觉到悦有问题了。你快搬去同她住一段时间吧。我在这里等你做出决定。现在救人要紧,你要相信寒马。这几个月以来,在你的帮助和鼓励下,我已经变得非常坚强了,我这边一点问题都不会有。"

费呆呆地看着寒马,看了好久,最后轻轻地点了点头,开口说:"寒马,我爱你。是你在帮助我成为真正的男人。要是没有你,我不知会变成什么样的混蛋。是我害了你。"

"并不是这样的,费。我不后悔,我还感到幸运呢。我们有过那么美的时光,你指引我进入了小说的境界,给我以巨大的支持,还有全身心的爱,怎么说是害了我呢?我决不能同意你这样想!我们都疏忽了悦,这是我俩无意中对她的伤害,现在补救还来得及。你去吧。该做到哪一步就做到哪一步。我这边你放心,真的没关系。我感到她现在一定非常绝望,随时可能出事。"

寒马帮费收拾好他的换洗衣服,还有他的书籍,费就匆匆地走了。

这是发生在清晨的事。寒马瘫在客厅的沙发上,坐了半个多小时,然后猛地站起来,拿起随身的小包,锁好门,去赶公交车了。她要上班。

费赶到教师宿舍时时间还早,悦正在做早餐,她请费和她一块吃。

"我放心不下你,所以决定来同你住一段时间。"费说。

"是她让你来的吧?她真好。"

费看见悦的两只眼睛同样布满血丝。

"费,你现在看出来了吧,像我这样没有定准的人,就只配孤独下去。不论我同谁一块生活,都会毁掉别人。这一点,其实你早有预感的。你和寒马都是好心人,我此刻惭愧不已。我今天已经请了假,要去给我父母上坟。我要告诉他们,我从此要好好地生活,做好我自己分内的工作。一个人的生活也是生活啊。"

"悦,你去给姆妈上坟,能帮我带一句话给她吗?你告诉她,从今往后,费一定会尽心尽力照顾好悦吧。现在我要去上班了,我晚上再来。"

费走了之后,悦看见他放在沙发上的换洗衣服和书籍,心里想,他为什么要这样做呢?她眼前浮现出童年时的情景,那时两人的东西总是放在一块的。

费一边骑车往公司去一边细想悦的那些话。他判断,悦说自己从此要振作只不过是一时的想法,她今后还会有更多的堕落和绝望,如果他不拉她一把,不好的事情几乎是注定要发生的。寒马的直觉没错,他必须陪着她过一段时间——也许是一辈子。在很长的时间里,他不是爱过她吗?她不是曾经给他带来过那么多欢乐吗?虽然他对悦的性格不太满意,但他对自己的性格也不满意啊。人无完人,他不能抹掉自己的过去,只能去尽量完善它。而且现在,这里面已经包含了很多责任……他不能只考虑自己。

下班后,他回到了悦的家里。

现在两人都比较冷静了。悦一边做饭一边问费关于"鸽子"书吧的事。她似乎很羡慕费的书友们。她还说自己也要通过读书来扩大眼界,免得费老是为她操心。"我已经打消了去西藏的念头。我不能毁了你的生活。"她说。

费看着她,不太相信她说的是心里话。但他也看出,因为自己的到来,悦立刻就恢复了活泼的天性。她给费讲学校里的一些趣事,讲一些有音乐天赋的学生的例子,还讲了她今天上坟的感想,她对姆妈说的几句话。

"我告诉姆妈说,我同费虽然没能成为夫妻,但我的心永远同他连在一起。姆妈在那边回应了我,说要保佑我和你呢。她还要我坚强起来,我也将你要捎给她的话告诉她了。"

费一边帮着洗菜一边想:"她想做出什么都没发生过的样子,就像我刚结婚后那一段时间,我有时被她叫来过夜时一样……"但费还是感到悦的心理有种微妙的变化,那到底是什么,一时说不清。

那天夜里,悦一直搂着费不松手,好像生怕他会消失一样。费中途醒来,感受到了她那种小女孩般的依恋,不由得想道:"我同她真是天生的一对,我本应与她一直相扶相持,相互包容,但我却一直躲避责任,让她一个人去挣扎。"

到了第三天早上,悦将他的东西收拾好,坚决要求他回自己的家。她还说,如果费不走,她就走,去西藏。

"这是最后一次,以后你就别来了。"她说。

"那么,你答应我,哪里都不去,好好的。我还会来看你,因为你是我最亲爱的人,也是亲人。"

"好,我答应你。"她面无表情地说。

费忧心忡忡地回到了他和寒马的家。

"悦说她想通了,叫我别去她家了。但我觉得她在说假话。"

"嗯,有可能。她想成全我们。"寒马说。

"现在只有再等一等了。真对不起,寒马。"

"不要这样想,费。你做了你应该做的。我会一直支持你的。"

又过了十来天,费在快下班的时候接到了悦的电话。

"费,我想去打胎,但又害怕。上一次你来这里住时,其实是我已经知道我有了,我想打胎,打完胎去西藏。你能陪我去医院吗?我保证今后不再纠缠你了。"

"你等着我,我马上来。"

费骑车一路飞奔到悦家里。

悦毫无表情地坐在沙发上。费走进房里,紧挨着她坐下来,搂着她。

"我要当爸爸了,多么好啊。"他说。

悦疑惑地望着他,不说话。

"我要当爸爸了,这事就决定了。我搬到你这里来,不再回那边了。我和寒马的婚姻,我会处理好。"他又说道。

"那她?"悦问。

"她会同意。因为她也要我来找你。"

悦低下头,泪如雨下。

"别哭别哭,"费一边用纸巾帮她擦眼泪一边说,"哭泣伤身体。悦,我一听到这个消息,就觉得一切都改变了。我不能再是原来的我了。我要努力,要把家庭搞好,让我们的孩子幸福。我觉得这也是姆妈的期望。我小的时候,她给过我那么多的爱,所以我才变成了一个善感的人,才能投身到文学当中去。我也要给我们的孩子同样多的爱。"

"费,我也要认真学习,争取多理解你和我自己。我一贯得过且过,太、太差劲了。我也知道你对我不、不满意。"悦结结巴巴地说。

"现在这些都不存在了,因为你是孩子的妈妈了。只有一件事你千万要小心,你是高龄产妇,可不能有什么闪失啊。"

"可是寒马,她会有多么苦……"悦小声说。

"她是一位勇敢坚强的女性,她迟早会挣扎出来。"费说。

然后费说要包馄饨吃,庆祝一下,将不痛快的事暂时忘掉。悦说好,她正好弄了馄饨馅。于是两人立刻行动起来。费想起来,以前都是姆妈给他俩包馄饨。那时他围着锅子转来转去的,姆妈就笑他是"馋猫"。

"你得想那些轻松愉快的事,这样才对孩子有好处。"费说。

"从现在起,我开始爱这个孩子了。决不能做对不起他(她)的事。"悦回应道。

吃完饭后,费就给寒马打电话,说自己在悦这里,明天晚上回家再告诉她具体情况。

"她怎么样?"悦急煎煎地问道。

"听起来还算平静。她早有预感。"费说。

"都是我害了寒马。"悦又想哭了。

"不要自责了,这事没有绝对的对错。寒马经受得了打击。"

"好,我不自责了,自责于事无补。我要慢慢地改变自己,像你一样。"

晚饭后他俩在小区里散步。悦挽着费的手臂,感觉到发生的一切就像做梦一样。她既松了一口气,又对寒马怀着深深的歉疚。这个孩子的到来出乎她的意料,前一段时间她整个人都差点快崩溃了。她也不愿意解释,因为她觉得自己做得并不好。

费为了让悦高兴起来,就说些他俩小时候的趣事。他总是用"悦,你还记不记得……"这种句式开头,而悦待他说完后就说:"我当然记得啊……"然后添油加醋地再渲染一番。悦说着这些事,情绪就慢慢地转移了。费看在眼里,心里也感到欣慰。他觉得寒马的事应该由他自己一个人承担,不能让悦背这个包袱。悦是较简单的朴素的女性,承担不了这样沉重复杂的情感包袱。

当费匆匆赶到家里时,寒马却不在。费焦急地检查室内的每一件物品,并没发现什么异样。过了一会儿电话铃就响了。寒马在电话里让费不要担心她,说她很好。她今晚住在旅馆,她觉得让费一个人在家里清理他的东西更好。她还说她的小说进展顺利。费问她是怎么知道事情的发展的,她说是她猜出来的。"现在总算每个人都可以做出正确的选择了。"她说。

"千万不要担心寒马,我一切都好。你一心一意做好你该做的事吧。"

这是她最后的话。

费强忍着眼泪,不停地在心里对自己说:"千万不能伤感,不要再辜负寒马。"

终于,他将自己的东西收拾好了,就到楼上寒马的书房去坐一会儿。

宽大的书桌上摆着他俩最近共读的两本书,还有寒马的两本笔记。费一坐下来,立刻感到了寒马的强大的气场。他拿过一张便签,在上面写道:

寒马,我要去当爸爸了,不再回来了。

我会终生祝福你,我的年轻的鹰。

　　　　　　　　　　费

他下了楼,还是忍不住在家里左看右看,在心里同那些家具用具告别。

后来终于上床睡觉了。他感到整个人已累得近乎虚脱了。

竟一觉睡到太阳升起。"天没有塌下来。"他说。

他给公司去电话,说要晚一点上班。他又给搬运公司去电话,让他们来搬他的那些书籍、稿子,还有衣物。

那一天,他早一点下班,回到了悦和他的家里。

"费,费……"

悦抱住他抽泣起来。

"你心里该有多么痛。"她抬起脸来说。

"快别哭了,悦。我们要开始新生活了,要把旧的生活通通忘记。好吗?"

"好。"悦泪眼婆娑地说,"可是我剥夺了你的幸福。"

"人不能只顾自己。我选择回来当爸爸,这是我自己的选择。"

"嗯,我也要努力帮你,不让你的选择变成失败的选择。"

寒马在旅馆里熬过了艰难的一夜,到了第二天下班才回家。

她上楼,看见了费写给她的便签。她坐在书桌边,感到那使得她透不过气来的紧张一下子松弛下来了。她和费的选择已经完成了,现在留给她的是深深的悲哀。窗外是黑蒙蒙的天空,她的青春已经从那里溜走了。"我做了成年人该做的事;我失去了爱人;我还有事业。"她对自己说。她想,只要再过一天,她就能慢慢地恢复,慢慢地适应这种没有费的生活。

回想她同费的整个过程,她觉得,值得遗憾的事还是比较少的。所以即使悲哀,那也是爱的余波吧。她不是早就设想过了这种结果吗?没关系,这对费来说也是很好的,他显得一下子就成熟了,有主见了。他同悦的相处只会越来越和谐,因为很快会有小孩……至于她自己,只要熬过这一段时间,痛苦就会一点一点地减轻。要有耐心,要用文学来填补费的消失留下的空缺。她暗下决心。

她决定暂时还是住在这个充满了记忆的家里,至于要住多久,看情形而定吧。她想象自己是那条蚕,要慢慢地蜕掉死去的爱情的外皮。过程虽痛苦,结果总是好的。休息了一会儿,她就去竹楼吃饭了。

"小寒,小费怎么没来?"小飞问她。

"他不会来了,回他爱人家里去了。"

"哦?这么复杂?"小飞瞪大了眼睛。

"并不复杂,是这样:费原来有爱人,但是他却同我结了婚。后来原来的那位爱人怀孕了,所以他就回去了。"寒马说。

"原来这样。寒马,你心肠真好。今后一定会找到如意的人的。"

"我也这样想。"

寒马吃完饭回家时,老瑶和小飞双双跑出来送她。

小飞挽着寒马,老瑶在旁边走,三人都不说话。就这样默默地走过了那片灌木丛,他俩才对寒马说:"再见,寒马。"

寒马回到寂静的家中,喝完茶,洗完澡,就在她和费的卧室里躺下来。床上的枕头被褥都有费的气息,费早上刚刚从这里起床离开了。寒马躺了一会儿,感到难以忍受,就起来穿好衣服,将被单床单和枕套全部换了。然后再睡。

这一下她的感觉好一点了。睡到迷迷糊糊的时候,她听见电话铃响了,于是拿起话筒。但没有声音。看来是她产生了幻觉。醒来后就很难再入睡了。

她又穿好衣服上楼,在书桌旁坐下,若有所思地翻开小桑送给她的那本书——《×××……》。她翻到自己最迷恋的那一章开始重读。她同费又在书中重逢了,因为这一章是她和费共读的,那个时候,费帮助她扩大了眼界。描述是多么惊心动魄,层次多么微妙!现在她也在写这一类的小说了,她一想到这一点就感到振奋和跃跃欲试。是啊,就为这,她也不能浪费大好时光。费早几天还在说,她的小说能让读者开启心智,这并不是大多数作家都能做到的。她将这一章读了两遍,感到心里的躁动渐渐地平息下去了。"明天晚上我又能写作了,费在保护我的才能呢。"她对自己说。

她回到卧室里,熄了灯,一会儿就入睡了。

她度过了最难受的两天。

就在第三天,在同一个书房里,她感到自己正在临近正式的、全新的写作了。

天气正在变凉,郊外干燥的秋天的景色刺激了寒马里面的灵感。此刻,她不断地感到书友晓越在"鸽子"书吧谈到的那种冲动——朦胧的、一波又一波的。寒马将其称为"消失的费的冲动"。也许,这是她里面的那个东西在对命运做出反击了?"那个东西"很难说清,它暧昧地缠绕着她,不知不觉地引诱她进入更为黑暗的深处,它有点湿漉漉的,又有一丝熟悉的亲切感,它的动作令寒马感到是不可抗拒的引领。寒马想,它就是我的新情人,晓越说的那种。它在我的最阴郁的时光里现身了。一些意义不明而又不动声色的句子开始出现在寒马的笔下,她有点担忧,更多的却是激动。

"出来吧,出来吧,道路是通畅的。"她在心里说。

"取代费的新情人",这一莫测的,但无限诱人的前景出现了。它似有若无,尾部拖着一线光。寒马抓不住它,但寒马并不焦急。她慢慢地、一个句子一个句子地朝它聚焦,她无师自通地懂得欲速则不达的古训。写了几行字以后,她觉得应该停一停,于是停下来在屋里走动。甚至下楼去为自己泡了一杯茶端上来。她想以这种方法来刷新里面的那个东西的敏感度。当她再去看那几行字时,那几个句子就变得活泼了,它们在向她示意,似乎给出某种方向感。于是寒马又写出了几个句子。"我的这种心态多么好。"她想道,"我独立自由,想怎么写就怎么写。这是个有趣的活儿,我通过写作发现了我是个有趣的人。"还有一点最令寒马感到欣慰的是,这位新情人总在那里,她想什么时候同它会面就可以会面。它面目模糊,散发出海藻的气味,它显然充满了情趣,她甚至感到它满腹狡计,然而又无比亲切。

一连三天,寒马都处在同样的氛围中。她在心中窃喜:莫非它就此不离开我了?这是什么样的幸运啊。寒马每天写得很少,她担心写太多就会破坏她里面那一位的新鲜感。然而这为数不多的书写给她带来了巨大的欣喜和满足,她觉得这些句子是费留给她的礼物。她的痛苦大大地减轻了。即使不拿给任何人看,她对自己现在的书写也已经有把握了。到了第五天,寒马就觉得自己同这位新情人之间已有了默契。

她坐下来,轻轻地向它招呼一声,就开始等待。一两分钟之后,她便听到了它光临的脚步,于是她写下了一个句子。紧接着便会有另一个句子来到她的笔下,然后又是第三个、第四个……简直顺利得让她吃惊。就在这时费来电话了。

"还好吧,寒马?"

"一切都好,费。我正在写作呢,我大大地进步了。这是你留给我的礼物。"

"太棒了,寒马!我放心了,今晚可以睡个好觉了。晚安,寒马。"

"晚安,费。"

寒马对着远处的费微笑了一下,继续回到桌旁去书写。她发现刚才的电话并没有打断她的书写,这就可见她里面的这一位是非常有耐心的。又写了一会儿,她就停下来了。她满心都是对费给她来电话的感激。费总是这样,在生活中将她放在第一位……可他现在责任重大,快要当爸爸了,寒马希望他尽快将他对自己的爱埋葬。唉,费啊。寒马用不着特意去想他,他像她心里的另一位一样,总在那里。他们两人,一个在内,一个在外。寒马觉得自己还是幸福的。一旦她适应了这种幸福,痛苦就会消失。她这样相信。

她还没有将她和费的事告诉小桑。她想再等一段时间,等到自己充分平静下来,并完成这一组短篇小说再说。她想让小桑和黑石做她的小说的最早的读者。一想到这件事,寒马就心潮起伏。那该有多么美!她当然也要在发表前给费阅读,那要等到他更为平静的时候。却原来写作的幸福不光是写,还有让别人阅读。每被阅读一次就带来了更多的幸福……那不就像同所有的读者共写一本书吗?于是她想象小桑读她的作品的情形,模拟她的身份将写下的作品又读了一遍。她爱上了自己的新作品,这是以前从未有过的。这一发现使得她的自信心空前高涨。

"我能写小说了,我能一坐下来马上就写了!我的新情人总在那里,对我不弃不离!我该有多么幸运!"寒马在心里欢呼道。

同费分手后的第十三天,寒马趁着提早下班的多出的时间又去见了晓越。

"晓越,您的研究又有进展了吧?"

"我在考虑以后同费合作,建立一种高级的文学欣赏传达模式。这需要先确立我们自己的鉴赏美学观,总结出一些传达的契机……"

晓越一边给寒马倒茶一边滔滔不绝地说了一大通。他不再放不开,也不再紧张了。他在说话时不断地从寒马的明亮的目光中得到回应,他的心扉便在这目光中一点一点地敞开了。寒马说,晓越的计划让她感到极大的鼓舞!在文学传播,尤其是她这种小众文学的传播中,晓越和费的这个环节是最最关键的。晓越这种锲而不舍的钻研精神既让她深受感动也让她心里升起希望,因为她也是未来的受益者啊。接下去他俩又讨论了一些专业方面的细节。

"晓越,这种茶叶又与上次的不同,喝起来余味无穷啊!"

"这是西双版纳的古茶树上采摘的,我托人带回来的。我送给您一包吧,我这里还有不少。"晓越高兴地说。

他拿出一包茶叶,亲自放进寒马的挎包里。

"他就像冬日的阳光。"寒马坐在公交车上想道,"我有这么好的贴心又热情的朋友,事业又进展顺利,应该知足了。"

这时在晓越的办公室里,那名刚来书店工作的男孩镜问晓越:"对一个人的迷恋是什么样的? 就像我迷恋航空模型一样吗?"

"嗯,有点一样,又有点不一样。不一样的地方在于你迷的对象会更加变幻莫测,沟通的幸福感与不能沟通的绝望感都不能很快预测。镜,你的问题很高深啊。"

镜哈哈笑着出去了。晓越沉浸在关于寒马的回想中。他记起昨夜他梦见了寒马。当时两人坐在湖边,那是费和女友坐过的地方。他俩在讨论,十分热烈。晓越像是鬼使神差一般地突然停下来,对寒马说:"寒马,我太喜欢您。"

"我也喜欢您啊,晓越!"

两个人所说的"喜欢"是两种意思,晓越为此深深地感到苦恼。

"那我能吻您吗?"他声音颤抖地问。

"吻吧吻吧。"寒马大方地将手伸向他。

于是他在她的手上印满了他的吻。然后他就醒来了。

刚才在办公室里,晓越谈起两天后将要举行的"鸽子"书吧的聚会,寒马的态度有点犹疑。她说聚会可能要推迟,因为费有些私人的事情要处理。待她得到确切消息后,明天再告诉他。此刻晓越想起了这事,便在心里嘀咕:"是什么样的重大的私人的事情?"但他马上阻止了自己往下想。他不应该去猜测,他不做卑劣的事。不论这两位之间发生了什么,他都是外人。他爱寒马,但只能偷偷地爱。不过他还是感到有点遗憾,因为他为这次聚会做了些准备。可寒马今天不是来了吗?这就弥补了暂时不能聚会的遗憾了。他不能人心不足蛇吞象啊。而且他还赠送了茶叶珍品给寒马,感觉到寒马已经将他看作最好的朋友了。这样发展下去他俩之间也许会无话不谈。晓越想到这里就振奋起来了,寒马的出现总是给他带来振奋。

寒马一回家就给小桑打电话。

"小桑姐,我同费分手已经十三天了。我很好,费也很好。现在我正在进行创作,有了实质性进展。过不多久我就要让您和黑石哥读我的作品了。我给您打电话是要告诉您,两天之后'鸽子'书吧的聚会要推迟了。我已同费商量好了,待我们俩从心理上准备好了,两人都能从容地面对对方了,我们就重回书吧。"

"寒马,我从心底钦佩你!我和黑石都在这里,我们为你鼓劲!我早就对黑石说过,我一点都不会担心寒马,寒马是击不垮的。你的作品要出来了,多么令人鼓舞的消息啊!我想,它是千锤百炼的产品,我渴望尽快读到它!为了我们这些读者,请你一定保护好身体,这样才能持续不断地创造。"

"小桑姐,我已经自己制订了健身计划。"

"太好了!寒马,你是我们'鸽子'书吧的希望之星。"

寒马打完电话之后又想起了自己的锻炼方案。她打算每天下班提前一站下公交车,然后一直跑步回家。这样做了后晚上的写作一定会精力更充沛。

这时她打开晓越赠送的茶叶的包装,她立刻闻到了一股浓烈的异香。啊,这位晓越,在对生活的细致方面同费不相上下!她又一次欣喜,又一次感动。看来日常生活并没有停摆,而是在一刻不停地分化着,发展着,在它的后面隐藏了深不可测的谜语。尽管受到了沉重打击,寒马觉得自己在今后还是会像黑石和小桑那样,义无反顾地投入生活之网。现在她喝着好友晓越给她的香茶,想象着西双版纳南糯山上的古茶树,它们在云雾缭绕中时隐时现,庆幸自己与人类的结缘。

她一坐下来句子就来到了脑海中,好像它们不请自来一样。她接着昨天的境界一直写下去,妙语连珠,一次又一次地让自己吃惊了。这是怎么回事?她一点都用不着刻意营造,词语和句子排着队等在脑海里,只要她手上的笔一牵动它们,它们就源源不断地出来了,那么有定准,那么老练。她的操作同以往相比完全变了样!这是什么样的内容?她不太清楚,她只是觉得有趣就写下来了。这些句子有点奇怪。然而它们多么有灵性啊,毛茸茸的,一串一串的,每一串都显得那么饱满和独立,像肥沃的地里的草本植物群一样,理直气壮,自成一体,形成各式图案。

沉浸在写作中的寒马感到她的生活正在悄悄地改变。她仍然喜欢这份导购小姐的工作,顾客的光临总令她兴奋,她工作起来劲头十足。但是每天一下班,坐上公交车,她的心的深处立刻升起了那种渴望。她想:"我正在去赴约会,这位情人与费不同,我和他之间的激情是抑制性的,绵绵不断的。也可以说表面上波澜不惊,深渊中却掀起看不到的惊涛骇浪。他总在原地,会陪我一直到老。"她渴望回到书桌旁。现在她对晓越上次在书吧的那种描述有了更贴切的体验了。是因为要爱,才去写作和阅读啊。这种激情的生活的根源就在这里。在现实中,她的爱情受到了阻碍,于是爱转移到了心灵,通过写作来发挥了。"这就是我的幸运。"她自豪地想道,"我的激情一点都没有浪费,现在都用来发挥到文学上了。"她要趁自己精力充沛时更多地写和读,既充分地享受创造的自由,也为人类做些好事。

偶尔闲下来时,她也会想到费,那些美好的瞬间常来到记忆中。她渴望他的身体,他的抚摸,他的特殊的凝视……不过慢慢地,失去这一切的剧痛确实在一点一点地减轻。经过一段时间的锻炼(跑步和练哑铃),寒马的身体也比从前更加强健耐劳了,她为此惊喜,因为她凭直觉知道,身体是灵感持续的保障。她希望自己能一直写下去,到老都能创作。在她的心里,她认为她的正在写的第一部作品是献给费的。不过这将成为只有她自己知道的永久的秘密。

小桑接到寒马的电话,说完那些话,放下话筒之后,就坐在桌旁发起呆来。当时黑石也在房里。回忆着那些往事,她感到一阵一阵地痛心。

"寒马的胆略,是我望尘莫及的。我早就有所觉察。所以她将成为我所羡慕的那种作家。她集生活与写作于一体,并且有罕见的语言天赋。"她说。

"我们真幸运,同一位自己喜欢的未来的作家离得这么近。"黑石附和小桑说,"我也为费感到欣慰,他终于决心承担责任了。总的来看,他和悦的家庭在未来的日子里会是比较和谐的。对于寒马来说,伤痛会过去,她的创作会更为丰饶。"

"你说得没错。这些破网的人们,又会由于自己的真诚获得新的动力,让自己的生活上升到更高的层次。这就是你说过的那种情况。一切都在书中描写过了,但只有最敏锐的人才会有贴切的体会。"

小桑说了这些话就激动地站起来同黑石拥抱。他俩又回到了那个时候。那天晚上在书吧里,他俩的灵魂是在怎样地激荡!那就像昨天发生的事!文学,的确是同爱情最为相似的,小桑想,仪叔是先于她发现这一点的,所以他才将黑石带到了她的生活中。"有一种强有力的规律,"她抚摸着黑石一边想一边说,"这就是爱的规律,这是无形的,可人人都会遵从它。它也是人类的保护神。寒马和费就是我们眼前的生动的例子……"

"下一次去书吧,我们的宝宝也许就有四个月了。"黑石吻着小桑的耳朵说道,"我总是对小桑爱不够。在公司干活,一干完坐下来休息就想起你。"

"可能因为我们都是文学人吧。所以寒马也会很快找到新的爱人——她太出色了,一定有不少人盯着她。"

"这是肯定的。我们文学圈的人,不论姑娘和小伙子都有种特殊的魅力。所以啊,哈哈,圈内人总是找圈内人。"黑石起劲地笑。

"难怪当初你将我拉进圈,想让我欣赏你的魅力啊。"

"我也是为了欣赏你的魅力嘛。"

"寒马同费分手后,不知圈里的配对会发生什么变化?"小桑遐想联翩。

"肯定是意想不到的巧合,就像博尔赫斯的小说一样。"

费终于度过了最艰难的时刻,慢慢地开始睡得着觉了。对寒马的思念一天比一天减轻,他的日常生活和文学研究也渐渐走上了正轨。他现在在细心地关注着悦和她腹中的孩子,为一大一小两个人操劳着。他觉得这种操劳是最能减轻痛苦的。一闲下来,他就强迫自己的思路往孩子这个方面转,沉浸在幻想中。想着想着脸上就会浮起微笑。这种时候悦往往会抚摸着腹部对未来的小宝宝说:"乖乖,爸爸在想你呢,你出来后可要听他的话啊。"

费心里想,悦在这种时候最有魅力,天生是当妈妈的材料。

他给寒马去电话,问她"鸽子"书吧聚会怎么办,寒马说暂时停止一段时间吧。费想了想,觉得也只有这个办法了。他暂时还没有勇气面对寒马,但总有一天他会鼓起勇气来的。"鸽子"书吧是他同他的好友们一道建立的文学之家,是他的生命的意义所在,以后他当然只能回到那里去。否则他能到哪里去?生活中的挫折需要时间来修复,但转机一定会发生。

昨天悦告诉他,她现在也在努力读书。不光读音乐方面的,也读费在读的这些。最近学校为照顾她,将她的课减少了,她有了更多的时间来阅读。她还说她有一个愿望,就是在未来作为"鸽子"书吧的旁听者加入书吧里,提升自己。当时费听了她的话就在心里嘀咕:"可是寒马现在还没找到新的爱人啊。"他想象寒马守在他们原来的家中的情形,不由得心里一阵剧痛。为了转移情绪,他马上对悦说起了其他的事。当费静下来之际,就希望寒马能尽快找到新爱人,他感到在蒙城这样一个文学大城市,这种机遇应该不会少,何况寒马那么出类拔萃。尽管怀着这种期望,费还是时不时不由自主地想象寒马在干什么,止也止不住。

寒马独立性强,很善于安排生活。可是对于生活中的琐事的操作并不十分熟练。以前他们共同生活时,这些具体事务都是由费来做的。现在她失去了帮手肯定会有一阵忙乱。但愿寒马的新爱人会是一位细心体贴,又能懂她的男士。这些担忧也是费失眠的原因之一。他是多么希望自己能帮得上她的忙啊,但这些都只能是空想了。还有就是费希望寒马尽快搬离他俩的小家,一想到她一个人孤零零地住在那里面,费就沉痛不已。他也知道她不搬离的原因是因为留念,可是这种情感对她今后的生活不利啊。她一天不搬离,费心里的伤痛就一天不能消除,而这伤痛就是爱的转型。寒马大概也和他一样,她待在原地,是因为她对他的爱还滞留在那里。转机需要时间。唉唉。他不敢给她电话去催她搬,怕她误会,他只能暗暗地着急。

又过了些日子,费的焦虑越来越厉害了,就给寒马打电话。

"寒马,搬家吧,搬到城里的公寓里去,尽快开始新生活。一想到你一个人住在那里我就心疼。你一个人在那里生活也不如在城里方便。"

"嗯,费,我听你的,尽快搬。你千万不要为我担心,其实啊,我现在浑身是劲,忙于提升我的小说呢。我也常为悦祝福,你们一定会生个健康宝宝。"

打完电话费就觉得轻松些了。慢慢地,在寒马创作顺利的消息的促动之下,他又进入他的文学研究,奋力向前赶了。因为在文学上,他也是身负重任啊。其实不用寒马暗示,费也一直将寒马的处女作看作自己的另外的儿女。那些激动人心的瞬间,两人共同的瞬间,他永远忘不了。啊,幸亏有文学!不然他与寒马分开了,终究会慢慢地成为陌生人。只有文学的功效是对任何人都有益无害的。他必须在文学上提升再提升,只有如此才能追上那只高飞的鹰。

费的生活现在过得非常充实,悦看在眼里,也很高兴。她感到费待她比从前更多了些耐心,也更温柔了。她想,好日子还在后面呢,待小宝宝出生……她已经能想象得出费当爸爸的样子了。

"费,你会带我去'鸽子'书吧吗?"

"会的。不过要等到寒马找了爱人的时候。"

"她一定会很快找到的。很多人都会爱她,想想吧,连费都那么爱的女孩。"

"悦将我看得太高了。你和她都不错,只有我是个渣。"

"你会是一名优秀的爸爸。"
"但愿是。"

同费分手的时间已经过去了一个月,寒马也在考虑搬家的事了。她不想搬到离父母家很近的地方,怕他们为自己过分担心;她也不想搬到离"皇冠"商场很近的地方,怕同事朋友们都来给她介绍对象,或来关心她。她想来想去的,忽然记起晓越告诉过她,他买的公寓在离"皇冠"和她父母家都很远的市区的另一端。她想,她到晓越住的地方去租房比较好,地点适中,如她遇到了什么困难也可请他帮助。

于是寒马将她想租晓越的公寓小区的房子的事打电话告诉了他。

"两个人住吗?"晓越镇定地问。

"我一个人住。回头我再告诉您原因吧。"寒马说。

"我这就帮您去租。您喜欢住高层还是低层?"

"我喜欢高一点的楼房。"

"没问题,这里空房多,租金也不贵。"

过了两天房子就租好了,到了周末,晓越就来帮寒马搬家了。

前一天夜里寒马已将所有的东西都挪到了客厅里,一堆一堆的。

"我同费分手了。"寒马一边给晓越倒茶一边说,"是这样,他同我结婚之前有一位女友,我也知道。费同我结婚后同这位女友还有联系。后来他女友怀孕了,我同费就只能分手了。晓越,您能理解吗?"

"我能理解。"晓越郑重地点了点头,"您俩都是我崇敬的人。"

晓越立刻开始工作。他让寒马找出家里的所有旧包装盒,将寒马的衣服、鞋子和书籍杂物都放进包装盒内,用带来的绳子扎好。他的动作又快又利落。

寒马说:"晓越,您像专业搬家公司的人一样。"

"我在书店常常搬书呢。"他回答说。

东西清理好之后,搬家公司的人就来了。晓越看着他们将箱子等搬上卡车,又仔细统计了件数。卡车开走后,他立刻叫了一辆出租车。锁好门,坐上车,两人朝晓越所在的小区飞驰而去。

寒马对晓越说:"没想到您这么训练有素,您是我们'鸽子'书吧的能人。"

晓越听了寒马的夸赞脸就红了,幸福地微笑着。

"您还减轻了我的伤感。我太感激您了。"寒马又说。

"帮寒马做事我特别起劲——您以后有什么事要帮忙就叫我。"

两人进房间后,寒马发现房里特别干净,那些灯具也擦得很亮,每盏灯的位置和功能都很好。晓越说他请电工将客厅和卧房里的三盏灯修了一下。这是一套两居室的公寓,不大不小。

"我估计您的书籍肯定比较多,这里的一居室都很小。

再说万一您家里来了人,或朋友来过夜,一居室会太挤,所以需要两居室。平时另外这间可以做书房。"晓越说道。

"啊,您真贴心。这套房太合适了。您的房子有多大?"

"我的房子比较大,是三居室。我原来打算结婚用的,后来跟女朋友分手了,没有再找,我就自己住了。"

"哈哈,晓越,为什么不赶快找?您这么英俊,才华横溢,生活上又这么能干,简直是极品!再找吧,再找吧。"寒马热心地说。

晓越不说话,只是看着寒马。他感到面前的女人百看不厌。

正在这时搬家公司的人敲门了。

将东西摆好之后,寒马就去烧水。晓越在房里忙来忙去地帮她整理。

"晓越,这还是您送我的茶叶呢。当我考虑搬家时,我马上想到了您。我想住在您的小区,沾您的光。对于我来说,您就像冬天的太阳,那么明亮,那么令人舒适。"

晓越忙完了就坐下来喝茶。他克制着自己,将目光从寒马身上移开。

"我想送给您一对花瓶,我买好了。可以放在您的书房里,插上玫瑰花。这附近有最大的花店。"晓越说。

寒马想起了费种下的红玫瑰。她发了两秒钟的愣,马上清醒过来了。幸亏晓越此刻没看她。她脱口说了出来:"晓越也喜欢红玫瑰?"

"对,我也喜欢。"晓越认真地说,"不过我喝完这杯茶就要走了,您有事就打我电话。您瞧,我的房间就在斜对面,第十五层。"

晓越离开后寒马就在书房里坐了下来。她的新书房面对花园,视线中有几棵大垂柳,给了她极好的印象。她还发现,晓越在很短的时间内就帮她把书房整理好了,比她自己整理快很多。"他真好。"寒马想。她觉得坐在这桌旁应该会文思泉涌。她立刻接上了前天晚上的思路,居然又写出了几段精彩的内容。

"晓越,这个书房太好了,能产生灵感——我又开始写了。我原来有点担心,会不会因为挪了地方,灵感就不跟随我了。现在看来一点影响都没有。我不知道要怎样感谢您才好,您需要什么帮助吗?比如女人擅长的某些事?"她在电话里说。

"我就愿意帮寒马,帮助得越多越快乐。您想帮我?让我想想——你们店里常有顶级的香瓜卖,不过进货不多,每次我去晚了就买不到。那是我最爱吃的水果。您能不能买了带回家,然后打电话告诉我,我们一块吃?"

"这个忙太容易帮了!晓越心肠真好。"

"我这就将花瓶送过来,庆祝一下您在新家开始了写作吧。"

一会儿晓越就来了。他将一对乳白色的玉石花瓶放在书房的茶几上,然后插上红玫瑰花。他问寒马喜不喜欢,寒马噙着泪点头。

"我们一块去餐馆吃饭吧,您一定饿了。小区旁边有一家广东饭店,很不错,价廉物美。"晓越提议。

他俩一块坐电梯下楼。晓越又带寒马参观了小区的花园。因为写作顺利,寒马的心情变好了,昨夜的那种离别的哀伤被压下去了。当他俩坐在饭店里时,寒马的情绪已经振奋起来了。

"是女友吗?晓越要结婚了吧?"饭店老板问他。

"寒马是我的书友,刚刚搬到我们小区来的。"晓越说。

"那也一样,一样。"老板快乐地笑着说。

这个饭店的菜是广东风味,比较清淡,汤也很鲜。寒马很喜欢。晓越吃得很少,他的心思全在寒马身上。他不断地劝寒马多吃一点,说"写作是个重体力活",再说她还做健身运动,更加要吃好。寒马心里想:"我在他身边真放松,他就像我的兄弟一样。在这大地上,如果有一个人在从事文学事业,旁边就会有一些人来保护他或她。"

他们吃完后结账时,老板又过来了。

"晓越条件优越,最应该结婚。结婚吧。"他说。

"好,好。"晓越说。

回小区时寒马对晓越说:"您瞧,都劝您结婚,可您自己一点也不着急。"

"我已经有了一位文学情人,我觉得她够我对付了。"

"瞎说,瞎说。"寒马不赞成地摇头,"文学是鼓励恋爱的嘛。"

晓越在心里说:"寒马受了这么重的打击,依然不改初衷啊。"他的心为她战栗。他觉得寒马对他的热情是姐弟情,不过这也很好。她刚同费分手,怎能忘记他?搬家也未必能减轻她的思念。晓越很想念"鸽子"书吧,可他又不敢向寒马提起它,这可是大忌啊。他能做到的就是在生活上帮助她,让她感到温暖。一想到寒马说他像冬天的太阳,他就激动不已。现在文学是他生活的中心了,而这个中心的象征是寒马。

"再见,寒马。"

"一会儿见,晓越。我们晚上到附近小街上散散步好吗?"

"好,我七点半来叫您。"

两人各自回自己家里去用功。

寒马继续读小桑送给她的那本小说。不知道是不是因为红玫瑰的香味在房里弥漫的缘故,今天她从书中读出了很浓的色情的意味。她没有回到她和费共享的那些夜晚,却从字里行间看出了一位陌生的男子的背影。难道在她体内沉睡了这么久的性欲又苏醒过来了?在她的白天的意识中,她的性伴侣还是费。可她又知道费再也不会回到她这里了。难道她今后的生活中真会出现一位陌生男子,像书中描写的一样,来自随时上随时下的老式列车,在她的城市下车,然后又消失得无影无踪?他身上有谁的影子?没有谁像他。也许他是欲望本身。

寒马想找答案,就沉浸在这种奇异的色情意境之中,一边读出声来一边思考。她读得那么入迷,天黑了都没注意到。后来她终于累了,就到厨房煮一点面条和鸡蛋吃了。一边吃一边记起来,这面条和鸡蛋还是晓越送来的呢。晓越在这些方面同费很相似,但比费老成稳重。

刚刚吃完收拾了厨房,晓越就来了。

"多么好啊,我住在这里,和您就像一家人一样了。一想到这一点心里就暖洋洋的。而且您比我更会生活。"寒马在电梯里说。

"我也是。好长时间了,我回到家都是一个人。现在却有了寒马做伴。"晓越说。

"不过您还得抓紧找爱人哦,我代替不了您的女朋友。"

晓越没有回应寒马,两人默默地走进了夜幕中。晓越心里那个声音又响了起来:"我多么爱她,我只爱她一个人。"

"这里是蒙城最长的一条街,"晓越说,"街上的两边全是花店和盆景店。现在大部分店都关门了,如果您白天来,这里人很多。我们一直走下去就到了郊区。"

"街边这些梧桐树也挺有特色。我们的城市还是不错的。晓越喜欢蒙城吗?会不会宁愿去京城?"寒马问他。

"还是蒙城好,这里适合读书和做研究。京城太喧闹了。再说这里有我爱的人,还有各式各样的读者。"

"谈到读者,唉,我和费的事影响了你们。费说,要等到我找了新的爱人,他才敢面对我。可是我现在忙于写作,哪有心思恋爱。"

"寒马,我想起一件事了:您的新小说先给谁读？或者直接交给杂志社？"

"不会先交给杂志社,我答应了小桑姐和黑石哥,让他们先读。然后请费和您帮我读。我快要完成了。是一个系列。"

"让我先读吧,好寒马。我帮您打印几份,让大家一块读。我等不及了。我还可以来您家朗诵给您听,这样您就能更加领会您的作品的魅力了。"

寒马的脸上浮起了微笑。

"好,我让您先读。您读了之后可要如实告诉我您的想法啊。"

"我一定。我真快乐,因为是寒马的小说啊！寒马,我每天都盼着您的小说快快出笼。"

他们走到了最大的那家花店门口,晓越说他同花店老板是朋友。果然店里有人招呼晓越进去坐一坐。晓越领着寒马进到里面房间,两人在沙发上坐下。寒马发现他们被红玫瑰花包围了。多么香啊。她又有了先前在书房里的那种体验,似乎一切都变得暧昧起来。"但这不是陌生男子,是晓越啊！"寒马在心里大声警告自己说。她欠了欠身体,似乎要站起来,但又坐下去了。旁边的晓越在同老板说话,寒马脑袋里轰轰作响,听不明白他俩说什么。忽然,她搂住了坐在旁边的晓越的肩膀。她明显地感到晓越的呼吸变得急促了,他似乎要来吻她的脸。寒马跳了起来,大声对晓越说:"时间不早了,我们走吧。"

老板非要送给寒马一大捧红玫瑰不可,寒马无法推托,晓越帮她收下了。

他俩默默地走了一段路。

"对不起,晓越。"寒马打破沉默。

"没关系,寒马。我知道您把我当成费了。在书吧里,我看见你们是多么、多么恩爱的一对。不过不要去想它了,寒马。"

"晓越,您就像、就像我的亲兄弟。不,比亲兄弟还更理解我。"

寒马的声音有点哽咽。今天一天,她经历了多么大的情感浪涛啊。

寒马接过红玫瑰上楼去了。

晓越的心因极度的怜惜和极度的爱的交替一阵一阵地发紧。为了平息自己的疯狂,他洗了个冷水澡。然而还是不停地想着寒马。难以抑制住念头的他决定下楼,他出了小区,在街上疾走,最后又走到了郊区公园。他进了公园,沿着大湖旁的那条路走。风吹在他脸上,他绕着湖走了一个圈又跑了一个圈。看看表,已是半夜。他终于平静下来了。在大门那里又碰见了上次那个人。

"我早就说了失恋对你有好处啊,瞧你现在多么振奋!"他说。

"谢谢您,您说得对。"

他跑回家,洗了热水澡,然后躺下。

他在热烈的情绪中入睡了。他决定第二天早起,不同寒马坐同一辆车。

　　寒马回家后仍然有些心神恍惚。这是怎么回事？刚才在花店里，在逼人的红玫瑰的香味中，她的莫名其妙的举动的确不可思议。而且在那一瞬间，她同晓越的身体的接触导致了意外的回应，她直接感到了晓越的冲动。当然这冲动应该不是晓越本来就有的，是她自己挑起来的。性常会引起色情幻觉，甚至会将好友之间的关系破坏。寒马越是仔细地回忆事情的前后过程，就越对自己没有把握了。她刚刚离开费，整个人都沉浸在对他的思念之中，她所想象的性活动也是同费一块进行的。可她的身体竟然在这期间会倾向于另外的男子的身体。那位男子起先出现在小说中，是一位陌生人，然后突然，他又化身为她的好友晓越了。并且她还从晓越的身体得到了回应……她想，他和她两人的冲动就像健康的孤男寡女被一道关在黑屋里的那种冲动吧。当然这事的回忆中一点都没有淫邪的意味。但寒马还是有点自责。毕竟晓越是来帮助自己的，不是来从她这里找性的安慰的。而且他深知自己同费分手后所受的打击有多么厉害。看来青年男女之间的独处是很容易越界的，尤其是她和晓越这样的人。那么，晓越对她的冲动中除了生理成分外，就一点也没有别的成分吗？她也没有把握。整个晚上寒马都被这事弄得心慌意乱。看来今后的生活不仅仅是写小说，还有其他内容……虽然寒马一贯的信念是生活与小说要相通，可是当一种新情况发生在她身上时，她还不能一下子将它的意义悟透。领悟总是滞后的。明天早上,她去坐公交车时又有可能和晓越同车,她一定要装作什么也没发生过一样地同他说话。如果她同他疏远,就会辜负了他的一片好心,也会导致她对自己的憎恶。毕竟她是很喜欢晓越的,晓越也喜欢她,所以她和他应该一直要好下去,不能因为害怕所谓的"越界"就拉开距离。那样做才是迂腐呢。再说他还没找女友,所以也谈不上她会妨碍他。等他找了后再拉开距离也来得及。

她站在客厅的窗前,朝对面十五楼的窗户望去,看见那里黑乎乎的。晓越肯定已经睡了。花店里发生的事对他只是一个小小插曲。寒马发现自己喜欢她同晓越的这种亲密关系。尽管不是性爱,但异性亲密朋友的确能提升她对日常生活的兴趣,何况是晓越这样情趣相投的男子。寒马也为自己还能吸引晓越这样的人感到振奋。她记得费说过,阅读和写作能提升人的性感。那么,她寒马现在在晓越眼里是性感的吗?她回忆起她同晓越相处的点点滴滴,似乎是,答案是模棱两可的。因为在今天之前,她一直是费的妻子啊。再说是她自己让他帮自己租房的,所以晓越的举动是中规中矩的,哪怕她做出了奇怪的举动,晓越还是相当能克制自己的。此刻她对晓越的克制能力产生了钦佩,觉得他处事比自己稳重多了。

睡在新搬来的家中,寒马在黑暗中翻来覆去,时睡时醒。她梦里的那位男性同她反复接吻,他有点像费,但又不是他,他更像书中的那一位。一直到快下半夜她才慢慢地入睡。但她却按时醒来了。

她一来到公交车站就发现晓越不在。她有点失望,又有点松了一口气。

到了中午休息时,寒马在店里给费打了个电话。她没有告诉费自己住在晓越所在的小区,怕他吃醋。

"太好了,寒马。你要开始新生活了,将过去的不痛快全忘了吧。我觉得你会很快找到一位比我好得多的爱人。我嘛,现在也很好,一心一意准备当爸爸了。"

寒马的新生活就这样在这个"红玫瑰"小区开始了。这个小区居然取名为"红玫瑰",多么奇怪的巧合啊!寒马感慨万千。当她同晓越谈到这一点时,晓越就说:"这个名字同您的个性十分相称嘛。"

现在她同晓越的关系已经很自然了。寒马想,这都要归功于晓越,他是个让人感到舒适的人。他俩一星期要见好几次面,想见就见,因为太方便了。而这种密切的交往,大大减轻了寒马心里的痛苦。偶尔她心里也会出现这种念头:"是不是有可能同晓越重新开始?"但她马上打消了这种念头。一来她认为晓越并没有爱上她,他是因为酷爱文学,就连带着也喜欢她了。并且他们在一块能毫无障碍地交流。二来寒马自己还没准备好要开始一场新恋爱,因为费还没从她的生活里消失。

终于到了这一天,寒马的短篇系列完成了。她打电话让晓越来取。

"寒马,这就像是我自己写的一样,我多么兴奋啊!"

他小心翼翼地将手稿放进包里,好像那是他的孩子一样。

"明天是周末,我本想请您喝一杯,可是我现在迫不及待地想要读作品了。"

他走后,寒马全身绷紧了。她有点害怕。万一作品不能打动他呢?她在房里走来走去,长吁短叹。她想读费的那篇文章,但一点也读不进去。后来她饿了,就煮了晓越送给她的土鸡蛋和红枣吃了。

一直到她躺到了床上,她还在一阵一阵地紧张,迷迷糊糊中听见电话铃响了,一看表已是两点,难道是幻觉?然而又响起来了,不是幻觉,是晓越,多么忠实的好友!

"寒马,睡了吗?"

"没有。等晓越的消息呢。"

"我相信这世上没有任何作家同您相似。您前程无量。"

"啊,啊……"

"寒马?"

"我在喘气,我要在电话里吻您一下,您不会生气吧?"

"当然不生气。我还感到幸福呢。"晓越说。

"您真是个文学痴狂。晚安。"

"晚安,寒马,睡个好觉。"

寒马在电话里声音很响地吻了晓越的脸,然后想象他的样子。"除了我的作品,他一点也不爱我吗?"她想着这个问题,幸福地进入了梦乡。

第三天晓越就将寒马的小说打印了几份。寒马寄了一份给小桑,又寄了一份给费。现在寒马沉浸在幸福之中了,因为她信任晓越的评价,晓越读过的小说比她多得多,而且具有精确的文学分辨力。她要继续努力,她又开始写新的作品了。

她坐在这个新的书房里,闻着浓浓的玫瑰花香味,似乎有点昏昏欲睡。但她知道这不是瞌睡,而是一种肉感的、混沌的生命境界。她来到了"那里",她开始了创造。啊,多么好!只要写下第一个句子,生命链立刻就启动了。她发现自己再也不用打草稿了,直接就可以往稿纸上写!每写完一段停下来时,她就叹道:"我是多么幸运啊!我要将我看见的风景告诉费,告诉晓越,告诉小桑姐和黑石哥,告诉书吧和读书会的所有人……"

歇了几分钟,她又开始了新的一段。她毫不费力,句子自动跳出来。然而她本能地知道最好不要写得太久,以保持感觉的新鲜敏锐。

费很快给她来了电话。他激动不已,声音都有点颤抖了。寒马对他的爱又一次被激起,但她努力地克制着自己。接着小桑也来电话了,她详细地总结了她和黑石的鼓舞人心的意见,并一再祝贺寒马。

"寒马,寒马!我同京城的最好的文学杂志《未来》的主编通了电话,他们期待您的稿子。"

晓越一进来就告诉寒马这个好消息。寒马搂住他,在他脸上用力吻了一下。晓越感到全身都瘫软了,他脸色苍白地坐在沙发上,呆看着眼前的女人。

"晓越,您生气了?"

"哪里哪里,"他隔了一会儿才说,"我过度激动了。好消息来得这么快,寒马,我还没有适应呢。"

"原来这样啊。我太喜欢您了。"

寒马挨他坐下,将脑袋靠在他肩上,闭上眼说道:"晓越是无价之宝。"

然后她睁开了眼,站起来提议道:"我们去喝一杯吧,该我请客了。"

在酒吧里,仍然是那位少女在唱《绝壁上的歌声》。晓越注意到寒马在侧耳细听。她凑近晓越小声说:"晓越,您帮助我飞越了悬崖……"

他们一人要了一杯。寒马的酒量很不错,从未喝醉过。她并不打算多喝。

歌声实在太诱人,两人都心潮起伏。寒马又为她自己和晓越要了一杯。

然后她又要了第三杯,晓越挡也挡不住。

寒马喝完后变得眼泪汪汪的了。

"晓越,晓越,您这么好,您有没有可能爱老寒马?"

她站起来,用双手捉住晓越的肩膀,两眼死死地盯着他。

晓越用力捉住寒马的两只手,将她按回椅子上。

"别瞎说,寒马,您在想念另一位。别哭了,寒马,我们回去吧。"

晓越挽着寒马到了大街上。冷风吹来,霓虹灯很扎眼。他感觉到了寒马性格中的另一面,他也爱她的这一面。

"寒马,您大大地改变了我的生活。"晓越说,然后叹了口气。

"您为了我更忙碌了,我很过意不去。"寒马小声说。

"忙碌也没有什么不好。我更喜欢现在的我自己了。想一想吧,三十年后,如果我俩还住在这个'红玫瑰'小区的话,会是什么情景?"

"那该有多么美。夕阳,白发,两位文学老人。"

"晓越,"她又说,"您答应我一件事好吗?"

"您说吧。"

"每天早上同我一块去上班。"

她感到晓越的身体怕冷似的抖了一下,但马上又镇定下来了。

"行。我明天早上来叫您。"

"我根本就不怕别人在背后说我什么。"寒马说。

"我一定来叫您。"

第二天,寒马刚收拾好东西,晓越就来电话了。他在楼下等她。

寒马高兴地下楼,两人一块去公交车站。

他俩在公交车上旁若无人地小声谈论文学,一直谈到下车。

他俩相互道了再见,各去各的店里。

吃中饭时,寒马想去找小桑,店长告诉她小桑请了假看房子去了,她要买房子。寒马听了很为小桑高兴。于是她又穿过马路去找晓越。

晓越的办公室门开着,那位年轻的新店员和晓越面对面坐在那里聊天,小伙子一见寒马立刻就找借口溜掉了。

寒马微笑着坐在新店员坐过的椅子上,晓越帮她沏了茶。

"我们离得这么近,真太方便了。"寒马说。

"是啊,这有点像天意呢。"

"小桑姐和黑石哥看房去了,那房子我知道,在公园附近。小桑姐的爸妈都过来了,听说他们要买两套,同爸妈住一个楼。"

"真羡慕他们啊。"晓越说。

"晓越也该抓紧时间找对象了。"

"我打算陪伴您,同您一道追求文学事业。您瞧,我们虽然整天都很忙,但我觉得现在是我一生中最有激情、最快乐的时候。我打算就这样下去。"

"怎么能这样,晓越?您真顽固……不过您非要这样,我不会生气,我还暗自高兴呢。当初我找您帮忙就是打定主意来沾您的光的。"

寒马高兴地笑起来。晓越也很高兴,他又说:"一块追求文学可比谈恋爱幸福多了。"

"我虽不同意您的观点,也不打算过问您的事了。"

寒马一离开,新店员镜就进来了。

"这位女士真迷人啊!"镜叹道。

"什么方面迷人?"晓越笑着问。

"说不清,应该是整体风度吧。她是您的文学同仁吗?"

"是啊。"

"我也想来钻研文学了。"

晓越确实感到自己最近的生活充满了激情和欢乐。就像小说中描写的一样,当一个人执着于一件事,那件事就梦想成真了。他的确是离不开寒马了。慢慢地,他对他们之间关系的发展也有了信心。"我的性格看来比费更适合寒马。也许她一时还看不出来,但天长日久,她终究会知道的。"晓越在日志里写道,"我是在灵肉两方面都对她充满了渴望,可是目前必须压制生理欲望,这是对我的考验。"他写完这几句话后整个人都无比振奋。他决心以超级的耐心来对待寒马,因为同寒马相处就是同文学相处啊。小说家应该有反复无常的一面,这就是她的迷人之处。

他更加发奋钻研文学。他想,等有一天寒马爱上了自己,他们的书吧聚会就会恢复了,所以还得加紧做准备。最近他参加了几次其他读书会的聚会,以自己新近获得的灵感去鼓动书友们,又有了一些成效,这也是让他欣喜的事。一顺百顺,"条条大路通罗马",罗马就是文学。他一直在思考将来有一天同费合作,在高级读者中建立一套文学鉴赏沟通传达机制的事,这个工作也让他着迷。晓越不但熟悉文学理论,他也是个实干家,组织者。寒马正是在这些方面十分钦佩他,因为他可以让"心想事成"的境界实现出来,并一步步地去完善。比如寒马租房这件事,她就深深地体会到了他的非同一般的魅力。是晓越在悄悄地减轻她的痛苦,鼓励她更好地写作。寒马一想到整个的过程就有种幸福感。

眼见一个月飞快地过去了,寒马越来越习惯于对晓越的依恋。而晓越自己,也渐渐地习惯了他对她这种有节制的依恋,习惯了寒马情感上的不稳定和突袭。他认为自己能包容她的一切,只要自己慢慢地训练出一种毅力。要给寒马时间让她慢慢地走出阴影。因为寒马的到来,他现在的日子过得多么丰富了啊!虽然人的感情最难预测,但在他与寒马的关系方面,两人共同的对文学的爱应是最稳固的基础。寒马让他对理想的追求具体化了。以前他没有遇到寒马,所以他的生活也不像现在这么有定准,这么积极投入。这种紧张热情的生活令他空前满意。

"晓越,您觉得我俩会不会在某一天闹翻?"寒马问他。

"应该不会吧。"

"那么您会不会爱上老寒马?"她又问。

"您自己怎么看待这个问题?"晓越反问她。

"我不知道。我现在很混乱,我不像以前那么单纯了。不过没关系,反正您还没有……我们这样处着很好,对吗?"

"对,寒马。我可是时时刻刻想着您的,就像对文学的念想。"

"既然您把我当文学,那就永远也不会同我闹翻,可是也永远不会爱上我。"

"您愿意我是哪一种？"

"我愿意——不，我不知道。"

"那就让它'不知道'吧，没必要老去想。"

"晓越真是老奸巨猾，一个人际关系方面的专家。"

"我最想做您愿意的事，那总是给我带来幸福感。"

"您这么理解我，将来我大概会被您俘获。那时我就会来追求您。"

"我等着那一天呢。"

他们就这样半开玩笑半当真地试探对方。在这种暧昧氛围的刺激下，寒马的创作激情高涨。这时京城那边也传来好消息了。好消息传来的那天，寒马禁不住又吻了晓越。这一次晓越也回吻了寒马。不过是吻在额头上。他温柔地搂着寒马，紧贴着她，好像要将她吸进他的体内似的。他的举动让寒马无比感动。

过后寒马问自己："这到底是搭档还是恋人？会不会我对他有误判？"

寒马回答不了自己的问题。她决定按晓越说的那样不去管这些问题。"我就是个'混不吝'，这也挺好。"她笑着又说。但她知道晓越是完全能把控他自己，对自己追求的目标也是清楚的。那么，她照着晓越说的去做就行了，晓越不会犯错的，至少比她清醒得多。如果当初没有费，她遇上的是晓越，也许她同样也会爱上他。可是已经有了费，那是刻骨的爱，寒马不知道能不能越过去。

寒马的小说《远征》刊登在京城的文学杂志《未来》上面了。书吧里的每个人都读到了。虽然暂时大家还不能去"鸽子"书吧聚会，但大家都欢欣鼓舞，相互用电话交流了一通。大家都说真是鼓舞人心啊，一位不同凡响的作家就在他们当中产生了，像一个奇迹一样。每个人都认为寒马前程无量。他们纷纷打电话祝贺寒马。

寒马本人则更加发奋努力，每天都在写，她觉得自己还能写得更好。由于有了晓越的帮助，她的阅读的视野也更开阔了。晓越又给她带来好几本他认为十分重要的小说，她的书架上的书都快堆不下了。在周末，寒马常写到很晚，那之后有时还是禁不住打电话约晓越。于是晓越来到她这里，同她进行热烈的讨论。有时讨论到快凌晨了晓越才回自己家。他们年轻，健康，两人都做健身运动，所以能耐劳。

有一天，小桑邀寒马去看她和黑石买的房子。寒马说她想带一位客人一块去，小桑问她是谁，她说是晓越。小桑拍了一下手，说："太好了！"

"不过不是那种关系。"寒马说。

"管他什么关系！晓越也是我们的挚友啊。来吧来吧。寒马你放松些吧。"小桑说。

小桑将寒马和晓越要来的事告诉黑石，黑石也同她一样激动。

"看来有希望。我心里着急：我们这些朋友，应该帮寒马一把啊。"黑石说。

"她肯定是放不下费。不过我觉得晓越同寒马是天生的一对！最近晓越又帮我组织了大型读书会，邀来了很多读者呢。我们要暗中撮合一下他俩。"

"就像'鸽子'书吧当初撮合我俩一样。"黑石笑起来。

两人怀着希望准备迎候寒马和晓越。

当寒马将小桑的邀请告诉晓越时，晓越的心怦怦地跳起来，他说："我一直高度羡慕他们的模式。可是我们的模式也不错，寒马您说呢？"

寒马认真地想了一下晓越的话，有点迷惑地回应他说："我不知道，晓越。我们是什么模式？看来您是知道的。我嘛，只知道顺其自然。哪怕没有好的结果也要这样做。"

"顺其自然就是我们的模式啊。我同寒马非常一致。"

到了休息日，寒马和晓越就乘车前往"怡和"公寓去看小桑和黑石的房子了。两人一路上都心怀微微的激动。"怡和"公寓靠近郊区，但交通十分方便，旁边有一个蒙城最大的公园。小桑他们的房子在一片树林旁边。那些灰白色的房子全是带电梯的五层楼房，小桑他们住在四楼。

下了公交车，寒马看见小桑和黑石正朝她和晓越走过来。

"小桑姐，您看上去气色真好，可能会是个男孩呢。"寒马开玩笑地说。

"男孩女孩都欢迎。"小桑说，"晓越，你怎么提了个这么大的东西来了？"

"提前准备嘛。这种婴儿车特别适用。"晓越说。

一进房间寒马就感到这套房的面积很大,房间也比较多。

"这是四居室的套间,因为我和黑石一人需要一间书房,所以面积就大了。"小桑介绍说,"将来寒马结婚也最好买四居室,一次到位。"

"前提是我找的人也是个书虫。"寒马说。

寒马心怀羡慕地参观了两间大书房,仔细地看了好久。她听见晓越在她旁边说:"书柜书架的设计很好,既有敞开的藤书架,也有大书柜,可放收藏书。看来书房必须要大才好布置。"寒马就说:"您开始学经验了啊。"

后来他们又参观了卧室和厨房,两人一致认为设计合理又适用。

两人坐下来时,黑石小桑喜气洋洋地为他俩沏茶拿点心。然后黑石说他要到厨房里去准备午饭了。小桑在客厅里陪客人。

"寒马,你又在做新的冲刺了吧?我觉得你状态不错。"

"要写新作,每天都写。每天也做健身,再忙也得做。这个人也同我一样,我们在竞赛呢。"她指着晓越说道。

"真想念我们的书吧聚会啊,那里是黑石带我去的第一个地方呢。"

小桑说了这句话就显出无比神往的表情。

"'鸽子'书吧的聚会是对我启发最大的聚会。"晓越说,"我正在为重开聚会做准备呢。我打算以后同费一道在鉴赏传达方面下功夫。现在有了寒马的创作作为活例子,我的工作进展越来越顺利了。"

"你俩是文学上的天作之合。"小桑赞赏地点头。

寒马没有说话。她想转移话题,就问小桑房子的价格。小桑告诉了她。

"比您的房子贵不了多少。"她转向晓越说。

"嗯,我也想买一套这种格局的,可是我还没有结婚对象呢。"晓越说。

"那你赶紧找嘛。"小桑笑道。

"找不到,急也没用。我喜欢的又不爱我。"他故意哭丧着脸。

"说明你努力得还不够。你得向黑石学经验。"小桑说。

"真的吗?我等下要问问黑石大哥。能让小桑姐爱上自己的人肯定有什么高超的秘诀,我得好好学一学。"

晓越说着就上厨房帮忙去了。

小桑向晓越的背影做了个鬼脸,挨近寒马说:"这个男孩真可爱。"

"嗯,他很不错的。我租的房子在他的小区,是他一手安排的。"

"我以前认为黑石不爱我,其实他们这些好男人大都深藏不露。"小桑说。

"晓越决心同我耗下去,不将关系往深里发展。我也觉得这样挺好。"

"寒马,他大概有苦说不出。主动权在你手里呢。你们一来我就看出来了。"

"我现在对自己还没有把握。"

"那就等一等吧。但别拖太久了啊,寒马。我们都想念'鸽子'书吧呢。"

寒马迷惑地望着空中,显得心里有些乱。

厨房的门敞开着,外面这两人听见里面两人"嗡嗡嗡,嗡嗡嗡"地说个不停。

小桑笑指着厨房对寒马说:"黑石的鬼点子很多呢,他从前总显得鬼鬼祟祟的。我担心他带坏晓越。"

"两人都坏不到哪里去。"寒马终于也笑了。

中午他们吃猪排炖粉丝白菜,还有一只现买现吃的北京烤鸭。小桑还为客人准备了香槟酒。寒马看见晓越显得特别亢奋。

菜很好吃,不过寒马和晓越都只喝了一杯就不肯喝了。只有黑石一个人喝了两杯。小桑没有喝。

吃完饭寒马和晓越就离开了。黑石和小桑将好友送到公交站。

在车上,寒马问晓越从黑石那里学到了什么恋爱经验。

"我们在谈文学鉴赏机制的事。"晓越说,"我坐在您和小桑姐当中,觉得您会难堪,就找借口去厨房了。"

"晓越您真好。"

车开得很平稳,寒马有点昏昏欲睡,就很自然地将头靠在晓越的肩膀。晓越心里想,寒马累坏了。

寒马一直睡到下车了才醒。

"晓越,我打鼾了吧?"她不好意思地问。

"有一点,不过很好听的。"

"您从不说我的缺点。"

"寒马没有缺点。那些所谓缺点都是优点。"

"就像文学。我知道您是这样看的。唉唉。"

"为什么叹气呢?"

"说不清。所有的事都说不清。"寒马眼里有一丝忧郁。

"说不清的事我们可以不去想它,顺着自己的心意去做。"

寒马和晓越一走,小桑马上问黑石他同晓越谈了些什么。

"我们讨论了建立鉴赏机制的事。晓越确实不一般,才能也非常高。"

"原来这样啊。他还骗我说是去向你取恋爱经呢。"

"我哪有什么恋爱经。我又蠢又笨。"黑石大笑。

"我越发觉得他同寒马十分般配了。他大概很早就瞄准了寒马。其实寒马现在也被他吸引了,但因为费的缘故,她处在矛盾中。"小桑说。

"嗯,他们肯定会水到渠成的。我这么笨,你还没放弃我呢。晓越比我不知聪明多少倍,寒马怎么会放弃他?等着瞧吧。"

"你这样说我就放心了。寒马应该有好运气。"

寒马回到家时,还在想小桑的那些话。她想,旁观者清,小桑的判断应该有道理。她以前一门心思在费一个人身上,可能忽略了一些事。越往这方面回忆,越觉得晓越具有一些一般人少有的优秀品质。

"可是我到底爱不爱他?"她说出了声。

答案还是:不知道。

她白天里想象的性伙伴还是费,梦里的性伙伴常常是小说中的陌生男子。她一次也没梦见过晓越。当然,在她同他有肢体接触时她也渴望过他的身体。思来想去,她还是决定将这事摆下,像他和她共同决定的那样:顺其自然。

她又开始读书了。现在她读小说时都觉得那些描述既肉感又美,是不是因为她的身体有了改变,能体验到一些从前体验不到的东西了?她望了一眼花瓶里的红玫瑰花,想,它们也是她变化的最大的原因。这究竟是费的红玫瑰,还是晓越的红玫瑰?瞧这一段,写到一位年轻的姑娘在坟地里奔跑,采摘了一大捧野玫瑰。天色渐暗,她还在等那班列车……后来有个人从坟地旁的小车站下车了。但他却是个影子一般的人,姑娘对他的渴望只能通过对话来实现。不过这样也不错,姑娘想得到的东西有一部分得到了。虽不满足,她的生活却获得了意义。"可是我也想有真正的生活啊!"姑娘朝那陌生男子的背影喊道。这本书的书名是

《××××× 5》,一部长篇小说,是晓越新近送给她的。他说他自己也有一本。寒马知道这位作家,读过她的短篇小说,心里对她充满了热爱。她想,也许有一天,这部小说会给出她对晓越的情感的答案。为什么只有写下来的才是有把握的,在现实中去行动却有点像半盲人,似乎每一步都只能试探性地移动?这就是黑石哥谈到的网。那么网的本性是不是爱?是不是因为人要行动,就发明了网?在她同晓越的关系中,似乎她总是那个率先行动的人,晓越则是掌握大方向的那一个。这也是为什么她在这种联动的发挥中感觉到安全和欣慰的原因。莫非晓越就是书中的陌生人,属于寒马的那位陌生人?由于他出现在日常生活中,所以寒马对他的认知就出现了偏差?这本书中的姑娘见不到那位男子的身体,却能听到他的迷人的声音,这应该是她的感知方式改变了吗?寒马想,她今后要执着于自己的某些功能,她不想做一个在现实中不能生活的人,而要像小桑姐劝她所说的那样"放松"。

实际上,在生活中,她近来是在晓越的引导之下变得越来越自如了。他虽和她年龄相仿,可确实是一位实践的天才。寒马凭直觉感到,只要跟随晓越,她就会尽早地走出痛苦而又不亵渎自己以往的爱。晓越的性格在吸引着她,这种吸引并不像表面看上去那样是没有根基的。就像书中的姑娘和影子男人,那男人在日后终究会显出他的身体。而姑娘自己,也会发现她同他之间的牢固的联系。人都是事后聪明,但能在事先的朦胧中行动的人,比如自己,比如小桑姐、黑石哥,还有这位晓越,都属于有智慧的人。寒马想到这里就高兴起来了。啊,外面又是黄昏了!

"晓越,我爱上了您给我的这个长篇小说!"她在电话里说。

"那我带您到一个地方去吃素面吧。我这就下来。"

晓越看上去很精神,他说他刚刚做了运动。他一边走一边告诉寒马说,小桑他们家的地点对他们来说最合适,可他觉得还是这个"红玫瑰"小区对于寒马和他自己最合适。因为这里离市中心近,买东西方便,还有各种美味的饮食。小桑他们家有老人,他们用不着总在外面吃饭,而寒马和他是单身,家里没有老人,所以要依托周边的餐饮。两人说着话就拐进了一条小巷。这条小巷弯弯曲曲的,晓越说它叫"鸡肠巷",形状如鸡的肠子。路两边的饮食店都是茅草屋,灯光有点暗。

寒马跟随晓越进了一家茅屋,这是一家夫妻店。

一会儿素面就端上来了,是油炸小块豆腐和菜心,三鲜汤。寒马尝了一筷子就激起了胃口。她对晓越说:"我每天做健身,又吃着晓越为我安排的饮食,身材会大大改进了。"

"寒马胖点瘦点都好看。"

"因为寒马是文学嘛。"寒马嘲弄地说。

"不,不是那样的。"

"那是哪样?"

"喜欢一个人才会觉得这个人好看。"

"我倒忘了这个常识。"

吃完面,晓越又问寒马愿不愿意再走一走,说这条小巷的烟火味有助于产生灵感。

"烟火味也有色情成分。"寒马说,"一不小心我就会失去常态。"

"没关系,有晓越在旁边呢。"

"您说的倒也有道理。"

于是两人将这条"鸡肠巷"走到头,又往回走。

"采摘野玫瑰的姑娘不能随心所欲地见到自由列车上的影子男人,只能等,她就将自己的家安在那个小站了。我刚读到这里。"寒马说。

"她也在打造一种自由生活吧。我倒愿做那等的人。"

"我嘛,总不甘心做影子。您还记得我们在'皇冠'读书会的发言吗?那次发言预示了后来发生的事。"

"谢谢您,寒马,您的话像暖流穿过我的心。"

"再见,晓越,我要回去用功了。我要一直用功到半夜。如果我忍不住了,又会给您打电话。"

"打吧打吧,寒马。我整天在等您的电话。"

"为什么我这么耐不住寂寞?"寒马苦恼地说。

"没必要忍耐。想干什么就干什么是寒马的气派。"

寒马将那一章读完了。她遐想了一会儿,然后坐到书桌旁继续写小说。

现在她比刚开始写得多了些,但也还是不算多,她仍然愿意遵循"欲速则不达"的古训,慢慢地试探,慢慢地深入。

她感到自己正在获得一种从容的风度,语言尽头的沉默的情人始终在监护着她。"我爱您。"寒马写几句又说一遍。写完两大段,她觉得已超出了定量,就停了下来。现在她该有多么满足啊,写作之后不论干什么都被赋予了意义。但寒马并不想胡闹,胡闹是不少古典作家的习惯,他们要放松,他们认为自己的写作高人一等。寒马可不是这一种,寒马将写作纳入日常生活,她和周围的书友在这点上高度一致,大家都喜欢自己的生活。

现在夜已深,她想干什么?她想同费谈话,告诉他自己的创作的喜悦,但这是不可能的。她早就知道不可能了。她想找晓越,将她的头靠在他的肩上,同他谈论文学。但她回过头来一想,又觉得自己这是剥削晓越。因为晓越也很累,而且他也有性饥渴,无处释放。她不应再去挑逗他。

于是寒马洗完澡,拿着这本《×××××5》上床了。她的眼睛慢慢地睁不太开了,她还在读:荒原,黑夜中的行走,爱的嘀咕……她关了灯。后来陌生男子就来了,他躺在她旁边,抚摸着她身体上的敏感点……他说:"没关系,有晓越在您旁边啊。"原来他是他!寒马惊醒过来。但一会儿又睡着了。

寒马在梦里说:"我的青春期真长啊。一个又一个的爱人。"

早上八点她被吵醒了,是晓越。晓越说他们昨天约好在小区花园一块跑步,问她准备好没有。什么时候约的?难道他半夜真来过了?

她穿好衣服下去了,看见晓越容光焕发地站在那里。

"您昨天夜里没给我打电话吧?"她边跑边问。

"没有,我在写一篇文章。"

寒马有点失望。她也不问他写什么文章了。

"也许她开始在夜里想我了。"晓越心里想,"我多么幸福。"

"我本来想打电话,但马上记起您昨天在车上睡着了的事,就忍住了。"

"您真有毅力。我也想打电话,但我觉得自己在剥削您。"

"可我一直在盼您的电话啊,这也叫剥削吗?"晓越说。

"看来我们的事业进展顺利,情感方面不会进展。"

"我不这样想。难道我们现在没有进展吗?白天夜里,相互牵挂,渴望着。"

寒马心里想,我又在挑逗他,真不像话。好在跑步结束了。

那天上午寒马在某种肉感的氛围里创作,她写得特别顺手,很快就完成了她给自己规定的数量。她又接着读晓越送给她的这本小说了。下一章是关于自由列车上的男子的。那人摘下帽子和墨镜,成了一位普通人。他在思考他下车后访问的城市是一个什么样的城市,自己是否打算在这个城市里过小日子。寒马读到这里笑了起来,感觉到房里的玫瑰花的香味更浓了。"那并不是处心积虑,而是一种天性间的吸引。"她不知不觉地说了出来。一会儿电话又响了。

"我做了麻辣鸡,拿到您那里来吃。"晓越说。

他用一个藤篮将做好的饭菜都放在里头了。

"晓越您可以做厨师了。您什么都会,都做得好。这可不是一般人做得到的。比如我,就只会弄一点文字,其他方面都很差。这说明我不如您这样热爱生活。"

"您的才能集中于一点,我的很分散。所以您才能写小说啊。"

"您瞧,全是我一个人在吃,一个人就会将这只鸡吃完了。您吃啊。"

"好。寒马喜欢吃,我心里不知多幸福呢。我在为文学贡献力量。"

"又是文学啊。"寒马拖长了声音。

"我的意思是,寒马与文学是一体,又是两个,两个我都喜欢。"

"晓越真会说。不过我也喜欢您的表达的天才。"

他俩将那些饭菜吃得干干净净。寒马一边洗碗一边说:"我俩这不是成了酒肉朋友了吗?"

"我喜欢吃,就把您也带坏了。"

"除了吃,我的研究也有进展,最近还特别顺利。"他又说,"有时我在夜间写作,真恨不得马上将写下的句子念给寒马听呢。"

"您那些文章让我受益无穷。如果您将我看作文学,您自己就是文学之父。我说得对吗?"寒马边想边说。

"不对。我是帮助文学沟通传播的技术工人。我一贯这样看,并为此自豪。"

"晓越,我又想吻您一下了。您快拿了篮子走吧,不然要出事了。"

晓越笑呵呵地往外走。

门一关上,寒马就坐在沙发上发呆。出事?出什么事?她爱上了这一位吗?当然没有。但这一位对她的启发实在太大了,就好像他在身体力行地将文学变成现实一样。而且他是那么乐观,那么从容不迫……可以说他在不知不觉地使她增强她的创造力。"我怎能不爱他?"寒马问自己,"可是我还爱着费啊。不过这一位啊,他让我变得比以前更加热爱生活了。而且他的身体对我来说也很有吸引力,也许夜间的男子就是他?"寒马想到这里就打住了。她连忙用冷水洗了个脸,然后继续她的阅读。这本书真是越读越有趣,里面写的就好像是她现在的生活一样。每当书中有一个情节出现,就能在她的生活中找到对应的联想。但从表面看去,那些情节平淡无奇。

自从上次小麻想搬去仪叔家,被他拒绝后,又是三个月过去了。小麻努力学习文学之余,对结婚一事也想得很多。她知道小桑已经怀孕了,就想同闺蜜探讨一下这个方面的问题。于是她在星期三趁着两人提早下班的时间,邀小桑去茶室喝一种水果茶。在店里稍微收拾了一下,两人就高高兴兴地出门了。

"这种茶味道特别好,我还没喝过呢。"小桑说。

"看来你不如我这么贪图享受啊。仪叔给我做过一回水果茶,我就也学会了。当然我做的不如店里的专业。"

"快办事了吗?"小桑笑眯眯地问。

"还要等两三个月。是仪叔规定的,我也没办法。"

"打算生小宝宝吗?"小桑问。

"我正是想来同你探讨一下这事。我看见你怀孕了,心里羡慕得不得了。我也很想有自己的小孩呢。可是我这么喜欢文学,绝对不愿意放弃。如果结了婚马上有小孩的话,我还得上班,两头都要顾,就没时间钻研文学了。这段时间至少两三年。过了两三年的话,我不就成了文盲了吗?可是如果不要小孩的话我也做不到啊。我这么爱仪叔,我一定要生一个我同仪叔的宝宝。我想来想去,没有一个两全的办法。这事让我很沮丧。"

"小麻同仪叔商量过生孩子的事吗?"

"没有呢。我胆怯,怕谈不拢他生气,然后又不肯结婚了。"

"小麻,我觉得你太多虑了。仪叔那么爱你,怎么会生气?"

"你的意思是,我可以直接和他谈这事?他有办法?"

"当然可以直接谈。说不定仪叔早就考虑过了呢。你是现代女性,还这么传统啊。仪叔做任何事都是考虑周全的。"

"还是小桑修养高,对仪叔理解得深。我还得拼命追赶呢。"

于是小麻高兴起来了,摸着小桑的孕肚问长问短,想学些经验。小桑也特别高兴,为仪叔,也为小麻。她想:"他们这一对多么合适啊!"

星期五晚上,小麻同仪叔讨论完文学后,决定摊牌了。

"仪叔,我们的婚期临近了,您想过生宝宝的事吗?"小麻这样问。

"想过啊,这要看小麻的意愿啦。"仪叔看着她说。

小麻想,他果然想过了,还是小桑理解他。

"我想同您生一个小宝宝,可是——"她一急就说不下去了。

"可是又怕以后没时间钻研文学了,对吗?"仪叔帮她说完下面的话。

小麻使劲点头。

"我先问你,你是不是很想有个孩子?"仪叔又说。

"想,想到极点。因为是同仪叔生孩子啊。仪叔是我最想同他生孩子的人。我看见小桑怀孕了,羡慕得不行。"

"那就不存在问题了。小麻可以辞去工作在家里待几年,我也会来帮忙。你仍然会有时间学习的。"

"那,会不会钱不够?"

"钱很够。你不上班我们的钱也够了。当然如果小麻喜欢上班,今后还可以去上。我这么多年写文章有了些积蓄,如果小麻对消费档次要求不高的话,应该够我们用了。"

仪叔一说完,小麻就跳起来抱住他,在他脸上用力吻了一下。

"哈,我今天终于吻到了仪叔!"她大声说。

仪叔也高兴地看着她。

"我们马上结婚吧。"小麻说。

"不行,还得等一等。不要随便改变计划嘛。"

"怪不得那次您说您今后的生活计划里有小麻。却原来您早就将这事提前计划好了啊!"小麻说。

"那一次?不对,那时我还没想过孩子的事。只是现在才开始想。我还担心我生不了孩子呢。我年纪太老了,如果不是小麻执意要孩子,我就打算不要了。"

"为什么不要?我们相爱,一定要一个孩子。我希望孩子像您。"

"好吧好吧,我们努一下力。我一直在锻炼身体,应该还有可能。"

"我们一定会有!"小麻信心十足地说,"到那时啊,仪叔就成了两个人的爸了。我一直在心里把您当成我爸呢,哈哈!我今天最开心了。"

小麻一路哼着歌回到公寓。一进房就打电话。

"小桑,我同仪叔谈过了,一点问题都没有,仪叔早有准备!"

"我当时就是这样想的。你瞧他爱你有多深——就像黑石爱我一样深。我俩运气都挺好的。"

"小桑,要是没有你,我就不是今天的我了。你把我带到仪叔家,你又帮助我将仪叔追到手——我要哭了。"

"你都想要当妈妈了,可不能动不动就哭啊。好人有好报。你和仪叔都是我最亲爱的亲人,现在要结婚了,我梦里想到这事都会笑醒呢。"

"好,我不哭!替我吻宝宝和黑石。"

小麻端坐桌旁看仪叔帮她批改的笔记。她读一段,又感叹不已地想一想仪叔。这时电话铃响了,是妈妈。

"小麻,我在想搬家的事呢。同胭脂小红都说好了。你说我是不是等你们结婚后过几个月再搬?"

"干吗等?您同我一道搬去多好!"

"你认为一道搬好?我再想想。我还想,你生了孩子我就来帮你带,让你有时间学习。"

"妈,不用您操心,我已经同仪叔商量好了,生了孩子就辞职,我同他自己带。仪叔有经济实力,我可以待在家里边带孩子边学习。"

小麻的妈妈听了她的话吃了一惊。

"你们还没同居,就连这事都商量好了?到底是时代不同了啊!"

"当然不同了。我是现代女性嘛。谢谢妈妈,我们也会需要您的帮助的。"

"肯定会需要一些妈的帮助,小麻是妈最疼爱的大女儿。妈有带孩子的经验,你只管大胆生。"

打完电话,小麻被幸福感包围了。她可以有她同仪叔的孩子！这是多么新奇的、令她振奋的前景！现在她更加要努力了，争取今后去青年文学讲习所工作，做自己最喜欢做的事。

仪叔总是给小麻带来惊奇。她对他的了解越多，就越觉得他的性格和情感是一座丰富的宝藏，够她小麻研究一辈子的。那么，到底是这些高尚的小说造就了仪叔的个性，还是仪叔这样的人成了一些小说的原型？这类问题很深，小麻还得继续钻研才能慢慢地摸到头绪。她同仪叔相处时最吸引她的地方就是不无聊，总有惊喜。现在小麻隔一天见仪叔一次，但她嫌太少，老想着马上结婚。她相信，结婚后的日子虽忙碌，但会是最幸福的。所以她每度过一天，撕掉一张日历，心里就兴奋一下。

过了两天，小麻的妈妈就来同她商量买婚纱的事了。

"妈，我和仪叔不讲那一套。我想学小桑，两人搬到一起就完事了。"

"那怎么行？一辈子一次的大事……妈没能给小麻一个幸福童年，现在好容易盼到了你结婚，你却要草草完事。"妈妈抹起眼泪来。

"唉唉，妈，别哭了别哭了。我答应您披上婚纱。我时间紧，您去帮我买吧，买最好的。我同您身材差不多，您帮我试穿。"

"小麻会是天底下最漂亮的新娘。"

"漂不漂亮不重要，仪叔喜欢就行。"

"穿上婚纱仪叔肯定更喜欢。我想好了，让你的两个妹妹托裙裾从出租车里下来,慢慢走进仪叔家里去。我们不放鞭炮,不搞那些仪式,可婚纱是要穿的。你看可以吗?"

"好,好,我穿!"

小麻的妈妈这才满意了。

"还要让仪叔穿上礼服。他穿上礼服一定很帅。"

"好,好,我叫他穿礼服!"

"还要把你的朋友都请来,大家坐在一块吃一顿饭。"

"好,好,我去请!"

"仪叔,我妈非要我穿婚纱不可,还要您穿礼服。我只好答应了。"

"嗯,我们应该满足她的要求。这对她来说可是一件最大的事。"

"谢谢仪叔,您比我还懂得我妈。我原打算像小桑一样潇洒一次的。"

"可你妈有这个念想,都藏在心里多少年了。我们不能光顾自己啊!"

"仪叔什么都懂,我太差劲了,您能包容我吗?"

"你不是说我是你爸吗?难道还有爸不能包容女儿的?小麻也得包容老爸啊。"

"让我再吻您一次!好,还有两个月零二十天,真慢啊!"

"你觉得我怎么称呼你妈为好?"

"就叫'小麻妈'吧,这样最自然。她可崇拜仪叔呢。"

"这是因为她还不知道我的缺点嘛。"

仪叔还要将房子装修一下。本来他想就此换更大的四居室房子,但小麻说来不及了,先凑合住吧,等以后有时间了再换。目前只要将房子粉刷一下就行了,没必要将自己弄得那么累。"我对房子的装修没什么感觉,您这旧房子挺舒服的,生活也方便。我们先将一间卧室当我的书房用吧。"小麻说。

小麻这才明白为什么仪叔要等半年才结婚,却原来他计划中还有这么多事要考虑。当然他事事都以小麻的意愿为准。他俩商定,结婚后几个月里怀上了小宝宝再考虑换大房子。"生宝宝才是我最大的事。"她说。仪叔只好同意她。她主张轻轻松松结婚,既不旅游也不搞仪式和请客,还和平时一样,该干什么干什么。

"随心所欲才是真浪漫,对吧?"她说。

"小麻说得没错。"仪叔附和道。

后来小麻的两个妹妹来仪叔家探路来了。小麻记起胭脂对仪叔的评价,不由得有些紧张,担心她俩说话不投机。

然而令她大吃一惊,她俩不但举止得体,还一口一个"姐夫"地叫仪叔,问这问那,一下子就同仪叔熟稔了。她俩都说,今后要常来姐姐家讨教,这样就进步快,也能让读书会的书友们对她俩刮目相看。她俩走的时候,仪叔送给两人一人一本小说。两人欢天喜地。"瞧,这扉页上有姐夫的题字呢！很多人都知道姐夫是文学家。"

三姐妹走到外面,两个妹妹说,没想到她们的姐夫这么英俊,有活力。

"胭脂不是说他老吗？"小麻反问道。

"因为那时我还没见到他啊。"胭脂分辩道。

"我就喜欢仪叔这种,老一点没关系。"小麻说。

"他一点都不老！！"两个妹妹异口同声地说。

回到仪叔房里,小麻问仪叔对她妹妹是什么印象。

"她们是我们的接班人,要好好培养。培养她们也是你和我的工作。"

"她们说您不显年纪大,有活力。"

"那是因为沾了小麻的光啊。我只要同小麻站在一块,看上去就不显得那么老了。"

"既然这样,为什么我们不马上结婚？啊？您还有什么要安排？"

"那么我们就提前一个月吧。小麻,你比我有勇气,有实干精神。"

"好消息,好消息！我快结婚了！"小麻拍起手来。

小麻的妈妈终于把婚纱买回来了。

小麻将头发做好,开始试穿。

"我的天啊！"妈妈说,"像仙女下凡了！"

她又掉眼泪了。小麻确实灿烂夺目。

"我姐比谁都美！"胭脂说。

"姐,我都不敢看你了,我自惭形秽。"小红遮着眼睛说。

"你们也会有这一天的,"小麻对妹妹们说,"你们越成熟就会越美。仪叔要我好好培养你们俩呢。"

"他说了吗?我们的姐夫真好!"胭脂说,"我们一见他就像见了自家人一样。他身上有一种亲和力,你同他说话时会感到暖意。"

"看来胭脂在读书会里学到了不少东西了。"小麻说。

"她俩进步都挺快,现在已经学会了做饭。"妈妈说。

"加油啊,两位!小麻越来越喜欢你们了。"

试完婚纱小麻回到公寓。她又给仪叔电话了。

"仪叔,我妈妈买回了婚纱,我试穿了。"

"怎么样?美极了吧?"

"还行吧。老搞这类演习我很累。为什么我不能马上去您那里,我今天读了一天书,我要马上去您那里。好吗?"

"那——你来吧。"

"太棒了,仪叔!"

她推开那张门,仪叔就过来抱住了她,将她抱到床上。

"仪叔,您的力气真大!"小麻听见自己的声音有点发抖。

仪叔不说话,忙着帮小麻解衣服。卧房里有暖气,非常温暖。两个人干脆脱光了。他们还没来得及长时间接吻,两人就都抚摸到了对方的敏感处。小麻昏昏沉沉地想:

"仪叔的身体还这么年轻啊。现在终于可以释放了,真刺激啊。"后来仪叔终于进到了她里面,一波一波。她发出了低吼般的呻吟……

小麻从极乐的世界里慢慢地清醒了。她想,仪叔还很强壮啊。

"仪叔,您给我了。"隔了好一会儿小麻才说,"我会怀上您的宝宝。"

仪叔不说话,他感觉到小麻的青春的身体又在兴奋。他开始用嘴和手抚摸她的身体的那些敏感部位。一直不停地抚摸,吸吮。

"仪叔仪叔,我爱您爱到了骨头里!"

这种抚摸到最后集中于一点了。

"啊……啊……我要死了!!"小麻大叫一声。

这之后又过了一会儿,小麻听见仪叔在她耳边说:

"小麻,我老了,不能让你尽兴。但只要你喜欢,我会一直抚摸你。"

"我同样喜欢您的嘴和手。"小麻说,"不过现在很晚了,我俩都累坏了,我们睡吧。"

后来小麻就在仪叔怀里睡着了。接着仪叔也睡着了。

早上仪叔先醒来了。他凝视着小麻的憨态,既满怀喜悦又愧疚。他不该让她等这么久,这种无意义的等待差点耗尽了她的体力。这都是因为自己对小麻还不够理解啊。小麻对他的专一让他无比感动。

"仪叔,我在您这里不走了。"小麻一睁眼就说。

"小麻,可能你还得等一等。如果我们婚前同居,你妈会不高兴的。她会怀疑我没有诚意。这是我们的喜事,为什么要让妈妈担心呢?这太不公平了,你想过没有?你下个休息日再来我这里,好吗?"

"好。我们先做地下情人。我吃了早饭再等一会儿,然后偷偷溜走。"

他俩一块吃早餐,两人都在凝视对方,都若有所思。

"我曾经认为,我这种性格注定了会一个人生活。"仪叔说,"小麻冲破了我性格中的障碍,我现在就像重生了一样。"

"我想,"小麻说,"这世界上有一些孤独的男女,他们在黑暗中摸索,然后有的人摸到了爱的契机,被吸引过去,就开始了一段新的历程,结束了以前的孤独状态。我和仪叔以前都是这种孤独者,但我不甘心,我要找属于我的另一半,我像猎狗一样到处嗅。"

"小麻,你在文学上也正在冲到仪叔的前面去。我真高兴啊。"

"我感恩呢,感谢小桑,感谢仪叔接纳我,还感谢我妈支持我。"

"我也要追赶小麻。小麻不管哪方面都能给我带来刺激,让我有种返老还童的感觉。我们这种同文学紧密相连的生活,让我的老年充满了激情,我也在每天感恩呢。文学真伟大啊。"

小麻回到公寓后在日志上写道:"昨夜我才成了完整

的女人,同我最爱的人结合为一体了。只有他能让我陶醉,让我得到从未有过的满足!"她开始读书,写笔记。她感到自己现在对于文学的感受又深了一层,于是嘀咕道:"看来性生活可以促进想象力呢。"

她一直学习到下午,到面馆吃了一碗面,又回来继续看书。

傍晚她妈妈又来电话了。

"小麻,新娘头上要戴花环,要结婚前一天去买。你喜欢什么花?要那种小一点的白花最好。"

"白玫瑰花环挺好的。"

"我过一阵去订。我刚才又买了白金项链,没项链不行。"

"谢谢妈妈。我爱您。我们的婚期提前了一个多月了。"

"太好了!我早就觉得仪叔没必要等那么久。小麻要求不高,又不要他装修房子,等那么久干吗?时间只有一个月了,妈激动啊。"

打完电话小麻的身体里又被激起了冲动。她渴望仪叔的身体。于是她去外面跑了一会儿步,回来继续学习。

深夜里,睡之前小麻又忍不住给仪叔打电话。

"仪叔,我一直在写,刚放下笔。我想您。"

"我也想你,小麻。让我们做个好梦吧。"仪叔说。

"现在我上床了,您抚摸我一阵吧。"

"好……怎么样?快活吗?"

"快活极了！我也抚摸您吧,用嘴……好。晚安。"
"晚安,小麻。"

小麻起先做了很多关于性活动的梦,然后她终于进入了深层睡眠。

第二天小麻在店里吃饭时告诉小桑,说她和仪叔的婚期提前了,只有一个月的时间了。小桑听了也很高兴。她告诉小麻说,到那一天她一定同黑石一块去领略新娘的风采。她还要带两位客人来,一位她认识,就是店里的寒马,另一位她不太熟悉。

"你同我和黑石的偶像结婚了,这一来我们走得更近了。"她说。

小麻又询问了小桑一些关于孕期的问题,问得很仔细。

"小麻是不是也——"

"还没有呢。应该快了吧。"小麻说。

"小麻后来居上,是我们这一拨人里头最聪明的。"小桑感叹道。

她们又谈起了几个月前的往事,两人都沉浸在甜蜜的回忆中,会心地笑着。

小麻没来的那一天,仪叔请装修公司的工人将房间仔细地刷了一遍。他打电话让小麻这两三天别来,因为再好的涂料也总有小小的污染,要开窗让风吹干。

"让我想想——今天星期一,小麻星期六再来吧。"

小麻心想,仪叔开始备孕了呢,真是个操心的丈夫啊。她感到浑身暖洋洋的。她又问仪叔这两天在哪里睡,仪叔说订了旅馆。他还说小麻不让装修是对的,装修的话房子就被占用得更久了。这样安排的话,干脆等怀了孩子再搬。这楼里有好几套四居室的,都空着,装修也不错。小麻脑袋转得快,一下就把事情算清楚了。他以后要多同她交换意见。

小麻听了仪叔的话很得意。她反复说要仪叔别累着,慢慢地搞。还说她自己并不讲究这些,也不关注。但她早就知道,尽管她这样强调,仪叔还是会坚持要把房里收拾得漂漂亮亮,焕然一新。唉,仪叔就是仪叔啊。她现在额外心疼他,怕他累着,怕他生病。一想到仪叔在床上对她的好,她就感动得要掉泪。她买了两本孕妇手册来看,决心要为仪叔生一个健康宝宝,让他老年有安慰。这两天小麻在读仪叔给她的一本新书,她读起来很起劲。她隐隐约约地感到那里面的先知老人(一共有三位)是以仪叔为原型的,越想越觉得接近。当然仪叔是不会接受这种思想的,他说他就是个普通老人,喜欢文学而已。要说他有什么好处的话,那就是文学的好。他爱小麻,同小麻酷爱文学关系也很大。以前他找过两个女朋友,她们都不如小麻这样爱文学,所以和他也没能走到头。小麻是他最爱的,也是文学给他送来的礼物。他现在对今后的生活越来越有信心了。"我是仪叔最爱的,因为我爱文学。"小麻一边读书一边嘀咕。

她一直读到深夜,将那两章反复地读,写笔记记下感想。

晓越要去京城采购图书。寒马会有两天见不到他了。

寒马一回公寓就坐在书房里发奋写作和阅读。晓越打电话告诉她关于京城的读书界对她的处女作的反应。现在的反响还不够多,但是私下里已有了一些议论。寒马的作品超前很远,评论界和读者圈的大多数人还不能欣赏这种风格的作品。晓越还说,好消息是文学界有几个高水平的思想开放的专家对寒马的作品特别赏识,只要有了他们不遗余力的推介,寒马的作品迟早会赢得读者。寒马虽然对于京城的信息感到很激动,但同时又感到,晓越一离开"红玫瑰"小区,他对于她的那种吸引力和压迫感就消失了一大半。因为知道他在遥远的京城,所以寒马也没有了打电话给他的冲动,而是仿佛暂时将他忘记了。

因为第二天休息,寒马一直工作到半夜。这时她忽然很想到外面去透透气,走一走。她下楼,出了小区,在几乎空无一人的街道上信步走去。她知道在城里面是很难迷路的。不知过了多久,她居然发现自己来到了海员俱乐部。

俱乐部的大门没有完全关上,寒马挤了进去。草地上有地灯,她沿着那条路往前走,绕过了大礼堂所在的大楼,来到了那块怪石旁。那是寒马与费初次相遇后费向她表白的地方。寒马又一次记起了那天的热烈的阳光,还有蓝天。"这是一个文学变迁的时代,我感到了投入的冲动……寒马,您具有罕见的天赋。"他的话此刻在寒马耳边清晰地响起。后来他们热烈地接吻了。那种激情,那种依恋,寒马感到自己对费怎么也爱不够。他是一位骨子里头的诗人,用身体写诗,一直都是,并且从来不改初衷。寒马抚摸着冰冷的石头,似乎摸到了石头上有残存的阳光。忽然,她的身体强烈地渴望着费的身体,她流下了眼泪。有人在叫她。

是一位大嫂。

"姑娘,你有伤心事吗? 同我去值班室坐一坐好吗?"

寒马跟着她走。

"夜里真寂寞啊。"她又说,"不过这种寂寞也有好处,可以独自返回美景。当时我申请值夜班就是为了这个好处。"

"为了生活在回忆中吗,大嫂?"

"是啊,三年了,我还是走不出。"

寒马坐在值班室的椅子上,喝着大嫂为她沏的茶。她闻到一股异香。

"好香啊。"寒马说。

"是当归,我和他都喜欢带在身边。"

"如果曾经深爱一个人,爱情就很难转移了吗?"

"我现在还不知道,我正在努力,成效不是很大……也许是我还没碰见那个可以转移的人?"

"谢谢您,大嫂。我现在心里好受多了。我要回家了,再见。"

寒马又到了大街上。深夜的蒙城似乎藏着许多秘密,那些深深浅浅的建筑物的黑影是不是在同她里面的东西对话?啊,这条街怎么总也走不完?她记得有一条岔道可以通往她那个小区啊。费的家在那一边,她的家在这一边。费现在该睡着了吧?他曾经那么严重地失眠……刚结婚那段时间,寒马夜间总是偎在他怀里入睡。现在,他成了她心灵最黑暗的深处的一首诗。寒马又走了好久,后来她发现自己已经来到了郊区。于是她又往回走。走着走着,眼泪又流下来了。

后来天终于一点一点地亮起来,她发现自己错过了那条岔道。大约是因为四周太黑,她没能看见它。这条岔道就是在晓越带她去过的"鸡肠巷"的另一端。

寒马一走进这条小巷就为它的热闹吃了一惊。所有的饮食店都已经开始工作了,早起的人们来来往往,他们有的是来吃早点的,更多的是来为家人买早点的。一些店门口还排起了长队。各种香味弥漫在空气中。"生活啊。"寒马在心里感叹道,她仿佛在这些人们当中看见了晓越的身影。"我昨夜流了太多的泪。"寒马有点惭愧地想道,"可是我从未对自己的选择后悔过啊。"

寒马在"鸡肠巷"吃了几个煎饼,然后回到公寓。

她看见电话机上有一个来电显示,是晓越早上打来的电话。她收拾了一下房间,又坐下来写作了。虽然一夜没睡,但她的灵感一点都没受影响。她仅仅用了半个小时就完成了她的定量。她写下的内容多么精彩又多么出人意料啊。

她放下笔,洗了个澡就躺下睡觉了。这一觉一直睡到了黄昏。

起来后她看了看电话机,没人给她电话。她想,晓越是通灵的人,大概已觉察到了自己的情绪的变化。她下楼,又走进了"鸡肠巷",找到那家素面馆,点了上回同晓越一块吃的那种面。

"今天您家先生没来啊。"老板娘说。

"他到京城出差去了。"

寒马突然记起晓越同以前的女友应该是来这里吃过面的,她是什么样子?应该很漂亮吧,因为晓越自己一表人才……她马上打住了自己的胡思乱想。坐在这安静的茅屋里,吃着美食。这种生活确实不错。

吃完面回到家,她读了晓越的文章。这篇文章写的是罗伯特·穆齐尔的长篇小说《没有个性的人》的读后感。文章令寒马心潮澎湃,久久地沉浸在遐想之中。她一贯认为晓越是用特殊材料做成的,现在她更确信这一点了。不过这一次,她并没有产生那种色情的联想。莫非因为经历了昨夜的事,费的形象又刷新了?比如此刻,她就强烈地渴望着费的身体。他的嘴,他的眼睛,他性交的习惯,他的手,都像电影镜头一样出现了。费又从他所在的黑暗中走出来了。寒马全身燥热不安。她下楼到小区花园里去跑了一会儿步。

跑步回来后她感觉自己好多了。晚饭她吃了一个三明治,喝了一杯牛奶。然后又是读小说,一直读到深夜才上床。

早上她做上班的准备之际,想起晓越一直没给她电话。

整整一天晓越还是没来电话。

夜里她睡得很安。

到了第二天早上,她从电梯里走出来,看见晓越站在她面前。她暗想:"他真是一表人才,不过同我关系不大。"

"寒马,我昨晚回来很晚,怕打扰您,就没打电话。"

他们在车上坐好后,晓越轻声问道:"有什么变化吗?"

"没有啊。我的小说进展顺利。"寒马回答。

"京城那边也进展顺利。《未来》杂志将继续刊登您的小说。还有一个杂志也想要您的小说。"

"谢谢晓越。晓越帮我找了这么多联系……"

寒马没有说下去,她有点走神。晓越注意到了。晓越心里想,要给寒马时间,她同费有过那么多的共同记忆。

接下来的几天他俩只是在早上坐车时见面。去餐饮店也是各去各的。

那天早上晓越在京城给寒马电话没有得到回应之后,他就知道事情有了波折。他仔细回想他同寒马关系的前前后后,觉得这种波折在目前是免不了的。他必须用加倍的耐心来对待寒马。寒马和费是不得已才分手,她怎能轻易地在短时间里将他忘怀?所以他自己也只能根据她的节奏来调整自己。晓越当时就下定了决心。

那一天,他在"皇冠"商场读书会里遇见小桑,小桑问他:"同寒马进展如何?"

"还差得远呢。她同费的根基很深。"他回答说。

"你说得对。不过我认为你是最适合她的,你耐心等机会吧。啊,我们的'鸽子'书吧!我多么怀念它啊。"

"桑姐,您相信我吧,我决不放弃寒马。她是我这一生的理想。"

"好样的,晓越!晓越是真正的男子汉。"

虽然寒马不来找他了,但晓越并不觉得自己失恋了。他仍将她看作自己的恋人。只要寒马有所表示,他就会立刻向她奔去。但现阶段,他必须冷静下来,决不能为这事耽误自己的研究。生命如此短暂,动不动就伤感才是浪费时间呢。现在她不是每天仍和他一块坐车吗?这至少说明她还没有去找别人。她有小说创作,还有对以前的爱人的回忆,目前当然用不到他晓越。但总有那么一天,她会看见她的生活中的那个巨大的空洞,一定会。

晓越注意到了寒马在小区里跑步时刻意避开他的时间。其实是寒马又恢复了下班时坐车提前一站下车,跑步回家的习惯。她同晓越下班的时间不一样。自从晓越停止给她送红玫瑰之后,他看见过她自己买了花回公寓。

这些日子里,晓越写了一篇关于寒马的《远征》系列短篇的鉴赏文章。他对这篇比较满意。但暂时还没有杂志可投,因为寒马的名气还不够。他也没有给寒马看,他要等待时机。此外他的同费一道建立鉴赏机制的计划也越来越清晰具体了,他甚至在心中物色了几位他认为最有希望的读者。

他在冬季漫长的黑夜里仍然渴望着寒马的身体,可是他知道这个时候不能去打扰她,唯一可做的只是等待。"没关系,这段时间不会超过半年的。"他鼓励自己说,"到那时,她看见我还在原地,就会想起我们之间的种种往事的。再说她还在买红玫瑰花,她并没有将我完全撇开。"他回忆起他从前同女朋友住在这里的情况,以及他和她和平分手的原因。"最大的问题是沟通难,没话说。同寒马正好相反。"他还感到费肯定也是忘不了寒马的。谁能忘得了寒马?小桑也是生怕他缺少等待的耐心,黑石应该也是这样看的,他是费的老朋友……他们两人对整个过程是看得最清楚的。而他们又支持他追求寒马,还说他同寒马最合适。尽管前途没确定,晓越并不气馁。

那一天寒马回到她爸的家里,整整待了一下午。寒马的妈妈死得早,是癌症去世的。当时寒马只有十五岁就挑起了家庭的担子,她下面有四个弟弟。寒马的爸爸是函授大学的老师,工作特别忙,所以一切家务事都以寒马为主来承担。因为这,寒马只读到初中就去外面打零工了,在打零工的同时还兼顾家务事。寒马的爸觉得自己太亏欠女儿,所以也一直没有再婚。一直到弟弟们都独立了,寒马也有了稳定的工作之后,寒马的爸才经人介绍和学校的一位同事结了婚。寒马的爸最爱大女儿,私下里认为她最聪明、最有才能。所以尽管寒马很早离开了学校,她爸爸并不担心她将来没文化。他相信寒马有能力通过自学获得知识。

"爸,我回来了。林阿姨呢?"

"她到老年字画班去了。寒寒,我看了你的小说,你现在真了不起了。"

"嗯。我还在继续努力。"

"看来你同费分手是对的。现在你恢复了,爸就放心了。费这个人是不错,有些天才,可是你们结婚时他还不太成熟。现在这样很好,他去履行当爸爸的责任,寒寒另外找对象结婚。"

"爸,我现在搞创作忙坏了,没时间找对象。"

"为什么不找?寒寒最应该找。你吃了那么多苦,还自学成了作家,性格坚强有主见,小伙子们都会喜欢你。再说你可以生活与创作两不误嘛。"

寒马沉默着。

"我认为恋爱结婚并不会影响创作,"她爸又说,"还会促进创作呢。要是老不找,以后年纪大了会后悔的。因为错过了那么多精彩的生活。"

"爸,您说得有道理。您别急,我慢慢地找嘛。"

"这就对了。我昨天还梦到你结婚了呢,我在梦里对新郎说寒寒是我的掌上明珠呢。我们家就数你最有出息。寒寒现在有人追吗?"

"有一个。但我还没打定主意要不要发展关系。"

"是你们'鸽子'书吧的朋友吗?"

"正是。爸是怎么知道的?"

"我觉得你同费分手后,还是会找一个热爱文学又能理解你的人。这位小伙子很爱寒寒吗?这可是最关键的。"

"也许吧,时间还太短,不能下结论。"

"寒寒说得对。多观察一下吧。他什么样子?"

"他长得一表人才,比我好看多了。"

"一表人才……会不会对爱情专一?"爸爸有些担忧。

"不知道。我不太在意那些。谁也不能保证天长地久。我的问题是我现在还老想着费。爸,我们是恩爱夫妻……"

"我能理解,寒寒就是这样的。可是一件事完结了,生活还得继续,对吧?你不肯确定关系,他会不会不耐烦呢?"

"他没有不耐烦。这个人太理解我的心理活动了。他总是能正确地对待我……我现在都有点过意不去,我都想对他说别等我了。"

寒马似乎是在同她爸的谈话中才第一次正视起她和晓越最近的转折了。她想,也许又要做一次选择?可是晓越也并没有明白地向她表明态度啊。他以前说过他和她是一种特殊的模式。那么,现在她的冷淡仍是那个模式的延续吗?过去的爱的余波抵挡得了新的爱的浪潮吗?她是不是在逃避?

"寒寒,我不了解具体情况,但是我感到你正处在一个过渡的状态。"

寒马的爸没有再多说。父女俩都陷入了沉思。

她从车上下来跑步回到公寓。她回想她爸说的话。"过渡状态",能过渡到哪里去?只能是晓越那里吗?他从京城回来又这么多天了,他总是在那里,一点急切的样子都没有,时刻准备着在她允许时来帮助她……这个人,真是特殊材料做成的啊。可是现在让他取代费,寒马还是不愿意。然而,如果去对他说不要等她了,她也说不出口。因为他并没有说他是作为情人在等她嘛。唉,晓越晓越,没有谁比你更能洞悉寒马的这颗心了。

寒马洗了个澡,又开始创作。这是一个比较长一点的作品,因为黑暗中出现了一些通道,它们都需要拓展。她的创作状态比过去稳重了。她知道,只要往桌旁一坐,情节与人物就会自动地启动并发展,所以表面的思想上的控制并无多大的意义,反而是对某种东西的自由展开的限制。她低下头,很快地又写了几段,然后收笔。她想,莫非她的写作同她和晓越之间的关系有种神秘的一致性?

她走到窗前,望向对面晓越家的窗户。那里亮着灯,他也在奋力拼搏。寒马虽感到自己对他不公平,但她对自己也没有什么办法。她只能像晓越说的那样,让一切都处于"不清楚"之中。毕竟她写下了作品,在为人们做些好事,她就不可能堕落。还是那句话:文学真好。执着于文学总不会错。晓越之所以孤注一掷又显得有把握,也是因为文学啊。"我同费是真爱,但费已经失去了。"她将这句话在心里说了又说,同时想起她爸说的"过渡状态"。

在晓越送给寒马的《×××××5》这本书里,写到了一座烟城。人们在烟雾中摸索着进行日常生活,但并不感到有什么不便。所有的人都已经适应了这种生活后,反而觉得清朗的天空是不可忍受得了。园丁根据菊花发出的簌簌响声来确定风力、温度和湿度,人的意念可以控制门窗的开合。她记得她和晓越曾讨论过这一章。当时晓越说:"也许这就是'自然而然'这个古老的习惯吧。"这一章里的对话特别精彩。主人公出去找人,每一个人的回答都有两三个意思,其结果当然是那人难以找到。但他询问的每一个人都是他要找的那人。他们都喜欢说:"只要这烟雾过了傍晚还不散去,这座美丽的小城就不会让您失望。"后来一次次晚点的列车出其不意地来到了,主人公因拿不定主意竟没有登车。

他滞留在这美丽的小城里。寒马想,这个人就像我一样。人只要在文学中就类似于这种滞留吧。这本小说大大地平息了她不时产生的惶恐。

费是她的文学上的启蒙老师,同时又是她爱得最深的人。这两点合在一起就注定了寒马难以将他忘怀。寒马感到她目前身处的这种"烟城"般的氛围虽然让她内心总有焦虑,但也不乏美感。莫非只要她不停止创作,就总会或多或少地处在这种"过渡状态"中?可是她还这么年轻,生理的欲望总是被压抑,会不会产生病态?从她爸那里回来,老人的一些话还是对她有所触动的。并且她的事并不是她一个人的事,这涉及对两个人的损害。烟其实也像黑石哥所说的网,并不是让人随遇而安,反而应该是让人渴望生活的……

寒马读到这里就站起来,走到窗前去面对小区的花园。啊,晓越正在做双杠运动呢,他那柔韧匀称的身体真漂亮!寒马看呆了。这是她第一次领略他的身体的动态之美。"他简直就像是运动员!"她惊叹道。这个人是怎么回事?他将艺术化为生活,好像以这为自己的天职。而他又一点也不以这些自傲,就好像这些事稀松平常,谁都能做……后来他做累了,就往家里走去。

时间在繁忙中飞快地过去。有一天,小桑在店里邀请寒马去参加小麻的婚礼。她说婚礼一个月之内要举行,她还希望寒马同晓越一块来,说这是一个小型的家庭聚会。寒马开始面有难色,小桑就鼓励她说:

"寒马,克服过去的情感障碍,也是一种生长啊!"

寒马在回家的路上掐指算了一下。到小麻结婚的那一天,她同费分手就已经四个多月了。自从上次她和费通电话约定暂停"鸽子"书吧的聚会,这么长时间过去了,其间仅有一次费来电话祝贺她的新作发表。但在她的想象中,费仍然是她的性伴侣,形象是那么鲜明……难道像小桑暗示的,这样下去,她在爱情方面会失去再生的能量吗?可是她不想自己有两个性伙伴,一个在头脑里,一个在现实中。那会害了晓越。不过如果她维持现在的过渡状态,一直维持下去,那不就是随遇而安吗?她,一名从事文学工作的人,怎么会对自己的身体这么有把握,能够用头脑来分析身体?这不是违反了创造的原理——她每天遵循的原理吗?这是寒马第一次想到的新问题。她突然感到自己并不能用头脑去预测事物。难道不是曾经有好多次,她也被晓越激起过肉体的渴望吗?为什么要遮掩这一点呢?她恍然大悟:原来这就是生活之网啊。现在是小桑——她的引路人在催促她投入。她的意思是,无论结果如何,都应尝试和投入。

"小桑姐,我答应您同晓越一块去。"寒马在电话里说,"您也答应我先别告诉他好吗?免得他抱希望。"

"太好了。晓越抱不抱希望连我都弄不清,他太聪明。我答应你不告诉他,由你去告诉。"

寒马心里想,离那一天还有很久呢,到时再说。她又想到店里的小麻都如心所愿地找到了自己最爱的人,这大概同小桑有关。又一对文学伴侣。她也很好奇,想去看看仪叔到底什么样。费会不会去?他也是仪叔的学生啊。她有点担心,就问小桑,小桑说费不去,寒马才放下心来。

"晓越,我们的一位同事同一位有名的文学前辈要结婚了,两人都是小桑姐的密友。小桑姐希望我和您去婚礼上为他们助兴,您有兴趣吗?"

那一天,寒马在公交车上问晓越。

"是仪叔吧,我早就听说了仪叔和小麻的故事,是书友们告诉我的。一个美极了的故事。我当然有兴趣啊。尤其是同寒马一块去。"

寒马心里想,这就是晓越啊,他一点都不责怪我,不论我多么轻浮。

"时间还有十多天,您去帮我们买礼物吧。您更擅长这个。"

"好。我买景泰蓝茶叶罐吧。"

说了这些之后,两个人就都不说话了。在寒马,是因为有点羞愧。在晓越,是在琢磨和深入寒马的情绪。

第二天在车上,寒马又问晓越:"最近在写什么?"

"我写了一篇关于《远征》的鉴赏文章。"

"哦?能拿给我看吗?"寒马心里涌起熟悉的暖流。

"下班拿给您吧。"

晚上七点,晓越来电话了。"终于。"寒马对自己说。

晓越进来,将稿子放在书房的书桌上就要走。

"等一等!"寒马说,"您坐在客厅的沙发上等我读完吧。"

寒马读得很快,一共读了两遍。她的脸上涌起了红潮,站起来走出书房。

她在客厅的沙发上紧紧地挨晓越坐下,将头靠在他的肩头。她不说话。

晓越也不说话,小心地让自己的脸贴着寒马的头发。

他们就这样坐在那里。

后来晓越发现寒马满脸都是眼泪。他从桌上找到纸巾,帮她擦泪。

"晓越,我觉得我慢慢地可以爱您了。"

"爱吧,寒马。我不管什么时候都不会改变的。我们现在去花店一条街散散步好吗?"

"好。"

寒马挽着晓越下了楼梯走到外面。她仍然有些泪眼婆娑,看不清周围。

他们又来到了那个花店门口。

"我们去买些红玫瑰吧,您家里已经没有了。"

两人进去,买了红玫瑰花又出来了。一出花店寒马又挽住了晓越。

"我们走走吧。"晓越轻声说。

那条街很长,他们一直走,走到尽头了才往回转。往回走的时候晓越开始详细地告诉寒马京城文学界对她的作品的反应。有哪些铁杆支持者,有多少困惑者;支持者是如何理解的,困惑者又是如何抱怨的。目前来看与作品产生互动的时机还不成熟,需要等待。

"我觉得对这些情况的了解也重要。一部作品出来,它就成了大家的了。它的命运同作品的意义相连。不论它在读者中是什么遭遇,我们这些做沟通工作的人都应做到心中有数。古典文学不太注意这方面的活动,因为那个时候人们之间的交流远远比不上现在。"

"我同意您的观点。我每写一个作品都有想象中的读者,而且我还急于将作品拿给朋友读,关心他们的反应。即使我在完全不受别人的影响的情况下写作。从我所阅读的这些有现代风格元素的作品来看,它们最大的特征就是要同读者互动,如果没有这一点就不可能进入作品。"寒马边想边说。

"所以我才觉得沟通的中间环节也重要啊。"晓越说,"我一直在考虑同费一块建立这种机制。我们书吧有这方面的实力。"

由于涉及费,寒马没有回应晓越。但晓越感到危机已经过去了。沉默了好一会儿寒马才又说:"我真幸运,晓越。一开始小桑姐就指出了我的才能,鼓励我创作;后来我又遇到费,在他的帮助下开始尝试,坚定了信心;现在我又遇到了您,不断地给我灵感,促使我在文学上更上一层楼……我想到那些孤独的古人,他们中很多人都是默默无闻地写,既没有人欣赏他们,也没有人启发他们。他们在当时的情况下出作品要困难得多,却仍有那么多传世的作品留下来了。当然有些就被埋没了。我现在真的感到很紧迫……"

他们快到小区了,寒马要晓越吻她一下。

晓越一只手抱着玫瑰花,另一只手揽着寒马,吻了她的脸颊。

寒马站在电梯里时对自己说:"真好啊。"

她坐在桌旁,立刻开始投入了创作。她仍然是惊人地顺利。

晓越回家后仍在为刚才的转折激动。激情在他的心中一波一波地上升,还有性冲动。他坐在房里,好久平静不下来。"不,我不能松懈。"他在心里说。他又下楼去跑了一圈回来。趁着冲动还没上升赶紧坐下来继续写论文。这个办法还真有效,他只要一沉入文学中,就立刻忘记了世俗中发生的事。他写啊,写啊,写累了才停下来。他对自己很满意。

他躺在黑暗中想到,也许在寒马的身体和心灵对他的刺激下,他的写作会渐渐地达到令自己满意的程度。小桑说他和寒马是天生的一对,就是指的这种情况吧,他们能相互刺激,相互从对方那里获得动力。只要他对文学的狂热不消失,寒马就会始终是他的灵感的源泉。费对她的影响相比之下终究会渐渐弱化,寒马总有一天会全身心地转向他。其实,尽管她不太自觉,她搬来的这段时间里不是一直在一点一点地转向他吗?看来他是最理解寒马的人了。要坚持下去。他翻来覆去地想这事,好久好久,才在热烈的氛围里入睡了。他却在梦中同寒马性交,怎么也难以平息自己的兴奋。

第二天中午,晓越在办公室清理书籍时,镜,那位新来的店员又进来了。

"镜,请坐,我给你沏茶吧。"

"晓越老师,我是来告诉您,我开始努力攻读文学了。"

"是吗?太好了!你是如何产生这个念头的?"

"在您的办公室,我见到了寒马老师,她的风度迷住了我……以前我在大学学的是理工科,虽然也喜欢文学,但没有坚持下来。我也找过两个女朋友,后来都分手了。我现在回忆我的女朋友的样子,觉得她们都与寒马老师没法比,当然我自己也是毫无特点,完全让人记不住的那一种。直到现在还是这样。您瞧,我决心攻读文学,就是为了成为像您这样的人,找到像寒马老师这样的女朋友。这是不是太幼稚了?"

晓越听了镜的话笑起来了。接着马上又收起笑容,严肃地对他说:"一点也不是,镜。这说明你正在成熟。不过你应该学寒马老师,不要学我。我太平凡一般了。我对你的进步感到高兴,我们蒙城的文学界又有接班人了。我一贯认为,理工科和文科,是同一事物的两个方面,合起来才成为世界事物。我也是学理工科的,后来才转到了文学上来。镜,你特别有灵气,我对你抱有希望。将来有一天,你会找到像寒马老师这种类型的女友的。"

"谢谢晓越老师。"

镜高高兴兴地出去了。

他一离开,晓越又发起呆来,拿书的手也颤抖起来。"寒马寒马。"他在心里叨念着。他记起了昨夜的梦,脸上浮出微笑。"谁能不爱寒马?"他小声说,"就连镜这样的年轻人也……"他觉得这世界真是不同了,一位作家的私生活终于渐渐地同他的作品要融为一体了。而古典的观点总喜欢将二者分得很开。也许他的工作就是这种融合的工作。人的精神活动总会在其肉体上反映出来,这是无论如何也无法遮蔽的。所以镜才会一眼就体验到了寒马的风度。他自己当初不也正是这样吗?那时,好久以来他在寻找的东西出现了,说它是风度也好气质也好,那就是寒马的身体啊。从那以后寒马便让他晓越魂牵梦萦,从未有一天离开过。他爱她的身体,同他爱她的精神境界一样多。他体会到,寒马的境界也是艰苦的生活锻炼出来的。早年的艰苦和困难没有压垮她,反而使她越战越勇。她一直在不停歇地铸造自己的人格模式。现在他还不急于向她表白自己,因为他还可以做得更好,更深入地理解她。如果说到新人的话,寒马身上的新人元素比他要多,所以他才会对她如此痴迷。寒马的身体是最为"自然而然"的,从来不能容忍作假,这一点也最能触动晓越的同情心。这种深度的同情又渗透在他对她的爱当中。他就这样思来想去的,对他与寒马今后相处的模式越来越清晰了。

　　自从寒马搬来之后,晓越脑海中的模式就是"陪伴"。那个时候,他对陪伴的理解还是很朦胧的。经历了这些日子的波折之后,他的体验才慢慢地清晰了。陪伴就是在她那种原始冲力的带动下与她一道律动,将自己身体里的力与她的力结合构成合力,为同一个目标去冲刺。以前她同费一块行动,现在他接替了费的位子。费是他以前崇拜的文学天才,所以晓越必须拼命努力,常常需要独辟蹊径才会跟得上寒马。总体来说晓越还是有信心的,他自认资质不是最出色的,但他年轻,精力和体力都不错,再加上严格自律的生活,应该能接近寒马的境界。

　　当他想到这里时,有人来书店找他谈业务了,他急匆匆地赶去总部。

晓越谈完业务回到公寓时已经很晚了。他看了看腕表,都十一点了。电话机上有来电显示,是寒马十点钟打来的。他拿起电话。

"我刚到家,寒马。一切都好吗?"

"好。我写完后就想和您一块去花园里锻炼,所以打电话给您。后来我一个人去锻炼了。我很愉快,今晚的月色很好。我刚刚还在读您给我的那本书呢。多么美丽的故事啊。晓越,我开始对您的身体有感觉了,我看见过您在花园里练双杠,那么优美。晓越?……您生气了?"

"不不,正好相反。我一直盼望那一天到来……"

"我刚才提到身体,并不是从纯粹生理的意义上说的。您能理解吗?"

"当然能理解。我一直在体验的就是这类问题,这说明我俩是合拍的。我们书店里的同事,还有别的人也爱寒马,比如一位大姐,比如一位新店员,很年轻的男孩。他们都为您的身体所吸引呢。"

"是那位见我来了就溜掉的男孩吗?"

"正是。他叫镜。他被您的身体的风度迷住了,说要来攻读文学了。"

"天哪,我多么高兴!我有那种魅力吗?"

"他同我的看法一样,认为您是美的化身。"

"真不可思议啊。我并不漂亮。"

"我却认为他的反应是再自然不过的。"

"那么晓越,想过同寒马共度良宵那种事吗?"

"我当然想,不过目前时机还不成熟。我得等待一段时间。"

"晓越真乖,值得我爱。"

挂上电话后晓越的心又怦怦地跳了一阵。寒马谈话中超出常人的直率总是让他吃惊,但也是他最喜欢的。她已经认可了他对她的爱,只是一个时间的问题了。晓越实在是累得睁不开眼了,他倒下便睡,打算明天休息时再读书写文章。睡到凌晨,又梦见寒马的身体,于是又与她性交,但又难以浇灭欲火。他听见自己在梦里说:"寒马寒马,您从哪里来……"

他醒来时已是八点钟,他记起寒马上班去了。吃了一块三明治和牛奶,他就去花园里跑了几圈。然后他就回到家里用功了。

读寒马的作品时,晓越脑海中产生了某种原始的风景。他想,寒马并没有读过很多文学书,更没有读过很多文学理论,可是一开始写作就不同凡响,无人能模仿。这是否属于某种古老的、差不多快失传了的技艺?这个问题留在他的心底,他打算继续观察,努力向这方面钻研。与此同时,他也觉得这个问题同他所赞成的"文如其人"有联系。这应是一种新的理论的萌芽阶段。这种文如其人当然不是指那种古典的含义,而是看一位作家是否具有发挥功能的机制,这种发挥能达到什么程度。机制越完善,运用越自由的人,越能突进到原始的景区,作品的普遍性也越大。可机制又是如何在人的一生中形成的呢?这个问题太复杂。凌晨的性梦里,他不是问过寒马是从哪里来吗?

到了晚上,晓越读书读累了,这时寒马也回来了。晓越知道寒马一回家先要写作,就和她约定夜里出去散步。因为第二天是休息日。他打定主意不同寒马去酒吧,免得刺激她。

寒马打完给晓越的电话就坐下来写作品。写完后一看表,才八点半呢。于是她又来读晓越的关于《远征》的文章,读一会儿又深思一会儿,不住地点头。她还想象他写这些文字时的样子。到了十点钟,她终于忍不住打电话了。

"我这就下来。"晓越说。

他俩又手挽手向外走去。晓越说要带寒马去市立公园,因为她搬来后还没去过呢。晓越一路上同寒马谈文学的古老的本能,就好像在清理自己的思想一样。寒马则不时插一两句话,好像在刺激他往下讲。

不知不觉就到了市立公园大门,那张门只开了一边,因为已经夜深了。他俩顺着法国梧桐大道往前走,晓越还在滔滔不绝地讲,止也止不住。寒马暗想:这大概是性冲动?但她喜欢听晓越讲,因为对她有很大的启发。

大树下有木靠椅,他们坐下来休息一会儿。寒马问晓越想不想接吻。晓越就反问她:"您不怕会不可收拾吗?"寒马说晓越的忧虑是对的,她还没有完全准备好。晓越说:"那就再等等吧。"于是寒马吻了晓越的脸,又将自己的脸埋在他的大衣里,好一阵才抬起头来。

"晓越,您真英俊,我瞧着您都有点自卑了。"她说。

他们往回走时刮起了小小的北风。虽然是冬天,两人的身体都像火一样燃烧着。快到家时寒马对晓越说道:"我维持创作冲动的诀窍就是同晓越保持关系。"

寒马回家后本想立刻睡觉,可怎么也难以入睡。于是又拿起晓越送给她的那本书来读。她追随书中的那位读者一直走一直走,终于走到另一本书里面去了。在另一本书中,所有的背景都变换了,情节是陌生的、崭新的,但寒马睡意蒙眬,猜不透这本新书里面的意思。她看见有一位男读者背对人们站在那里,她就上前问旁边的人:"他是谁?他是谁?……"有人回答了她,但声音太小,听不清。在蒙眬中,她的阅读受挫了。她对自己说:"我的力量还不够,待明天再来冲刺。"这样想着她终于睡着了。

只要有时间,寒马的创作每天都提前完成任务。这是因为她心底总有隐忧:怕万一当天写不出。如果当天写不出,就会一天都过不好,这是她的预感。所幸的是,寒马自创作以来,还没出现过哪一天不顺利的情况。早上一醒来她就打扫房间,给玫瑰花换水,做简单早餐吃过,然后坐下来写。一会儿她就写完了。写完后她又拿起那本书,从昨天受挫的地方开始读。仔细地将这一章读了两遍,终于发现了文字中的通道!她是多么快乐啊,她立刻将脑子里面的那个图案在笔记中画出来了。所有的文字都排成了队伍,向着这个图案凝聚。她想起了"鸽子"书吧的李海,想起了他那种猎狗的嗅觉般的读书方法。"要用嗅觉,少用逻辑思维。但在最后,要发动一种更强大的思维。"她想道。

快乐从心底涌出,她放下书,下楼去跑步。

"晓越,我们还是一块去外面吃中饭吧。"

"好的,我这就下楼。我带您去'云楼',那里有蒙城最好的武昌鱼。"

他们都下楼来到了外面。寒马叹道:"今天是多么清新的、有希望的一天啊!"

晓越告诉她,在京城时,由于三天没有见到她,他心里的失落感特别大。可是只要一回到蒙城,哪怕他俩之间还没有亲近,他也觉得比在京城的时候要心安得多。"可见一方水土养一方人。蒙城是我们动荡的内心的定海神针。"晓越得出了这个结论。

"晓越,您认为我这种创作能不能持续很久?"

"我最近正好想到了这个问题。每位作家的创作能不能持续,要看他们的根基,也要看他们发挥的力量。不是吹捧您,从您的处女作来看,我觉得您刚好具备这两者。您的根基深入到了原始景区;您本力充足,所以发挥自如。有些作家根基很深,也能写出一流作品。但如本力不足,作品的数量就会相对少。本力是由很多因素决定的。我个人认为,对日常生活的好奇心会是一个关键因素。我很荣幸地得知,您在这点上同我立场一致。您说对吗?"

"对极了,晓越!比如在我同您的关系上,我始终保持着对您的好奇心,所以我无法反对自己。我的身体不同意我的某些看法。"

休息日饭馆里人很多,由于晓越是常客,老板就将他俩请到楼上的包间里坐下了。寒马看着晓越的眼睛说:"多么好啊,我们又在一块吃饭了。这就像《红楼梦》里面描写的日常生活一样。不过我们是现代人,比古人有趣多了。"

寒马总是吃得比较多。晓越不断地帮她夹菜,心里特别高兴。

"瞧我多么贪吃!"她不好意思地说。

"吃吧吃吧,能吃能做。"晓越说,"下个星期我来做这种鱼,您来我家里吃,怎么样?"

"您这句话让我吓一跳,您从未邀请过我去您家呢。"寒马的脸都红了。

"没邀请您是因为我怕会不可收拾啊。现在我们都冷静下来了,应该不会有那种危险了。"

寒马笑起来。

"好,好,我现在是淑女了,您用不着防备我了。"

晓越被她一说也很难为情,但仍然很高兴。尽管他对寒马越来越熟悉,但对于她内部的黑暗深处到底会发生什么,他是没有把握的。当然,不论发生什么对于他来说也不会是致命的威胁。蒙城的天空和大地庇护着他们呢。其实晓越一直在想,也许仪叔和小麻的婚礼之后,他和寒马的关系就会来到一个转折点上……

"晓越,我又在剥削您了。寒马太邪恶了。"她有点苦恼。

"我倒希望您多剥削我。我们正在冲破某种障碍。不过这需要时间。"

"我真羡慕小麻。"寒马显出神往的表情。

"我听说仪叔同她一开始也不顺利。"晓越说。

"应该那时是生活之网的诡计在操纵吧。"寒马说。

"现在就看出来了,既是天作之合也是人努力的结果。"

"晓越,我领教了您的意志力。在这一点上您同我太相像了。"

他们吃完饭又各自回家去用功了。寒马感到自从搬到"红玫瑰"小区来后,自己的阅读正在渐渐变得老练。她想,这在很大程度上要归功于晓越。当然也要归功于自己的创作——当自己已经将一个作品做出来了之后,别人对它的谈论就会起到那种"一点就通"的作用。理解自己的作品比理解别人的作品更难,尤其对于她这种写作来说。不过晓越一直在启发她,提升她的境界……

寒马记起,这一个星期以来,对费的思念正在减少,而晓越对她的影响则越来越大了。而且这种影响中身体的渴望也在增长。已经有两次,她梦里到来的已不再是书中的陌生男子,而是一位长相和身材很像晓越的男子。"您终于来了,晓越,我刚才还在等您呢。"那人不说话,直接抱住她同她接吻,抚摸她的乳头。她在亢奋中醒来了。那人到底是不是他?她似乎很熟悉他的动作,可是晓越同她还并没有性方面的接触啊。

再同晓越见面时寒马心里惴惴的,她仔细观察他的嘴和手,心神恍惚地回忆梦中的情境。那也许是他,也许不是,可当时是多么刺激啊。当时四周那么黑,却有一线光照亮两人的性高潮的前奏。

"寒马,您在想什么?"

"我在想我刚搬来时,您提到三十年后我们在这里的情景。那时您就有预感了吗?"

"蒙眬中有吧。我并不那么自觉。"

"从前我同费还在一块时,您就对我有感觉了吗?"

晓越没有回答寒马的这个问题。他想,他也许永远不会回答。

他们顺花店一条街一直走到了郊区,在路边的草垛上坐了下来。下午的斜阳照着两人的脸,两人都显得精神饱满。

"晓越,让我看看您的手吧。"

他向她伸出一只手。

寒马凑近那只手,仔细辨认了一会儿。她还是不能确定。

"刚开始的时候,我并没有发现您现在的美。"

"我很平常嘛。"晓越镇定地说。

"很平常,但又不平常。我俩都是这样,对吗?"

"不对,只有寒马是这样,我不是。"

"我是文学吗?"

"也是女人。我最向往的那种。"

晓越话锋一转,谈起了准备婚礼礼物的事。他已经买到了最漂亮的景泰蓝茶叶罐,他还打算将古茶树的茶叶送一大包给仪叔和小麻。

寒马却在想,晓越刚才做了最明确的表白了——她是他的唯一。

"我的手在您的梦中出现过吗?"他突然问道。

"有些像。很像。"

"但愿是真的。"晓越叹了一口气,"这几个月真漫长,可是过得多么丰富!我很幸福,谢谢寒马。虽然不那么满足。但人为什么要时时刻刻满足自己呢?保持渴望才是最要紧的。从前我一个人生活时,我没有强烈的渴望,也没有满足。那个时候我远远不如现在对自己这么满意。"

两人站起来往回走时,晓越又开始滔滔不绝地谈论文学鉴赏机制了。寒马仔细地倾听着,力求跟上他的思路。

他们走进小区的大门时,晓越突然提议:"上我家里去看看吗?"

"好,我一直好奇您那里是什么样子呢。"

寒马忐忑不安地跟随晓越走进他家。

房子是比较大的三居室,干净,朴素,明亮。三间房里一间是卧室,一间是书房,还有一间放了几样健身器材。客厅和厨房都很大。书房是他的重点,墙上挂了几个京剧脸谱,书柜里和书架上的书都摆满了,宽大的书桌上放了几本很厚的书和辞典。书桌前的那张椅子看上去不怎么舒适,寒马试坐了一下,是硬椅。寒马问他为什么不用软椅。

"我在读书写文章时不需要那么舒适。"他解释说。

"看来您过得比较清苦。"

"一个人时是这样。没有积极性,只想节省时间,所以生活的美感欠缺。我还是喜欢同女性一块生活。"

"您原来不是有女朋友吗?"

"是有过。沟通不好,所以痛苦。那时我自己也不是现在的我。"

寒马拉开浅色窗帘,看见了宽大的飘窗上的花瓶,同她书房里的花瓶一模一样,里面插着红玫瑰。

"您比我自律多了。"她故作镇定地说,"我是贪图享受的。"

寒马的心在怦怦地跳,她说她得回去看一会儿书了。晓越说送她下楼。在电梯里,晓越忽然抱住寒马,吻了她的嘴唇。然后他放开了她。寒马想,他吻得不深。

寒马回到家后一直在回忆晓越的嘴。那嘴唇在梦中出现过吗?当时那个像晓越的人还吸吮了她的乳房呢。她坐在那里晕乎乎地发呆。后来她忽然跳起来洗了个冷水澡。"又开始性幻想了啊。"她取笑自己说。

小麻在星期四去仪叔家。一下班她就往那边奔。她担心仪叔过于操劳把自己累坏。门半开着,却不见仪叔。

房间里已经焕然一新了,大部分家具都换了新的、质地高档的。厨房里的设备也换了新的。两间卧室中的一间已经改成了小麻的书房,书桌上摆了两帧小麻二十二三岁时的照片,是仪叔问她要的。书房里的一切都是崭新的,舒适又高档。仪叔给她买了不少书,都放在书柜里和书架上。一个很漂亮的白玉花缸摆在茶几上,里面是开放着的水仙花。书房的地板上还铺了羊毛地毯。

"简直太奢侈了!"小麻大声说。

她又去看卧室,卧室里换了新床和好看的衣柜。墙上挂着放大了的自己的照片,照片中的小麻笑吟吟的,背景是竹林。小麻觉得自己的表情有点傻,但仪叔喜欢。她想,婚房里怎么能不挂仪叔的照片?她打算等那一天请黑石帮她和仪叔多拍几张合照,选最好的放大,挂在床头上面的墙上。再看衣柜里面,仪叔的外衣只有三套,其中的一套是新买的礼服。柜里空空的,都是为小麻今后挂衣服和存放衣服准备的。仪叔真是不讲究又对生活要求低!小麻想,仪叔即使整天穿着旧衣服,他那种特殊的气派也很少人具有。小桑感到了这一点,他的所有的学生都感到了这一点,就连她的两个妹妹也感觉到了。那是一种令人肃然起敬的气质啊。当她想到这里时仪叔就回来了。

"我去买小麻喜欢吃的锅贴去了。快来吃。"他说。

"仪叔,您一定累坏了。"

"没有啊。这都是些很容易的小事,我欢喜做的家务事,怎么会累坏?一点都不累。"仪叔说。

他俩坐下来吃锅贴饺子。仪叔告诉小麻说,虽然他今天就可以回来住了,为绝对保险起见,让小麻星期六再来。要做到"零污染"。

小麻说,为了让仪叔休息好,她星期六就不来了,下个星期再来。她不忍心再让仪叔受累,仪叔需要休息。

"瞎说瞎说,小麻,我知道你的需要,你不用这样压抑自己。我一点都不累!这点家务事算什么?我每天都喜气洋洋,别提多高兴了!星期六一定要来,我不需要什么休息,就盼你来。"

"好,好,您别生气,仪叔!我一定来。我每天夜里都想念您。"

"这就对了嘛。"

吃完饭收拾好,小麻想到了一件事。

"仪叔,我听人说黑石的妈妈从前是您的女友。她可是个大美人啊。"

"嗯,有这事。那是过去的事了。"

"她可比我美多了啊。"

"不是这样,小麻。她那个时候只是一般人认为的漂亮。小麻的美是智慧之美,更耐看。"

"那仪叔更喜欢我这种美吗?"

"当然。我早就说了小麻是我的最爱嘛。"

"那您现在抚摸我吧,就在这沙发上……"

于是小麻脱了衣服躺到沙发上,仪叔在旁边用嘴和手抚摸她。

小麻一会儿就达到了高潮。仪叔轻轻地咬着她的耳垂说:"小麻压抑得太久了啊。"

小麻穿好衣,对仪叔说:"我后天再来,仪叔。我感觉我们很快就会有宝宝了。我快满三十岁了,得抓紧啊。哈哈,学习与怀孕两不误!小桑告诉我的。"

仪叔将小麻送到公交站,小麻凑到他耳边说:"今天没来得及,星期六我再来抚摸您。"

"我现在就开始盼望星期六了。"仪叔说。

到了星期六下午,小麻带着笔记本去仪叔家了。

仪叔一边批改她的笔记一边同她讨论。他发现小麻不仅感觉通灵,善于在阅读时融入自己的个性,而且在逐渐形成她自己的深入探索的方法。种种的奇思异想也是她的阅读个性。

"小麻,我估计你慢慢地就不会需要我的指导了。到了某一天你还可以来指导我了。现在的年轻人真了不起。你们这代人有能力重塑经典,创造你们自己的新经典。"

"我在我这辈人里面算是叛逆的了,但同你们比起来还很不够。"他又说,"我得好好向你们学习。小麻同我结合也给了我这种便利。我昨天夜里想了很多,关于我们今后的生活面临的考验,关于我的学术上的倾向问题……"

"仪叔,两人结合起来力量更大,对吗?"小麻说。

"正是这样——老的重新焕发,年轻的变成熟。今后的每一天,我们都会面临拼搏。这种生活也是我们自己所向往的。"

"当初我来找仪叔,对自己的目标还没有现在这么清晰的看法。我就是不满自己的生活,不满自己糊里糊涂活了三十年,一心要改变自己。我运气好,交到了小桑这样的好友。我感到这几个月里头我的生活发生了翻天覆地的变化。但我知道我的底子还很差,还要经过几年艰苦奋斗才能真正上路。仪叔,我这种类型的人是不是特别容易爱上文学?我常将文学看作仪叔,我爱这位大叔就是爱文学。从一开始就是一刻也离不开这种氛围了。而文学的阅读又让我回到您。我常想,我妈到老也没找到她所爱的人,小麻在快三十岁时找到了,我多么幸运,怎能不死死地抓住?但我找到的不光是一个活人,也是一种理想。要让这种幸福保持下去,就得执着于文学,就得拼搏。从前我没有文学的时候,我的生活中充满了空虚和痛苦,真是不堪回首。如果再回到那种生活,就等于死亡。"

仪叔听了小麻的这番表白就沉默了。他抱着她,抚摸着她的头发,在心里说:"我以前对小麻的理解多么肤浅啊。"

"仪叔,我是不会轻易改变我的目标的。现在有了您的支持,我的力量就倍增了。我感到文学是最最美好的事业,这段时间,我不但正在改变自己,还带动我的家人做出了改变。这就是文学的潜移默化的力量。"

"小麻对于我来说也是文学,"仪叔终于开口了,"对小麻的一步步深入理解同我的事业追求是一致的。一般人认为人老了就僵化了,但在这个事业中,老年人也可以重塑。小麻的出现对我震动太大了,这种震动在我的一生中是绝无仅有的。谢谢你,小麻,你让我的老年生活变得如此精彩。你说得没错,两个人的合力不是一个人的力可比拟的。"

他们又谈论了很多,关于作品,关于作者同文本的关系,关于人生的意义,关于今后的生活安排。这些全是围绕着文学这个中心。现在两人都将对方看作文学了,这给了他们巨大的信心,不光是思想上,更是身体上的信心。这种婚姻是仪叔从未想过的,他觉得如果没有文学,他同小麻的结合简直就没有可能。现在不可能的事却降临到了他头上了。回想整个过程,他同小麻之所以能沟通,不就是因为她身上那种勃发的生命力从文学上找到了发挥的契机吗?如果这样的女性还不是文学,什么是文学?

"小麻将仪叔带到了一个新的境界,你是喜出地底的岩浆。"仪叔最后说。

"我爱小麻,要将我的一切献给小麻。"他又补充说。

"我爱仪叔爱到了骨头里面,我要同您合成一个人,一个文学人。"小麻说。

他们一块做晚饭。小麻隔一会儿又忍不住亲吻仪叔一下。她每吻一下,他就发出一声叹息。

"仪叔怎么伤感起来了呀?"小麻问他。

"我回想起自己几十年的追求。我最后追求到了我最想要的,身体却又已经失去了青年时代的活力,变得力不从心了。"

"仪叔,您这是保守的观点啊。难道老年人就不能追求幸福,就不能有他们的独特的方式吗?您对幸福的定位有问题啊。"

"我的天,小麻变得如此战无不胜,远远地跑到仪叔前面去了。仪叔要向小麻学习,克服无谓的伤感,盯住前面的目标勇往直前。"

他觉得,他与小麻之间的这种和谐与欢乐是一生中从未体验过的,而且充满了探索的新奇感。这种欢乐在某种程度上又是对原始风景的返回。"小麻是稀有之物。"他在心里说。

他们一道做了好几个菜。小麻很能吃,吃得满脸桃红泛起,让仪叔心里掀起一股又一股的热浪。小麻开玩笑说:"我吃这么多,晚上又会精力过剩了。我以后少吃点。"

"干吗少吃?你最需要营养嘛。"仪叔说。

"对。我里面说不定是两个人在需要了呢。"

仪叔笑起来,说小麻念念不忘的就是那件事。还说一个人还是两个人,仪叔现在不在乎,仪叔就是爱小麻,会一直爱下去。

"我可在乎呢,"小麻说,"一想到生一个像仪叔的宝宝就激动得不行。"

"也可能根本不像仪叔,也不像小麻。这种可能性同样大。"

"那也一样喜欢。最终会像文学,以完全不同的形式。"

"我说不过小麻了。"

吃完饭收拾好,小麻又去欣赏仪叔为她布置的书房。

"仪叔,您宠我宠得太厉害了。瞧这书房,多么奢侈!我是平民小百姓家的女儿,从来没有自己单独的书房呢。"

"正因为从来没有,所以更要重视啊。再说这也谈不上奢侈,无非是舒适一点而已。研究文学可是个体力活。"

"我愿意吃这个苦,我一点都不觉得苦,还不时有惊喜和幸福感。这都是以前没有过的。啊,这种生活……"

"还有三个多星期,小麻就来了。"仪叔说。

他们又去欣赏衣柜。小麻提议说,他俩要选个日子,两人一块上街去买衣服。她和仪叔都需要一些又漂亮又实用的外衣,并不要很多,够穿就可以了。她还说仪叔的身材很帅,不打扮一下太可惜。仪叔欣然同意了。

"我以前根本不关心自己的外貌,现在有了小麻,自然会有些不同了。小麻帮我选衣服吧,你喜欢的肯定是我喜欢的。"

"仪叔对家具的审美同我非常一致,朴素又大气,就像仪叔这个人。"

"我还要继续努力。"仪叔一本正经地说。

小麻哈哈大笑。小麻在房里走来走去,将家里的每一件新用具和家具都夸赞了一番。还说留下的几样原来的家具也不要扔了,是传家宝,上面有他俩恋爱的记忆。仪叔也夸赞小麻会过日子,提出的建议总是很适用。

这时小麻看了一下墙上的那面钟,说:"七点钟了,我们得上床了。明早七点就得起来去上班呢。"

仪叔记起上次没有好好吻小麻,就抱着她深吻起来。

好久好久,小麻才说出一句:"啊,仪叔……"

脱衣上床后,两人的前戏比上次长了很多。两人轮流抚摸对方,还用舌头抚摸,用嘴吸吮。小麻觉得自己快要融化了。仪叔感到这次进入小麻比上次从容,大概因为上次对小麻的身体还不熟悉,所以有点紧张,担心自己做不好。他觉得这一次的快感更大。他听到小麻在呻吟,那就像某种不知名的兽发出的声音。他终于释放了。小麻抱住他,他在她的怀里躺了一小会儿。

不知过了多久,小麻轻轻地说:"仪叔,我们睡觉吧。"

"小麻真体贴我。可是小麻还肿胀着呢,我一点瞌睡都没有。"

于是仪叔又开始了第二轮。他将这戏称为"游戏"。小麻说这也是她的最爱。仪叔抚摸了小麻一阵之后,小麻的乳头又变硬了,抵着他的胸膛。小麻气喘吁吁,说她快活极了。仪叔一边吸吮一边抚摸,自己也激动不已。然后他突然停下来了。他同小麻谈些家务事,谈些今后的计划。待小麻稍微平静一点了,他又开始抚摸她,并吸吮她。

再后来他不断加快速度抚摸,刺激同一个地方,直到小麻尖叫起来,他才停下来。这时两人都出汗了。

"仪叔仪叔,您对我的好我永远忘不了。"小麻流着泪说,"您不仅是我的爸,您还让我享受了我最向往的那种夫妻之爱。"

仪叔替小麻擦着眼泪哄她:"小麻乖,别哭。你以后只管享受吧,我们还会有很多年好日子呢。我自己也很享受——并且小麻的享受就是我的享受啊。想想吧,我这个年纪了还有这么好的运气。"

"我们是真正的灵肉合一,对吧?"

"当然是。小麻比我聪明多了,一直在教育我呢。"

"一眨眼就两三个小时过去了,良宵苦短啊!"小麻夸张地说,"我从未想到仪叔对我的感受会这么深,就像两个人是一个人一样。"

小麻到底年轻,很快就睡着了。仪叔却不能一下子入睡。他想到了很多事。他对怀中的女孩的爱越深,就越发现她非同一般。但与此同时,她又是普通人家的孩子。这是不是这个时代的文学的特征呢?他周围的这些有希望的青年,也大都是普通人家的孩子,是他们筑成了这种高层次文学的牢固的基础啊。他们都具有蓬勃的生命力和追求理想的毅力。这种以草根为主的文学同从前的文学真是大不相同了啊。相形之下,年轻人的视野更广阔,底蕴也会更深。而且由于这个世界日益频繁的交流,从他们当中会产生出令人意想不到的新模式。

仪叔帮小麻盖上被子,然后一口气数到两百个数字,终于进入了丛林。那里有猿猴在呼叫着,群星和大地正要接吻……

"仪叔,我要上班去了,您还是多睡一下吧。"

"我已经睡足了。我来做三明治给你吃。"

吃完三明治,小麻就同仪叔吻别。

坐在公交车上,小麻想,多么奇怪啊,仪叔同她总能达到高潮。他一开始抚摸她、吸吮她,她就亢奋得不行,而从前她那些年轻力壮的男友,器官比仪叔好用,可以长时间同她性交,可是她同他们达到高潮的次数少得多。而且过后也没有留下什么印象。前戏少,总是直奔性交是一个原因。更主要的原因应该是缺少了美感和爱,也就是文学性的想象。她记起她从前有一位身材出色的男友,他精力过剩,总是将她弄得很疼,却没达到她想要的高潮。后来小麻坚决地同他分手了,他还不知道是什么原因,总对小麻念念不忘。"大家都说我们最最般配啊。"他追在她后面反复说。小麻在心里反驳他说:"般配个屁,我情愿同老虎性交,肯定比同你性交有意思。"想着这些往事她就会心地笑了。仪叔带她进行的性活动还让她懂得了文学与性之间的联系,关于这方面她有了不少感想,她打算一一写到笔记里面去。

一想到很快要搬到仪叔打理好的这个家里了,小麻的心血就往上冲,脸就发烧。她的计划是几年之内读遍世界最好的文学作品,其间还要养育一个小孩。想到做这一切都有仪叔的帮助,她就信心满满。她又想到她妈,深感她妈的直觉也是非常了不起的。她对她以前交的那些男友都没有好感,唯独仪叔是个例外,获得了她的认可。大概是苦难造就了她的这种直觉吧,所以仪叔说她是伟大的母亲啊。

"小麻要结婚了,所以这么高兴啊。"同事们都打趣她。

寒马刚回家一会儿,晓越就来了电话,要她过去吃武昌鱼。

寒马稍微梳了一下头发就下楼了。她想,吃完回来写小说。

门半开,晓越坐在桌旁静候。寒马回想起电梯里的吻,稍微有点拘谨。

"这鱼真好吃啊,晓越会将寒马惯成一名饕餮者了。"

"我们喝点酒吧。"晓越说。

"不,不喝。晓越坐在旁边已经让我有点晕头晕脑了,再喝点酒就倒下了。"

"倒下也没关系啊,一人睡一间房也可以啊。"

"可是我还打算回去写小说呢。"

"这倒是个正经理由。我支持您。"

他俩沉默了一会儿,只听见碗筷的声音。

接着晓越又谈起了他念念不忘的事——通过"鸽子"书吧组建文学鉴赏团队。寒马似乎听到他提到了几种方法,几个熟悉的名字。但她抓不住他话里的意思,她走神得厉害。她突然发现了,是玫瑰花的香味在扰乱她的思维。她离开饭桌去看晓越的书房,发现桌上堆满了红玫瑰花。

"晓越,您真邪恶啊。"寒马开玩笑地说。

"您是指玫瑰花?我多买了些,准备让您带回去的。"

寒马坐下继续吃。

"关键是书吧要重开。寒马,也许要等很久吧?"晓越试探地问。

"我不知道——为什么您不吃？您几乎没怎么吃啊。"

"好吧,我不问寒马了。我们继续吃吧。寒马坐在旁边就已经是高级享受了。这块最好,您吃这块吧。"

"我知道我害了大家,我有罪恶感。而且我有自私保守的一面,不敢面对自己的身体。晓越晓越,您对我不满,为什么从来不说？啊？"她声音带哭腔了。

"寒马您误会了,您不应该有罪恶感,大家都理解您。"

晓越站起来,弯下身抱住寒马,轻轻地吻她的嘴唇。

"不会要很久了,我觉得。"寒马最后说。

"不要去想它了,寒马。我太自私,不该问那种问题。还是喝一杯吧,可以减轻痛苦。这是在晓越家里,没关系的。"

于是寒马喝了一杯。她的情绪果然变好了。

"晓越,我们还有多少天去小麻家？"

"二十天。一想到那个日子就激动。"

"他俩的结合太完美了。"寒马叹了口气。

"我也是这样看。和小桑姐黑石哥他们一样完美。"

"晓越,我不是个好人,您是。您会有好报的。"

"现在还不知道啊。因为我只认同一种好报……"

"您只需要多等一下就可以了。"

"我可以再吻寒马一次吗？稍微深一点……"

寒马仰着脸,晓越又抱住她。

他深入进去了。可是他突然又出来了。他推开了她。

"我得回去写作了。"寒马说。

"让我送您。我怕您头晕。"

他紧紧地搂着寒马,下楼,走过院子,又走进她楼里的电梯,一直将她送到门口。他说再见,寒马机械地回应了。

一会儿晓越又来敲门了,说忘了玫瑰花。他替她换水,插好花之后才离开。寒马看书房的窗外,有两个小孩在玩双杠。她觉得发生的事像梦一样。

"看来我离不开他了。"寒马说。

她坐下来写作品,很快就写完了。

寒马写完小说后继续读《×××××5》这本书。她已经跟着书中的主人公走过了几处奇境。现在来到了名叫"石林"的山里。这座山一般人是进不去的,因为到处是密密麻麻的像竹笋一样的石头,根本没有路。这些毫无意义的石头让人看了头皮发麻,丧失信心。但主人公来到山下,将自己的脸贴到石头上,感觉到了石头内部的嗡嗡的振动。他打了一个地铺守在山下,等待事情发生转机。会有什么转机呢?他设想了几种可能。日子一天天过去,那种种可能性都没有实现,石林仍是石林。主人公恋恋不舍地离开了石林大山,他走遍了五湖四海,始终携带着关于石林山的记忆。那竹笋一样的石头;那毫无意义的对峙;山上的冷风;惨淡的弯月,一直在他心底向他诉说着什么。它们是珍贵的记忆,那些石头里面有阳光的密谋,有大海的涨潮,有百鸟的喧闹。没有路,但到处都是路,用不着寻找。寒马很喜欢这一章的句式:简洁,透明,果断有力。寒马想,她也有她自己的石林山,既敞开又抵制的所在。晓越熟悉了她的这座山的规律,所以不会被碰得头破血流,反而会同它互动。他是从什么时候开始成为知情人的?一直都是吗?还是从她搬来这个小区之后?他不肯透露,也许永远都不会透露了。寒马感到晓越对她的了解远比她对他的要多。实际上,她并不了解他,只了解他的文学立场。她往往是为他对她自己的爱所打动,至于他的过去,他的家庭,他的成长史等,她仅知道一点表面的东西,形不成完整的认识链。不过这种不知情不是也增加了他在她眼中的魅力吗?寒马喜欢直接切入,就像她同费的关系一样。情感本身才是最重要的,其他那些她不愿去过多关心。也许在旁人看来,她同费的婚姻是失败的,但她自己并不这样认为。即使时光倒转,再尝试一次,她也还是要去找费的。唉,晓越晓越,寒马老在折磨您,她真羞愧啊。现在发展到了这一步,她还怎么能退回去?可是她真的想退回去吗?为什么不能尝试?尝试了,不合适再退回去才是应有的态度啊。

她想起了晓越的嘴。那种接吻的习惯对她来说有种熟悉感。晓越是在用他的嘴告诉她,他就是那个人吗?即使寒马不愿意确定是他,她的身体也在不由自主地要配合他。正当她想到这里时,小桑给她来电话了。

"寒马,你肯定会来吧?"

"小桑姐,我肯定来。晓越已经买好礼物了呢。他就盼着那一天,好像是他自己要结婚了一样。晓越他——"

"他怎么啦?你们好了吗?寒马?"

"他帮我在京城到处联系,收集对我的作品的反应的信息。"

"寒马有福气——应该说文学有福气。寒马的责任就是坐下来写,你做得非常好。但我觉得寒马在创作之余也该放松自己。"

"我明白,小桑姐。我正慢慢地给自己松绑呢。毕竟费回不来了。"

"我是你的事情的知情人,我看得最清楚。投入生活吧,寒马!"

寒马向小桑表白了之后,就感到自己心安多了。

她下楼到花园里跑了几圈,然后洗澡。她睡得很好。

第二天早上她醒来得有点迟。她看看窗外,太阳已经出来了。

她在无比振奋的情绪中写作,她看到她笔下的情节正在慢慢地展开,意义正在逐步地呈现出来。后来她写完了,又来读昨天读过的那一章。

她想,要走过五湖四海,记忆才会呈现出它的意义。如果那人坐在山下不动的话,石林山就不会向他展示内部的波澜壮阔的风景了。"小桑看得最清楚,她当时是我和费情感波折的见证人,她知道我爱费爱得有多么深。"此刻当她再一次想象费的样子时,费的形象好像蒙着一层薄膜一样。"他正在慢慢地远去。石林山还要继续爆发。"

"晓越,一块出去吃饭吗?"

"我正要告诉您呢,我做了一盘虾,您快过来吧。"

他们坐下来吃饭时,晓越仔细看了看寒马,说:"还是写作好。写作让寒马保持情绪平稳。我觉得寒马能一直写到很老很老。如果我们那时还住在这里,那该是多么美的风景。"

寒马对晓越的烹饪手艺赞不绝口。

"小桑姐说我有福气,指的是我的创作,她不知道我还有口福呢。"

"小桑姐是少有的善解人意的女性,黑石哥真有福气。"晓越感叹不已。

"可是我却不怎么善解人意,晓越能谅解我吗?"

"寒马也是非常善解人意的。要不我们怎能走到今天这一步?"

"像您送我的那本书中说的,走过了五湖四海……"

"我也是将那一章读了又读。要是没有文学,我同寒马的关系真难以想象。可是有了文学,就一切都顺理成章了。"

"顺理成章是什么意思呢?"

"就是我们今天的这种关系啊。我每天都有幸福感。"

他俩将一大盘虾都吃完了,主要是寒马在吃。

"最近我有点发胖了,我觉得我应该节食。"寒马说。

"不要节食,现在这样子正好,您每天运动,又每天写作,消耗大于常人,就该多吃。"

"太胖不就没风度了吗?"

"不可能太胖。即使胖点也不影响风度。"

"您这样说我就有点放心了。不过我还是要提高警惕。"

"来杯酒怎么样？"

他们一人喝了一杯。寒马的脸变得十分妩媚。

"我想吻您,可以吗？"晓越看着她说。

"好。"

他紧紧地抱住她,他的舌头深入到了她的嘴的深处。寒马感到他的身体里面有了暴烈的反应,不由得有点犹豫。就是这一点犹豫,让他马上退出来了。寒马暗想,晓越真是超级敏感。两人都在喘气。

过了好一阵,寒马才轻声说道："晓越,我来洗碗。洗完我就回去读您的这篇新作。"

"好。"

他低着头,一动不动地坐在那里。

整个白天后来的时间里,寒马都在一边读晓越的文章一边回想他的那个吻。她觉得她自己空前地渴望着他的身体。那就是他,不是任何人！她并且开始担心他的身体会不会出问题,因为这种压抑是残酷的。寒马陷入了深深的自责。

她神情恍惚地走到窗前,看见晓越又在做双杠运动。他多么美！她心里一阵一阵地发紧,紧到要哭出声来了。后来他做完了,低着头往回走。

天黑下来了,寒马胡乱吃了点东西,感到她的阅读难以进行下去了。

她洗头洗澡,忙碌了老半天,想让自己的身体降温。她看着镜中的自己那清瘦苗条的身体,她觉得这个身体已经呈现出老处女的倾向了。"我真不像话。"

她慢慢地梳头,修剪指甲。她心里想,他为什么不来电话?

她在房里走来走去,不断地看墙上的那面钟。

十点过去了,快十一点了。

"晓越,我过来好吗?"

"好,我下来接您。"他的声音很镇定。

寒马放下了悬着的一颗心。

他俩在院子的中间会合了。

"吻我吧,晓越。"

"待会儿到房间里再吻。"

"我可是很难达到高潮的啊。"

"我已经看出来了。我们会有的。"

他们在客厅里接吻了。那种深度和力度激起了寒马的全身做出反应。她感到她身上那些器官都在呼叫着。不知过了多久,寒马才清醒过来。

"我没想到晓越会有这么好。"她说。

晓越抱着寒马去卧室里。寒马坐起来,慵懒地配合着晓越为她脱衣。

他们相互抚摸和吸吮。当他们对彼此的身体都熟悉了时,寒马就停止了动作,她躺在床上等待。

"晓越,你在找什么?"

"我找——我不想寒马现在怀孕。寒马正处在关键时刻,至少还得过一年才会有头绪呢。"

"晓越真是老奸巨猾啊!我爱这个老奸巨猾的爱人。"

他回到床上后又来重新刺激她。不知过了多久,寒马想,可以了,我快化成水了……这时他就进来了。啊……啊,什么样的快感!

可是后面还有,他们又开始尝试另一种体位。

寒马的里面终于开始抽搐了。她久久地待在晓越的怀里。

"你也有了吗"她问。

晓越点点头,轻轻地吻她的眼睛。

"晓越真有能耐。"

"这是因为我每天都在维护身体嘛。真想整天待在寒马里面啊。"

他们谈论了一会儿晓越新写的文章。寒马称他的文章为"号角"。

"晓越,你又在兴奋啊。"

他一边抚摸她一边说:"我们可以到沙发上去尝试另外一种'男后位',这样你会觉得更享受。"

他吸吮她时,寒马感到欲望又在上涨。

在沙发上,寒马靠在晓越身上让他从后面进入。

晓越开始抚摸她的下面。这种刺激太强烈了,她很快会达到巅峰。于是她挪开他的手,自己开始动。当她听见他似乎要呻吟了时就停下来,又让他抚摸那个地方。到了极限状态时,寒马又开始动作。这一次,两人几乎是同时达到了高潮。

"晓越真强壮。"

"寒马也挺不错。以后我们可以天天做。"

"晓越是如何了解了寒马的身体的?"

"琢磨出来的吧。因为一时得不到,就老琢磨啊。"

"我们快成色情电影排练了。"寒马笑道。

"这也很好嘛。"

两人终于累了,就拥抱着入睡。

其间晓越醒来一次,他确定了一下晚间的事不是梦,这才又安心地睡着了。寒马则一直没有醒,她卸去了所有重负,通体畅快舒适。

早上寒马一睁眼就对晓越说:"我还得保留我那套房子。"

"对。"晓越立刻回应说,"我这里只有一个书房。我已经看好了一套房。"

"晓越真是老谋深算啊,寒马怎么逃得出你的手心。"

晓越笑着,他又要吸吮寒马的乳房。

"别,别,身体会坏掉……"寒马说。

"最后一次。让我们尽兴,然后休息几天。"

于是他又开始动作了,寒马又化为了水。

这一次进入特别长久,其间他俩还交谈了几句。后来寒马大声呻吟起来:"晓越晓越……哦!"

"我知道你对性生活的要求很高的。"他说。

"我也想让你一直待在我里面。可是我们要起床工作了。"

"寒马将我的身体整个激活了。"

"是抽空了。"寒马打趣说。

寒马回到家里,好久好久平静不下来。

"以前的我是多么僵化和顽固啊!"她对自己说,"可以说,同晓越一块生活只有好处没有坏处。还有谁像他这样懂得寒马?"

她坐下来写时,那情节变得更加出人意料了。"性真是好。"她嘀咕了一句。

她的中篇正在收尾,结尾是一种极境。她想,这就是飞越悬崖。她将最后的一跃留到明天,就像舍不得一下子享受完似的。写完后走到窗前,看见晓越在跑步。"他真是精力充沛啊。"她决定今天和明天不再去找他了,要让他好好休息。

白天里寒马没出门,她一直沉浸在阅读中。读小说,也读晓越的文章。她仿佛看见群山在起舞,世界返回了远古时代,各种不知名的动物都从山肚里跑出来,向着天空嗥叫。

她要将她的好消息告诉老爸,让他放下悬着的一颗心。

"爸,我同那一位好上了。他叫晓越,就住在我对面。我们上班的地方只隔一条街。他在那家最大的书店上班。我们很快会结婚了。爸?您在哭?您担心我?不用担心寒寒,他非常可靠。"

"我太高兴了,寒寒!不知为什么,我也觉得他会可靠。因为寒寒太优秀了,他当然要抓住不放啊。爸的最大的一桩心事放下了,你开始享受你的幸福吧。他的生活能力如何?"

"非常强。我们要买四居室的大房子了。最重要的是,他也为文学痴狂。因为我俩都迷文学,所以沟通起来特别顺畅。而且他事事都将我摆在第一位,一直是这样。"

"听寒寒这样一说,老爸心里不知有多幸福呢。"

打完电话,寒马又继续阅读。

她一直读到晚上九点钟,写下了好几大段笔记。

她又下到花园里跑步,心里琢磨晓越在干什么。

跑完步,又读了一会儿书,就洗澡,然后睡觉。躺在床上时她回想起浴室镜子里的身体,那身体似乎有些肿胀,不再像昨天那么消瘦了。好,她结束老处女的生活了。她又觉得她和他两个人都太生猛了,可能是因为憋得太久,身体好的缘故吧。这样的话,要是天天夜里睡在一起就会影响身体。"分开睡,两三天做一次。"她这样想了之后就笑起来。

第二天早上他们又在楼下见面了。寒马想,他是多么赏心悦目啊。

他们一块乘车,在车上谈论阅读体会,凝视着彼此的眼睛,心中充满了幸福。

一连好多天,晓越都没有邀寒马去他那边。他每天晚上给她短短的电话,就是不提让她过去的事。寒马心里诧异了。

到了星期六下午,寒马终于忍不住了。

"晓越,你今天夜里想不想要寒马啊?"寒马在电话里问。

"当然想嘛。我正要打电话呢。"

"那么你为什么这么多天都不要我过去?"

"我怕影响你的生活规律。你太累了,寒马。"

寒马连忙洗澡。她甚至将小桑送给她的高级香水往身上喷了一点。

她一进门晓越就抱住她亲吻,她的全身又被激起了欲望。但这一次,晓越没有马上要她,而是让她坐下来讨论一件事。

"寒马,我想,看这个势头,一年以后你就可以靠写作为生了。我觉得你可以提早一点辞职,比如下个月。我们要保存实力。你看如何?"

"晓越说得有道理。我虽然喜欢我的工作,但天天上班还是有点吃力。如果不上班了,我就可以有更多的时间进行系统的阅读。但这一来,我又要剥削晓越了。晓越也辛苦啊。"

"我没有寒马那么辛苦。再说寒马的小说将来要是卖得好,我们说不定会发财呢。寒马发了财可别甩掉我啊,我的性技巧可是第一流的呢。"

寒马听他这么一说就立刻脱衣上床。

"啊,我今天要吃掉寒马。"晓越说。

晓越这一次没有进入,而是通过耐心的抚摸和吸吮让她达到了高潮。后来寒马也要抚摸和吸吮晓越,她同样用这种方法让晓越达到了高潮。两人都为他们的成功感到特别高兴。于是约定,到夜里再进入正题。

穿好衣服,两人又去"鸡肠巷"吃饭。

"我现在每天都想同晓越上床,可还是必须克制。"寒马说。

"我也是。有时想得太厉害,就洗个冷水澡。"

"这种身体间的吸引,就相当于晓越在书吧谈到的读者与作品的关系吧。"

"区别只在于,作品只通过文字发出信息,人却可以说话。"晓越说,"一个是直接的,一个有间接性。我们真幸运,每天都将这两种体验到了。"

晓越领寒马进了一家小笼汤包馆。里面有各式各样的汤包。他们点了海鲜汤包和猪肉汤包,两人都吃得饱饱的。晓越凑在寒马耳边说:"晚上还要作战呢。"

回到公寓后,晓越倒了两杯香槟酒,两人坐在一块喝。

"我永远记得寒马在读书会第一次出现在我眼前的情景。如果要问你身上什么最能打动我,我想就是那种自由的风采。"

"那时你有没有想打我的主意?"寒马挑衅地问他。

晓越没有回答寒马的问题,而是伸手来解寒马的衣服。寒马立刻感到自己在他的手的动作下融化了。他将她脱得光光的,然后抱到床上。

恋人的随想

晓越:每天夜里醒来,我都要为自己确定一下所发生的事是不是真的。无穷无尽的焦虑和绝望告一段落了,我同她合为了一体。但前方还面临新的挑战。啊,她的肉体,多少个夜晚疯狂渴望过的、自由的肉体!绝不虚幻、充满动能的肉体!同她结合给我带来的绝不是安宁,而是更大的拼搏的欲望。

寒马:青春复活了,生命又崛起了。这个身体,可以在现实中被击倒,也许暂时麻木,但那只是休整,它不可战胜。我的生命,注定了要不断地崛起,甚至再生。我爱他,因为他就是我,我就是他,我们相互实现自己。我们相爱在萧索的冬天,我们就是这大地的青春。多少万年已经过去了,大地的规律始终不变。我们从那地心深处的隆隆响声中领略她的意志,将这意志变成现实。

晓越:自从那个晚上的第一眼,我被她深深地打动之后,我自己的生活就彻底变了样,从此只围绕一个中心。她就是我里面的那种东西,非常具体的东西,骚动着,要逼迫我行动的东西。她的一个眼风,就可以在我里面的黑暗处掀起波涛甚至巨浪。对于我来说,她还是一种定力,一种源头,能让我在这人世间的行动更有定准和信心。她使我变成完整的人。

寒马:啊,这种爱的唤醒!创造的欲望变得更为急迫,整个身体都发动起来了!他是多么完美啊!我自己在创造中是多么完美啊!什么样的转化魔术!他在前面引导,我是后知后觉,因为人总是有惰性。他其实就是灵感,是我里面的那一位的化身。那个春天的晚上,我在他的启发之下认识到了这个灵感的机制。现在我终于明白了,他一直在身体力行地实现他的理想机制。实际上,我和他都属于初衷不改的那一类,所以最终总会认出对方。

晓越:我从未想到有一天我会达到现在这个境界。这是大地的礼物,凡奋斗者都会有回报。文学是这种境界的核心。这种特殊的馈赠里面包含了责任,所以得到礼物的人也被紧迫感摄住。现在我每天都处在了突围之中,这便是我选择的自由。同她的恋情是一场冒险,我希望自己表现得不那么差。从孩童时代起,我就有一种训练自己的倾向,也许那是最早的自我意识,我庆幸自己将这种本能延续下来了。

寒马:奇怪的是,我在创作时一点也不慌张,而是一贯的胸有成竹。我想,这是老天和大地给予我的禀赋。但如果我要发挥这种禀赋,让它变得一步步强大,那就只有投入生活,在各式各样的挫折和困难中去磨砺里面的那个东西。他和费,还有小桑姐是最早向我指出我的禀赋的。也许世界就是这样的:一种禀赋产生了,周围就会有很多镜子来启示它,促使它发挥和壮大。现在他成了我的镜子,他用他的身体来启示我的身体,促成我的创造行动。啊,这个世界,我们人类的世界!

晓越:我对她的爱,她对我的爱,一直是围绕文学这个核心的。我们又将世俗中的爱转化成了文学上的冲刺和冒险行动。我之所以对这种爱有信心,也是出于对于根基的洞悉——古老的本能是很难丢失的,如果一个人真正具有它的话。只要我和她还在行动,爱的源泉就不会枯竭。我们用不着去想天长地久的事,那种设想无意义,也同主题无关。只要执着于当下的行动,也就是每一天的日常生活,便是执着于美。她从一开始就深深地体会到了这一点,这是关键中的关键,一种令人震惊的天赋——所以她的创作能如此顺利,一往无前。

寒马:我怎么能不爱他?不爱他,就不能很好地实现我自己啊。即使先前的那些躲避、冷淡和疏远,不也是爱的表现吗?他比我看得清,小桑姐也比我看得清,因为当局者迷,必须借助于镜子的提示。我终于在这种浓烈的博爱的氛围中觉醒了……这些美好的镜子啊。我生活在一个伟大的世界里,一切都实实在在地发生过了,绝不是幻影。这种以惊人的和谐的方式实现的身体互动,破除着人们的旧观念,与我的创作同步地深入。

晓越:当我说:她在那里。这就意味着我自己在那里。在爱当中不可能迷路,一切你追求的都将实现。因为爱是自由之母啊。有时候,自由显出其残酷的一面,但那残酷是种伪装,是为爱所允诺的,因为爱自身,也要通过残酷的险境来抵达。我同她都在做这种操练,我们没有固定的模式所遵循,只有无穷的欲望作为依仗,互为镜像的启示作为鼓励。我和她,天性喜爱冒险,但我们在爱的永恒的光照下是不会失足的,即使这光照中显现的全是险境。一想到这一点就振奋,就跃跃欲试!

寒马:他说我们处在历史的中心,这也是我在写作之际时刻感觉到的。不然为什么要喷发?为什么句子会自动形成?为什么看似无意义的描写却具有最深奥的本质?我这种写作是不可能偏离的,他知道这一点,并为之感到欢欣鼓舞。我的爱人,他很早就洞悉了我的身体的奥秘。我们共解一个谜,多么刺激的工作!现在的每一天,我们都在相互的对照中给自己启蒙,在这通向永恒的之字形小路上,前方那诱人的目标在不断变形……

"寒马,你在想什么?"

"当然是想晓越。"

"我也在想寒马。我们的书吧一定要将蒙城的鉴赏机构完善起来,这是我和你的事业。我们要让这个机构在文学世界里发挥作用。"

"我早就认为晓越是一股'新势力'。但那时我对你的认识还是很模糊的,这种模糊导致了前段时间我们之间的波折。"

"让我抚摸一下寒马这里。"

"当我对你的吸吮做出回应时,就真切地感觉到了晓越的不可缺少。"

"我同寒马的合力,再加上朋友们的共同努力,一定会创造历史。你要吸吮晓越?来吧,我多么想一直在寒马里面。"

黎明前,两人昏昏地睡去。晓越看见了阴沉的天空中的鹰,那是费看见过的同一只鹰。他在梦中说:"地球转动,无数的喜悦还在未来。"

快到星期天中午时,两人一道醒来了。

"让我再吻一下你这里,"晓越说,"这是创造之源。"

"赶快停止,不然我又会来吻你那里了。"

"好吧。唉,总是爱不够……"

晓越不情愿地穿衣,寒马暗笑。

晓越中午在办公室,镜又来了。

"晓越老师满脸红光。快结婚了?"镜问。

"嗯,对。"

"在书店里,寒马老师已经是我们这些年轻人的女神了。"

"我独占了你们的女神,你们恨我吗?"

"不恨。我们还觉得运气好——离她这么近。男孩们都爱她,有两位女孩已经在仔细琢磨她的风度了。"

"我真荣幸。实际上,我差点丢失了——不,一直没有丢失。"

"她对晓越老师的爱全写在眼睛里。"

"谢谢你,镜。"

晓越在想,书店的读书会也是未来的中坚力量,寒马的小说属于这些年轻人。他站在窗前,看见马路尽头,群山隐现的地方有队伍在聚集。啊,这些青年!对寒马的向往就是一种饥渴,从前晓越没有具体目标,所以没有真正的饥渴。而现在,每时每刻他都在渴望。与此同时,他也深感自己的自律的生活方式帮了他的忙。要不他怎能很好地面对寒马这种巨大的诱惑?这就是网,不是用来绊倒人的,却是用来塑造人的。

仪叔和小麻的婚礼终于到来了。前一天,小麻就回娘家去了。她要穿着婚纱和妈妈还有两个妹妹从家里去仪叔家。

那天晚上,小麻一家四口在客厅里进行了怀旧的长谈。两个妹妹回忆了小麻小时候的那些趣事,她们的妈妈又加以补充,说啊说啊,一家人都沉浸在爱的记忆当中。小麻想,因为有一个坚强仁爱的妈妈,她们姐妹才没有堕落啊。她以后一定要更加对妈妈好,对妈妈耐心,让她过一个幸福晚年。仪叔真敏锐,他知道只有妈也幸福了,他们自己才能真正幸福。多么新奇的感觉啊,今后两家就变成一家人了。仪叔是不会有问题的,两个妹妹不是已经爱上姐夫了吗,谁能不爱仪叔?现在她要嫁给仪叔,要将她们一家人的记忆带到仪叔家去了,这种迁移也会是很美妙的……

"办完婚事我就搬吗?"小麻的妈妈问。

"当然是这样。等将来我辞职了,天天陪妈上街购物。"

"仪叔也需要小麻陪呢。"妈妈说。

"那就三个人一块上街。"

"嗯,到了那边,我事事向小麻学习。小麻有智慧。"

"我们在读书会听到关于我姐的故事了,"胭脂说,"那故事真美啊。我和小红感到脸上特别有光彩。我们以后找对象也要把爱情放在第一位。当然也要善良,有修养。我和小红现在都不找,先修炼到接近我姐的份上再说。"

"现在妈对你们俩放心了,因为有一个榜样在你们面前呢。"

"你们两个都漂亮,再加上有修养,追的人将来会排队。"小麻说。

她们睡觉前,小麻来到妈妈房里,悄悄地对她妈妈说:"妈,小麻有件事告诉您。"

"什么事,小麻?"

"我为了快点怀上宝宝,已经有几次同仪叔在一起了。"

"那,你有了吗?"

"现在还看不出来,说不定很快就会有反应了。仪叔身体很好,我的身体也很好,我就盼着快点怀上。小桑的宝宝都好几个月了。"

"不要急,从容对待,肯定会有的。仪叔也像你这样急吗?"

"他心疼我,还说要不是我坚持,他就不生了。他只要我过得好。"

"还是得生。小麻是对的,没孩子的家庭总是个欠缺。"

小麻的妈妈又告诉女儿一些保健事项。两人说了好一会儿私房话才去睡。

在仪叔这边,他已经订好了饭店,现在正在家里等客人上门呢。客人就是小桑和黑石,还有寒马和晓越。仪叔没见过寒马和晓越,但早已知道他们,也读过两人的文章,所以对于这次在婚礼上与他俩认识心里也很激动。因为这两位是才华横溢的未来之星啊。他知道他们四个很早就会来,他们要在一块商讨文学上的事。小麻一家则要到吃中饭时才来。尽管仪叔对社会上的俗套没什么太多感觉,但一想到他的新娘马上要穿着婚纱到来,他还是很激动的。他快六十岁了,却还是第一次结婚。仪叔刚想到这里,小桑和黑石就来了。他们给新郎和新娘带来一台小巧的复印机,是最新的产品。

"仪叔穿上这套礼服起码年轻了十多岁!"小桑高兴地说。

小桑往楼下一看,那两位已进了院子。她对黑石说:"我敢打赌他们已经同居了。"

黑石也往下看了一眼,说:"没错,就像我俩那天夜里一样。"

"你俩嘀咕什么秘密事啊?"仪叔问。

小桑指了指楼下,告诉仪叔:"喜上加喜,又一对新人确定关系了。"

"太好了！我们的阵营的力量正在迅速地壮大。"仪叔笑眯眯地说。

一会儿寒马和晓越就进来了。

"仪叔您好！"两人一齐说。

仪叔紧紧地握着两人的手，激动地说："非常漂亮的一对啊！"

晓越打开礼物，向仪叔介绍了西双版纳的古茶树。

"好，好！"仪叔感动地说，"二位想得真周到。这对茶罐也特别雅致。"

于是五个人在客厅里开始讨论他们的文学计划。

令晓越最高兴的是，仪叔说他同几个文学杂志有多年的友情联系，可以考虑今后建议这些杂志开一些文学专栏，让他们的文学同仁都来参加文章的撰写。

晓越告诉仪叔说，他心目中已经有两位出色的写手了，再加上在座的各位，还有费，就是一股很大的势力了。他们这一伙人由仪叔牵头，一定会在文坛上炸开。晓越还提到他在京城建立的一些联系，哪些文学前辈支持文学上的创新，哪些文学杂志社对寒马的作品有期待，等等。

"寒马的创作给我们这些从事文学的人带来了最大的希望。"仪叔说，"这是多少年来没有过的文学事件。我一直觉得，这个事件发生在我国的女性身上是再自然不过的。我仔细读了她的系列，我想，这样的作品，无论是从力度、深度，还是从独特性、本质普遍性来衡量，都是空前的。我深深地被打动了。今天能见到作家本人，并且以后还要一块工作,对我来说真是无比的幸运啊。"

寒马听了仪叔对她的作品的赞扬就红了脸,暖流在她胸中涌动着。

"女性总是走在最前沿的,"仪叔继续说,"她们会是这个时代的开拓者。比如小桑,就走在我的前面,她在多年的阅读中给了我很多启发,让我不断受益。我高兴地看到这两位正在成为文学的中坚力量。"

接下来大家又开始讨论一些行动的具体步骤。看来大家都做了很大的努力,每个人都可以提供一两篇已经写好或正在撰写的文章。这些文章都是围绕寒马的作品和创作的。寒马没想到仪叔自己也写了一篇,她激动得不能自己,连忙起身走到窗前去了。她觉得此刻的情景像一个梦。

讨论热烈起来,每个人都在出谋划策,每个人都感到了时间的紧迫,感到了马上出手的必要性。寒马凝视院子里的那几棵树,她听见现在是黑石在讲话,他和小桑正在一来一往地讨论;仪叔则和晓越在谈到具体策划方面的事宜。在屋子里"嗡嗡嗡、嗡嗡嗡"的谈话声的刺激下,寒马的脑海里渐渐成了一片空白,她既想哭,又想大喊一声……后来她没有喊也没有哭,回到了座位上。

"寒马,你没有不舒服吧?你的手冰凉。"小桑握着寒马的手问。

"我过分激动时总是这样的。我太幸福了。其实我还并没有做多少工作,我还得努力。我正在想,我还要扩充一些知识,扩大眼界,让作品真正打开局面。"寒马说。

"刚才我和黑石看见你俩走进院子,我们心里的石头就落了地。晓越既懂理论又是实干家,你俩的结合给我们这些文学人带来很大的鼓舞。"

"小桑姐就是我的最亲的亲姐姐,您总是为我操心,将一切可能性全考虑到了,您的分析又是那么入情入理。"

"因为寒马既是我的,也是大家的希望啊。其实我们的担忧往往是多余的,黑石一直坚信你们会水到渠成。"

"也谢谢黑石大哥,他也是我所崇拜的人呢。"

这时寒马看见晓越正在帮大家烧水沏茶,不由得对他投去感激的目光。

不知不觉地大家就谈论了三个多小时。仪叔告诉大家小麻一家人已经动身了,十分钟内就会到家。

"小麻是我的闺蜜,也是未来的文学新秀。"小桑向晓越介绍说,"在她同仪叔的恋情中,我从头到尾是知情人。而仪叔又是暗中将我和黑石撮合的那个人。你瞧,这世界不是乱套了吗?"

"这世界的深层的规律正在显露。"晓越说道。

大家说着话往楼下走,到了院子里,发现楼里好多人都出来了,自发地站成一排。他们都想目睹新娘的风采呢。

来到院子大门外,就看见出租车开过来了。先是穿婚纱的小麻和两个妹妹出来了,然后是小麻的妈也出来了。仪叔牵着小麻的手进了院子,两个妹妹在后面托着裙裾。晓越连忙拿出他的高级相机为新人拍照。黑石也在忙着拍。他们都觉得这场面太珍贵了,必须留下纪念。

一进院子,邻居们就都拍起手来。他们感叹道:"新娘太漂亮了!"

后来一行人就上了楼。

"仪叔,你们的房子真舒适!"小麻的妈妈高兴地说。

"小麻妈,您的房子也很不错的,我和小麻已经将它打理好了。"

两位老的很快聊上了。小麻在旁边看了心花怒放。

这时大家站起来准备去饭店了。小麻对她妈妈说,反正已经拍完照片了,她要将婚纱脱下,自在一些。

"可是还没喝交杯酒呢。晚一点再脱吧。"小麻的妈妈恳求她。

饭店就在附近,一行人很快又来到了饭店安排的包间里。

坐下来后,新人就喝了交杯酒。两位男士帮新人拍了很多喝交杯酒的照片,准备将最好的选出来放大,交给小麻妈。小麻妈喜得合不拢嘴。仪叔过去给小麻妈敬酒。

"感谢您将女儿交给我,我将一直珍惜她。"仪叔说。

小麻妈哽咽着说不出话,半天才挤出一句:"早点生宝宝。"

由于有孕妇在座,又由于小麻也担心自己怀孕了,所以大家都不劝酒了。女士们就喝饮料。小桑同小麻妈很熟,她同黑石两人坐在小麻妈一块拉家常。小麻的两个妹妹一边一个坐在仪叔身边。她们要讨好姐夫,以便今后向姐夫讨教。仪叔耐心地回答女孩子们的问题,觉得很愉快。寒马和晓越坐在新娘旁。小麻说,她在仪叔的指导下读了寒马的作品,对寒马无比佩服。她要将寒马的小说作为自己的教材,反复钻研。

婚礼就在亲切欢乐的气氛中结束了。

回到家中,小麻对仪叔说:"哪里有仪叔,哪里就有和谐安稳。看来婚礼也不可怕。"

小麻小心地脱下婚纱,换上睡衣。又将婚纱仔细装好,说要留着做纪念的。她让仪叔抱她上床。

"好多天没同仪叔在一起了,想得很厉害。"

她这样一说,仪叔马上被激发起来了。

两人又昏天黑地地爱了一场。一直到了黄昏小麻还赖着不肯下床。

后来仪叔说,要做粉丝素菜给小麻吃。小麻只好同他一道起来了。

饭后仪叔又展示小桑黑石赠送的复印机的功能给小麻看。

"有了这个东西,我们以后做研究就方便多了。"他说。

"我以前是由小桑教育成长的。"小麻感动地说,"今后就拜托仪叔了。我明天就开始使用您帮我准备的新书房。"

寒马在回公寓的公交车上又伏在晓越肩头睡着了。不过中途她又醒来了。车上没什么乘客。寒马凑在晓越耳边说:"今天是分开的第五天了,回到家来一次吧?"晓越回答说,原先的计划是七天放纵一次,既然今天是个特别的日子,又喝了酒,就破例吧。

"等到下周你辞职了,我们就可以过有规律的生活了。两三天一次都可以。我巴不得一天两次,可那样的话质量能不能保证?"

"晓越说起话来像老色鬼。"寒马笑道。

"我就爱琢磨这事。这是最近才有的习惯。"晓越说。

"主要是为了寒马,对吧?"

"我真感动,晓越。同你在一块我总被你感动。"她又说。

晓越告诉寒马,经过上午在仪叔家的讨论,他更有紧迫感了。他得发奋钻研,还要做一些组织工作,因为"鸽子"书吧马上要重开了。

"寒马现在可以面对费了吗?"

"嗯,我觉得应该可以了。现在对他只剩下了一种情感,那就是深深的感激。我的身体已经转向了晓越。这个过程不那么容易,可是在晓越的耐心、执着的帮助下,我完成了。现在我常想,我不过是有些天赋,能够进行创作,就有这么多人来关心我、体贴我,我更没理由浪费时间了。我要将日程安排得满满的,不但每天要写小说,还要加大阅读和研究,以此来回报对我寄予希望的所有的人。"

"晓越的责任就是致力于文学的研究和传播,与此同时安排好同寒马的生活,让两个人保持健康的肉体和精神。

寒马的精神已经有了,寒马的肉体嘛,还有待晓越与她共同打造。"

"真是个贫嘴。我恨不得马上到家。"寒马说。

一进门寒马就脱掉衣服往卧室里走。她听见晓越在说:"我这里难受好一会儿了。我们干脆免掉程序先来一次吧,真想念寒马的身体,那里是我的故乡啊。"

这一次寒马的高潮来得较快,所以两人没有换体位。

"晓越,"寒马闭着双眼说,"我从来没有询问过你的父母,你的家乡。你是北方人还是南方人?不,不要回答。不知情的这种感觉真好。你是我日常生活中的一个最美丽的谜,这段时间也是我的灵感之源。一想到晓越在那里等我,我的写作就更狂放,也更顺畅了。"

"我还想来一次。可是寒马累了。你先睡一会儿吧,我去准备晚餐。"

她听见他往厨房里走。一会儿她的眼睛就睁不开了。

寒马一直睡到黄昏才醒来。她看见晓越坐在床旁看着自己。

"我睡觉的样子很蠢吧?"

"我们书店的年轻人都将寒马看作女神。只有我能观察到女神沉睡的模样,近水楼台先得月。"

寒马问晓越做了什么好吃的,晓越说素菜馄饨。寒马一听就跳起来了。

"没想到晓越还会包馄饨,包得真好啊。"

"那你多吃点。"

"我又要超额了,老是吃太多。"寒马拍拍肚子。

"没关系,晚上还有体力劳动。"

"我就爱这个色鬼,简直上瘾了。"

寒马收拾好厨房就立刻回到床上。晓越已经脱光了躺在那里。

"我们进入程序?"寒马问。

"好。"

小桑和黑石一路上感叹不已。

"黑石真是会算,比我反应快多了。"

"你指寒马的事吧。这也是缘分。这下我们放心了。'鸽子'书吧是个魔都,凡是被吸进去的人最后都会成双成对。"

"这也是博尔赫斯的理想。大地上的事物都是对称的。"

"小桑下周也请假回来吧。"

"我还行,我身体强壮。再过一个多月回来为好。每天工作更有规律。"

"下周五我们还要最后一次去'鸽子'书吧,然后小桑就暂时同它告别了。"

"回想我同费和李海一块建立这个书吧的事,真有点恍若隔世的感觉。"黑石又说。

"书吧是你们青春时代的理想。现在成了你们的最大的功绩了。啊,我真想念费啊,他就像我的亲兄弟!"小桑说。

"我在电话里将晓越的构想告诉了他,他一直在做准备。"

"寒马很快会把她和晓越的事告诉费。这个结就解开了。结局并不像博尔赫斯描写的那么可怕,我们中国人的智慧对它有更好的解决办法。我们没有他那么悲观,也不因此就丧失美感。你说对吗?"小桑激动地说。

"小桑越来越深刻了。将这种感受写进评论吧。这太精彩了!"

说着话,他们的公交车就到站了。小桑的爸站在那里等他们。

"爸,您怎么回来了?"

"我今天调休,有点放心不下桑桑,就回来看看。吃完晚饭再回去。"

"爸,我好得很,刚参加同事的婚礼去了。您不用担心我,这里离产科医院很近,五六分钟就走到了。"

大家回到家,小桑的妈妈从厨房里出来了。她说一家人晚上吃皮蛋粥和豆腐素什锦。因为小桑黑石中午吃了油腻的,要清淡。小桑的妈胖了,也变白了,心情也特别好。她还参加了"皇冠"读书会,又开始读小说了。

小桑的爸告诉小桑说,他现在每个月赚这么多用不完,他打算攒起来,放假了就带小桑妈去周游全国。小桑一听就拍手赞成。

小桑的初步计划是请假在家带两年孩子,并且找一个保姆来帮忙。这样她就还有时间搞研究。

"小黑!小黑!"小桑爸叫道。

"什么事,爸?"黑石从书房里出来。

"明天你生日,我回来庆祝。你把你妈和她朋友叫来吃饭吧。"

"好的。我都忘了。我三十六岁了吗?"

"你比我大六个月。"小桑说。

寒马将她和晓越已确定了关系的事打电话告诉费时,费心中升起无比的欣慰感。他向寒马表示祝贺,还说晓越是他的好朋友,好兄弟,晓越同寒马好比任何人同寒马好都更让他放心和高兴,从此他心中的石头就落地了。他托寒马代他向晓越问好,他还提到他同他俩很快要在"鸽子"书吧见面了,那一天他会将他的妻子悦也带到书吧去,因为她一直希望做一名书吧的旁听生。

"费还好吧?"晓越问寒马。

"很好。他向你问好,还说你让他特别放心和高兴。我和费以前谈论过你,他对你的评价非常高。所以他说你是'好朋友,好兄弟'。晓越,你喜欢费吗?"

"寒马喜欢的我都喜欢。再说他人品高尚。我很快要同他商讨具体合作的事项了。好久以来我就认为,能让寒马如此用情的人应是非常优秀的。正因为这一点,所以我决不能让寒马失望。"

"听黑石告诉我,下一期的聚会主题是讨论《远征》,我多么激动!"

"我们要行动起来。这是一次实力的展示,要让我们蒙城的这个阵营成为新文学的中坚力量。"

晓越又把他的一些具体规划告诉寒马,还提到了一些有希望的、可以培养的新生力量。他说,形势还未达到比较理想的状况,但还是有比较大的希望的。这是寒马撰写的这类文学惯常的命运。但命运不也是人造的吗?所以要尽量行动。寒马也要保存实力,维护好身体,以便不断冲刺。

"我俩一直是最好的搭档,一个在纸上行动,一个在现实中行动。合起来力量就大了。我感觉我这一辈子都会不断冲刺,正像你分析的,古老的本能不会那么轻易地消失的。这一段时间,晓越对生活的爱让我里面的体验更加深化了。爱晓越其实也是爱自己。你总在启发我。"

他们又谈到文学中的本质,两个人都认为越是本质的越有普遍性,即使这种普遍性一下子显示不出来,但也决不会消失。最好的作品都是从本源之处生发出来的,虽然一开始不为大多数读者所理解,但生命力是一些时尚作品所无法比拟的。这一点在过去的时代已多次被验证过。那么,本质又是什么?如何去探讨它?这是晓越一直在思考,也一直在实践的问题。他向寒马表白,在他与她的这段关系中,他一直在坚持自己从孩童时代起就追求的某种模式,他相信自己不会走偏,因为他从寒马的身体中得到了回应。那时他就确定了,他俩都是这种本质文学的追求者。这种情感的实践又让他更贴近真理。在这当中他也体验到了,退缩、放弃和颓废都是这种追求所不允许的,人必须执着于现实,扎扎实实地行动,本质就会在身体和精神两方面实现出来。他认为寒马是这类文学的实践者当中做得最好的。他目睹了她在身体受到致命打击时的种种自我修复的行动,其中最关键的一点就是从未有过放弃写作的念头,而是每天都在写,将欲望向这方面转化。"大地上的一切都在转化着,这就是美。"晓越说。

"晓越,你就是我里面的那个人。我不能不爱你。"

"寒马,你也是我里面的那个人。你做出奇迹。维护你就是满足我自己。"

这场谈话发生在小区的花园里。当时夕阳正在他俩面前渐渐地下沉,将眼前的事物染成了金红色。晓越问寒马还记不记得她刚来小区时他们谈到的关于三十年后的情景的事。寒马说她当然记得,那时两人就共同说出了预言,凡预言总是会实现的,因为源自本质。寒马当时说这话时并不十分自觉,她只是凭着模糊的冲动投奔到晓越的所在地。却原来这就是生活之网,也是身体写出的预言!回溯这些"事件"的脉络,她才知道了她是在遵循里面的意志行动,所以才有了后面的结果。"我从不事先考虑结果。"寒马笑着说。

"这就是你行事的风格。所以寒马总能最快、最准确地抓住本质。"

"是在晓越的协助之下做到的。晓越是我的镜子。你在同我的互动中教育了我。所以到后来,我确信跟着你走就不会错。"

"后来慢慢地,我们就变成了双人舞了。"晓越说。

"你今天夜里会要我吗?"

"我现在就要你。我们回去吧。"

他们又爱了一回。是那种寒马感到最刺激的、在沙发上完成的体位。晓越总是想要寒马达到神魂颠倒的状态。

过了几天他们就搬进了新家。新家在十六楼,一眼望出去,可以看到蒙城郊区的山峦。寒马非常喜欢这个新书房。这个书房很大,同晓越的书房是并排的。她想,如果两人同时坐书房里,就能体验到双人舞的律动。

后来寒马的爸爸和继母也来参观了他们的新家。寒马的爸对晓越特别满意,说他身上散发出成熟的男子汉的气息,有献身精神,而且是难得的人才。再后来寒马的弟弟们也一块来了,他们都为亲爱的姐姐感到高兴。

但是晓越到底有没有家人呢?晓越没提这事,寒马也不询问。寒马愿意她的爱人是灵感之谜,是充满了可能性的诱惑。

小麻怀孕了。她和仪叔沉浸在欢乐中。仪叔心疼她,要她马上辞职回家了。当然即使回家了,小麻也没歇着,她更努力地钻研文学了。而且她还承担家务。

"仪叔,算一算日子,我们应该是第一次就怀上了这个宝宝。这就可见我俩有多么和谐!您刚一进去,小麻里面就拥抱您了。想一想那种情形吧,多么美啊。"

"后来我一直自责,为什么自己不早些进去?为什么让小麻等了那么久?我真是个白痴!不过老天还是照顾仪叔,没让仪叔失去小麻。"

"您摸一摸我的身体,看看有什么变化没有?"

"嗯——有变化。乳房,大腿,还有这个地方,都好像有点变化嘛。它们在准备迎接小生命了。"

"您吸吮一下我的乳房吧,让它们快点成熟起来。"

"好。"

"啊,我真快活啊。您再稍微吸吮一下我这里吧。然后抚摸……啊,好。我们从现在开始就要预习节制了。等宝宝出来才能放纵。您好多天没有进去了,让我来吸吮您,让它释放一下好吗?"

"好……啊——啊!小麻小麻,我的运气怎么这么好啊……"

小麻在书房里坐下时想道,除了爱,还要冲刺和冒险,要敢于迎接阅读中的所有挑战。她可不是什么懒人,在妈妈的教导下,她从小一直很努力。现在要攀登文学高峰,就只有不断地鼓劲——仪叔说她不缺少灵气。

除了读和写的反复操练,她还每天请仪叔观察她的身体,摆弄她的那些部位,猜测宝宝的生长环境。这成了两人之间的乐事。她又不想马上搬四居室的房子了,说太折腾了,不如先凑合过,等宝宝大一点了再说。仪叔赞成她的安排。她感到自己越来越从容不迫了,她妈也说她有了小母亲的样子。"我要做一个有修养的妈妈。"她说。她妈又说她有点像仪叔了。

"仪叔说他自己有点像小麻了呢。"小麻说。

小麻妈哈哈大笑,笑出了眼泪。

婚后的日子果然像小麻预料的一样,既忙碌又幸福,实实在在又满是憧憬。不论做家务还是做研究,她都觉得自己充满了兴趣。

小麻还特别不愿搬出这栋旧宿舍楼。仪叔试探性地提过一次,遭到了她的反对。她说这么美的环境,这么多爱的记忆在这里,她舍不下。这栋房子在她想象中成了仪叔的一部分了。"我一进这院子和这楼里,就可以闻到仪叔的气息。再好的房子也比不上这种气息。"她说。

她这样一说仪叔就大大地为她所感动,不再提搬出宿舍的事了。他俩住在旧房子里,既怀旧,又憧憬未来的新生活。

费在校园里的操场上跑步。他开始锻炼身体已经有一段时间了。这不仅是为了迎接未来的小宝宝(他知道那种生活是非常操劳的),也是为了他的文学事业。那时他就知道寒马的事迟早会解决,"鸽子"书吧将重新启动。他希望在书吧重启的日子里,大家的文学追求也会更上一层楼。因为在这段时间里发生了一桩大事,这就是寒马的作品发表了,而且看势头会不断发表下去。一开始得知寒马待在他们原先的房子里时,费唏嘘不已。他想到寒马独自面对的情感困难,想到她的绝望的挣扎,想得夜不能寐。当他知道寒马终于熬出了头时,他的痛苦才慢慢地减轻了,并开始筹划今后如何帮助寒马打开局面。就是从这时起,他决心要坚持锻炼身体了。

终于,寒马来电话告诉了他她生活中的转折,让他心中那块石头落了地。这同时也是令他振奋的消息,因为寒马的爱人是他熟悉的晓越。以前寒马就认为,晓越的实践能力超出书吧里所有的人,他是最善于将理想转化成行动的。现在他同寒马一结合,"鸽子"书吧必定会如虎添翼……所以那时寒马才将晓越称作"新势力"啊。费深深地感到对于寒马来说这位朋友比自己要合适得多。不过这种想法只是一闪念。费看到自己所面对的是寒马的作品的前途,这也就是新文学的前途。他决心尽一切努力让"鸽子"书吧的朋友们投入到行动中去。他听寒马告诉他,他和黑石的老师仪叔也投入到了这种行动中,并且在动员那些杂志社……多么紧迫啊。他已经写好了一篇寒马小说的鉴赏文章。这一次,他的每一句话都是有感而发的,所以他对自己比较满意了。现在他每一天都在盼望"鸽子"书吧的聚会到来,他急于要同晓越一块商量具体事宜。他也了解到文坛对寒马的作品的接受比较冷淡,这都是因为缺少层次较高的解读和阅读上的惰性所致。"鸽子"书吧的意义就在这里啊。当年他同黑石创办这个书吧的目标,就是要在文学的前沿树立标杆,解放人的思想与体验,推动文学上的新启蒙。现在关键性的契机到来了,就看同仁们发挥得如何了。

　　费的家庭生活现在非常平静和满足。悦继承了她妈在操持家务方面的才能,将家里打理得很舒适。而且她所在的学校对她十分照顾,同意她在生孩子以后给她两年产假。另外,悦还从她妈的亲戚中找了一位保姆,到时候来家里帮忙。现在他俩可以从容等待小孩的降生了。

　　孕期的悦特别美,像个古典美人。费觉得自己以前亏欠了她,现在总有种弥补的冲动。悦非常感动,她暗下决心要改变自己,尽一切努力向费的境界靠拢。所以她提出要去"鸽子"书吧旁听,即使她知道寒马是书吧的中心人物之一,她还是坚持要去。她对费说她在客观上夺走了寒马的爱人,老觉得对不起她,所以很想同寒马做朋友。如果她同这位高尚的女性做了朋友的话,自己的境界也会提升。由于她的坚持,费只好同意了她的请求。实际上,费心底里也希望悦支持他的书吧,从中学到一些东西,使自己变得心胸开阔。

　　"费,这些天你就不要管家务事了,我一个能应付。你抓紧你的书吧工作的策划吧。"悦说。

　　"谢谢悦。现在大家都在准备要为文学出力了呢。形势发展起来真快。这是我多年里梦想的情形啊……"

　　"我也想出力。要知道,是因为费是文学人,我们的小宝宝才得救的啊。一位文学人与另一位文学人,两人一道做出了仁爱的决定与选择。我今后也要向你们学习,决不再糊里糊涂、不负责任地过日子。那样也会对不起宝宝啊。"

费抚摸着悦的头发,为悦深明大义的话语感到欣慰。他想,悦的确在进步。他自己不也是如此吗?他和悦都属于晚熟的人……

寒马在新家的书房里写作,晓越在另一间书房里读仪叔的文章。

寒马很快就写完了,但晓越还没有结束。寒马轻轻地溜到晓越的背后,轻轻地搂住他,说:"我又来骚扰晓越了。"

晓越高兴地望着寒马说:"寒马的骚扰没害处,只会增添灵感。"

"真的吗,啊?还有这种事?"

"你让我解开你的衣服,我就回答你。"

"我明白了。现在我们用不着按你的规定七天一次了,是不是要庆祝一下?"

"可晓越还是不满足啊,他希望一天两次。来,你坐在我身上。不能进去,让我摸摸你也很好。"

晓越开始戏弄她。后来他又要她躺到沙发上去,说他要闻那令人陶醉的原始森林的气息。

"这里是最神秘的,我恨不得死在这里面。"他边吻边说,"我今天还没有进去过呢,让我进去一小会儿吧。"

他将寒马抱到亮堂堂的新卧室里面,又开始一边抚摸一边嘀咕"原始森林"。他问她:"你说我今天进去好还是不进去好?我有点超额了。"

还没说完他就将她的腿抬高了。这一次他特别持久,所以又换了两次体位,令寒马发出了沉重的呻吟。

"你又纵欲了。"寒马严肃地说。

"下不为例。我保证三天不碰寒马。"晓越信誓旦旦地回应。

说完他又伸手过来。寒马打开他的手,跳起来穿衣服。

"今天我包馄饨给你吃,肉馅的。你躺着休息吧。"寒马说。

他们一边吃饭一边谈论寒马的新中篇小说发表后文学界的反应。这篇小说的反响要大一些,有两家杂志登出了评论。其中一篇评论是从分析文本的现实背景出发来探讨情节的所指的;另一篇则是对小说提出质疑的。晓越说,从他所掌握的文坛形势来看,这种反响是在情理之中。寒马的作品太出其不意了,大部分读者都没做好阅读的思想准备。因为阅读这类小说是需要长期的训练的。

"你的作品属于小众文学的最上面的那一块,这类作品中能流传下来的都是经历了历史的大浪淘沙的。在过去的时代,常常需要很长的时间,几经反复才能确定其地位。当今时代对于小众文学来说形势已大大好转,因为科技的进步,沟通的便易,传播的加速,使得这类文学的影响已不像过去那么局限。还有一个最大的因素是,现代人已经不再满足于对于自我、对于宇宙的常规解释,读者也渴望创新的作品,尤其是一小部分高层次的读者。但这些读者还没来得及成熟起来,没能形成变革的势力,他们散落在各地,相互之间缺乏联系。假设一下吧,如果每个大城市都有一个类似'鸽子'书吧这样的交流平台,你的作品就肯定会比现在的影响要大得多。不过现在'鸽子'书吧已经存在了,你的作品也就有了更多的可能性和更大的希望。"晓越说。

"虽然我的作品的写作完全不受这些因素的左右,但我还是非常关心作品所引起的反响。如你所说,这种作品是在沟通中存在的。为什么要写?就是因为对读者感兴趣,有好奇心。这类文学比任何其他种类与读者的关系都要更直接、更密切。其实晓越也在写作品,除了你的文章以外,你每天做的沟通的工作,你同人的谈话,这些也是你的文学作品。我和你都认为今天的文学应该是包含日常生活的,所以我们的动力很大。"寒马边想边说,"高层次的读者也是可以培养的吧。如果你给他们提供足够的作品,读者慢慢地形成了讨论的氛围,就会有一些读者脱颖而出。当然这个时间段会很长,有时三十到五十年,有时一百年以上。我并不对此悲观。重要的是让作品和读者群存在。"

寒马说,如果她的作品过了四十年还能有读者,并且读者群逐步扩大,她就很高兴了。这种事既要顺其自然,也要努力去促成。

"所以小桑姐说我俩是天作之合啊。"她说。

"夕阳、白发,两位文学老人。"晓越说,"'红玫瑰'小区是隐蔽的历史事件的发源地。"

晓越告诉寒马说,他已经为即将到来的书吧聚会的朋友们拟出了一个分头行动的大纲,他们这一拨人将由仪叔牵头,在文坛不断地制造新话题,不断地发出自己的声音。这个文学中心则是寒马的小说。他说除了手头的四篇文章以外,他又得知李海和阳也各写了一篇。还有雀子和岩就小说展开了讨论,并记录了他们的讨论内容。"我们还需要更多的讨论。"他说。

"按照传统的文学上的习惯,"寒马说,"作者本人不宜谈论自己的作品。但我感到我的创作正在打破这个习惯。我应该属于那种可以分裂自身的现代作者,我常常能够清醒地评价自己的创作。所以我也想写一些创作随感。"

"这太好了。寒马的创作是特例,不应该拘泥于传统。作者只要一离开小说,就可以成为自己的小说的评论者。我认为这也是未来文学的趋势。自我要分裂才有希望发展。"

他们就这样讨论下去,越来越深入,越来越感到他们自己正在成为世界的中心。"谁的原始本力最大,谁就形成中心。虽然这个中心不能马上为世人所认识到。历史总是如此。"晓越说。

"在未来的日子里,我应该会不断地爆发。"寒马若有所思地说。

"爆发吧,你越爆发,越能教育我们其他人,提升我们,也让我们获得。我的工作嘛,也包括维护好创造之源,让活力源源不断。从前那种将单纯痛苦定为创造之源的理论已不够了。"

寒马扑哧一笑,给了晓越一个响亮的吻。

"黑石,你怎么还不睡?我都睡了一觉了。"小桑走进书房催他。

黑石放下笔,说:"我正在增补我这篇文章,一写起来就停不下来了。还是仪叔的文章更到位,姜还是老的辣。寒马的作品真好,可以无限地深入。我们星期五订一辆出租车吧,我迫不及待了。"

"我也是。终于盼到了这一天。让宝宝也去接受早期教育。"

"让我看看宝宝在里面乖不乖?"

黑石躺在黑暗中整理自己的思路。在寒马的小说《远征》中,远征的意义在哪里?他仿佛看到大地上的山林和洞穴里钻出了许许多多的影子,这些无名之物聚焦着,堆砌着,变幻着,展示着自身。慢慢地,地面全部被它们覆盖了,因为增殖每秒钟都在发生。"我也需要远征。这种从远古以来的行动从未停止过,现在这种演变和异化正在创造一个新世界。作者是怎样从处女作开始就抓住了本质的?"黑石在内心自言自语道,"斗转星移,某个有特殊禀赋的人听到了从宇宙空间里传来的呼唤……"他又想到小桑作为寒马的镜子给寒马的启发,惊叹于小桑的敏锐。"这与她同寒马同时作为这个时代的觉醒的女性也是有关系的。确实像仪叔说的那样,女性在各个方面都在崛起,都走到了男性的前面。"他想,远征就是不断地突围生长,顽强地建构大自然吧。这种奇异的写作是不会停下来的。每一个人都要从身体方面拷问自己:有,还是没有?你行动,就什么都有;你停止行动,就什么都没有。不光要想,还要将那个东西做出来。现在寒马做出了一个全新的创造物,我们在这个创造物的刺激下与它互动,又要各自做出我们的东西。这就是读者的义务啊。大自然给出了一切可能性,关键只在于做东西,做出来的东西才是自然物。

黑石越想越兴奋。他一动不动地躺着,怕影响小桑。他感到他的思路越往深处掘进,就越能连贯起来。早春那一次书吧聚会时,他和小桑在这方面的探讨已有了些成果。现在寒马的作品这个新契机出现了,在这个方面还可以一直深入下去。比如这个问题:古典悲剧时代是否已经过去?什么样的新文学才能取代它?目前应该有一些做这方面的比较的论文,和大量鉴赏文字。他决定再写一篇,将歌德的《浮士德》和寒马的《远征》来进行比较……他的思路进入书中的细节,想得入了迷……啊,再钻研下去就会到凌晨了,还是睡吧,明天再说。

早上起床,小桑问他:"黑石,你在打哈欠。昨夜想了一夜吗?"

"没关系,我身体好。我是公司里的人里面在坚持锻炼方面做得最好的。"

"下午请假吧。"小桑说。

"正好今天下午没有什么任务,可以在上班时打打瞌睡。"

小桑坐在公交车上沉思。一想到星期五就要去书吧就激动不已。书吧在近几个月里头经历了费和寒马掀起的惊涛骇浪之后,现在已平静下来了。一切复杂的纠结都得到了很好的解决。这整个事件就是一个文学的奇迹,甚至可以说是美的转化。我们的大自然是多么有智慧啊!文学人又是多么善良的族类啊!由于小桑对事情的始末了解得最清楚,所以她急于同费见面。她觉得黑石的这位老朋友就同黑石一样,性格中有些特别高尚的东西。难怪他们的友谊几十年如一日啊。俗话说,养兵千日,用兵一时。现在是"鸽子"书吧亮剑的时候了。小桑相信同仁们都会有极好的表现。她已同他们都通了电话,发现每个人都是激情满满,跃跃欲试……至于她自己的文章,将致力于用精确细腻的风格勾画出寒马的作品中的原始风景。精确是第一位的,如不能做到精确,本质就会在论述中滑掉。寒马自从进入创作以来成熟得多么快啊,简直是神速!一动笔就超级老练。也许这就是仪叔谈到的那种"岩浆喷发"。小桑希望自己的写作也是喷发,在沟通工作中喷发。

寒马坐在书房里奋笔疾书,她写这个,已经写了三天了。她每天的工作量相当于那两篇小说的进度的一倍多,但是花去的时间却差不太多。她计算了一下,只多十分钟。这是个新的中篇吗?不太像。这好像是一个长篇的格局啊。这个长篇将要写些什么内容?她并不清楚。她想到晓越告诉她的高超的方法:"就让它去不清楚好了。"虽然心里还有一点点忐忑不安,但写作本身却给她带来了信心:文字是多么的幽默跳脱!到第七天时她就模模糊糊地领悟了自己要写一篇什么样的小说。

寒马将写了一万多字的开头拿给晓越看。晓越看完后呆呆地望着她。

"晓越,写得还行吗?"

晓越点点头,说:"开山鼻祖,不可思议。"

"我最近打算写一些经典作品的解读和鉴赏文章了。因为我自己有了创作体验后,忽然一下就解开了过去读过的那些作品中的深奥的谜。"寒马说。

"我也有这个感觉。我觉得你作为最高层次的读者,同时又是实践者,集两方面的优势于一身,谁也赶不上你。你最应该写。"

"那么,你能不能讲出我这几天写的这个东西是什么?"

"寒马的王国,位于某个边境上,酸甜苦辣,美不胜收。大爆发到来了。"

"我没想到我自己写得这么快了。"

"岩浆在喷发啊。是那种让人暗笑到要窒息的魔术。"

"因为辞职后晓越给我安排的伙食特别能促进写作嘛。"

"你现在坐到我身上来吧,我要抱抱你,看看寒马长胖没有。"

"好……"

晓越的手指立刻到达了那个地方,寒马战栗起来。

"嗯,寒马有点胖了,真令人神往啊。让我看清楚一点,然后给你安排减肥的清淡饮食。"

他抱着寒马往卧室里走。

"可是我想先吻你。"寒马说。

"嘘,这次不行。都三天了。到晚上你再吻我吧。"

两人都得到了释放。

"为什么作家里面喜欢胡闹的比较多呢?"寒马问。

"可能是文学机制的作用在他们自己身上弱化了吧。出了名的作家有特权,就不知不觉地将自己和文学看作了类似皇帝的专利,这其实是违反了文学的本质的。由于一些作家的生活同他们的创作脱离,他们就不会像寒马一样对爱人用情很深。他们只有一个爱人,就是文字里面的那一个,现实中的爱人都是次一级的。所以很多作家的创作到后来都成了文字游戏,丧失了源泉。爱不应是思维之物,而应是思想和肉体的合一。没有这种转化能力的作家创作生命会很短。"

"我也一直在想这种问题。我不敢说我今后就会对晓越专一,这种事谁都不能相互保证。但我确实深爱晓越,将晓越看作我自己。我的灵感来自生活,来自日常的衣食住行,情和性,晓越是我的生活的最大的部分。创作之余,一想到除了文学,还有晓越的身体陪伴我,我就感到特别欣慰。我们有着相似的思想立场,我喜欢你的身体,这个身体能给我满足和灵感,同文学相通,所以现在我每天都能将生活转化成文学。"

"寒马的文字充满了肉感的灵性而又不乏思辨的力量,将二者结合得如此之好的作家很罕见。我想,天赋是一个主要原因,还有另外一个主要原因应该是对日常生活的热爱和兴趣。比如现在,我们住在井市当中,我们与周围的环境融为了一体,这种美就体现在你的作品里。在作品里我看到,即使是最严厉的批判也充满了爱和诙谐,而从未流露出冷淡和厌倦。你对文学的沟通本质领悟得最深,所以你这种文学达到的普遍性也会最大。"

"我想,因为我是平民百姓家的女儿,所以我就自然而然地将文学看作平民百姓的喜怒哀乐了吧。从小说中也可以看出,我的猎奇冒险都是从老百姓的角度出发的那种冲动,不是什么空中楼阁。我没有要'胡闹'的奇思异想,只想平平凡凡地爱,平平凡凡地生活。"

"你说的这个特点,我从看见你的第一眼起就感觉到了。而且我们在一块谈论了这种观点。所以我说你是我多年来的理想的具体化身。平民的女儿也是大地的女儿,你的文学中的奇思异想更具本质性,生命力也会更长久。受寒马的创作的推动,我也会慢慢地将我的这些思想感受系统化。"晓越说。

"同晓越生活在一起,寒马会写得更多、更好。我常常努力回忆,我当初怎么会一下子就想到了要搬到晓越这里来的?但并没有明确的答案。看来这是你说的那种机制在我里面发动,导致了朦胧中的行动。其实从那时我就开始了对晓越的阅读——我们的身体从一开始就在相互吸引。"

"阅读里常常有生死搏斗。"

说到这里,晓越的手又不安分了。他感觉到寒马的那个地方对他敞开着。

窗外已是黄昏,有一大群鸽子飞过去了,谁家的小孩们在下面的院子里追跑,发出尖叫。

"我来做扬州炒饭,你躺在这里冥思遐想吧。"寒马说。

她起身去了厨房。

晓越躺了几秒钟后,突然跳起来,快步走到书房里去奋笔疾书。不知写了多久才停下来,他感到无比畅快。这时他听见寒马在轻声问他:"可以吃饭了吗?"

吃完饭,收拾好,晓越又给两人各倒了一杯葡萄酒。

晓越举起酒杯,祝贺寒马开始了更大、更猛烈的爆发。

寒马也祝贺晓越获得了新灵感,开始了崭新的系列写作。

到他俩上床时,外面已经夜幕降临。

晓越抢先吸吮和抚摸了寒马,让寒马感到无比痛快。接下来寒马又抚摸吸吮晓越,让晓越登上了巅峰。

满足之余,寒马闭着眼喃喃地问道:"你是南方人还是北方人?"

她没有得到回答,但她觉得他已经回答了她。他是从黑暗深处向她跑来的男孩,浑身散发出寒马既熟悉又陌生的气息……他们在生命的某个转折点上相逢,他给她的几乎麻木了的身体带来了重生般的激情。寒马想,这种里面和外面的情人的一致的律动是多么精彩啊。没有现实中真正的情人的那些作家是有欠缺的,单方面的发挥终究不能持久。这是晓越说的。

第三天,他俩又去了寒马搬来的第一天去过的那个广东餐馆。他们一坐下来老板就过来了。

"结婚了吧?哈哈,我早就看出来晓越同这一位最有夫妻相!我这眼光错不了的。结了婚成双成对,多么好!"

寒马想,晓越以前同女朋友来这里吃过……

吃饭时晓越告诉寒马,他已经向书店提出了改为上半天班,书店立刻同意了,并且免去了他的大部分实际工作,要他抓全盘策划。

"他们少不了你这种特殊人才。"寒马高兴地说。

"一来寒马很快会有版税收入了,二来我必须把大部分精力放到文学上来,保证我们书吧的宣传和沟通的力度。"

"我又被晓越感动了。"

"马上有更多时间陪寒马了。我一刻都不想同寒马分开,百看不厌。"

"以后寒马老了你会厌倦吗?"

"寒马怎么会老?不可能的。我去原始森林里探索过了,我知道它是不会老的。那地方四季都有溪水潺潺,小鸟歌唱。"

"又在做性梦了。晓越就是长梦不醒者,所以看上了我。"

"寒马累不累?我今天精力充沛,又想超额了。"

寒马微笑着,没有回答。

吃完饭回到家里,晓越咬着寒马的耳朵说:"我们再做一次沙发上的男后位吧。"

他们又做了。比上次更熟练,更刺激,两人都短时坠入了疯狂。

寒马在梦里又一次回到了童年时代。这种梦就像连续剧一样,做了多年了。

这一次,教室里空空的,小姑娘寒马在做作业,男孩从后面那张门进来了。

男孩明眸皓齿,模样很像晓越小时候。

"你?"他吃惊地望着她。

"我?"寒马说。

寒马在梦里想,原来是晓越啊。许多孩子从前面那张门冲进来了,他俩被冲散了。寒马想去找他,可是到处都没有他。

她听见有人在梦里说:"要过二十年才能找到的。这么好看的男孩子当然不容易遇到。"

醒来后的寒马因幸福而掉泪了。她问晓越:"你做过同样的梦吗?"

"做过的。但我很晚才觉醒,我的梦也不能像你那样形成连续剧。不过自从第一次见到你,你就渗透在我的梦境里了。通常是性梦,但也有一些不是。"

"在连续剧中,我常常起飞。不过这种飞翔并不是真正脱离地面,而是像被地上的看不见的绳子牵住的那种。我用强力挣脱,然后弹回去,再挣脱,再弹回去。最高可达到四十层楼那么高。也许我在表演给那位男孩看。"

"所以我常有'你是谁'这个疑问。你刷新了我的童年的梦。"寒马又说。

"也许我们降生在同一地,后来走丢了。那时我一定见过你的。"晓越说。

寒马仍然沉浸在新作的写作中,心情说不出的畅快。她的效率大大提升,在作品中处处看见通道,每一次冲刺都能发挥得淋漓尽致。每当她坐下来,作品中的人物就开始或叽叽喳喳,或唠唠叨叨,她自己则成了个匆忙的记录员。这让她大为诧异:我里面怎么会有这么多稀奇古怪的事物?而且那种古怪达到了匪夷所思的地步。待慢慢地写出后,她又会释然:原来一点都不古怪,是最普遍的事物!她也知道,读者必须具有她这样的高度才能看到作品的本质普遍性,这就注定了作品被接受的困难。寒马还知道她不能迁就,她只能"这样写",没法"那样写"。

"我的读者群很小。"她说。

"这就是你这类作品的特点。我为寒马自豪。你的作品是顶尖级的。"

"反正我也不盼望发财。我有耐心等待读者成长。哪怕只有两三个读者,只要沟通能发生,我也会惊喜,并坚定地为这两三个人写下去。"寒马笑眯眯地表示。

"叽叽喳喳吧,唠唠叨叨吧,越多越好。这是来自民间底层的生命力啊。它们在最深的地方聚集着,聚集着,等待喷发出来呢。"晓越说,"想想吧,这是多少年才有一次的机遇啊。"

"晓越,我特别喜欢你的嘴。"

"因为会做功夫吗?"

"不但那方面,还会表达。你的表达总是那么精确,从不说空话。"

"那你奖赏我,让我吸吮一下吧。"

"现在还不行,要等晚上。我得将这篇解读文章收尾。"

"那我就熬到晚上再说。啊,真痛苦。"

寒马进入了古代的文学和哲学,在那些黑暗的沟沟壑壑里迂回摸索。一开始是很艰难的,因为没有光来照亮,也没有参照物。她所能做的只是一遍又一遍地阅读原作,在原作的氛围里让自身发光。"我必须自己照亮,而不是一味地期待对象发光。"她对自己说。她读一段,便闭上眼睛冥想一阵。这样实验了一段时间之后,有一天,她的脑海里忽然就出现了图案。那图案不请自来,成了她解开作品之谜的根据。这就是不久前发生的事,这个"事件"令寒马惊喜不已。从那一天起,她的方法屡试不爽。直到上个星期同晓越一块讨论,晓越才告诉她说,她的这种特殊的能力应称为"知性直观"和"理性直观"的能力。"这是最宝贵的一种能力,西方的哲学至今未能对它们做出清晰的定义。"她信任晓越,因为晓越的话总能在她自己的文学实践中验证。晓越鼓励她读更多作品,说她不需要钻研现有的理论,因为说不定在将来,她单凭自身可以建立起一套新理论,一套比现有的理论更完善的理论。"谁说妇女不能建构理论?这样说的人不是蠢就是别有用心。"他说,"我们的世纪是属于妇女的,仪叔和我都这样认为。"他说得寒马心中暖流涌动。

寒马想,古代的作品同现代的作品相比只在于那个时候的实践还不是意识上很自觉的,他们的意识往往落后于某种功能的发挥。比如诗人但丁就是这样。尽管没意识到那种功能,却还是发挥出来了。虽然《神曲》这样的作品不够巧妙,有点生硬,却仍然具有不可战胜的生命力。那种功能就是晓越所说的"最宝贵的能力"。她自己的创作也可以通过这种寻根溯源来提高自觉性。于是她在阅读经典时慢慢地明白了,她的写作绝不是偶然的忽发奇想,她实际上是处在文学的转折点上,她自己就是一个契机。并且她感到她可以比古人写得更好,更自由。因为很多禁忌都已经在文学革新中被打破了。寒马就这样在晓越的帮助下一直在解读那些经典作品。

《神曲》这部作品令寒马过于入迷,她一动不动地坐到了深夜,还在不停地琢磨与解谜。晓越有点担忧,因为她坐得太久了。

"寒马,睡觉吧,明天也可以做。现在每天都可以做工作了。"

"好,你先睡,我还要等等。"

晓越又等了一会儿,一看表,已是夜里两点。他走进去,跪在地上,将手伸到她的隐秘处开始拨弄。寒马哧哧地笑着,放弃了抵抗,让他将自己抱走了。

"晓越晓越,没人像你这样懂得我。"

"我们今天直接进入算了,但丁抢走了晓越的时间。"

在梦中,寒马梦见自己在写道:"如果但丁像我今天这么自由,如果他在现实中有爱人陪伴或有具体的刻骨的爱的对象,如果他有我和晓越这样的性生活……但是这些都没有,所以诗人只好依仗于一个僵硬的模式去做东西……但终究,他做出的人物是多么有力量,多么顽强啊。那里面的一个一个的场景就像一座座纪念碑,在上方来的永恒的光照下微微闪烁着反光。在今天,大概只有个别自己也从事实践的人,像晓越和我,才能重返创造的原始风景了。"

第二天上午,晓越上班去了,寒马将梦中的句子加以进一步的发挥,写了下来。她想,她对《神曲》的深入也是对自己的那颗心的深入。所有的文学艺术之心都是一颗心,但这颗心又不是能随意进入的,必须有超出一般的意志力,还必须有丰富的实践经验作为助力。否则阅读就只能停留在表面,就像她初次接触这部伟大的作品时一样。因为在那个时候,她还没有经历文学的实践,没有启动她里面的那个机制。她记得她那时最喜欢的是书中的铜版画,对插画的喜爱超过了对文学的兴趣。文字从眼前溜过,却并没有在心中激起波澜。

"在《安娜·卡列尼娜》这本书中,安娜这个角色严格地遵循着身体发挥的规律,所以是整本书中的不朽的瑰宝。相形之下,列文的形象就逊色多了,观念先行的痕迹很重……古典作家大都在观念与身体两种发挥之间摇摆,将其结合成一种的例子往往只占较少的比例。"寒马这样写道,"他们的作品中最为出色的那些部分往往是身体战胜了观念逻辑,以自身的逻辑站立起来,不再是单纯听观念的将令。所以托尔斯泰写到安娜之死便大哭起来,也许当时是出乎他大脑意料的一个结局吧。"

她又想到陀思妥耶夫斯基的《卡拉马佐夫兄弟》,这本在她很年轻时就震撼了她的小说今天看起来还是有很多不足之处,尤其是那种宗教观念的刻板划分,当然是早就过时了。所以关键仍在于,人究竟有没有一个身体?如果有,它又会在文学艺术中如何行动?今天的文学家应当如何样有同古人不同的发挥?

寒马一直认为,她的这种逐渐成形的深入探讨是同晓越一块进行的。他们两人的经验的互补使得这种深入可以不断地进行下去。最为难能可贵的是,晓越可以在现实生活中通过实践来验证他的理论。这恐怕在目前是极少有人能做到的。也就是说,他一直在引领着寒马同他一块过一种实验性的生活,一种新型的文学生活……他是个实践的天才。关于这个方面,寒马在他们关系的开始阶段虽有所觉察,但并不像现在这样有清晰和连贯的看法。寒马看到,在她的小说的探索进展的同时,她的生活也在她眼前以不同于以往的模式展开了。而这种模式的发挥,是晓越的创造。想到这里,无限的幸福感又涌上了寒马的心头。小桑,费,晓越,这是她的文学生活之路上的三个路标,每一个对她来说都有着决定性的启蒙作用,都是她的镜子。现在晓越成了她的最爱,她今后会倍加珍惜他给予她的深爱,遏制自己的过分任性……

"晓越,是你回来了吗?"

寒马回忆起童年时代的种种感受。她自幼就对自己的身体有超级的敏感和好奇心,可以说是从未停止过对它的探索和实践。所幸的是从她拿起笔来的第一天,她就发现了自己的这种功能。而后,随着创作的深入和她周围这些镜子们的帮助,她的这种功能的发挥就越来越自由了。她想,直接的交流还是发生在人与人的交流当中的吧……她刚想到这里晓越就进来了。

"寒马,你愿意让我来朗诵你的新作品吗?"

"太好了,谢谢你。"

寒马紧张地坐好,晓越站着。

啊,寒马真是太激动了。晓越将他的体验融入到了朗诵当中,甚至那些深层的微妙情感都在他的语气变换与停顿中得到了再现!他读啊,读啊,一个小时过去了,寒马觉得自己还陷在他的阅读中。

"今天暂时读到这里。"他说。

"我感到这是晓越在写作。"

"没错。读寒马的作品,就必须同她一道起舞。"

"就像滑冰场上的双人滑舞。"

"不过我还没到那种境界。作品的底蕴太深了,我在努力。"

"如果你不读出来,我并不完全知道这部新作的魅力。"

"沟通传达是种魔术。正如我俩昨夜所做的那种活动。"

"晓越是最最精通这种魔术的人,所以我一开始就将你看作'新势力'。"

"刚才我激动得差点要发狂了。这是另一种写作啊。"寒马又说。

晓越搂着寒马走到窗前,指着远方的群山说:"你看,有些东西在那边聚拢。"

"那会是什么?"

"应该是时代自身吧。毛茸茸的,却又轻灵。"

"我常想,我这种特殊的创作,怎么离得开晓越?又怎么刚好有一个晓越来到了我的世界里?身体的活动大概是非常复杂的,大自然始终观照着各式各样的组合图案,让美尽情展示。比如你,从我的童年时代起就一直在梦里陪伴我。那些连续剧里都有你的脸出现。"

"我现在的工作就是将美做成每个读者的一种操作活动。"晓越说。

"晓越是老手了,不会失败的。我们的'鸽子'书吧会成为这个国家里的一股强大的力量。我们肯定是少数,但不可抹杀。"

"我常想,身体是最早出现的势力,但却是最晚被意识到的。这种后来居上的大自然的设计总有它的用处吧。也许是要等到质料已演变得更丰富、更有主动性了,才好来实施反叛和分裂运动。在文学中,这种演变是越来越美不胜收了。寒马,我想要你今天陪我去郊区公园的湖边散步。"

他们的出租车在公园外面的小卖部停下了。晓越买了两个瓶装水。

没刮风,到处暖意洋洋。寒马立刻明白了晓越的用意。

晓越和寒马走在那条路上,晓越在心里对大湖说:"晓越今天来谢谢您,您帮助他飞越了悬崖。"

寒马说:"多么美丽的湖啊,所有的秘密都在它的底层,它守口如瓶。"

他们谈论着"鸽子"书吧的往事、将要到来的重聚等等。不知不觉地走了一圈。晓越说:"让我们慢跑一圈吧。"于是两人又慢跑了一圈。他们出大门时一个声音在背后说:"美终于成了现实。小伙子,我早就说了锤炼是有好处的吧。"

晓越没有回头。寒马说:"晓越就像做特务工作一样。"

他们坐出租车回到了小区。

寒马看着晓越的眼睛说:"我刚才经历了你的心路历程。"

"是我俩一块经历的。"晓越说。

每天傍晚,小麻和仪叔都要去河边散步。他俩沿着河边的绿化带慢慢走,要走一大圈才回家。两人都觉得这是种高级的享受。"这是多么宁静、满足而又富足的生活啊。"小麻说,她活了三十年,从来没有像现在这样对自己如此的满意。她和仪叔相识虽晚了点,还好,不算太晚。因为今后的时间全是他们自己的了——不用上班,两人身体都不错,又都在献身于同一项事业。

小麻问仪叔,为什么先前不同意她马上与他共度良宵,而让她等待?

"大概是种自卑的自我估计导致的吧。我那时想,小麻漂亮、聪明又活泼,追求她的人肯定不会少。对我这老头子有可能是一时的好奇。这种一时的热情过去了之后,就可能慢慢地看出我是多么老、多么无趣的一个人。再说我也不愿结了婚又来离婚,所以要多等等看。"他回答说。

小麻咯咯地笑着,又问:"后来呢?"

"后来——小麻不是都知道了吗?你征服了我的性格上的小家子气,勇敢地向我展示了你的肉体的魅力。从那一刻开始我就知道我犯的错误有多么大了。我觉得自己简直快成僵尸了,是小麻让我苏醒过来了。这种苏醒对我是非常有利的,不光身体和精神上得益,我的事业也因此发展得更顺利了。而且现在又快要有自己的孩子,这是我以前想都不敢想的事。而这一切都是小麻创造出来的。我觉得我今后应该追随小麻。"

"仪叔这样说自己,太不公平了。在小麻眼里,仪叔从一开始就是最有魅力的父亲型情人。小麻在那个时候就发誓非仪叔不嫁——小桑最清楚这事。所以我从前小心翼翼,生怕惹仪叔生气,怕你一生气就不同我结婚了。毕竟那个时候我俩还没有身体上的交流,所以我对您一点把握都没有。不过当时那种拖延也没什么大碍,我更加发奋了。每过一天我就撕掉一张日历,高兴一阵。后来终于上床了。我觉得我太喜欢仪叔了,我以前找的几个男朋友没有一个能和仪叔相比——差得太远了。我要的就是那种氛围,只有仪叔能满足我。除了身体的吸引,还有精神。我以前没有明确的生活目标,除了店里的工作,不知道自己还有什么擅长的事。我是在小桑的启发下觉醒的,她将我带到您这里,您的风度彻底唤醒了我!我夜间想您想得睡不着……"

他们就这样一来一往地互诉衷肠,看着夕阳慢慢地落下去,感觉周围渐渐地变黑的那种安宁和幸福。

回到家中,小麻又要仪叔仔细观察她的身体有没有什么新变化,让他吸吮她的乳房,说是为宝宝做好准备工作。

"小麻的身体越来越圆润了。"仪叔告诉她说。

"让小麻来吸吮您吧,您已经憋了好多天了呢。"

于是小麻又让仪叔享受了一次仙境般的快乐。

仪叔躺在那里,在心里对自己说:"这几位女孩子正在创造新世界……她们不是歌德的《浮士德》中的抽象女性,也不是在意念中发挥,而是在实实在在地行动。多么震撼!多么辉煌!我不能坐等,我还有不少余力,必须每天扎扎实实地工作,加入到她们的创造中去。"

第 三 部

黑石和雀子，雀子和李海

黑石忽然就要进入三十岁了。他虽然在工作上很顺利,已经拿到了高级电气工程师的执照,可是在情感上还是一片空白。他曾经同公司里的一位姑娘短暂地要好过,但没多久就分手了。黑石觉得自己是情商不高、不吸引女孩的那种类型。他在好友费的影响下和仪叔的指导下读过不少文学书籍,因此他觉得自己的性格上有欠缺。五年前,费有一天灵机一动,提出创办一个名叫"鸽子"的书吧。这个书吧当时只有三个人,除了费和黑石,还有一位名叫李海的小伙子。他们三人读同一本书,一个月聚会一次,在一块谈论感想。他们选择的总是那种晦涩深奥,却又能吸引他们的小说。由于费和黑石都相当于是仪叔的学生,而仪叔是公认的蒙城的文学权威,所以两人的阅读层次在那时就相当高了。费的朋友李海,则是那种自学成才的类型。从一开始,他们选择的书吧的地点就在古旧书店一条街,具体地点则是在那些书店后面的茶室里轮换。那时三个男人都是单身,也是不抽烟不喝酒的好男人。读书是他们最大的乐趣,所以三人的聚会从未中断过。他们以此为心理支撑。黑石住在公司宿舍,由于收入高,他很少做饭,总是在餐馆里解决。

有一天,他在公司附近的粤菜馆排队时,忽然眼前一亮。排在他前面的是一位非常好看的年轻姑娘,大概不会超过二十岁。那姑娘点好菜后,就找了个座位坐下了。黑石也点了些菜,装作若无其事的样子在姑娘边上坐了下来。后来两人的菜都送来了。

"我好像见过您。您是在这边的公司工作吗?"姑娘问他。

"嗯,对。"黑石紧张地点头,"您也是在附近上班?"

"对。我在旁边的超市里做保管员。"姑娘高兴地回答。

两人边吃边聊了几句之后,黑石忽然对她说:"雀子小姐,您愿意同我去旁边的咖啡馆喝一杯吗?"

黑石听见自己的声音在颤抖。

"我太愿意了,黑石大哥。"雀子说。

两人在咖啡馆里坐下来,那里面放着古典音乐,是瓦格纳。

"我并不喜欢瓦格纳。"黑石说,"有些方面同我相像。"

"您不喜欢您自己性格的某些方面,对吧?"雀子问。

"对。我希望自己有所改变。"

"在业余的时间里,您感到寂寞吗?"

"有一点吧。我总是用读书来打发时光。"

"我也寂寞。我俩应该多见面。"

"我正是这样想的。"黑石心中涌起热浪。

两人道别之后,黑石一直在回忆雀子那对明亮忽闪的大眼睛。他想,也许他的生活要发生转折了?难道一贯认为没有女人缘的自己,居然引起了一位这么漂亮的小姐的注意?她热情又大方,她身上有着他所缺少的东西。

到了第二天,黑石终于忍不住了。他来到了那家超市的保管室。

雀子背对着他,正在给人拿货物样品。她穿着工作服,小巧玲珑的身体显得很有弹性。她转过身来看见了黑石。

"黑石哥?"她诧异地说。

"您晚间可以出来吗?"黑石压低了声音问。

"可以啊。不过不能待得太晚。"她爽快地说。

"七点半,'青鸟'咖啡馆,怎么样?"

"好。"

她没让他等多久就出现了,她走进来,全身散发着清香。

他们在一块聊了很多事。雀子很好奇,黑石乐于回答她的任何问题。他们东拉西扯,两人都很愉快。

"您知道我为什么这么高兴吗,黑石哥?"雀子说,"这还是我第一次被人邀请呢。而且是被您这样一位成熟的男士邀请。我刚从学校毕业不久。"

"我也感到惊喜呢。我眼中的雀子小姐就像栀子花一样迷人。"

黑石慌乱地说出了这句话之后,心里就怦怦直跳。

黑石看了看表,九点半到了,他们必须分手了。这是雀子规定的。

"真舍不得您走啊,我们星期五再来吧。"黑石拉着她的手说道。

"好的。星期五,同一个时间。"雀子说。

黑石没想到事情会这么顺利。他夜不能寐,反反复复地在黑暗中对自己说:"我是不是应该修正一下对自己的评价?雀子小姐究竟看上了我身上的什么?难道就因为自己看上去成熟,雀子对成熟的男性好奇?"他觉得这位姑娘还是很特别,尤其是她那种毫不设防的心态,与他公司里的一些女性大不一样。她就好像要敞开心扉拥抱整个世界一样。黑石想,这大概与她刚踏入社会,没有经历过人际关系的挫折有关。黑石喜欢的也正是雀子的这种心态,这种心态总是能感染他,令他觉得仿佛回到了学生时代。

星期五到了,黑石提早去"青鸟"订了一个包间。他同老板说,不要音乐。其实他心里想的是不要瓦格纳。

黑石一下班,吃了个快餐就回宿舍了。他将一身收拾得干干净净,照了照镜子(平时他很少照),觉得自己模样还过得去。一看表,时间快到了。他连忙出发。

一到茶馆他就吃了一惊:雀子比他先到,正安安静静地坐在包间里等待。

他连连道歉。

"没关系,黑石哥。我觉得既然是您请我,我就得早点来。"

"您真漂亮啊,雀子小姐。"他由衷地赞叹道。

"您是指耳环吗?这是我花了两个月的工资买的。"她高兴地说。

"是啊。不过不光指耳环,我很少见到像您这么好看的女孩。"

咖啡来了。两人又开始东拉西扯。黑石很享受这种散漫的谈话,他太寂寞了,同年轻女性的交往也太少了,现在这从天而降的机会让他激动不已。

"黑石哥,您的条件这么好,文化也高,一定谈过几次女朋友了吧?"

雀子突然的问话让黑石措手不及,一下子紧张起来。

"没有,根本没有……我的性格有点沉闷,也许女孩不喜欢。"

"原来这样。可是我觉得您一点也不沉闷啊。"

"可能您就是特别老实罢了。"她又补充说,"我妈说,我应该嫁一个老实人。她有病,我和她是相依为命的。"

黑石心里想,雀子并非像她的外表看上去那么幼稚,她交朋友是有选择的。这样一想,心里就对她更加怜爱了。

那天晚上他俩分手时,黑石又拉拉雀子的手。

"黑石哥,您可以吻我一下。"她说。

黑石激动地在雀子脸颊上用力吻了一下。

黑石回到宿舍后很晚都睡不着。姑娘的笑容,好听的声音,还有青春的活力始终围绕着他。他对自己说:"我比她大十岁,我有责任好好地维护这段感情,决不能做伤害她的任何事。"他觉得自己最喜欢的就是雀子的朴素大方的性格,他自己内敛,雀子可以同他在性格上互补。

这种咖啡馆的约会持续了整整一个春天。天气转热时,黑石感到自己对雀子的身体的渴望越来越强烈了。

"明天下午您愿意来我的宿舍吗?"他在分手时声音发抖地问她。

他说了这一句之后就吻了她的嘴,吻得有点深。

雀子并没有躲避。

"黑石哥,让我考虑三天再回答您吧。我还要回家问问我妈。"

黑石想,她的确是很认真的。她一点都不忸忸怩怩,但也不轻率行事。这不正是他很久以来所盼望的那种类型吗?

黑石度过了忐忑不安的三天,他的情绪在两极之间变化。他饭也吃不好,觉也睡不安。这种折腾让他的整个身体都变得消瘦了。终于等到了见面的时刻。

"我妈说我可以同您继续交往。她提醒我要小心保护自己。"雀子说。

"我一定会保护雀子的。这是我三十年来第一次恋爱啊,怎么会不珍惜。"

雀子看着黑石,点了点头。她的信赖让黑石胸中激情澎湃。

从咖啡馆出来,两人很自然地拉着手向黑石的宿舍走去。雀子心里在欢呼:"我有男朋友了!他多么成熟,多么爱我!而且他的外貌也合我的意,高高的个子,脸上的表情很有内涵……"

在房间里,他俩相互敞开了自己。

当时是下午三点钟,蒙城的初夏的阳光停留在窗帘上,见证了青春的火热的性爱。在黑石,是无比的幸福的突然降临。除了刺激性的满足以外,还夹杂着对年轻的雀子的深切的怜爱和同情。他在心里发誓要永远对她好。

雀子也很喜欢这种性爱。这是她的初恋的探索,她自认为黑石的表现应该可以打满分。她想,再想找到比黑石更体贴自己的人恐怕不那么容易了。

"黑石哥,你爱我身上的什么?光是外表吗?"雀子问。

"当然不光是外表。我和你性格上有不少相似的地方。吸引着我的是你对待生活的那种朴素的笃定,还有充满兴趣的追求。自从我遇见雀子以来,我就变得乐观多了,你对这个世界的温柔的情怀影响了我。"

"你这样一分析我就放心了。到底是文化高的人,对事情看得明白。我们的感情是有基础的,对吗?"雀子说。

"当然。我俩性格互补。你增强了我对生活的信心。"

同雀子恋爱以来,黑石的生活态度变得明亮了很多。每个星期五,他都盼着雀子来到他的宿舍。他坐在窗前,看着她那娇小美丽的身体在阳光里匆匆移动,竟然有泪要从眼眶里涌出来。他仍然酷爱阅读,参加"鸽子"书吧每月一次的三人聚会。他知道雀子最喜欢的并不是阅读,而是日常生活中的种种小事。他认为这是很正常的——她比他年轻得多,还没有感觉到阅读的重要性。

火热的、短短的夏天在热恋中飞逝,秋天到来了。黑石觉得应该同雀子商量婚事了。他已经见过雀子的妈,这位常年患病的妈妈对黑石很满意。

"我要到南京大饭店去办婚礼,把我们店里的同事都请去。"雀子说。

黑石打量着他的小情人,觉得她在这四个月里头又长高了一点。她多么年轻,还在长身体!黑石心里涌出一股责任感。

"都请来吧,"他说,"让大家看看穿婚纱的小新娘是多么美丽。"

"如果没有雀子,我现在还是蒙城的一个孤零零的影子人。"他又说。

"黑石哥,也许有一天,我会申请参加你们的'鸽子'书吧。但是现在还不行,我要享受日常生活,不愿动脑子想事。你能理解吗?"

"我能理解。你现在还用不着读诗,因为你自己就是一首小诗,最美丽的、朴素的小诗。"

雀子又兴奋地说起她的某个同事在南京大饭店办婚礼的往事,说起那些她印象深刻的细节。黑石听了也很高兴。两人将婚礼定在冬天,也就是来年的年初。

"啊,我恨不得那一天马上到来!"她叹了一口气。

"可是我们还得先买房子呢。总不能老住在宿舍里吧。"黑石吻着她说,"你喜欢住在哪里?"

"当然是市里的商业区,生活最方便的地方。可是我必须住在我妈附近。我妈这边的环境也不错,有几个小区可以选择。以后我让我妈将房子换到我们楼里来。"

买房子也是雀子最感兴趣的事。他们商量来商量去的,两人都沉浸在幸福的憧憬之中。雀子还说,要是结了婚,就先不生宝宝,痛痛快快玩儿两年再说。她最喜欢的事是旅游,可是她还没去过京城呢。黑石就说一定要带雀子去京城玩个够,顺便也去看看他父亲。

"你爸很早就离开了你吗?"雀子问。

"对。"黑石不愿谈这个。

"父母怎能离开孩子?我想不出那是什么情形。我父母是因为车祸,我爸先走了……唉唉。"

"现在我来了,艰难的日子就过去了。我不会让你和你妈再受苦。"

雀子偎在黑石怀里,主动地吻他。黑石感动得要掉泪。

有一天,两人去电影院看一部喜剧片。他俩坐下后,电影还没开映。雀子忽然站起来,她说看见了前排的一个朋友,要去打一下招呼。

黑石看见雀子同那位青年在过道里谈话,她不断地做手势,显得很活泼。青年的身材同他差不多,但比他年轻。黑石想,也许雀子与她的同龄人在一起时更有话题?她在自己面前是不是有某种压抑?

一直到电影开映了,她才回到黑石旁边来。

电影散场后,雀子告诉黑石说,这位名叫伯铭的男孩是店里的部门经理,他们经常在一块打乒乓球。

"他是一位很会逗笑的人。"雀子说,然后笑起来,可能想起了什么事。

黑石心里紧缩了一下,出现了一丝担忧。他觉得他自己也许过于简单化地估计了雀子,人心应该是很难预测的。不过他马上又镇定下来了。他决定相信雀子,如果现在就开始不相信她,以后还怎么相信她?他对雀子不满的是她没有向伯铭介绍自己,也许这只是她的疏忽吧,她这个年纪不可能事事考虑周全。

"黑石哥吃醋了吗?"雀子问,然后发出了清脆的笑声,"伯铭是新调来的,他很有经营头脑,同我的关系也很好。不过我不爱他,我已经有了黑石哥,怎么还会爱别人。"

"也许他会爱上你。"黑石提醒她说,"他比我年轻,也比我好看。"

"啊,黑石哥,你真的吃醋了!你放心,我不会爱他的。我要与之结婚的人只能是黑石哥,不会是别人。"

黑石同雀子分开后心里有点不安。这是他们相处以来唯一的一次。

很快两人就开始在城里四处看房了。雀子对房子有极大的兴趣,而且很会分析各种利弊,连黑石都佩服她。他俩看了很多套,但暂时还没有雀子完全满意的。

那段时间,雀子每天一下班就去黑石那里,同黑石一块吃个快餐,然后她就劲头十足地去看房。慢慢地,黑石就发现她对房子过于挑剔:客厅要大,儿童房也要大,卧房要朝南,厨房要现代化,厕所要通风、光线好;层高不能太低;必须有两个大阳台;没电梯的房子不能要;物业管理不够现代化的也不能要;等等。不知不觉他们就看了两个多月,一共看了三十多套房。但雀子仍然没打定主意。黑石有点疲惫了,先前的看房热情也渐渐消失了。他觉得将两个人的业余时间全部花在这事上很划不来,房子不就是个居住功能吗?想要十全十美的房子是不现实的。

当他小心翼翼地将他的看法告诉雀子时,雀子却第一次对他生气了。

他俩当天不欢而散。

自两人恋爱以来,黑石第一次夜不能寐。这个问题纠缠着他:他究竟该不该在这件事上向雀子妥协?这其实是一件可以迁就的小事,可是如果他迁就了她的话,日后成了家过日子,他们之间也许会为数不清的这类事争吵。黑石意识到了,这不是一件小事,而是生活理念的差异。这几个月以来,黑石根本就没有向雀子展示过他的生活理念,也没有对她产生过任何影响。他将结婚这件事看得太简单了,他被雀子的肉体的魅力冲昏了头脑,一刻也没有考虑过两人在其他方面的不同追求。当然责任主要是在他自己。他比雀子大了这么多,这些事从一开始就该由他来考虑的,但他却迷迷糊糊,得过且过。他已经三十岁,处理世事却仍是如此幼稚。

黑石陷入了痛苦。一连好多天,他都情绪低落,也没有给雀子去电话。

星期五下班后,黑石无精打采地回宿舍。他一抬头,居然看见雀子站在他房间的门口。她的眼里充满了幽怨。

"黑石哥……"她喊了他一声就哭起来。

黑石连忙将她让进房,给她擦泪。

"我爱你……"黑石神情恍惚地说。

"我也爱你,黑石哥。可我到底做错了什么?啊?"

"是我的错,雀子。"他镇静下来。

他让雀子坐在沙发上,自己坐在她的对面。

"雀子,你想过我们结婚之后要过一种什么样的生活吗?"他问。

"没有。还不是同大家一样过吗?"她迷惑地看着他,眼眶红红的。

"可是这个'大家'也是不同的,各人都有各人的追求。"

"我知道你是指我不读书,只想轻松好玩,眼里只有物质生活没有精神生活。可是这也算错误吗?我爱你,要和你结婚,我想找一个完美的小窝,为此花费了很多时间和精力,但这也是我对你的爱的表现啊。为什么你就不能容忍我浪费一点时间呢?这种事不是经常有的啊。"她又要哭了。

黑石说不过她,感到万分苦恼。他沉默了,又变得神情恍惚起来。

"我先玩一玩,以后再来读书不行吗,黑石哥?"

雀子抱住他,用力吻他的嘴,抚摸他。

于是两人又到了床上。

雀子离开后黑石发出了一声苦笑。他知道雀子仍旧会坚持她的生活态度。可是究竟需不需要改变她?这也不是什么原则性的大问题,她年轻热情,而且爱他,为什么他一定要去改变她?这之前,他连自己都不太喜欢,后来好不容易迎来了爱情,却又对所爱的姑娘看不惯了。不正常的人是不是他自己呢?

然而他还是不打算再陪雀子去看房了。他有很多书要读,他的兴趣在"鸽子"书吧,他再浪费时间就会落到费和李海的后面去了。他决定将买房的事放一放。

他和雀子继续约会。雀子虽然对他不再着急买房一事耿耿于怀,觉得他不够爱她,可她也绝不想放弃黑石。黑石人聪明,文化高,长得也不错,她认为他是最好的结婚对象。而且他在床上也特别能体贴她。她想,这事就拖着吧,到了一定的时候再去买。现阶段只要她在肉体上满足黑石,黑石就不会甩掉她。至于以后,到哪山唱哪山的歌吧。

黑石当然有些不同的想法,他确实喜爱雀子的青春的有活力的肉体,也每每被她的热情所打动。但关于未来的婚姻生活到底会如何,他是越来越没有把握了。

冬天快到了,他们原计划的结婚日子推迟了。雀子心里不高兴,但也没有将不悦挂在脸上。她说他俩应该订一下婚,不然她在人前没面子。所谓订婚就是他去买一个比较昂贵的订婚戒指给雀子。黑石立刻答应了。

于是又发生了类似一块看房的一幕。黑石陪雀子一遍又一遍地流连于那些珠宝店。雀子还同店员聊天打探,看他们店以后还会不会进更好、更时尚的新品。大约是在他们去了十几趟专卖店之后,黑石终于忍无可忍了。他对她说,他不会再陪她去那些店了,让她自己一个人去买,他来付款。

"你根本就不爱我。"雀子沮丧地说。

"我是爱雀子的。但我们的生活理念和习惯都不同,我做不到完全迁就。"

"理念对我们来说有那么要紧吗?看看周围的人,结婚后还不是柴米油盐?日常生活过得好才是实实在在的。"雀子力陈她的理由。

"如果我俩各人都坚持自己那一套,不做任何妥协,我是没法做一个好丈夫的。我们俩都得考虑一下。"

黑石的这两句话对于雀子来说像五雷轰顶。她的意识一时都麻木了。她说不出话来。过了好一会儿,她才慢慢地说:"黑石哥,我没想到你有这么冷酷。你是不是早就想分手了?"

黑石也被自己的话在雀子身上的反应吓住了。他走过去搂住她,说:"不是那样。我爱你,没想过分手。可我又找不出一个两全的办法。雀子,你帮你黑石哥想想看,有什么办法可以解决我们之间的矛盾?"

雀子没有回答,又哭起来。但她很快就用毅力止住了哭。

"我也爱你,黑石哥。我愿为你改变自己。那么你呢?"

"我也会做出妥协。"

两人又开始亲吻,抚摸,上床。

"我太喜欢雀子了,"黑石说,"没有雀子我的生命之光会变得暗淡。"

"我也想读你读的那些书,可是我的基础不好。我从未认真地读过文学。"

"可以从一些粗浅的入手,我来教你。"

黑石为雀子选择的小说有《红楼梦》《小王子》《小约翰》《阿霞》等等。他还专门将《红楼梦》里面关于宝玉、黛玉和宝钗三人之间情感纠葛的部分用红笔勾出来让雀子去阅读。因为他担心雀子会不耐烦去读那些复杂又琐碎的背景描述。这些书雀子以往在学校念书时也有过接触,但都是囫囵吞枣,是闲得无聊时用来打发时间的。现在再在黑石的解读之下来重新进入,她的确有了一些感悟。

这以后,两人就很少再去电影院和歌舞厅了,他们大部分时间都坐在黑石的宿舍里读书。当然坐的时间长了雀子也会觉得枯燥,觉得不甘心。她还是更习惯于从前那种轻松和享受。这种时候她就会拉着黑石外出,到商店里去看那些奢侈品。如果碰巧在商店遇见了她的同事或同学,她就会感到十分自豪。黑石知道雀子的小小的虚荣心,他认为这并无大碍。雀子的变化让他看到了她对自己的感情之深。但感动之余又有点疑惑:这是不是她出自内心的意愿?他想,一切都要让时间来检验。反正他已经三十岁了,婚期再推一推也没什么关系。

他俩就这样开始了相互间的迁就:下班一块吃饭,回宿舍一块读书,有时一块去逛商店。黑石也感到雀子没有从前那么活泼了,偶尔还会有一点点心不在焉的表现。他觉得自己夺去了她生命中的某些活力。不过他又想,也许这只是过渡阶段,等雀子适应了这种安静的生活之后又会恢复活力的。雀子喜欢生活中的大众化审美的事物,他并不反对,因为他也喜欢。可是他希望她变得更有内涵一些,更广阔,也更提升一些,这就需要更高的书本和实践知识。因为那些大众化的审美是很容易消失的,一旦消失,生活就会变得空虚,而且在人遇到困难与挫折时,也不能给人以真正的支撑。雀子没想过这方面的道理,她的人生中最大的挫折就是父亲去世。但她还有一个爱她宠她的妈妈。所以她的生活还是简单的、顺利的。她也不可能看到生活的某些底蕴。她一般是用"好玩"和"不好玩"来决定自己的兴趣。其实黑石心里也有矛盾,不知道究竟该不该将这样一位单纯的女孩拉进一种严肃的生活,让她以"人工的"方法成熟起来。他也不能确定他与她的这种年龄差究竟是好事还是坏事。似乎一切都有待时间来给出答案。

"我对我们的结合有信心。"雀子对他说,"因为我俩的性生活和谐。我们店里的大姐告诉我说,性生活和谐是婚姻的可靠支柱。"

雀子读了《小王子》的童话就哭了。她说那里面发生的事就像她和黑石之间发生过的事一样。"恋人怎能分开?我要是同黑石哥分开,我会活不下去。"

后来她又读了《小约翰》,她说她不太懂得这篇童话,似乎很深奥,很沉重。虽是童话,却是给年纪较大的人读的。

她对《红楼梦》赞不绝口,将黑石画上红线的那些爱情描写部分读了好几遍。不过她也说这种爱情同现实离得很远,在现实中她还是要追求平平凡凡的爱——比如她同黑石的这种爱。她还说她不像黛玉那样有才能,她就是想做一个贤妻良母,愉快地过一辈子。

黑石听了她对文学作品的评价很高兴,觉得她还是有灵气,也有足够的情感的。她才二十岁,还在长身体,要耐心等待她成熟。

雀子的一位闺蜜要结婚了,婚期定在星期六。雀子希望黑石陪她去参加婚礼。可是星期六正好是"鸽子"书吧的聚会日,黑石已经为此做了很长时间的准备工作,他想将自己写下的感想拿到聚会上去宣读。再说他们三人的聚会时间基本上是雷打不动的。

黑石将书吧的聚会规则告诉雀子时,雀子的脸就阴了。她觉得如果黑石不同她去的话,她就会很丢脸。别人会觉得她的男朋友将她不当一回事。她为此特别伤心。

"再做一回妥协吧,黑石哥!"她哀求他,"就这一次。"

"如果是公司里的什么事,我立刻就同你走。可这是'鸽子'书吧,对我来说是生死攸关的。它是我们三个朋友年轻时建立的最高理想。"

黑石觉得自己无法让她理解什么是"最高理想"。他满心焦虑。

"你不去的话,我们店里的伯铭就会钻空子,来填补你的空白。"雀子忽然说。

黑石一下子愣住了。他没想到雀子有这样一个新问题冒了出来。

过了好久,他才说:"如果有人要填补空白,就让他去填补好了。我总不能时时刻刻守在雀子的身边啊。这也是对你的考验嘛。"

"好吧,我一个人去。我不知道自己能不能经受考验。"雀子噙着泪说。

雀子回去时在一棵大柳树下痛哭了一场。

那三天里头,黑石一直在焦虑中度过。但他还是去参加了"鸽子"书吧的聚会,并在会上宣讲了自己的思想感情。

星期天一早,雀子就来了。她看上去好像已经将几天前的不愉快忘记了。她对黑石说起南京大饭店的盛大婚礼,婚礼的种种细节。黑石一边听一边满腹狐疑,不知道是否有人填补了他不出席的空白。但雀子根本就不提这事。他知道雀子是在惩罚他,于是变得有点忧郁了。这事到底是谁的错?黑石答不出来。

他的思绪伸展到很远很远,他想起了他的父母的婚姻。也许像他这种性格的人根本就不应该结婚?

"黑石哥,让我抚摸你吧。"雀子说。

但是黑石兴奋不起来。这是从未有过的。雀子说他累了。

"也许是。让我睡一小会儿。"

他闭上眼,马上就睡着了。

雀子在房里忙碌。她将他换下的衣服和床单全部清洗了,又将桌椅和地板抹了一遍,给花瓶里的花换了水。

"谢谢你,雀子。"他一睁眼就说。

他想,在这个世界上,雀子毕竟是最关心他的人之一。应该相信她。

雀子立刻转过身来吻他,之后小声问:"现在可以了吗?"

"试试吧。"

雀子温柔地用嘴完成了他的高潮,令黑石感动不已。

"我那天那样说,是故意试探你的。你不要生我的气。"她说。

"我没有生雀子的气。我爱雀子。"

"我也爱黑石哥,只爱黑石哥一个。"雀子信誓旦旦地说。

　　雀子的确没有背叛黑石。但如黑石估计的那样,她的同事伯铭加大了攻势。黑石陷入了矛盾中:要不要马上结婚?他想,不马上结婚的话,雀子终究会倒向伯铭。毕竟他们是同龄人,又几乎天天见面。黑石并不认为自己有很大的魅力,可以拴住雀子的心。他又想,即使马上结婚,他们的婚姻就能维系下去吗?也许终究会有一天,雀子会深深地感到,她和他在一块是多么的受压抑,多么单调无味,对她的天性又是多么大的伤害……

　　他因矛盾而痛苦。他拼命阅读文学,钻研文学,想借此忘记痛苦。可是他怎能忘记?那铭刻心底的初次交往,雀子的热情美好的肉体,她对他的深情和信赖……她让他变成了男人,他却担负不起这份重任。他感到喘不过气来。

　　不能一条心,今后又如何一块过日子?即使她决定了要向他的生活方式靠拢,但她如此年轻,她往日的生活惯性是一股更为强大得多的势力。在这种情况下,黑石感到他无法与那股势力抗衡。分歧就在于黑石不愿做一个平庸的人,而雀子在平庸的环境里生活得很自在。这种分歧是他在与她交往的初期完全没料到的。那时他按自己的心愿来设想雀子,而不是按她本来的面貌。不愿平庸,是黑石很早就形成了的性格倾向。家庭的变故促使他思考,他又有幸受到了他妈妈的前男友仪叔的关照,这些关键性的因素使得他成长为今天这个样子。但雀子并没有这样的环境,也没有什么事逼迫她思考,她只是一个普普通通的女孩,她的生活习惯是环境的产物……越深入地想下去,黑石对前景的估计越悲观。他的个性是无法平庸的,时至今日,这一点是改变不了了,因为他已将这看作了自己的生命的价值所在。平庸会毁灭他迄今为止建立起来的一切。也许他可以迁就别人的平庸,但作为夫妻关系,这种迁就难以有效果。

雀子继续按黑石的指导读书。她也产生了一些兴趣,尝到了一些甜头。但整体来说,她更大的兴趣还是在日常生活中的大众审美方面。她从心底里觉得她的情人有些高傲,有些不通人情。但她又怕失去他,所以不敢将这种情绪过多地表露。她想,也许今后结了婚,有了孩子,现在的这些冲突就会慢慢地被磨平。她又想到他的同事伯铭,这位小伙子同样聪明,专业知识方面的水平也比较高,可是他是多么的入世、多么的善解人意啊。而且他也同样爱她,为讨她喜欢愿做一切事情。也许他不具有黑石所具有的某种审美观(那毕竟是十分深奥的),然而对于雀子来说,她在伯铭的面前更自在,更能发挥她的天性。就比如这次婚礼吧,因为黑石的拒绝,雀子就让伯铭作为自己的男友去参加了典礼。虽然事先约好了是扮演,伯铭却做到了尽心尽力。他的举止是那么得体,而且他谈笑风生,获得了在座的客人们的极大好感。当时雀子就暗想,如果换上了黑石来这里,会是什么场面?她觉得有可能是比较尴尬的场面。因为黑石不太合群,对世俗礼仪也没什么兴趣。尽管扮演成功,雀子内心深处却觉得自己对黑石有所亏欠。这究竟算不算某种程度的背叛？这种情绪困扰着她，所以第二天她立刻去找黑石，并有了那些示好的举动。她爱黑石，但也被伯铭所吸引，愿意自己身边有这样一位追求者。她现在感到唯一的出路是结婚。她和黑石一结婚，伯铭就会对她保持距离了，这份友谊也能长久维持下去了。可是关于结婚，黑石究竟是如何想的？他以前急于同她确定关系，而现在，又似乎不那么急了。唉，男人的心就是这么不可捉摸，她是一个女孩，怎么能去催促他？想到这上头，雀子对黑石又有点怨恨。她怨他对自己的爱不够浓，怨他将他的理想看得高于一切。她认为生活才是最要紧的，人来世上走一遭，不就是应该快快乐乐地生活吗？为了一个空头理想就将生活弄得那么枯燥刻板，真的有必要吗？雀子想不清这些事，她要尽量避免去想它们。她只能等待黑石做决定。

"黑石哥，你的爸妈是因为什么而离婚的？"雀子问黑石。

"应该是因为沟通的困难吧。他俩性格差异大，我妈外向活跃，我爸比较内向。我现在研究文学，也是为了解开生活中的这些谜。"

雀子想，这不就是有点像她自己同他的性格差异吗？一种不祥的预感升上她的心头。她觉得离婚是一件可怕的事。

"那你小时候一定吃了很多苦头吧？"她又问。

"嗯，有一些困难。"

"黑石哥，你会教我如何认识这些复杂的问题吗？"

"好。但这需要很长的时间。还要看你对我的爱能不能给你耐心。在一般人眼中,我是很枯燥的。"

"我不能离开黑石哥,我们如果像你父母那样分手,我会死掉。"

这是雀子第一次考虑这么严峻的生活中的问题,也许是黑石让她阅读的那些小说暗中影响了她。

"我们这辈人应该有不同的处理方法。"黑石神情恍惚地说。

说着话,雀子就偎依到黑石的怀里,紧紧地搂着他——她害怕。

她对他的依赖更加重了他的忧虑。决定权在他这一方,但他迈不出那也许是残酷的一步。他爱这个女孩,她是他三十年来唯一爱过的女孩。雀子也有忧虑,但远不如黑石这么沉重。她只要离开他,心境马上就转变了。对她来说,生活中的诱惑实在是太多了。她希望自己能远离忧郁和沉重。每天入睡前她都对自己说:"我不去想那些事。"她也知道黑石不会没有理由就提分手。

原来约定的婚期已经过去了,两人的关系仍然在维持现状。

有一天,雀子的妈妈问她:"你俩的婚期是如何计划的?开始准备了吗?"

"还没有呢。黑石哥同我在生活上意见不一致,他说我是物质女孩,他希望我更多一些精神。我也在努力,但不一定达得到他的要求。我天性就这个样嘛。"

"原来这样。我一贯对你宠得厉害,你没吃过苦,所以还是小孩子的性格。黑石说得也有道理啊。"雀子妈妈陷入了沉思。

"我还是喜欢轻松的生活,不愿太严肃,太多约束。他完全不像我。"

"他挺能吃苦吧?"

"应该是。他生活上克己,从不花费时间娱乐。是个学习狂。"

雀子没有完全将她的委屈和她对黑石的不满告诉妈妈,她觉得那些事让她很没面子。雀子的妈妈知道女儿是什么样的,但她对黑石印象特别好,所以希望他带动雀子,让雀子慢慢成熟起来。

"那就再等一等吧,你还十分年轻。你要是真爱他,他总会考虑结婚的。"

"我有时很惶惑,觉得同他距离太大……"

"人与人之间总是不同的。你应该多向他学习。他这种结婚对象是最好的了。"

雀子夜里做了一个梦,她梦见在山里同黑石走散了。她大声呼叫,却没人回应她。于是她哭起来,哭了很久。醒来时被子都弄湿了一块。

第二天早上他妈妈问她夜里在喊谁。她说她也不知道。又说有人要将她从黑石手里夺走,她打不定主意要不要同那人走。

"雀子,你是不是在脚踏两只船?"妈妈严肃地问她。

"我没有。我爱的是黑石哥。"

"你这样说妈妈就放心了。"

过了没几天伯铭就开始给雀子送花了。雀子不肯收,他就说:"你和他又没订婚,不过是朋友。我同你也是朋友,也同样爱你。我想同他竞争一下,不可以吗?"

"我们是要结婚的,我早就把黑石哥看作未婚夫了。我们……我们总在一起的。"她壮着胆说。

"这也许是你单方面的想法吧。我觉得雀子应该放开自己,多一些选择,这样才会知道自己到底适合谁。"

后来雀子将他送来的花放在保管室了。他天天来送,那些花越积越多。店里的小姐妹们都说伯铭更适合雀子,还说黑石年纪太大,太严肃,不能与她们这帮年轻人打成一片。如果雀子同黑石结了婚,她们就失去了一个玩伴。

雀子没有将伯铭送花的事告诉黑石。她知道他既不会来调查,也不会关心细节——他太高傲了。但这反而让雀子感到心冷,觉得自己在黑石心中的分量不重。也许真像伯铭说的,她将黑石看作未婚夫是她单方面的想法?自从上次没买成订婚戒指之后,黑石再也没提过这事。有可能他心里已经不把她看作他的未婚妻了。不过即算当时她一个人去买了戒指,黑石也可以毁约啊。伯铭的话令她心烦意乱,但他不顾一切的热烈追求还是让她有点动心。她也设想过如果她同伯铭结婚的情景。毫无疑问,她同他的共同之处要多得多。他能满足她的很多欲望。凡是同黑石在一块要被压抑的那些方面,在伯铭这里都能尽情释放。他对生活的审美观同她也非常一致。尽管知道伯铭有这么多好处,雀子却也凭直觉感到了一件事,那就是伯铭有可能并不像黑石这样严肃专一,并给她十足的安全感。他每天接触的人太多了,又太讨女孩喜欢了,她不敢相信自己能维持自己对这位帅小伙的吸引力。

正因为这种本能的判断,雀子一方面被他吸引,一方面又抵制他的诱惑。她更愿意同他做密友,而不是做他的妻子。每当他来送花时,雀子心里就说:"送得再多也是徒劳。"但他的举动满足了她的虚荣心,弥补了在黑石那里产生的挫折感。

"黑石哥,我妈问我们的计划。"

"雀子是说结婚日期的计划吧。什么时候雀子能容忍我了,就什么时候结婚。"

"你心肠真硬。"

"并不是这样。只不过是我看得远一点。我可不愿结了婚后经常争吵。"

"那么多夫妻都是经常吵,吵完了又和好。还不是过得挺好的。"

"我不一样。我需要一种安静的家庭生活,需要真正的相互理解。我父母早年的模式教育了我。再说结了婚还要生孩子,如果不能很好地沟通的话,我怕对不起小孩。"

黑石的这番话让雀子沉默了。她后来想了很多。她反复掂量自己同他之间的不同,想要找出解决的办法。但她又知道那不是她目前力所能及的。黑石一定早就掂量过了,所以才有了今天的拖延。那么未来到底会怎样呢?她现在的努力会不会有成效,会不会达到黑石的期望?但如达到了黑石的期望,她会不会觉得心有不甘,觉得过于扭曲了自己的本性?黑石说的那种生活真的是她想要的吗?什么叫"安静的家庭生活"?在她看来或许竟是死气沉沉、排斥一切大众趣味?雀子看不清前途,她不能确定婚后会有什么样的命运等待着她,她有点害怕。但她又的确喜欢黑石,尤其喜欢他在床上的模样。他总能满足她。她的妈妈也是一眼就看上了黑石,一般来说她妈妈看人很准的。

一贯无忧无虑的雀子就这样思来想去,竟然弄得夜里都惊醒几次,偷偷哭泣。她妈发现了她的异常,就问她是不是同黑石闹别扭了。

"没有。可是他那么高傲,那么排斥我的爱好,我不知道今后我会不会同他闹翻。如果现在结婚的话我也有点儿害怕。"

"那就继续等吧。雀子,你可别首先放弃他啊。"

"嗯。"

雀子要休假了。黑石决定也休假,完成长久以来的夙愿,陪她去京城游玩。

假期有十天,雀子暗自决定,她的首要目标是购物,因为京城的消费品最丰富,种类最多。她带上了自己的积蓄,黑石又给了她一大笔钱,说是上次买钻戒没买成的钱。

两人坐上飞机时,雀子心潮起伏。她想到她和黑石曲折的恋爱,想到黑石对她的种种的好……恍恍惚惚中有种感觉,似乎他们之间没有什么大不了的分歧,似乎只要她将一些事看淡一点,他们结合的目标就不远了。

他们订了一家比较高档的旅馆。雀子站在房间的大玻璃窗前,看着繁华的街道上闪闪烁烁的霓虹灯,喜悦从心底升起。

"黑石哥,我是不会首先放弃你的。"她向他表白道。

"我也不会首先放弃雀子。"黑石说。

第二天,他们看望了黑石父亲一家。黑石的父亲看到黑石的女朋友,感到特别欣慰,因为黑石已经三十岁了,他的婚姻问题也是他的心病。黑石爸和继母送给准儿媳一串昂贵的珍珠项链作为见面礼。他们对雀子印象很好,说她朴素大方,敦促黑石加紧办婚事。

回到旅馆,雀子十分感慨地对黑石说:"你爸真英俊啊,他同你妈真般配。为什么要分手?难道那时就不能设法解决矛盾吗?你小时候该有多么苦。"

"唉,表面上是般配的,后来就这样了。这是人和人之间的最深奥的问题,也是导致我要研究文学的原因。"

"我想不清这些事。可能也要学习文学才会想得清。"

雀子觉得自己有点理解黑石了。黑石听了雀子的话特别高兴。他想,像雀子这么聪明的女孩,应该会一步步理解自己的。

他俩在京城的那些大商店逛了一天,雀子买到了几件自己心仪已久的衣服和鞋子,还有一只时尚手表。

"黑石哥,我还要买很多东西。从明天起你不用陪我了。"

雀子晚上告诉黑石说。她说黑石可以回他爸家去多陪陪他。

但是黑石也没去他爸家,他坐在旅馆里读书,记笔记。

虽然没有黑石的陪伴有点遗憾,但购物的那种喜悦充满了雀子的整个身心。京城真大啊,全国各地的好东西都往这里运,可选择的余地太大了!她楼上楼下,这个店那个店,像燕子一样飞来飞去。有时候,因为买到了一件向往已久的好东西,她兴奋得夜里都睡不着。

"黑石哥,我觉得我们之间的分歧有解决的希望了。"她说。

"应该能解决吧。"黑石也说,"又不是你死我活的敌我矛盾。"

两人都很高兴,都在展望他们的前景。雀子说,她回家后要努力读书,争取提高修养,以便更好地同黑石沟通。她还说,一想到黑石早年心灵上受到的那些创伤,她就忍不住要哭起来。黑石也说,他一定会尽力帮助雀子。雀子从小失去了父亲,也够苦的。他是她的大哥,在某种意义上也应代替她的爸爸。

他俩很久都没有像这样互诉衷肠了。两人都恨不得钻进对方的心里。就这样一直诉到半夜才昏昏睡去。

雀子早上一醒来就想到：京城之行是她和黑石恋情的转折点啊。人只要心里有爱，什么矛盾都可以解决。她怎么能不爱黑石？不爱黑石，生活就成了一片阴郁。

雀子继续劲头十足地购物。她知道回去之后要搞学习，就不会有这么多的时间来享受了。

现在她买了东西回来，也不向黑石一件一件地详细介绍了，她知道他对这些生活小事兴趣不大。她只是在心里默默地兴奋着，于是她的好情绪也影响了黑石，黑石也更疼爱她了。他们两人心中的热情又回到了初恋时的春天。

"那次在餐馆，你排队排在我后面，一下子就看清了我吗？"雀子问。

"当然是一下子就看清了，你就像夜明珠。我整个地被震动了。"

"当时我觉得你正是我要找的那种类型，所以才会主动同黑石哥搭话啊。如果是别的陌生男人，我才不会首先搭话呢。"

"我最喜欢的就是雀子对世界的这种朴素的、不设防的爱和兴趣。所以我对雀子一见钟情，爱到了极致。"

"那时我是不是傻里傻气啊，都是被我妈宠的。"

"你妈也是极其朴素的人。"

"我知道我妈就是想要我同你结婚。"

雀子给她妈妈打电话，说起这次出行的顺利。她信心满满，认为自己同黑石马上要确定关系了。还说她已经知道今后应该如何做了。雀子妈妈听了后特别高兴，说心里的石块落了地。她又一次强调希望雀子多向黑石学习。"我以前没能教给你的事黑石会教给你。"她说。

他们在京城停留的第五天发生了一件事。那一天下午黑石正在旅馆里写读书笔记,电话铃忽然响了起来,他拿起话筒,居然听到了费的声音。

"李海骑自行车被撞了,胫骨粉碎性骨折,正在做手术。我现在在人民医院。情况有点严重。"费的声音都变了,像感冒了一样。

"我马上回蒙城。坐今晚的飞机。"

黑石立刻打电话,订了八点钟的航班。

五点钟的时候雀子回来了。

"'鸽子'书吧的李海被车撞了,情况不好,我得马上回去。"

雀子一下坐在沙发上说不出话来。

过了好半天她才问道:"李海家里没有家人吗?"

"他没有家人,他就是一个人。我准备同费轮流看护他。雀子,我知道这对你来说很难,但今后,我相信你会慢慢明白我们之间的友谊的。"

黑石一边说一边收拾东西。然后他就叫了出租车去机场了。

"又是'鸽子'书吧。"雀子自语道,然后抹起了眼泪。

她想,为什么不能请护工照顾李海,非要自己亲自赶回去?唉,看来她在黑石心目中的重要性还比不上他的一位同性朋友啊。她马上又联想到上次去参加婚礼的事,那次也是因为这个"鸽子"书吧。她深感黑石在生活中只对这一件事走火入魔,别的事一律都要为它让路。就连他称之为"爱到极致"的爱人,与那件事相比也算不了什么。雀子用茫然的眼睛环顾没有黑石的房间,感到自己的命很苦。就在刚才,她还为自己终于买到了长久以来心仪的钻戒而欢欣鼓舞呢。

她晚饭也不想吃了,坐在窗前发了好久的呆。她觉得眼前这些闪烁的霓虹灯充满了诡计,她防不胜防,如此地孤单无助。

后来她就拿起了电话,取消了原订的航班,订了第二天上午回去的航班。

雀子回到家后就把自己关在房里了。雀子的妈给她煮了粥送到房里。她脸红红的,在发烧。她妈让她去医院,她不肯,说多喝些水就好了。她一直睡到第二天上午,中途不停地说胡话。她醒来后,她妈又让她喝了一碗中药。过后她的烧就慢慢退了。她继续睡。

黑石是下午来的。雀子的妈将他悄悄地领到自己房里,两人低声谈话。

黑石简单地告诉雀子妈他的最好的朋友遭遇车祸,他提前赶回来的事。

"这事对她打击太大,她不能理解……我们这次像蜜月旅行一样。"黑石说。

"雀子从小被惯坏了,"雀子妈说,"她爸死得早。唉,我没尽到责任啊。黑石,你还是定期来我们家吧,她慢慢会想通的。"

"谢谢阿姨,我一定来。"

黑石一离开雀子就起来了。

"妈,我差不多好了。"

她喝了粥,又喝了牛奶。

她妈告诉她黑石刚来过了。说他还会来。她"嗯"了一声。

"雀子,你可别任性啊。"雀子的妈担忧地说。

"我的事您别管了。"

她又回到房里,关上了门。

黑石又来过两次,但雀子都不理他。雀子妈唉声叹气。

休完假,雀子就去上班了。

黑石知道,李海的腿伤,护理是关键。他和费两人轮流值班。他身体好,值夜班,费值白班。另外他们还请了一个护理工,以保证万无一失。

尽管夜里如此辛劳,他还是每隔几天就去雀子家一次。

雀子这回似乎是铁了心要分手了。每次黑石去了都只能同她妈说话,她决不过来搭理黑石。雀子妈只能无奈地看着女儿任性。黑石慢慢地感到,雀子这回已经不是任性,而是痛下决心了。他回想起自己前后两次对她的伤害,他所造成的不可挽回的恶劣印象,也觉得雀子的表现是可以理解的。但鸿沟已形成,再要复合希望渺茫。

半个月之后,李海的腿伤好转时,黑石就不再拜访雀子的家了。

他陷入深深的痛苦和空虚之中。时常,他会产生幻听,好像听见雀子从楼梯那里上来了,于是奔过去开门。但不是她,是陌生人。

这些日子,他的唯一的安慰是读文学。

失去雀子的剧痛就如断了一只手一样。他知道,他只能硬挺过去,没人能帮得了他,只能让时光来促使痛处慢慢地变麻木。奇怪的是这种创伤并不影响他对文学的理解力,他感到自己还更加敏锐,更有力量深入了。他为此感恩和庆幸。

后来有一天,他去找了仪叔。

他俩坐在咖啡馆大厅后面那间小房子里。

"黑石瘦了。恋爱还顺利吗?"仪叔问他。

"已经分手了。"

"原来这样啊。没有挽回余地了吗?"

"没有了。她太年轻,误会已经造成,她不可能对整个事情理解得很深。所以她怨恨我是正常的。"

"听起来,黑石还是做得不错的嘛。你已经越过了最难的难关,慢慢地就会适应的。文学人嘛,总不会彻底绝望的。我们有事可干,对吧?"

"对,仪叔。我要尽快振作起来。生活中哪能一帆风顺呢?我想,只要我自己问心无愧,就能战胜痛苦。"

"还是每天坚持锻炼?"

"我会从明天开始恢复每天的锻炼。"

"好样的。"

仪叔说他找了两本书让黑石带回去读。这两本比上次那本又深了一个档次,不过他相信对于黑石来说正好。

"你一直在向前突进。"仪叔鼓励他说,"抓紧时间吧。"

黑石想:"他是我爸爸,京城那位只是叔叔。我的运气还是不错的。"

接下去两人又谈论了当今的世界文学的转向的问题。他们两人都在文学作品中领略到了某种由来已久的新动向。仪叔已经写了一些文章谈论这种情况,他希望黑石也能写一篇。黑石一听就激动起来,说自己要朝这方面努力。

从咖啡馆回来之后,黑石心中的剧痛就减轻了。他觉得并不是痛处变麻木了,而是耐受力正在增加。他想,有仪叔这样的父亲,他是不会颓废的。

他更加努力地钻研,从钻研中去获取乐趣和力量。

早春到来时,他从同事那里听说雀子结婚了。是在南京大饭店办的盛大婚礼,新郎就是伯铭。婚礼后这对新人就去京城旅行去了。

后来李海的腿终于恢复了,虽然还需挂拐杖。

"鸽子"书吧又增加了两名新成员,一位是名叫岩的沉着的青年,另一位是名叫阳的开朗的女孩。这一男一女先是慕名找到费那里,同费长谈了几个小时后,又与李海和黑石交流了文学方面的看法。后来三人一致同意接受他们为新成员。这两位都是老书迷,而且读书很有选择,鉴赏力很高。五人书吧第一次聚会时费预言说,如果"鸽子"书吧在蒙城能够发展到二十名会员,就会是一股了不起的力量了。黑石和李海也特别高兴,对未来充满信心。

仪叔在上次见面时给予黑石的课题让黑石热血沸腾。他找到了两篇当代文学中的小说作为范文来开始研究。这两篇小说虽手法不同,但有着同一种倾向,这就是要开拓一个新领域,是一种完全不同的重新建构,一种从未有过的陌生事物的展示。他越认真读下去,越能感到作者的野心之大,视野之开阔无边。就好像进入了丛林,返回了远古,又从那里赤手空拳地重新开拓世界一般。在这种阅读中,隐秘的激情总是笼罩着黑石。往往一开始并不知道自己为什么激动,直到将文本反复地阅读五六遍之后,底蕴才会偶尔露峥嵘,然后,当他顺着蛛丝马迹去寻找之际,就会一点一点地被他里面的动力所牵出。那被牵出的图型既陌生又有几分熟悉感,随着阅读经验的增长,会渐渐地变得更为熟悉。但这并不等于今后再遇到同类小说就能一眼认出了,而是每一次这类小说的阅读都是一次耐力和韧性的考验,读者与文本要经历拉锯,这样才不会被文本踢出阅读领域。黑石是在仪叔的启发之下逐步懂得这种高级阅读技巧的。仪叔总是为他选择这类作品,磨砺他的感觉,在他眼前展示一幅幅人类的新型理想蓝图。这类当代和古典作家在世界上并不多,所以仪叔只要选择了一个作家,往往就阅读他的大部分甚至全部作品。

黑石深感在这些灰暗的日子里,是阅读给了他抵御痛苦的力量和生活的信心。他知道仪叔在爱情上遭受过几次重大打击,至今还是孤身一人,可他仍然对生活充满了兴趣和探索的好奇心,从未有过悲观颓废。而他黑石还这么年轻,只不过受到了一次打击,这不应该是什么了不得的事。他决心以仪叔为榜样,将他酷爱的文学一直钻研下去。

随着时间的推移,他对雀子的爱也渐渐地被埋藏在心底了。他感觉到自己仍然是善感和热情的,而且他觉得仪叔也是善感和热情的。"这就是文学的功能。"他对自己说,"这种功能可以在你最困难时突现它的作用,给予你最根本的支撑。"

爱情已被埋葬,现在他却能清醒地看待两人的关系了。他仍然认为这个关系是很美好的,对于两人来说都是最好的成长经历。他也为此感谢给他这段经历的雀子。是她的影响让他的那颗心变得比从前更柔和,对世界更充满温情了。并且他觉得自己比从前更适合钻研文学了。想到这里他又联想到仪叔——仪叔不就正是这样的吗?

"好像我们文学人的命运就是一辈子孤独。"费开玩笑地对他说。

"这是可能的。对一般人来说我们有点特殊。但我不会排斥任何启动情感的机会,我们应该不害怕挫折。"黑石说。

黑石甚至设想,即使仪叔到了这个年纪,也还是会有启动情感的契机的。谁能不爱仪叔？他希望自己慢慢地成为仪叔那样的人,虽然现在还差得远。如果因为受了挫折就不再爱这个世界和世界上的人,那是违背文学的宗旨的。黑石和仪叔共同感到的新的世界文学的发展倾向就包含了这些因素。黑石将他的体验写进了论文。通过写作,他也更深入地与他所研究的作家产生了身体上和精神上的互动,他为之兴奋,为之陶醉。"所有的爱都是有世俗这一面的,除非人去掉肉体。"他对自己说。比如他回想起他同雀子的性爱,不是至今仍感到惊心动魄吗？如果完全不投入,他今天的境界肯定就要逊色很多了。他认为文学不应是纯精神之事物,而应更偏向于人的肉体。当他开玩笑地称雀子为"物质女孩"之际,那并非就是贬义。正是她对世俗生活的执着和热情,激活了他的身体。他只不过是觉得她的热情还应从精神上更加提升一些,变得更有内涵而已。所以他们的爱在那个时候还是有很好的基础的,只是缺少一些东西,结果就没能经受住时间的考验。现实中的情感总是瞬息万变,人自身难以把握的,但文学却能让人变得丰富,因而能理解和进入各种各样的情感。所以他现在感到深深地理解了雀子。

"我比黑石悲观一点,因为我比你大,却还没有现实中的情人。"费说。

"现在没有不等于今后也没有。总会有女孩喜欢费的,那一定是一位不同寻常的、我们想都想不到的女孩。"

"真想在现实中轰轰烈烈地爱一场啊。"费显出神往的表情。

"这也是我们追求文学的动机。为了不在生活中留下什么遗憾啊。"

他自认为在他同雀子的恋爱中他并没有留下什么遗憾,这都是文学对他所起的作用。如果雀子对他有怨恨,那只是因为她年纪小,还缺乏判断力而已。现在事情过去了,在他的回忆中整个过程都是美的、健康的,甚至包括两人的冲突。为什么会这样?因为两人都是真爱,都竭尽全力付出了。每当雀子为了维系他的情感而努力读书的镜头在脑海中闪现时,他就感动得想掉泪。他想,如果雀子将这读书的尝试继续下去,未来对她的孩子都会有很大的好处。

有一天,李海对黑石说:"我推算出来,雀子同你分手的原因应该是由于你俩在蜜月般的旅行途中,我的腿伤将你拖回了蒙城。"

"即算那是一个原因,也证明了我们的恋情没能经受住考验啊。"

"唉,无常的命运啊,小姑娘怎能敌得过它。我李海良心上过意不去啊。就是亲兄弟也不一定能做到像黑石这样。"

"不要长吁短叹了,生活中这种事总是在发生的。我不是好好的吗?"

"我知道你经受了最沉重的打击。你是真正的男子汉。"

"我们一直有分歧的,并不完全是这一件事。"黑石安慰好友。

"可是如果没有这件事,你现在说不定都当爸爸了。雀子多么爱你!"

"我才三十一岁,今后机会还会有。"

"多么可惜!怎么能不爱黑石?唉,人心真难预测。"李海又叹气。

"对,只有文学是最可靠的,它决不抛弃爱它的人。"

黑石现在已经摆脱了伤感。他庆幸:文学总能在关键时刻起作用。他必须抓紧再抓紧,他面前摆着这么多的工作等他来做,他没理由伤感。看看仪叔,快六十岁了还在拼搏,很少见到他伤感。他总是那样心境平和清明,随时都能帮助别人,却不需要别人帮助。仪叔的风度是最美的风度,黑石见过的人当中无人能比。

黑石的生活恢复了平静,一年多时间又在拼搏中过去了。在这一年多中,他觉得自己已经有了很大的进展,不但对文学的研究已深入了很多,世界观也更为成熟了。他还没找女朋友,对这事抱着顺其自然的态度。因为他知道自己的要求看似不高,但一般女孩不一定达得到。他和费都知道这一点。

然而这期间又发生了一件事。一天中午,黑石去那家粤菜馆吃饭,居然看见雀子也在排队。他本想避开,但已来不及了。

"黑石!"雀子大方地叫他。

她已经改口不叫他黑石哥了。这很说明问题。所以黑石也没必要避开她了。

"我们一块坐吧。"她说。

"好。"黑石爽快地答应了。

黑石看了几眼雀子,发现她瘦了些,脸上的轮廓也比从前稍微突出了些。她应该是二十二岁半了。

他们在同一张桌子上坐了下来。

"我已经离婚一年半了。"雀子说。

"哦。过得还好吧?"

"还行。和妈妈一块生活。"

她还是那种不设防的真诚的样子,不过比从前沉稳了很多。

"你妈还好吗?"

"还不错。她挺乐观的。现在我受她的影响,也变成书迷了。我俩几乎每天都在讨论所读过的小说。"

黑石想,她不提她从前与他在一块读书的事,是怕伤感啊。这个雀子已经不是从前那个雀子了。她褪去了青涩的样子,已经成熟了。

"黑石,我听说你们的'鸽子'书吧增加了新成员。我能不能在某一天,当我觉得自己有把握了的时候去申请加入啊?我不是说马上加入,我还要努力一段时间再说。"

"好。我会把你的要求告诉费和李海。等到你什么时候准备好了,我们大家一块讨论一下吧。"

"你还是那么好,黑石。我想告诉你,我并不是要来找你恢复关系的,我心里早就确定了我们只能做朋友——永远。我以前从你那里学到了不少东西,我现在想继续向你学,同时也向你的朋友们学。你会帮助我吗?"

"我一定会帮助你的,雀子。我心里真高兴。"

他俩分手时彼此分别交换了各自新的电话号码。

"多么好啊。"黑石心里想,"万物都在生长,人也在变成熟。"

至于雀子在他俩之间划下的界限,他没有去多想这件事。因为这是另外一个雀子了,他对这个雀子并不了解。但一想到他过去对雀子付出的情在今天结出了果实,黑石心里便感到无比的欣慰。雀子也要来加入他们的阵营了,这是多么令人鼓舞的事啊。细细一想又觉得这是理所当然的。雀子情感充沛,领悟力很强,其实可以成为一名理想的文学读者,鉴赏者。那个时候她不能理解他,只是因为年纪小,经历简单,没受过挫折。但从本性上说,她同文学和同他自己是有很多契合点的。所以一旦在生活中遇到打击,她就转向文学了。这对她来说是再自然不过了。文学就是这样,从表面看没什么用处,但当你在生活中受到重大打击而面临选择之际,它的根本性的作用就显现出来了。

"为什么不复合?你们应该复合才对!"李海对黑石说。

"我没有想这事,毕竟生疏了——两年没见面。我也不觉得非要复合不可。做朋友更好。因为我的所有的情都是针对从前那个她的。再说是她规定的,说我们永远只能做朋友。我不清楚这其中的原因,也没有要去弄清的好奇心。"

"就让黑石顺其自然吧。"费说,"峰回路转,好人有好报。这也说明了文学的力量是处处存在、潜移默化的。"

"我有点猜到雀子小姐的心思了。看来她是一位非常善良的女孩。我觉得我有帮助她的义务。但如她硬是不肯同黑石复合,我们也无能为力。我们在文学上多多帮助她吧。"李海说。

"李海说得没错。"费频频点头,"我觉得她是一棵非常好的读者苗子。"

这事就这样决定了。两位同仁都非常熟悉两年前发生的那件事,而且李海还猜出了原因,所以两人都想要弥补这件事。

于是黑石就将书吧的决定告诉了雀子。

雀子在电话里感谢大家对她的接纳。她又询问书吧现在具体在读哪本书,她想提前做准备。

黑石告诉了她书名,问她能不能买到。买不到的话就打电话给他。

雀子说万一买不到她可以去图书馆借。

黑石放下电话之后,感觉到雀子现在的独立性已经很强了。他为她高兴——真是今非昔比了啊!文学就是促使人独立的啊。

黑石对雀子的重新出现确实没有想很多。他觉得虽然雀子的外表还是原来的那个人，但里面已经不是了。这个反差还是很大的。所以他也没有对她重燃激情。现在他对她只是怀着友好的温情和关心。

当黑石将雀子的事告诉仪叔时，仪叔就说："我真佩服你和你们书吧。黑石，我预感到你们的书吧会成为朦胧的现实中的一盏明灯。一切有过的都会存在下去。黑石，你用自己的行动证明了这个规律，我特别为你感到自豪。"

于是两人去酒吧庆祝一下黑石生活中的这个转折。

"虽然现在一切都很模糊和混乱，"仪叔举起酒杯说，"但你们已经探出了一条路。继续行动吧。坚持就是胜利。"

黑石仿佛听到了大地深处的召唤，他激动得脸发红。

"我还要更加发奋。"他说，"自从我在您的指导下与文学结缘，世界的真面目就慢慢地在我面前逐一呈现出来了。想想从前，我一直是慌乱、焦虑和痛苦的。我成了个性格阴沉的人。而其实，那是表面环境对我的天性的扭曲。整个过程看来，在我同雀子的那场恋爱中，我并没有走弯路。我同她的分手反而促成了她的各方面的成熟。这都是文学在暗中助我完成了这个行动。我想，这就是文学之美吧。文学让发生的一切都变得合情合理，让人一天天在理想中成长。"

仪叔不住地点头，对黑石的话表示赞赏。他的脑海里出现了那个瘦瘦的、羞怯的少年的形象。他想,时间过得多么快,又多么令人鼓舞啊!他同他虽无血缘关系,但两人的这种情感互动早就超出了父子关系。黑石的脚步很稳。他根基扎实,现在已生长成了一颗年轻的大树……

"那么,黑石打算如何对待雀子呢?"仪叔问道。

"撇开个人恩怨,尽一切力量在文学上帮助她。"

"好!"

一回到宿舍,黑石就扎进了他的混沌而又充满诱惑的文学世界之中。他决心让他慢慢探索出的陌生事物一一凸现,让那条丛林中的小路的轮廓一天比一天变得清晰起来。他感到自己正在变得前所未有地精力充沛。

雀子接到黑石给她打来的电话之后,心中激动不已。她想,这位从前的爱人,被她严重地伤害过的亲人,现在完全不计前嫌,一心想的就是如何帮助自己,让自己获得生活的目标。她雀子的运气是多么好啊。雀子是故意去那家餐馆的,她已经去了好多次了,因为相信自己迟早会在那个地方同黑石相遇。她事先就想好了,今后要将她同黑石的关系定位为好朋友,而不是其他。这种定位就说明了,她永远不能原谅自己对他的伤害。在今后的岁月里,除了在黑石需要时竭尽全力帮助他以外,她决不越过这条"好朋友"的界限。这样发了誓之后,她才冷静下来,开始了她的计划的实施。

雀子的妈妈其实是希望女儿同黑石复合的。雀子将她的计划告诉她妈之后,她妈就沉默了。女儿已经长大,她总有她的道理吧。她觉得雀子是离婚后才开始思考生活的意义的,她现在对她比过去放心多了。而且她现在的生活,似乎是完全按从前黑石的模式在进行,这是多么可喜的变化!从前她就一直认为黑石的路才是正路。她对雀子的任性无能为力,因为女儿不听她的。现在雀子在自己遭受了挫折之后不用她提醒自己就转过来了。所以不论今后她同黑石的关系如何,她也会健康成长了。她在家里同雀子一块讨论文学,对雀子的不断进步感到由衷的欣喜。雀子妈有时会产生这样的念头:如果雀子不是二十岁那年遇见黑石,而是今天,她同黑石会是多么合适的一对啊。可惜命运总像在同人开玩笑。

"妈,我不嫁人,我要好好地陪伴您,让您的身体变好。我俩一块学习文学,一块锻炼身体,可以将日子过得很充实。"雀子说。

"将来有一天雀子还是得嫁人的。不能违反自然规律啊。"

"那,也得等到黑石找到爱人以后。我欠他的太多。我要看到他获得幸福。他没能从我这里得到幸福,就已经说明了我同他不合适。"

雀子妈经过深思之后,理解了雀子的选择,也为女儿的善良所感动。她在心里默念:顺其自然吧,一切都会解决的。

"鸽子"书吧聚会正在讨论的那本书,雀子的妈妈已经收藏了好久。

"太好了,妈妈,我们先在家里讨论一下吧。给我壮胆。"雀子说。

这本书的书名是《×× ×× ××》。书不太厚,雀子花了一个多星期读完了第一遍。这第一遍给她的印象是很迷惑的,她好像被挡在外面了。她决不甘心。

"以前黑石每天在宿舍里读书,我不知道他是为书中的什么东西打动。他那么入迷,我当时也隐隐地觉得是一股浓烈的情感在他和书籍之间流动。妈,我想,也许这就是关键所在了:一定有一个东西,或者说一种境界蕴藏在字里行间,它只对那些发现过它的知情者们存在。我的功力还不到,我得加紧努力啊。"

雀子有些焦虑。她又奋力冲击,边读边写笔记,读到深夜……

雀子的妈妈非常高兴,她还从未见过雀子如此刻苦地学习,哪怕从前读大学时也没有。她学习功课就像玩儿似的。

当她阅读这本书到了第三个星期时,她就能讲出一些感想了。

"这就是那种巨大的沟通渴望:每个角色都希望钻进他的对手的内心,模仿他,希望替他发声;而这个对手,也钻进角色的内心做同样的事。这种交流的内容就变得越来越复杂丰富了。因为不是简单的单向传达,一般读者见到这种场景都会发怵。这是因为不习惯深入,也因为我们平时的沟通都是停留在表面的,对吧?黑石对沟通有更高的要求,因为他的父母给他小时候造成了那种环境,他又善感,所以后来长大了就研究起文学来了。黑石对我的理解比我自己对自己的理解和体验要深入得多,但那个时候我还是个傻瓜,他一直在耐心地等待我成长起来。我读这本书时就回想起那些往事来了。我现在才明白,原来文学就是关于情感沟通的学问啊。"

雀子的妈非常兴奋,女儿的话也唤醒了她的记忆。她想,那个时候,如果她将雀子引上了文学这条路该有多好啊!她后悔得要哭了。

"妈,您别沮丧,我是智力后开发,将来一定还会有好运气的。现在我就是着急要读更多的书,要让自己跟得上'鸽子'书吧的进程。"

"妈不着急。你现在认真生活了,我就放心了。"

一直到去"鸽子"书吧之前,雀子都在刻苦钻研这本书,写出了很长的一篇读书笔记。她妈看了她的笔记,心里既舒坦又吃惊:雀子的潜力真不小!而且女儿现在对她比以前要温柔得多了,再也没看到她像从前那样任性。

"雀子,要不要我来接你啊?"黑石在电话里问。

"不用。那个地方我很熟。"

"你准备得如何了?"

"不能说很好,只能说是有个初步欣赏了吧。这是本伟大的小说。"

"太好了,雀子!你在神速进步。"

"谢谢黑石。"

李海一直在为书吧的聚会做准备,因为雀子要来书吧了。他要尽最大的努力去帮助这位还没见过面的、黑石的前女友。这之前他就推论出了,雀子是因为受了挫折之后才认识到黑石的可贵的品质,继而又极度自责,认为自己不再能给黑石带来幸福,所以才从一开始就给她和黑石的关系定下调子的。至于黑石,好像并没有对这事多想。对他来说,两年多以前的爱情已经死去了,现在出现的这个新面貌的雀子他还不熟悉,他的确是在将她当好朋友。要让已死的爱重新复活,除非某个特殊的契机出现。李海很想在今后的日子里找到一个这样的契机。

他一想到那些日日夜夜里黑石在医院里的操劳,他对他的超过手足之情的关爱,女友因误会离他而去的沉重打击,就忍不住连声哀叹。根据他的判断,他认为雀子至今还深爱着黑石,但她决不能原谅自己,所以也决不会承认她对他的爱。她现在来书吧学习,是为了提升自己,也是为了向黑石表达她的后悔,想要黑石看到她的进步后心里高兴。不管怎样,他李海一定要见机行事,尽一切努力让黑石对雀子的爱死灰复燃。这当然是他单方面的愿望,他希望上天给他机会,让他的梦想成真。

李海在生活中对人对事的感觉非常细腻,而且长于推论。所以他很早就成了文学痴迷者,并结识了费,而后又同黑石与费组建了"鸽子"书吧。他比黑石小两岁,他在洞悉人性方面也像黑石一样深刻。这一次,他对雀子要来书吧的事想了很久,还向黑石要了雀子的电话,自告奋勇地要去接她。黑石对老朋友的心情十分理解,感动不已。他想,雀子在这个时候来到书吧这个大家庭里,不论对她自己还是对书吧都是一件极好的事。并且这也是他们在蒙城的文学力量的增强,他知道雀子体内的能量一旦发动也不可小觑。

李海还准备了两本他认为雀子应该读的必读书,打算在她来的那天送给她。他计划作为老大哥同雀子建立一种密切的关系。他时不时地对自己说:"黑石一天不结婚,我就一天不得安宁。我要将他的婚事铭记心中。"

在电话里同雀子约好之后,李海就去了公交站。

他手里拿着两本书在车站等待。车来了,雀子满面笑容地走向他。

李海看着女孩心里想,雀子的性格真开朗!

"李海,你可得多关照我啊。我的水平还不够。"雀子说。

"我就是来关照雀子的。不是因为水平,而是因为你是书吧里年纪最小的。"

"你这话让我放心。刚才在车上我还忐忑不安呢。你手里拿的什么书?"

"我准备了两本书送给你。是我挑选的,我觉得是必读书。"

"你真好,李海。"

"我同黑石比亲兄弟还亲。你有任何困难都可以找我。"

他俩走在小巷里,雀子心里想:"莫非是黑石要他来接我?"她心里的感受五味杂陈。但这位李海给了她特别可信赖的印象。想到有这样一位新朋友,她的内心就明亮起来了,也升起了对自己的信心。她问李海旁边这些书店是什么书店。李海说大部分是古旧书店,有时还可从书店里买到珍藏本呢。他还说他喜欢收藏一些古代毛边纸线装书版本,不是为了研究,纯粹是为了欣赏,为了闻那些纸张的气味。"在那些久远的年代里,有人如此珍爱书籍,这让我遐想联翩。"他说。

雀子有一种幻觉,在去书吧的短短的二十分钟步行过程里,她同李海已成了老朋友。她感到这位朋友的外貌与黑石不同,但两人有灵魂上的相似之处。"我在书吧里可以将他当黑石。"她这样决定。

他俩走进书吧时,其他四位还没有来。李海开始用电炉子烧水,雀子就清洗茶杯和茶壶,将茶叶放在壶里。

"雀子,你真漂亮,我还没交往过像你这么漂亮的女孩。"李海说。

"我觉得你也很不错,很有男子汉气概。"雀子说。

过了一会儿其他四个人就到齐了。相互寒暄了一番。

李海注意到雀子停留在黑石身上的目光总是很飘忽,一扫而过。"她就如在梦境中一般。"他想。黑石和李海两人坐在了雀子的身边。

大家坐下来边喝茶边讨论《×× ×× ××》这本书。

"黑石你先说说吧。"费望着黑石说。

"我常考虑本书中的沟通问题。有两个人之间的沟通；有读者与文本之间的沟通；还有作者通过文本与读者之间的沟通。此外还有读者与作者自己与自己的沟通，此时与彼时的沟通，等等。在这种活动中，最重要的因素究竟是某种共同的平台，还是高超的技巧？"

"雀子，我们想听听你对这个问题的回答。"费又望着雀子。

"我想，应该是情感的平台更重要吧。"雀子红着脸说，"如果两个素不相识的人同一对恋人相比，素不相识的人沟通起来肯定困难得多，哪怕他们受过训练，有高超的技巧。"她说完后觉得大家都在用目光鼓励她，于是又补充说："技巧是当场起作用的因素，平台是在长期的生活经验中建立起来的。所以俗语中有'只可意会，不可言传'这种表达。我觉得这本书就是着重描述后面这种情况的，它能吸引我这类读者。我即使不全懂，也愿意努力读下去。"

"雀子虽然年纪小，看来前程无量啊。"费说。

"不过文学的表达还是必须重技巧的。"岩接着说，"小说中常常运用语言中的模糊性来描述两种相互冲突又共生于一体的事物。高超的技巧常常能冲破时间和空间的藩篱，将完全异质的情感表达结合起来，让人的认识突入更深的层面和更广阔的领域。我们在阅读之际也应训练自己，让自己具有审慎、包容，以及突破这一类的技巧，而不仅仅是表面的逻辑技巧。"

雀子看着岩,对这种让她耳目一新的言论十分佩服。她一下子就感到了书吧里这种不凡的氛围。她凑到李海耳边小声说:"你谈谈吧。"

"岩说得对,"李海说,"我们在沟通时要深入,再深入,除了将自己变成对面的人或物以外,还要钻进对方之后又钻回来将对方变成自己。想想看,这难度有多大。我最近开始练习听力,希望在对各式各样的音色和音阶的分辨中找到一些线索。关键恐怕是要去掉那些固定的模式,用耐心去慢慢捕捉,将情感高度集中,并独辟蹊径。如果人长久沉浸于某种情感中,他是可以用意念形成图案的。我们阅读的这类小说中都有这种图案。"

雀子学过速记,她将李海和岩的话都记录在小本子上了,令两位受宠若惊,大声夸她是书吧的灵魂。

接着费又要阳发言。

"我特别赞赏李海的方法。"她说,"我也在尝试用同类的方法操作。我常常在各地出差,每到一地我都要同周围环境做深层次交流。我训练的是自己的嗅觉。我希望自己能够闻到百里之外的炊烟和山间的花果香。不论我在何处,农家的炊烟,还有阳光中的稻草,这两种气味总能让我身处五色图案当中。今年年初,我为了召集这两种气味爬到了荒坡上。当时烈日当空,荒坡下的灌木丛中有一些锦鸡在活动。我坐在一块岩石上,凝聚我的情感,那两种熟悉的气味立刻就飘来了。它们在我周围环绕了一个下午。当然,它们里面也是有图案的。我喜欢去色彩绚丽、各种气味浓郁的地区出差。"

这时费脸上漾开了笑容,说每个人的发言都美极了,都切入了作品。谈到他自己,他对这本书的感想是,他认为这是一本既让他享受又让他焦虑的小说。他享受这些丰富的层次之美,目不转睛地观察它们一层一层地展开;与此同时,又有点为自身的能力担忧:会不会遗漏了什么?会不会遇到极限,再也深入不下去?当一个人的话语中显示出两种意思时,是不是还有第三种,甚至第四种意思潜伏着?会不会那潜伏的才是最美的、最本质的?

费一说完,大家都哄笑起来,说,读文学书就是自找苦头吃嘛。为什么读?因为苦头也是甜头嘛。

雀子笑得特别畅快,她太喜欢书吧的氛围了。她对这里的每个人都有浓厚的兴趣,包括黑石——他已经很久没同她交流过了。

看到雀子这么畅快,黑石也很高兴。原先他还担心雀子会感到拘谨呢。如今他对她真得刮目相看了啊。

李海对雀子与黑石的关系感到了某种乐观。他想,如果雀子同黑石在书吧里继续交流下去,他们慢慢地总会将从前的记忆复活的。这两个人,如今是完全走在同一条道上了,任何障碍都不存在了。他觉得主动权在雀子这边。雀子的性情活泼明亮,她的思想转过来了,黑石就会被她所打动了。李海观察得很细致,他将种种可能性都在脑海中梳理了一遍,希望自己能促使雀子慢慢地转变态度。他觉得只有自己能起到这个作用,他也看出黑石目前没有动心。

黑石是那种凡事朝前看的性格,一点都不优柔寡断,并且能承担痛苦。经历了那次失恋之后,他同雀子一样,也变成另外一个人了——一个更为坚强理性的人。如果雀子不向他发起情感攻势,他就只会将雀子当好朋友,亲人。但要让雀子发起攻势,这个难度也是相当大的。李海决定一步一步地行动。首先要让雀子完全信赖自己。

好像是自然而然地,回家时李海又陪伴雀子了。因为那个时候黑石突然就不见了,大概是提前一点走了。

"雀子,你对今晚的聚会印象如何?"

"多么美妙啊!我都不知道要如何来赞美了。你们这几位大哥真了不起。我也很幸运,见证和参与了世界上最美的事物。我都迫不及待地想望着下次聚会了。"

"嗯,我们正一同跨入一个新时代。"

雀子回到家中时妈妈还没睡。她兴奋地向她妈描述了书吧那种神奇而又热烈的氛围,还有同仁们对她的启发,自己从他们的肯定中获得的信心……"一言难尽。生平第一次体验到文学的这种魅力。"她总结说。她也提到黑石的发言,她说黑石极为深刻又视野广阔。

"回家时是李海送我上车的。"

"哦,是不是黑石要他关照雀子?"妈妈问道。

"不知道。我觉得更可能是李海自己要撮合我和黑石。李海是很细腻的人,我喜欢他,但撮合是不会有效果的。"

"反正书吧里都是些最好的人,你多向他们学习吧,妈放心了。"

雀子躺在床上浮想联翩,久久不能入睡。"鸽子"书吧的一幕一幕反复在脑海中出现。虽然她还不能完全理解每一位同仁的话,但她已经领略了那种整体氛围的含义。现在她有一种紧迫感,这就是要花大力气进行文学的深造,争取今后成为像黑石、李海这样的真正的文学人。现在她才深感文学能给人带来巨大的幸福,能让每一个人都变得善良……她看见了前方的光,她的整个身心都在做趋光运动。那个美的境界是黑石和他的同仁们的境界。现在正在变成她雀子的追求的目标。

黑石提前一点从书吧溜掉了。他回想着聚会中同仁们的发言,心里想,这真是一场美的狂欢。能够将一本晦涩深奥的小说解读到这个程度,又能将解读的情感相互传达,这真是一种奇迹般的景象。书吧中的热烈情绪深深地感染了他。尤其是雀子的加入,更加让他感到欢欣鼓舞。他能深深地领会雀子所说的每一句话,他知道那些话都是来自她对生活的体验和反思。她还这么年轻,却成熟得这么快,这应该是变革时代的特点吧。

黑石也知道李海对他的一番心意,并为之感动不已。然而他的直觉也告诉他,爱情是一种奇妙的感情,也常常是无规律可循的。从前,他在他生命中的某个时刻遇见了雀子,他们相爱了,后来又分手了,两人都觉得刻骨铭心,因为两人都做出了最大的付出。但这并不等于死去的爱可以复活。事隔两年多之后,种种条件都有了变化,物是人非。他和雀子两人在这期间也有了很大的变化。他也不知道雀子是不是从这一点出发,一开始就将两人的关系定死为朋友关系。至于他自己会不会在过了两年多之后又来选择这位已经变化了的雀子,他也不知道。总之,他对于她现在感到的是一种令他愉快的亲情。这种感情类似于仪叔现在对他母亲的感情。他想,还是文学好啊,文学将他和雀子又一次连在一起而不用担心会有任何伤害,只有无限的感恩。

黑石不知道自己以后还会不会遇到别的女孩子,如果遇到了,他的择偶标准又会是什么样的。他只知道,现在是雀子主动划出界限了,他俩的关系也就在经历了曲折变迁之后确定为一种新关系了。他愿意遵循雀子的意志,也觉得这种关系让两人都感到舒服。

他回到宿舍里。这个宿舍房间还是他和雀子热恋时待过的同一套房间,这里面发生过那么多的激情事件。然而黑石现在一点也不伤感了。现在他急于要将他的文学论文写出来,他觉得这是生死攸关的。他同时代的脉搏一齐跳动,深感自己肩上的重任。

写完论文上床后,他又一次想起了爱情的神秘和微妙。他想,这种事物是同文学的灵感一样,可遇而不可求的。也许在李海看来,障碍已消除了,雀子还像从前一样漂亮,复合应该是没有大问题的。但黑石回忆他与雀子的重逢,感到自己确实没有产生那种触电一般的感觉,有的只是欣喜和温情。雀子是对的,他将在今后的日子里把她当成自己的妹妹。

黑石现在不打算去主动追求女孩。"听其自然吧。"他想。他很忙,生怕浪费了时间。他被埋在自己的兴趣里,每天都有进步。

雀子做了一个梦。她来到一间很大的空房子里,外面似乎是深夜,房里只有一小块地方亮着灯。亮灯的地方有桌子和椅子。来之前有人告诉她要她在这里等人。她坐了下来,有点焦虑地看着门口。

一会儿走廊里就有了谈话声,是两个熟悉的男人。

李海先进来,黑石紧随着也进来了。雀子的心在欢跳。

他俩坐在雀子旁边,两个人正在起劲地讨论什么事。忽然,李海停下来转向雀子,压低了声音对她说:"黑石今天夜里在旁边的招待所留宿。"

雀子觉得他这话的用意很明显,就回应他道:"黑石是我最喜欢的人,可我并不想把自己强加于他。我的最大心愿就是在旁边看着他获得真正的幸福。"

由于雀子的话近乎耳语,黑石就没听见。他正在看着窗外的一个东西。

"既然你爱他,他也不是毫无可能爱你,为什么你要放弃?"李海问她。

"因为……因为我决不能再让他受伤。那等于是要我的命。"

"原来你是对自己没有信心啊。"李海叹了一口气。

雀子想辩解,可是她说出的词语乱糟糟的,越急越乱。

她一抬头,发现黑石已经不见了。雀子松了一口气,同时又无比沮丧。她再一看,李海也不见了。走廊里又响起了两种熟悉的男声,那声音对她来说充满了诱惑。她心里变得空空的。

她在半夜里醒来了,她对自己说:"幸亏是个梦。可千万不能走那一步啊。从黑石那天晚上的表现来看,他早就冷静下来了。李海虽然热心,但他并不像她这样懂得黑石的微妙的情感变化。"她决心从今往后同黑石只在梦里相见。

她觉得她并不是自己没有信心,她目前对自己的信心可说是空前高涨。但与此同时,她也不再是从前那个雀子了。这个新雀子凡事都要三思而后行,具有自己的情操,并像小说里的人物那样具有一个制约自己的机制。

不过细细回忆,她还是很喜欢那个梦的:听见他的声音,看到他的侧影,与他同处一室……这些事在梦中仍让她热血沸腾。再深入分析一下,又觉得这是过去的感情的余烬,所针对的并不是今天的黑石。就让自己做梦吧,没关系,现在这种伤感的梦已经影响不了她了:白天该干什么还干什么。让那些温柔的死火埋在最最底层。她要像黑石那样,做一个性格有层次的人。

"雀子,我觉得你现在真正长大了。"她妈说。

"我可没时间自怨自艾,我现在要抓紧。只要去过一次书吧,就会有这种感觉。朋友们都冲到前面去了,我只能加倍努力,不然就被甩下了。"

"黑石也很冷静吧?"

"他本来就沉得住气,现在更冷静了。我盼望早点有人爱上他。我觉得他就是一副岿然不动的架势,这一来机会就少多了。唉。"

她妈听了就笑起来,说雀子现在越来越能够为别人着想了。

李海在休息日也到雀子家来过,雀子的妈对他印象也极好,说他在品格方面很像黑石,是个让人放心的青年。

李海同雀子讨论他俩共同读过的文学作品。雀子感到李海阅读的角度很奇异,很新鲜。

"天哪,你是在听书吧?"雀子说。

"可以这样说吧。我小时候同奶奶住在大山里,有时奶奶有什么事出去了,我就一个人在房里。我模仿各种各样的鸟叫,后来有几种鸟就能回应我了。我能分得清它们每一只的叫声,我同它们的交流持续了一年多呢。"

"那么在书吧里,你听出了什么吗?"雀子好奇地问。

"我听出了雀子的心声。雀子一开口,我就听到了她的渴望。不过那渴望是被压抑着的。雀子令人感动。"

"你觉得这种压抑有必要吗?"

"在某些情况下是有必要的。在我看来现在还很难说,要等待一段时间。有的鸟儿突然就不同我交流了,但我不气馁,我敞开心扉,反复发出呼唤,后来它又回应我了。我们可以训练自己的耳朵,从某些模糊的呢喃中辨别出早期渴望的踌躇和无定准,然后根据这些迹象继续发出信号,这样来达到沟通。"

"你说的是'言外之意',这种情况存在于小说和生活中。"

"摸到深层情感的规律常常要靠听觉,耐心也是最重要的。尤其是对于爱这种极为复杂的情感,简直可以说无规律可循。但人还是可以训练听觉。"

"你说得对,就是无规律。我的判断方法是调动全身的经验,这可能近似于你说的听觉,然后得出结论:有就有,没有就没有。我得出结论后就暂时感到心安了。"雀子边想边说。

"不过结论并不是一劳永逸的。对待黑暗深处的那些东西需要耐心,也需要努力制造条件让它们浮现出来。"

"啊,李海,我太喜欢你的这个方法了。我会要在书本和生活中反复尝试。我以前从不训练自己,所以成了个傻瓜。"

李海走了以后,雀子的妈就对雀子说:"这位青年真不错啊,沉稳又细腻,对人心和世事悟得很透。雀子在他的帮助下会要展翅高飞了。"

"他想说合我和黑石。我不会为他所动的。但我对他的这种经验产生了莫大的兴趣。文学人的世界真是丰富啊,李海小的时候的环境究竟是怎样的?"

雀子陷入了沉思。她开始想象书籍和生活中的那些谜。她觉得只要自己不停地钻研,这些谜是可以解开的吧。

她也感到,李海是激起她这种解谜冲动的一个重要契机。

一段时间之后,雀子感到她的情感世界也在悄悄地发生潜在的变化。现在她不再为伤感所累了,她的专注点也不再放在对过去的回忆上,而是大大地开阔了。一些新思维、新情感不断地注入她内部,她觉得她的世界正在分化,不断有新奇的东西产生出来,令她常有惊喜。

"李海,你告诉我的你小时候的那种境界真神奇。我希望有一天能同你一道去你的家乡的大山里住几天,仔细体会一下。"雀子看着他说。

"哈哈,会有机会的。我很久没回去过了。不过无论走到哪里,我总带着我的小木屋,还有那些大山,那些古树。应该是它们构成了我的图案。"

"李海是干什么工作的呢?"

"我做城市规划设计。"

"啊,美的职业啊。"

"这个职业也是训练听觉的吧。在清晨,或在夜里,我喜欢站在大街上倾听我们设计的那些景观发出的声音。那种时候真是种享受啊。"

"我也要学你的样子去听听。有很多事物,表面上看起来是一种样子,但里面却是另一种样子,一种不能用眼睛看到的样子。但不论是什么样子,它总会有蛛丝马迹流露出来,我们可以用器官或皮肤去捕捉,对吧?这是我要向你学习的技巧。你给我指出了一方新天地。我现在常琢磨你小时候的那个世界。琢磨得久了,脑子里也会有图案出现——不过是模糊的,远比不上你。"

雀子又问李海学不学文学理论。李海回答说也学,因为理论也是由这些听觉或触觉构成的啊。它们之间有许多沟通,许多来来往往的通道。

雀子又一次感叹世界真奇妙。还说认识来到了这个层次上,人就完全没有理由伤感了。因为即使是创伤,也可以变成馈赠。

"每次同李海谈话之后,我的心境就变得更明亮了。"她想道。

李海看着雀子眼里闪出的光芒,心里想,即算没能让她和黑石复合,也能帮到她。帮她就是帮黑石啊。就他自己来说,同雀子的谈话每次都令他很愉快,也很有启发。因为当他启发她之际,他自己也会从中获得新的灵感。"能共同进步太好了。"他想道。

李海来家里的这些日子,雀子的妈也非常兴奋。她觉得这位青年是人群中最诚恳的那一类,她就像当初喜欢黑石一样喜欢他。雀子的妈一直喜欢文学,但在从前,她一直将文学当作个人的修养,从未想到要用文学来改变生活。正因为如此,她才没有竭力将雀子也带进文学世界。当她意识到这一点时已经太晚了。不过从现在的情况来看,也不算太晚,雀子终究还是遵循内心的某种呼唤转向了文学。这都要归功于从前黑石对她的启发和现在李海对她的帮助。她觉得她这个当妈妈的做得太少了。

母女俩谈起这类事就沉浸在憧憬之中。

"雀子的运气还是相当不错的。"

"是啊。"

雀子现在觉得只要耐心等待,所有的问题都会解决的。她认为在这个转向高级文学的过程中,是李海给了她信心和智慧。从前那种茫然中的焦虑已离开了她,现在的焦虑却是良性的、可以在向前突进中消除的。

日子过得真快,又是两年过去了。黑石已经在文学领域里取得了不小的成就。他和仪叔共同研究的课题已经拟出了初步的大纲和轮廓,两人的大胆设想正处在一步步地小心求证的过程中。

当他同仪叔在咖啡馆里讨论文学时,发生了一件事。

那个时候咖啡馆的大门敞开着,大厅里没有客人。黑石和仪叔坐的地方可以看到大厅里的很大一块地方,别人却看不见他们。黑石发现一个眼熟的女孩的身影从大门那里进来了,她还有一个同伴。黑石立刻想起了女孩的名字。

"是小桑啊。"他说。

仪叔看了看外面进来的女孩,也说:"正是小桑。她和朋友来放松来了。"

"她是我的同学。可仪叔是怎么会认识她的?"

"她就住在我头顶,也是我的年轻的小朋友。她酷爱文学,水平相当不错的,我同她认识有十来年了。"仪叔说到这里有点若有所思的样子。

"原来这样啊。我记得她在大学的校园里总是捧着一本小说。"

"黑石愿不愿意同小桑交朋友啊?她可是女孩里面最优秀的。她的上进心同你不相上下,才能也很高。她给我带来过很多启发。"

黑石呆呆地看着外面那女孩的侧影,又收回目光来看仪叔。

"仪叔认为她同我这样的会有话说吗?在学校里时,她性格好,很温柔,她有不少朋友。那时我羡慕她,但不敢与她深交。那时我有点自卑。"

"小桑同黑石肯定会有很多话说。而且根据我的观察,她目前还没找到男朋友。要不我这就去帮你介绍一下她?"

"别,别,仪叔!这样去介绍会很尴尬的。让我等一个机会吧。"

"黑石在女孩面前太拘谨了。小桑这样的女孩很少见的,可别放过机会啊。"

黑石想,仪叔谈起她来就热情洋溢,这位小桑不是一般女孩啊。

这时大厅里的灯全部黑了,黑石看不见小桑她们了。

"黑石的个人问题也得抓紧了。你妈一定着急。老等是等不来的。再说年轻人不恋爱也是个缺陷啊。"

"嗯,仪叔,我会去找她的。"

"这就对了。我一直以为你还有可能同雀子好,所以没介绍小桑。"

"雀子同我终究没有缘分。不过她现在变得很可爱而且成熟了,一定有不少人想追她。一想到这件事我就很欣慰。"

"小桑在蒙城有家人吗?"黑石问。

"没有。所以我特别为她着急。她自己倒是不急,像你一样将文学当头等大事,从容得很。可毕竟姑娘已经这么大了……"

黑石注意到仪叔的焦虑溢于言表,就像在说自己的女儿一样。

"仪叔,您放心。我对她印象极好,我会去尝试的。"

仪叔听黑石这样一说就显得特别高兴。

后来两人一块站起来从咖啡馆的侧门离开了。

但是黑石没有马上去找小桑,而是过了一段时间才去找的。

黑石与仪叔会面后不久,就去参加了"鸽子"书吧的聚会。

雀子和李海谈论起这次聚会时,李海说:"黑石显得心神不定。我觉得他里面的深层情感在启动,我在会上听到了一些动静。至于那到底是由什么诱发的,我们要等待才会知道。"

雀子听了李海的判断就兴奋起来,说道:"李海的直觉总是可靠的。我巴不得黑石马上启动情感,解决他的人生大事。他最应该得到幸福。"

"嗯,我同雀子同样渴望这个。"

"李海,我俩认识多久了?"雀子问他。

"都两年多了。"

"时间在飞驰。我觉得在这两年多里头,我完全变成另一个人了。黑石的变化也应该是很大的吧。如果说我对他还有爱,那都是回忆,同现在的他没有关系了,对吧?现在两人的背景和基础都完全改变了,所以爱情也产生不出来了。爱情,像书中描述的一样,是特定的时段、特点的条件下的微妙产物。"

谈话发生在雀子家的客厅里。雀子说着话就走到李海坐的这一方,紧挨着他坐下。她发现李海有点紧张,但并没有挪动身体。

"雀子越来越厉害了。"李海开玩笑地说,"现在你也听得出很多声音了。"

"对啊。比如你里面的声音。我比你先听到。"

"这是很正常的。唉,黑石黑石……"李海叹道。

"我们会有机会帮他的。"

"应该有。现在一切都乱套了。"

"这不正是那种东西的规律吗?出其不意?"雀子面带微笑地说。

"雀子现在比我厉害了,我心甘情愿服输。"李海的表情有点慌乱。

"它不会给人们带来灾难,只会给人们带来他们所要的东西。"

雀子说着话就握住了李海的大手,她感到他的手是如此的温暖。

"唉,雀子雀子……"李海又叹道。

"让我们乐观地看待发生的一切吧。你会带我去你的家乡吗?"

李海看着雀子的眼睛,红着脸点了点头。雀子高兴地跳起来帮他续茶。她朝着里屋喊她妈。

"妈,我和李海正在策划去他家乡旅行的事呢。那地方遍地是灵感,人在里面仿佛回到了原初的世界。"

"好,好!快点动身吧。"雀子的妈妈说道。

雀子送李海出来时问他:"我没有绑架李海吧?"

"哪里哪里,雀子的听觉现在比我敏锐多了,所以遇事能做出快速决定。现在我得听你的,你是我的指路明灯。"

"你们设计的这个城市,现在充满了叽叽喳喳的声音。我夜里站在大街上听到了。我兴奋地想,这是李海的城市啊。你感到幸福吗?"

"我同雀子一样感到幸福。"

雀子回到家,她妈对她说:"多么好啊。"

"您看出来了吗?"

"我早就估计到了。雀子现在更有魅力了。"

李海昏头昏脑地回到了家中。其实好久以来,在他的心的最深处就升起了一股模糊的慌乱的情绪。在这之前,他一直都在用自己的意志力将这股情绪压制下去。随着他同雀子的交往越来越深,他觉得这位女孩不知不觉地在占据他的生活的中心,而这种情况并不是在他的计划中的。然而雀子不管什么计划,她大胆独立,她又能让两人的关系令相互感到非常自然。尽管李海最近隐隐地感到他俩这种挚友的关系有所变化,但他不愿多想。

可是今天,当他告诉雀子关于黑石的可能的情感动向时,雀子忽然就向他含蓄地表白了。面对雀子的真诚,他当然不能装傻。是她首先将他里面的情感挑明了:他情不自禁地爱上了这位姑娘。他不是梦见过她好多次了吗?他不是在梦里焦虑地寻找过她吗?他的初衷是要通过帮她来帮黑石,可是黑石的事已经迎来了解决的可能性……世事就是这样阴差阳错的。"无心插柳柳成荫。"这究竟是可叹还是可喜?

当天晚上,李海正在写读书笔记时,电话铃响了。是黑石。

"我打算近期带一位书友来书吧。她也是仪叔多年的学生,水平比我高。她又是我以前的大学同学。她叫小桑。"

"太棒了!你放心吧,这事包在我身上!"

"什么事包在你身上?八字还没一撇呢,只不过是十几年没见面的老同学,我正打算去找她罢了。"

"去找吧,去找吧,将她带到书吧来,一切都会顺利的。我有预感,这位小桑女士非同凡响。当然我们的黑石也是毫不逊色的,哈哈……只要是在书吧里发生的事,都会有好的结果。"

"谢谢你,李海。现在一切都还未明了呢。"

"所有的情感方面的事不都是这样吗?要有信心。"

放下电话,李海激动地在房里走来走去。

后来他又打电话将这事告诉了雀子。

"啊,李海,今天是我最快乐的一天了!我盼着那位桑姐快点来!"

"没想到我们的努力迎来了这样的结果!"李海说。

"这个结果太好了!你也是这样认为的吗?"

"当然是。我是受益最多的人啊。"

李海洗了个冷水澡,想让自己清醒一些。他觉得自己今天一天有些疯狂了。

他躺在黑暗中想黑石的美好前景。果然是好人有好报啊。既然是来参加书吧,成功的可能性就极大。黑石多么有魅力——尤其是在书吧里。那不是一般的魅力啊。雀子隔了这么多年仍对过去的事忘不了。不管怎样,那位小桑一定会被黑石打动的。他听出来,黑石这回是动了真情了。

想完黑石的事,他又来想雀子:她的会说话的眼睛,她的笑貌,她的手,她身上的好闻的气息,她的含蓄的表白,这一切都令他神魂颠倒。他恨不得马上带着雀子去家乡。可是还不行,先得让黑石的事落实他才会心安。

书吧聚会的前两天雀子又忍不住给李海电话,约他在她家附近的茶室见面。他们两人之间有很多话要相互倾诉。

雀子提早来到茶室,没想到李海也在同时赶来了。

"雀子,我急于要见到你,我太激动了。"

"我也是。"雀子小声说。

他们紧紧地挨在一块坐在包间里。李海一直握着雀子的手,令雀子感到无比舒适又激动。

"我们都没有故意要走到这一步,但是情感就是有它的规律,它超出思想的控制。"李海说,"我可以吻雀子吗?"

雀子点了点头。

他俩做了一次沉醉的深吻。他接着又来吻她的脖子。

雀子喘着气说:"李海,李海,你是一团火。我们等得太久了……我可以打电话给妈妈,告诉她我今晚去你家。"

雀子打了电话给她妈。他们付了账,茶也不喝了,叫了一辆出租车直奔李海的家。一路上雀子都像被李海带进了梦中一样。李海紧紧地搂着她。

在李海的家里,雀子度过了一个无比享受的夜晚。她事先没有料到被她激起的情感是如此猛烈、持久,同时又不失温柔。她想,今后她会对她同李海的这种性活动上瘾的……整个夜里她都敞开着,她的全身的每一个部位都被这位爱人多次探索过了。而她,也探索了他。她暗暗地对自己说:"黑石的那一页终于翻过去了。"她听见爱人在说:"黑石是我的亲兄弟,雀子要同黑石的兄弟结婚了。"

"我多么爱你,李海,我们就像前世有缘分一样。妈妈会多么高兴。"

"我从小没见过妈妈。你的妈妈就是我的妈妈。我爱她。我们三人以后要住在一起。"

雀子想哭,张了张嘴哭不出来;她又想笑,就笑起来了。

"我要像你对待我一样对待你。"她说。

雀子下班后回到家。她发现她妈妈的情绪特别好。

"妈,这两年您的身体差了些,我打算今后三个人住一块。"

"李海没意见吗?"

"就是他提出来的啊。他爱您。"

"我也爱这位女婿。从他第一天来我就幻想雀子能嫁给他。"

"妈,您真好。"

带小桑去"鸽子"书吧是黑石多年单身汉生活中的一个转折点。不知为什么,黑石总被一种幻觉萦绕着,就好像他同小桑并没有分开十多年,而是一直就有频繁的联系。一见面他就感到自己与她是息息相通的。这是不是因为仪叔的关系呢?他不知道。但与此同时,他也深深地感到了小桑同仪叔的情感联系和他自己同仪叔的情感联系同样深,也许甚至还更深……想想吧,那么多的岁月,朝夕相处,志同道合……很可能她早就爱上了仪叔,所以到现在还是单身。后来,他虽鼓起勇气带小桑去了书吧,精彩的交流也在书吧发生过了,但他心中的犹疑并未消除。他提醒自己在这件事情上应该审慎又审慎,千万不能像"大象闯进了瓷器店"——将事情搅得乱糟糟的。经过深思之后,他便将他与小桑的关系定位为老同学加好朋友了。"要克制,要仔细观察。"他对自己说。虽然仪叔一片好心将小桑介绍给了他,盼望他与小桑马上要好起来,但黑石还是觉得这事不能着急。因为他对小桑没有把握,他对仪叔的魅力却有很深的体会。所以在小桑参加了第一次书吧聚会之后,他就有意地从她的视野内消失了。他想,这事让它慢慢发展吧。反正他现在的研究工作也很繁忙。

但是仪叔后来却责备他了。他督促他抓紧这事,说:"这样的女孩非常稀有。"看来仪叔的审美同他一致。但假如万一……天天看见仪叔这么有魅力的男人,她为什么要转向平庸的黑石呢?黑石平时虽不认为自己平庸,但他觉得自己同仪叔一对照,就会显得平庸。他目前在努力向仪叔的境界攀登……

那么,既然自己对小桑有很大的兴趣,他应不应该进入她的情感世界,或者去向她表白自己对她的好感呢?黑石觉得他遇到了禁区。出于对仪叔的深爱,也出于他对遇到的这种关系的盲目,他觉得自己决不能心急,一定要顾及种种的情况。他将那天他与小桑去参加书吧聚会的一些细节想了又想,却得不出任何线索。似乎是,小桑对他也有兴趣,但她的兴趣应该还是局限于她对朋友的固有的温情和她对文学的向往上面。也可以说,黑石内心的情感发动了,但因自己过于压制,没能传达到小桑那里。或者说,小桑也有审慎的一面,她不愿将自己的隐秘的情感外露,而更愿意深藏。他就这样思来想去的。即使仪叔不时催促他,他也没有什么实质性的行动。而且,他觉得同小桑作为挚友交往非常舒适,他总能从她那里得到启发和生活的力量。她的最大的特点就是能抵抗平庸,这让黑石感到非常佩服。黑石在数年的单身生活中将全部体力和精力都投入了文学,但他的个人生活是比较沉闷的,他自己也感到这是个缺陷。而现在,却有一位处境同他类似的女性,能如此温柔平和地对待日常生活,热爱这个生活,这件事本身对他就是个很大的震动。钻研文学是为了什么呢?不就是为了追求一种更为合理的日常生活吗?小桑身上有他自己所缺少的某些品质,所以他对她有好奇心,非常盼望在她面前展示真实的自己,与她进行沟通。书吧里的朋友们,例如雀子和李海,立刻就看到了小桑在这方面的卓越之处,并热切地希望他同小桑结成伴侣。

　　黑石感到,现在种种的外部条件都在推动着他同小桑走到一块,但两个人自己的内心却还没有敞开。毕竟,两人都是有情感阅历的成年人了,所以要考虑的方面比较多。并且在黑石来说,主要的抵制来自他的内心——他生怕因自己的举动而破坏了一种世界上最最美好的情感。这种暗地里的担忧贯穿了他和小桑的关系的始终。

　　后来他又同小桑一块参加了书吧的聚会,他同她有了某些沟通,他自己也更强烈地为她所吸引,他们之间的友谊也在往深层次发展。然而黑石仍然提醒自己,在那个最根本的问题没有澄清之前,他不能任凭自己跨越界限。他的感觉体验是,在他与小桑的交流中,小桑对他所说的所有有关仪叔的那些话都可以做模棱两可的解释,可他又不能做到让她澄清,因为那会是粗鲁无礼的。他只能等,等某个契机发生。他并不认为自己有那么大的魅力,可以让这位他心仪的女性向他敞开。那么就等吧,这种等待不完全是消极的,并且常常是丰富而有意思的,虽然有时也夹杂着沮丧,但生活不就是这样的吗?

无论今后会如何,他是喜欢小桑的。即使是作为终生的挚友,她也会不断地给他带来生活的动力。他还从来没有交往过这样一位异性的朋友呢,这就可见他的个人生活过于单调,缺少激情。而这种缺少激情也会间接影响到他的研究工作。他想,仪叔恁惠他同小桑交往,大概也有这方面的原因吧。他不愿黑石的生命之树在寂寞中枯萎,希望他健康地向上生长。他的考虑总是那么充满情感又全面。

从他与小桑的交往中,他看出小桑常常是愿意与他互动的,这令他无比欣喜。然而欣喜过后,他往往又会分析判断,觉得小桑天性善解人意,热情大方,他不应一厢情愿地将她的这种好意和对他的喜爱做过度的解释。现阶段,拖延是他可采取的唯一态度,这也是由他长期形成的个性所决定的。只要不是消极拖延,他就还是在谨慎地投入生活。他记起自己在书吧的发言中所提出的"生活之网"的问题,他注意到了小桑也和他有同感。这就是说,他们两人很可能是在采取相似的方法处理自己的情感问题。不过有时黑石又质疑自己的这种方法。万一小桑的情感状况并不像他设想的那样呢？他的拖延不是害了她吗？女人比男人更为情感化、肉体化，他自己的拖延令他为她感到沉痛，这种沉痛感使得他有时达到了坐立不安的程度。那么美好的小桑，应该尽快地得到幸福啊。并且既然他看到了生活之网，就应不怕麻烦，勇敢地到网中去探索，寻找出一个最合理的解决办法啊。这是仪叔，也是生活本身给他出的难题，他不能躲避只能直面。不知为什么，这个新的生活中的问题的提出竟然同他现在的研究课题是一致的。这当然不是巧合，而是实践又一次说明了他和仪叔研究的是时代的大问题，只有文学的创新有办法解决的问题。黑石想到这上面就兴奋起来了。他决心克服惰性，按自己的方式投入情感，直到有一天水落石出。不论那结果是好是坏，只有这样做才是应该的。当然他的这种投入又并不是不顾一切，而是与审慎并行的。他可以在"挚友"这个界限的极限处反复向小桑表白自己的情感，加深她的印象，等待有一天她主动敞开自己的心扉。当然关于自己的这种行动是否会有效他也是信心不足的。毕竟小桑是他从未接触过的类型，他完全没有这方面的经验。在她那方面会有多种可能性……还是那句话，他应该努力，不要让自己的情感僵化，要保持善感的生活态度。

雀子现在到了休假日就到李海那边去相聚一下。这种时候，她会托付邻居关照一下她妈，怕老人万一有什么需要。她现在常常整天想着李海,不光是想着和他上床,也想同他一块读书,一块做家务。她感到自己的前途突然就变得分外开阔了。那第一个晚上,李海用猛烈的激情唤醒了她的性冲动之后,她突然真切地感到了这是她等待已久的人。于是她也调动起所有的欲望和灵感对他做出了回应。他俩的律动激烈又合拍,无论是一个小小的动作,还是说出的一个字,相互都可以达到充分的沟通。雀子在心里将她的第二次爱称为"文学之爱",李海就是她的文学,她愿沉浸在他对她的爱,和自己对他的爱当中。刚开始的时候,雀子只要一回想起他的深情的抚摸和吸吮就浑身战栗,这种赤诚的奉献让她的呼吸变得急促。雀子觉得他的情感像火一样。在他俩的性活动中,他总是能猜到她的最舒服最享受的体位,她的高潮的规律,并能不断地用动作激发她的快感。而雀子,也无师自通地反过来激发他,同他一块探索这种神秘的领地。

"我有过不少性梦,都是同雀子一块做的,但从未在梦里获得过满足。看来还是只有现实日常生活能带来满足。"李海感叹道,"雀子的身体是我的宝藏。"

"真想天天同李海在一起啊。每天的共同生活才是最完美的。"雀子说。

"别急,雀子,我正在为此做准备呢。"

他俩也没忘记黑石和小桑的事。

"黑石考虑问题细致,所以拖拖拉拉的,也不知他顾虑些什么。"

当雀子这样抱怨时,李海就说他对这事持乐观态度。

"我在书吧里倾听过了,两人的情感深处的机制都已经启动。但因为认识的时间还比较短,所以容易产生种种因为不熟悉对方而导致的顾虑。不过关键在于情感的启动,既然都启动了,缩回去就不可能了。前方不论有什么困难,最终还是会合为一体。"李海边想边说。

"我真巴不得马上看到两人合为一体,桑姐是我最羡慕的那种女性。"

"雀子也是我最羡慕的女性。所以我们应当尽快搬到一起。这种分离真痛苦啊,有时让我夜不能寐……"

"等你买好了房子,我们也不用装修。粉刷一下,我就和妈妈直接搬进去吧。免得你夜夜失眠,将身体弄坏了。"雀子边说边吻他。

"到了那时我就可以每天抚爱雀子了。男人其实更怕孤独,所以黑石不应该再拖了。拖下去对他自己和小桑都不利。"

"他一天不表白,我就多提心吊胆一天。"雀子说。

雀子一回到家就告诉她妈说,李海快买好房子了,她们要准备搬家了。

"李海动作真快,他越来越离不开雀子了。"

"是啊,他夜里睡不着,真可怜。所以我要他别装修了,直接搬进去。"

"雀子做得对。我知道那个地方,生活比我们这里还要方便。李海方方面面都考虑到了,真是个好孩子。"

雀子每晚学习完毕后都要给李海打电话,在电话里吻他,抚摸吸吮他身上那些敏感处。李海每次听完雀子的电话都想流泪,他不知道自己怎么会变得这么脆弱了。以前他也谈过两次恋爱,从来没像现在这么脆弱。看来只有雀子才是他生命中最合适的那个人。也许她就是他幼年时与之交流的那些鸟儿中的一只吧,她的名字不是叫雀子吗?

李海是孤儿,所以对家庭生活的渴望比雀子更强烈。他的最大的愿望就是每天夜里能搂着雀子入眠。现在眼看离那个日子越来越近,他的心情也越来越明朗了。他的公司里的同事都说他在走"桃花运",还说雀子非常漂亮。他也知道雀子的妈将来会需要他们的照顾,他很愿意担起这个担子,因为他是家里的男子汉嘛。忽然就要结束三十多年的孤儿生活,成为有家庭的人了,李海怎能不感到幸福?而且雀子感情浓烈,非常爱他,他将来还要同她一块养育孩子……"雀子,雀子,你终于飞到我的生活中来了。"他轻轻地说,一边又一次想起令他心醉神迷的性活动。

他还没有将他同雀子好的事告诉黑石,他要等到黑石向小桑表白之后再告诉他。到那时候,就可以大家同乐了。所以每次聚会,李海都在聚精会神地倾听黑石和小桑两人的心声,判断他们的情感进展。雀子也是一散会立刻就问他这件事。他俩比谁都着急。然而那两位浑然不觉,还在不紧不慢地打太极拳。于是有一天散会后,就发生了大家联合起来促进这两位加速的事。那一次只有小桑不是知情人,黑石则对朋友们的心意产生了深深的感激。

雀子自己也觉得自己已经变成另外一个人了。她还清楚地记得自己为了买到心仪的房子同黑石闹翻的事。而现在,她又要买房了,她却让李海一个人决定,她简直就不怎么过问这件事,因为她相信李海在这方面的能力。她唯一关心的,就是李海要保持健康,她生怕他累着,也担心他失眠会损害身体。所以她提出来买了房就尽快搬,使得李海大为感动。

"文学让我学会了考虑问题。"她自豪地对李海说,"现在不论什么时候,我俩就像一个人一样。"

她仍然喜欢日常生活中那些美丽的东西,保持着对它们的情趣,但却不再像从前那样为它们所累了。她的大众审美在不断地提高层次。

在最近的一次书吧聚会中,小桑因为去京城探亲而缺席了。

这一次,大家讨论的是《×××××5》这本书。费引导大家讨论深层次情感的朦胧性和主宰力,以及这种情感在现代的多种显现图案。每个人都根据自己的体验针对小说里的情节解读出了一种图案,方法各异,但又都有共同点。这种交流令大家非常兴奋,都认为这种交流与一个人关起门来阅读不同,刺激和启发了一些新的可能性。费说,这就可见文学性的沟通在当今是非常迫切、重要的,现代文学之所以只能在交流中存在与发展,是因为文学日益地显露出了其本质。作为读者,独辟蹊径的阅读与将个人的情感传达给他人也变得同样重要了,而且通过这种传达,文学的质的普遍性就能更快地实现,作品的潜在价值也得以彰显。对于这种新文学来说,它要求读者参与创造,因为作品要依仗于他们的奇思异想来显示其价值。正因为新文学对读者的素质要求很高,所以它在当今的读者中的被接受度很局限,而这一点,正是同仁们可以通过努力去加以改善的。因为人性是共通的,传播的通道总是存在。这种文学的难度同哲学的难度类似,它需要人去发挥与钻研同经典哲学运用的功能不同的另一种功能。但大家已通过实践发现了,谜并不是不可解的,反而只有解谜是真正的阅读。费说到这里突然话锋一转,提到了小桑的钻研精神;她对于小说中原始风景的长期执着的解读;她将对生活的爱融于对小说的探索的那种自觉性;以及她对自身那种功能性天赋的自由发挥。费的话音刚一落,大家就纷纷表示同感,在书吧里议论起来。一时房间里只听见"小桑"这两个字不断地出现在嗡嗡的谈话声中。黑石没加入讨论,他脸红心跳地坐在那里,胸中波澜起伏。他看见连费和寒马都在私下里耳语着什么……不知为什么,黑石觉得大家似乎有点在责怪他了。这使他也对自己以往的判断产生了怀疑。但总的来说,这种氛围还是让他心里感到特别温暖。尤其是李海和雀子向他投来的那种期待的目光(黑石注意到他俩越来越亲密了),令他有些慌乱,慌乱中又充满了感激。

　　黑石坐在房里给小桑写信。书吧聚会给了他很大的震动。他想,朋友们的看法肯定是有道理的,很可能比他个人的体验更为全面。他回忆起自己在这几个月里同小桑交往的前前后后,便有一根主线从种种片段中形成起来了。这就是,两人之间一直就有种相互的渴求和依恋,虽然这种情感不断地为一些外在的判断所打断、所干扰,但却从未彻底消失过,而是静静地在时间的延续中丰富起来了。两人都欣赏对方,时刻将对方放在心中,这已从相互之间的每一次交往(不论是否顺利)中体现出来。如果说小桑仅仅是将他当作一位挚友,以她的丰富的情感和个性,就不会那么在乎黑石要与她保持距离的努力了。但她的表现很显然是有另外的因素在其中。在这种时候,她的气恼、怨恨和无奈是指向另一种解释的,可惜黑石自己太迟钝,没能反应过来。这种反复发生的误解导致了两人的关系一直在拖延中缓慢发展,也许还对她造成了伤害。黑石感到自己已经站在临界点上了:再不表白就很可能失去机会了。小桑给他提供写信的机会,不就是在促使他敞开心扉吗?不敞开,她又有什么办法知道他的真实的情感?于是黑石就写下了那封含蓄而热情洋溢的信。在信中,他一方面表白了自己,另一方面也希望小桑接受他的暗示,同样敞开她自己,让他知道她的情感真相。

他走到街上,将这封含蓄示爱的信放进邮筒之后,便开始了忐忑不安而又激情上涨的等待。那一次在咖啡馆,她气恼地吻他的额头的那个场面的记忆浮现出来,还有她的愤愤地离开的身影。这么明显的表示,他竟然没能领悟这事的深层含义!他思考得太多,却忽视了自己的直觉,所以小桑的气恼是很自然的。而他,已经伤害了她还执迷不悟。他那时真蠢啊。他又感到小桑的最大魅力在于善解人意,即使遇到的是他这么笨拙的对象,她也没有因为不耐烦就将他甩开,而是一直不变地对他怀着那种深切的同情和温柔,在黑石三十多年的人生中,只有仪叔给过他类似的情感。

现在小桑去京城了,黑石沉浸在对往事的回忆之中,也沉浸在一些懊悔的情绪中。他真想飞到小桑的面前,立刻向她表白,同时也讲出他的迟钝、他的错误。然而他知道,目前他只能耐心等待……

好多年了,黑石第一次为深深的孤独感所笼罩。因为小桑的离去;因为情感的出路未卜;也因为对自己在这种事情上信心不足。

到了第三天,他忍不住又给小桑写了一封信。这封信仍旧是含蓄示爱,并告诉小桑自己家里的情况,谈到他自己对他母亲的恋情的羡慕……他也想借这种频繁的通信来表明心迹。

后来的几天中,当他埋头于研究工作时,就能暂时将小桑的事忘记。但只要一放下手上的工作,他马上变得坐立不安起来。他甚至产生了抑郁情绪。

他神情恍惚地打了个电话给仪叔,他们见面了。

"是小桑的事吧?"仪叔一见面就对他说,"收到信了吗?"

"还没有呢。也许她太忙。"

"耐心等一等吧。小桑不会不顾及你的。凭我对她的了解,你尽可以放心。等她回来你们的事大概就确定了。"

黑石感激地看着仪叔,但心里并不踏实。

小桑离开已经满一个星期了。明天他会不会收到她的信?按她的性格,应该是收到他的信很快就回信。但有些事是很难预料的,何况她已不在蒙城了,黑石觉得自己完全没有把握。仪叔虽了解小桑,可世界这么大,什么样的意外都有可能啊。唉,这事只能听天由命了。通信的主意是小桑想出来的,可她却不急于给自己回信,这究竟是为什么?是发生了什么事吗?还是她觉得没必要像恋人那样密集地通信?

黑石夜里做了一个梦。他来到一个足球场,那并不是他的大学的足球场,而是外省的某个球场。足球场里有些人在踢球,场外人来人往。黑石在下意识地用目光搜索场外的这些人。他们大部分是年轻人,男生穿着T恤,女生穿着裙衫。他要找的是穿着灰蓝色半截裙、白衬衫扎在裙子里、戴宽边眼镜的女孩。他仔细辨认着,有红棕色的裙子,有墨绿色的裙子,有紫罗兰色的裙子,还有稻草色的裙子,等等,但就是没有灰蓝色的半截裙。他在操场边焦虑地走过来走过去。后来天色将晚,他得去餐厅吃饭了。

餐厅里也尽是年轻人,到处是欢声笑语。黑石又开始辨认那些裙衫。他忽然眼前一亮,看见了一条蓝色半截裙和扎在裙子里的白衬衫。可是走到面前一看,那裙子是黑色的,而且姑娘也没戴宽边眼镜。

"请问?"姑娘疑惑地看着他。

"啊,对不起,我认错人了。"

醒来之后他仍感到羞愧,他想,为什么自己那次在河边不向她表白呢?他究竟在等一个什么答案?一切可能性不都是他虚拟出来的吗?如果他当时勇敢地向她表白了,不论行还是不行,事情不就自然而然地发展了吗?是他自己将事情弄得这么复杂的,所以只好自食其果了。小桑一定是不耐烦了,她让他俩的关系定格在挚友这个层次上了。

第二天的等待仍然没有结果。邮箱里空空的。

到了下午,他就请假了。因为心里难受,就去酒吧了。

他一连喝了两杯闷酒,感到有点上头了,就不敢再喝。他坐在那里发呆。他回忆起自己小时候经常有这种情况,就是被一种极度的孤独感所摄住,那种孤独感令世上的一切事物都变得灰暗了。反倒是这些年,他在仪叔的带领下和朋友们一道钻研文学,生活过得很充实,很辛苦,那种孤独感就远离了他。

他又要了一杯柠檬水,边喝边发呆。

这时有人在他肩上拍了一下,他回过头来,看见了仪叔和小麻!两人都是喜气洋洋的样子。

黑石回到宿舍后心情就平静了很多。他想,仪叔和小麻看样子是好上了。他知道小麻是小桑无话不谈的闺蜜。现在既然她同仪叔相爱了,小桑必定是知道的。这一件事情就说明了以前他自己对小桑的猜测全是捕风捉影。既然最大的疑团已破解,他现在的任务就是等待小桑回信了。

小桑暂不回信是可以理解的,她不是要在京城待两个月吗?她迟一点一定会给他来信的,仪叔的判断不会错。如果她给他回了信,他再给她写信就要表白自己了。他的拖延已经害了她,必须马上弥补。他甚至打算自己亲自跑到京城去向她求婚。

心情一旦转好,黑石立刻又开始钻研文学了。他将他这一向的心路历程与他的课题联系起来了。他想,尽管自己的反应不够灵敏,他这一段时间的行动基本上还是符合自己的情操的。只是因为自己性格的缺陷而让事情拖延得太久了一点,因而伤害了他爱的人。幸好这事还没有完全失败的迹象。

又经过了一个兴奋的不眠之夜,黑石辗转反侧,想出一个又一个的方案想要弥补小桑。最后决定近期去京城。

第二天上午,他中途从公司返回宿舍,看到了邮箱里的那封信。

那秀丽的字迹散发着小桑的气息。黑石的眼中有了泪。他连着在那信纸上吻了好几次。

到了晚上,他打电话告诉仪叔了。

"小桑明天要回来了。她家里有些事,所以和她爸提早回来了。我明天去接她和她爸。"

"太棒了,黑石!仪叔现在放心了。"

黑石整夜都在想着小桑。他决定不论她家有了什么事,他同她一定要马上确定关系,一刻也不能再拖了。再说如果她碰到了困难的话,确定关系后她的事就成了他自己的事了。一块共渡难关总比她一个人扛要好。

早上起来,洗了个冷水澡,黑石一下子就变得精神抖擞了。

梦中的爱人忽然就在现实中走过来了,还有比这更大的幸福吗?

书吧聚会散会后,李海和雀子一块回他们的新家。

"啊,今晚我幸福得要晕过去了……"雀子叹出一口气。

"我也是。黑石和小桑真是令人羡慕的绝配啊。不过雀子,我们也是绝配——你觉得是吗?"李海问。

"当然是嘛。我一想到你在床上对我的好,就激动得喘不过气来。当然不只是床上,我俩一块做任何事都特别合拍,其乐无穷。我喜欢你乐观的性格,我也乐观,我妈也乐观,以后我们这个家里就会是整天欢声笑语。"

"雀子,你是从哪一天开始发现我爱上了你的?"

"有两个月了。你里面有些东西紊乱了,在嘀嘀咕咕的,我全听到了。我听到后也没告诉你,我想等你表白。但是你总不表白,总想压抑,那些东西就喧闹起来了,轰轰作响。我心里想,得了,他不肯表白,让雀子来告诉他他自己心里的事吧。我就握着你的手告诉你了。我一告诉你,你马上就承认了。一切都顺利,对吧?哈哈,李海歪打正着俘获了雀子的心!"

"雀子,以后我每天夜里都要搂着你入睡。自从我俩好了之后,我就变得怕孤独了。我一个人很难睡着。"

"你当然要搂着我,我是你的主心骨嘛,梦里也不能丢。"

"再有就是,我每隔一天就想进入你身体里面。"

"来吧来吧,我巴不得。"

他俩轻手轻脚地进了屋,因为妈妈已经睡了。

两人洗完澡就上床。

"黑石和小桑现在也在做同我们一样的事呢。"雀子说。

"雀子,你让我先吸吮左边还是右边?"

"左边吧,左边等急了。"

雀子也在抚摸李海。她让李海快点进入,她感觉高潮临近了。

第一轮结束后,两人就聊起来。

"从我俩帮助黑石的第一天起,我们就在帮助自己。"李海说。

"对啊。因为文学的方法就是这样的啊。所以我觉得你同黑石一样可爱,我妈也看上了你。"

"那时我还发誓:黑石一天不结婚,我的良心就一天不得安宁。"

"你瞧,他总算快结婚了。好人有好报。你也是嘛。"

"我原来不算是好人,现在正在学好。"雀子又补了一句。

两人又谈起去李海的老家旅行的事。雀子说就把这趟旅行当作蜜月旅行。他们进行了很多细节筹划,还打算让社区志愿者住到家里来照顾妈妈几天。

"雀子,你是我的鸟儿,让我们一块飞到原住民的山里去。我要找一找那个地方。多少年了,它一直让我魂牵梦萦。虽然这个梦已经通过雀子圆了,可我还是想和雀子一道去那里看个究竟。"

李海说着话,又想进入雀子的身体。他又开始探索雀子的身体的敏感部位,将每个部位反复探索,直到雀子达到了高度的兴奋他才进入。

入睡前,他们商定了购买火车票和长途汽车票的事。

雀子和李海两人动身的那天上午天下着雨,外面雷声隆隆。

两人一人背着一个背包,告别了妈妈,坐出租车去了火车站。

他俩进了卧铺车厢后,发现车厢里除了他们两人之外只有一位老大爷。老大爷的铺位在车厢前面,他俩的在中间。老大爷上了年纪,好像没有任何行李。

"爷爷您好。"雀子热情地招呼他。

他正坐在铺位上想事情,被雀子的声音一惊。

"二位是去银山的吧?"他问。

"是啊,您也去银山?"雀子问他。

老大爷点了点头。然后他摊开被子躺下了。

火车开动时,雀子和李海兴奋地看着大雨滂沱的窗外。

533

幸亏车厢里开了灯,不然就会是漆黑一片了。雀子紧紧地搂着李海,她有种进入了冒险行动的感觉。

"银山不知道这个时候是不是也下雨。"雀子说。

"有可能。"李海低声回应,一边在她脸上吻了一下。

"我俩这么快乐,老天爷为什么要哭呢?"

"可能是游子要回家,他激动得哭了。"

中午送餐的过来了,他俩一人吃了一份盒饭,又吃了些带来的水果。他们看见老大爷一直在睡,没有要起来的迹象。

"看来去银山的人是很少很少的啊。现在我更好奇了。"

"要坐一天一夜的车,这卧铺太窄,我没法搂着雀子睡了。"李海唉声叹气。

"到了旅馆就好了。"雀子安慰他。

雀子觉得,李海并不像她这么快乐,而是像在忧虑什么事。那是什么事?

"李海,我们读书吧。"雀子说。

当她拿出《×× ×× ×××》这本书时,李海的眼睛就亮了。他也掏出了他带的同一本书。

"我们一块来读第八章吧。"雀子说。

第八章里描写的是石头村里发生的事。那村子的所有的地里到处是石头,只有少量泥土,庄稼和蔬菜长得不好。为了谋生,青壮年都去外地打工。他俩读书时发生了一件事,这就是雨已经停了,但外面仍一片漆黑。雀子看了看表,是下午两点。为什么两点钟天就黑了呢?不过这种氛围很适合读石头村这类描写。在车轮的单调的响声中,她觉得火车正开往那种阴沉的乡下。

"李海,你听出了什么吗?"雀子问。

"我听见了老大爷梦里的嘀咕,他也是这本书的背景。"李海回答。

"我原来想象的银山是鸟语花香,现在我觉得我的设想有误。"雀子说。

"也许吧。我没有把握。那么多年过去了啊。"

两人继续躺下各读各的。

晚餐送来时,雀子正读到一个奇特的情节,这就是栽下的胡萝卜的根茎洞穿了它下面的石块。那么多的胡萝卜被带着石块拔出来了,看着头皮发麻。李海长长地叹息,大概也读到了这个地方。

雀子发现老大爷还在睡,根本没起来吃饭,不由得为他担忧。

她走到他的铺位前去询问他。

老大爷睁开浑浊的双眼,说:"我要空腹回家,不用吃东西。家里什么都有……"

他翻了个身又睡着了。

"老大爷说要空腹回家,家里什么都有。"雀子对李海说。

李海翻了翻眼,仿佛在回忆久远的事。然后他说:"雀子,你确定要去银山吗?如果我们在下一站下车返回去还来得及。"

"李海李海,究竟怎么回事?我们不是商量好了吗?这是去你的家乡啊。"

雀子吃惊地看着李海,感到某种不可思议的转折正在到来。但她不愿退缩——去李海的家乡看望那些鸟儿是她长久的夙愿。

"我的家乡有点阴沉。"李海神情恍惚地说。

雀子想,她一定要去看看。她吻着李海的耳垂,想要他振作起来。

"雀子同你在一起呢,李海,我一点都不害怕。"

"雀子不害怕我就放心了。看这书里描写的,全是我们那个地方的事情呢。鸟儿是有的,可怕的事也有。我自己当然不怕,我是从那里出来的嘛。"

"我想知道你小时候的环境,这样今后就能更好地爱你。"雀子说。

雀子刚说完火车就猛地停住了。老大爷下车了,雀子只看见他的一个背影。雀子问李海这是怎么回事?

"他从另外的通道回家乡……"

现在车厢里只剩他俩了。雀子担心那几盏灯要黑。李海说,即使灯黑了也没关系,他可以紧紧地抱着她。他们到达的时间是早上。在家乡,每天早上总是亮堂堂的。"让我现在就抱住你吧。"他将雀子拉到他的卧铺这边来了。

车子又启动了,窗外黑乎乎的。雀子听见李海在她耳边说:"那里黑夜很长,白天只有城市的白天的三分之一长,一晃就过去了。所有的事都要加紧在短短的白天里做完,因为夜里是属于冥想的……"

"想些什么?"雀子小声问,被自己的声音吓住了似的。

"我那时不太知道,只记得是极度的害怕。一到夜里我就看不到一个人了。奶奶也不见了,她到山里就着一点点月光找枯枝来做柴烧。虽然黑,外面却很喧闹,在喧闹声中可以听到模糊的鸟叫声。我就是在恐惧中开始模仿鸟叫的。我越模仿,鸟儿的声音就越清晰,我也越能区别它们每一只的特征。这种模仿大大减轻了我的恐惧。后来就发生了交流的事。"李海轻声叙述时雀子一直在吻他的脖子,她的心因为心疼那个儿时的他而一阵一阵地紧缩。

"现在有我呢,李海。"她说。

"慢慢地,我把那些鸟儿们调动起来了。我们的小屋周围变得不那么阴森了,因为到处是鸟语,鸟发出的声音占了上风。后来奶奶也听到了。'海,你在玩游戏吗?'她这样问我,她说我是好样儿的,奖励我一个烤番薯。那个时候,住在银山的山民必须竭尽全力才能勉强维持生活,所以死亡的阴影总是笼罩在头上。我也背着小小的锄头去挖地,种下番薯和土豆。奶奶总是嘱咐我要小心,说千万不能生病。她告诉我说,一生病就会沉入黑暗中再也醒不来了,鸟儿也唤不醒我了。"

"现在有我呢,李海。"雀子又说,一边吻他。

"那种长长的夜,刮着阴风,意志薄弱一点的人就倒下了。留下来的全是顽强的山民。比如你看见的那位老大爷,应该也是最顽强的。我那时常想,应该不是每个人都听得到鸟儿叫。那些听不到的,他们如何熬过漫漫长夜? 那就肯定还有一些别的游戏吧。我们家里,奶奶也会鸟语,我遗传了她的禀赋,我们祖孙二人靠这禀赋熬过苦难。奶奶特别鼓励我玩游戏,所以我的技巧也不断地提高,召集到的鸟儿们的数量也增加了。"

李海说到这里时灯忽然黑了。是列车的熄灯时间到了。但两人一点睡意都没有。雀子想,难怪李海能如此深地理解黑石和她自己。书吧里的每个人都是"冰冻三尺,非一日之寒"啊。她今后可得努力向大家学习。

从玻璃窗望出去,黑暗中的远方有一个亮点。

"那是篝火吧。"李海说,"篝火也是我们那时抵御里面和外面的黑暗的一种办法。如果某个人在长夜中熬不下去了,他或她就会扛起一捆柴去空地上烧篝火,那堆小火会给他们信心。"

雀子看见那亮光跳跃了几下,然后熄灭了。李海说这应该是那个人恢复了内心的平静。

"我奶奶去世前将我托付给了一位远房亲戚。奶奶嘱咐我不要忘记我的口技,要时常操练。她说这是谋生的重要手段。她的这些话后来全都应验了。我们的书吧给我提供了操练场地……"

"啊,李海……"雀子说。

"我现在有了雀子了,你从银山飞进了我心里。多么丰饶的生命啊。"

他俩相互搂得更紧了。

后来他俩迷迷糊糊地睡着了一下。再后来两人忽然醒了。

天已大亮,他们的目的地就在前方。火车发出一声惊心动魄的长鸣,慢慢地停了下来。雀子看见站牌上写着"银山站"三个字。

两人下了车,然后去赶长途汽车。

雀子立刻发现周围很荒凉,很少有被开发的痕迹。在她的记忆中她还从未到过这种地方呢。脚下有一条稀稀烂烂的水泥路,好像极少有车辆从路上驶过的模样。他俩按地图找到了长途汽车站。那车站只是一个草棚,空坪里停了一辆很旧的车。车门半开着,雀子和李海上了车。他们将背包放好,坐在位子上等司机。车里有三十多个座位,还差半小时到点,乘客不知怎么都没有来。雀子将头靠在李海肩膀上,她虽兴奋,还是有点累了。李海握着她的手。

等了半个小时,司机还没来,也没有任何乘客进来。雀子有点怀疑起来,李海就安慰她说,司机肯定会来的,他的保温杯放在驾驶室里呢。他举起保温杯,让雀子看里面的茶水冒出的热气。又等了半个小时,中年司机才慢悠悠地出现了。也不知他从哪里钻出来的,周围连个房子都没有。

"两位乘客好!你们坐稳,这就开车了。"

车子猛地启动,雀子的额头撞在椅子靠背上,撞了一个包。李海心疼极了,连忙找出红花油替她擦上。

"唉唉,我们这地方就是这样的。有点粗鲁。"

"没关系,一点都不疼。"雀子说。

之后她就吸取了教训,一直死死地抓住扶手不放。李海告诉雀子到银山旅馆要坐半个小时。

一路上都是荒凉的景色,人烟极少,雀子仅仅看见几栋匍匐在地上的砖瓦房,看上去不像是住了人的房子,倒像是被人遗弃了的破败房屋。一会儿就看见大山了,山上虽然有不少树,但却显得阴森。雀子发现李海在偷窥自己的表情,可以想见他心里是多么紧张。于是她做出满不在乎的样子说:"李海,你的家乡有一种独特的个性啊。"

"你觉得那是什么?"李海吃惊地问道。

"让我想一想。我觉得应该是——不为外界的变化所动。"

"雀子真了不起,不愧为从李海的家乡飞出的鸟儿。"李海说。

"让我们继续探索吧。"

"银山"旅馆到了,是位于山脚的两层木楼,看上去很寒酸。

车子一停下,旅馆里就跑出一位瘦瘦的青年,将他俩的背包夺走,一边挎一个,大踏步地进去了。他让两人跟他走。他俩的房间在二楼。

房间很大,但十分简陋。木板床上铺着厚厚的棉褥子,蓝印花被也很厚。那青年放下他们的行李,将钥匙交给他们就离开了。

房里有一张书桌,一个大茶几,几把靠背椅,都没有上漆,是原木的,散发着木头的芳香。雀子闻了闻印花被,告诉李海说有阳光的气息!两人的情绪立刻就振奋起来了。

他俩立刻洗脸,刷牙,还洗了个澡。然后一人喝了一杯水。

"雀子,我困极了,让我先搂着你睡一觉吧。等会儿再出去吃饭。"

"你说这里的白天很短,我们白天睡了觉,不是就只能在夜里活动了吗?"

"对,是这样。我奶奶也常在夜里活动的。"李海说。

他俩钻进了有太阳味儿的棉被,李海搂住雀子,立刻就睡着了。雀子起先还努力地想辨认他们所处的方位,但几分钟后也抵挡不住瞌睡了。

他俩醒来时天已经黑了。

两人下楼去吃饭时,那位瘦瘦的青年又过来了,将他们领到一个摆了餐桌的小房间里。他自我介绍说:"我的名字叫费。我一个人经营这个旅馆。你们等一等,饭菜很快就好。"

"您的名字真好听!"雀子高兴地说,"经营旅馆很辛苦吧?"

"嗯。我已经习惯了。"

"你们如果从这里上山的话,"他又说,"就一直走,不要拐弯。因为天黑了,一拐弯就会迷路。到了目的地,你们可以就地坐下来休息,然后再下山。要带足饮用水。银山欢迎归来的每一位游子。"

费说完就告辞了。

一位老妇人将他们的饭菜端上了桌。菜是土豆炖牛肉,还有一种不知名的鱼。两人都觉得胃口大开,吃得很多。

"这位费话中有话,"雀子说,"他指的目的地是什么?还知道我们是游子。他是知情人。"

"每一位银山人大概都是知情人。"李海说,"自己家里的人还能不知情?"

他俩一人带了一只手电筒,李海背了一些食物和瓶装水就出发了。

他们绕到屋后,辨认出一条窄窄的山路,两人就开始攀登了。李海走在前面,雀子紧跟他。他走一走又停一停,说不要将力气一下子用完了,要慢慢攀登。雀子很感激他,她还是第一次登这么高的大山呢。

虽然有不知从何而来的光照着这座山,但小路的两旁都黑黝黝的,雀子爬了一会儿就听到了林子里有动物潜行的声音,好像还是大型动物。她暗暗地安慰自己说:"不要怕,有李海在呢,他是这里的原住民,它们一定闻出来了。"

他们走走停停,攀登了一个多小时了。雀子不知道他们已爬得多么高了,因为什么都看不清。即使打手电,也只能照亮周围一小块地方。她又发现李海根本不为这事烦恼,他似乎比在火车上时心平气和多了。"毕竟这是他的家乡。"雀子想道。

忽然,前面一个大东西挡在路上,雀子紧张地屏住气,想,也许是一头熊?李海的脚步没停,他们慢慢地靠近了那黑影。

"你们来了啊。"那黑影说起话来。

"是啊。今年的雨水怎么样?"李海问他。

"还行。住在山上的人多了几位,粮食有点紧张了。你们不会来住吧?"

"我们只是来看看。"

"这样我就放心了。"

那黑影一下子又消失在树林里了,雀子听到他踩着枯叶行走的声音。

"李海,你和奶奶住在山里面是自愿的吗?"

"是啊。也有被迫的因素,她带着我,只有这里容易活下去啊。"

雀子听李海这样说,就感到脚下的山亲切起来了。

仍是走走停停的。雀子觉得,她愿意跟着李海像这样一直往上爬,直到地老天荒。林子里的动物多起来了,那些声音很模糊,难以清楚地区分。雀子看了看表,他俩已经走了三个多小时了。雀子又问李海是不是快到山顶了,李海说不知道。接着李海又问雀子喜不喜欢银山,雀子一连说了三个"喜欢"。

"为什么呢?"李海又问。

"因为它很美,它里面有很多声音。"

"雀子同我的感受一样。你肯定还记得从这里飞出去之前的事。"

"你说得没错。我有拥抱它的冲动。"雀子兴奋地说,"我真想分辨出那些鸟儿们的歌唱啊。"

他俩坐下来倾听。李海告诉雀子说,附近有一只虎,它一动不动地停在虎穴的洞口。有一位山民从虎的身旁路过,同它打了招呼。

"鸟儿出来了吗?"雀子问。

"肯定出来了,但现在还分辨不出它们的声音。我们也许还在半山腰,目的地会比这里高很多。雀子累了吗?"

"一点都不累,我们走吧。"

雀子慢慢地听到了,她跨出的每一步,脚下都发出一种回响,好像一个人在说:"嗯,嗯,嗯……"是赞赏也是鼓励。

她再一看表,居然爬了五个小时了。他们应该是爬到很高的处所了。

"我觉得这里有点像目的地了。"李海说道。

他用手指了一个方向,让雀子朝那边倾听。

雀子倾听良久,终于听到了。先是很模糊的,然后一点一点地临近了,一拨又一拨。是很多种鸟,有的离得近,有的离得远。

两人在大石块上坐下。雀子在喝水瓶里的水时,忽然听见李海发出了一声鸟鸣。似乎是,他并没有得到回应。他又叫了一声,他的声音灵动而优美,但还是没有得到回应。后来他又改变音调和节奏,一共发出了三种鸟儿的鸣叫。但雀子都没有听到回应。她更仔细地倾听。

"它们在听。"李海说,"所有的鸟儿都不发声了。"

"我也在听呢,李海。这里真好啊。却原来我俩的缘分在很久以前就开始了,从前我老觉得你似曾相识。"

李海又鸣叫了好一会儿,直到完全满足了才站起来同雀子下山。

他们回到旅馆已是夜里十二点了。费还在楼下等他们。

费让两人赶紧去那房间里吃饭。

他俩刚坐下不久,老妇人就端出了饭菜。

"收获很大吧?"费问。

"今天是向鸟儿们报到呢,"李海说,"一切顺利。我太激动了。"

"我在山下,听见鸟儿们里面有个仪式……"费说。

"是欢迎我和雀子的仪式。我们本人听不到,旁人却可以听到。"

雀子听了李海的话就想,却原来交流已经发生过了啊,为什么她感觉不到?可见她的功力还不行啊。不过即使在现场没听到,李海也会传达给她,这就足以令她兴奋了。

他俩洗了澡就上床睡觉,两人都累得睁不开眼了。

第二天他俩起来时天还没全黑。

"今天你还愿意上山吗?"李海问雀子。

"当然愿意。我着急要将听觉练出来呢。"

"爬山太累,我担心你会累病。"

"根本不会,银山就像我爷爷一样在保护我。我听到他的声音了。"

他们吃完饭,做好了准备就出发了。

爬了一会儿山,前面不远的树林里就出来了一位中年人。

"老乡,您好!"李海高声同那人打招呼。

这人脸上毛发蓬乱,一双眼睛很明亮。

"你好。你们是来这儿玩耍的吗?我是银山的养蜂人。"

"我们是本族人,是来同老朋友会面的。"李海说,"昨天已经来过一次。"

"那么,你们的团聚顺利吗?"

"顺利。"

"可是你们今天应该选择一条与昨天不同的小路上山。你们走同样的路,老朋友们就不会出现了。"

"可是这里只有一条路上山啊。"李海说。

"这里到处都有岔路。你们不是带了手电吗?"

养蜂人说完就往旁边树林中一拐,消失在树林里。他俩听到了他的脚步踩在枯叶上发出的响声。

李海回忆起旅店店主的话,心里想,也许费的话是种激励?也许是看他有没有勇气"迷路"?

"雀子,亲爱的,你在原地等我好吗?万一我迷路回不来了,你就下山去叫人来找我吧。"李海说。

可是雀子坚决不肯。她死死地抓住李海,说:"死也要死在一块。"

"我们不会死的,银山老爷爷会保护我们,刚才他一直在脚下回应我。"她说。

李海只好打消了他的想法,同雀子一道进入了树林。

天完全黑了,手电也不起作用,因为根本没有路,到处都是树,树下是灌木和乱草。他们只能用身体挤开那些藤萝和矮树,慢慢地前行。灌木中到处都有刺,雀子摸了摸脸和额头,黏糊糊的,都被划出了血。李海在前面开路,大概身上被划了更多的口子。走一段,李海又问雀子一句:"你害怕吗,雀子?"

"不,不害怕。"雀子说。

他们也听到了动物在他们的身旁来来往往的。这些动物都显得很沉着,既不逃跑,也不袭击他俩。雀子说:"它们知道我们是谁。"

走了长长的一段路之后,树林就变稀了,树下的灌木也少了。

"李海,快瞧,有一户人家!"雀子惊呼。

在他们上面,确实有栋小小的房子,里面点着灯。

"啊,我觉得它很像我同奶奶住过的房子……"

他们看见了路,于是顺路走向那栋木板房。

一位妇女正在给蔬菜地松土,黑乎乎的也不知道她怎么看得见。

547

"别用手电照我。"她说,"你们要去哪里?这上面没有路了。"

"我们要去山顶。"李海说。

"这里就是山顶。你们进屋休息吧。"

两人一进屋,李海就凑在雀子耳边说,这是他原来的家。他们刚一坐下,李海又说听见鸟儿们同他打招呼了。雀子也听到了,她兴奋不已。

李海指着桌子腿上的一些刻痕告诉雀子,说这些刻痕是他小时候记录的那些同他交流的鸟儿们,其中最深的一条刻痕代表同他对话最频繁的那只,现在他总是将雀子看作那只鸟儿。雀子听了激动地蹲下去吻那条刻痕。"李海,李海……"她边吻边嘀咕。

李海开始唱了起来。那位大嫂走进来,悄悄地对雀子说:"他唱得太好了。你俩一来我就知道了,你们是原住民。听,鸟儿们都过来了,它们在答谢你丈夫对它们的惦记呢。"

但是雀子只能模模糊糊地听到各不相同的声音。她知道它们数量众多,可惜她的听力还不能够区分它们。不过这没关系,李海过后会给她解释的。

李海在流泪,雀子用手绢帮他擦泪。

他唱了好久,似乎是,每一种鸟儿都同他交流了。

"您都能听到吗?"雀子向大嫂耳语道。

"我都能听到,因为我在这里住了很久了,同它们很熟。"

后来,鸟儿们终于渐渐远去了。李海停了下来,像在梦中一样打量这间房子。他站起来,走到另一间更小的房间里,从窗台上拿起一个木制的陀螺叫雀子来看。

"这是我从前一个人在家时玩的陀螺,"他高兴地说,"奶奶将屋外的小块空坪收拾得溜溜光光,我就在空坪里玩陀螺。我走的那天想带走陀螺,可是它突然失踪了。却原来它是要留在这里。"

他将陀螺递给雀子,雀子轻轻地吻它,然后小心地将它放回窗台。

"当没有人的时候,它会旋转起来。我偷看过几次了。"大嫂说。

"你也是原住民,对吧?"大嫂又问雀子。

"我也是原住民的后代,我的祖先在更早的时候搬去了城里。"雀子说。

"我明白了。所以鸟儿们喜欢你们两个。"

雀子感到心里暖洋洋的。这时李海又在房里找到了一件旧物。

那是一个铜钱上面插了四根好看的鸟毛,是奶奶帮李海做的毽子。

"我走的时候,它也失踪了。"他说。

雀子又轻轻地吻毽子上的鸟毛,她闻到了鸟儿的身体的气味,那气味令她神魂颠倒。

"啊,啊⋯⋯"她发出惊叹。

她将毽子放回柜子里。

时间不早了,他俩向大嫂告辞,说明天还要来拜访。

"如果你们明天再来,就不能再走原来那条路,要另外找出一条路,才能到达这里。"大嫂笑眯眯地说。

"好,好,我们一定能找到。谢谢大嫂。"李海说。

下山的路却是一条直路,他们顺利地回到了旅店。

费又等在楼下,带他们去吃饭。

吃完饭回到房间,雀子在浴室里照了照镜子,叫了起来:"多么奇怪啊!"

却原来她脸上被刺藤割出的伤口全都不见了。她又仔细看李海,李海脸上和手上的伤也不见了。两人的皮肤都光溜溜的。

后来他们又探了两次险,都找到了小木屋。中间有些惊险,但结果都不错。雀子通过李海的讲述了解了那些鸟儿们在多年里头对他的怀念。他说现在的鸟儿们基本是从前的鸟儿们的后代,但它们都很清楚李海同它们的关系。

李海和雀子回家了。

"妈,我们回来了!"

一进屋两人就一齐喊道。

"回来了太好了,昨夜我还梦到你俩。"

他们的妈妈高兴地说。

回家的第一夜,李海进入了雀子的身体里。然后他俩一块做了些美梦。

2022 年 1 月 20 日于西双版纳